国家社科基金
后期资助项目

玛格丽特·阿特伍德的创伤叙事与现代性批判

Margret Atwood's Narrative of Trauma and Critique of Modernity

王韵秋 著

陕西新华出版
陕西人民出版社

图书在版编目(CIP)数据

玛格丽特·阿特伍德的创伤叙事与现代性批判 / 王韵秋著. — 西安：陕西人民出版社，2023.8
ISBN 978-7-224-15072-8

Ⅰ.①玛… Ⅱ.①王… Ⅲ.①玛格丽特·阿特伍德—文学研究 Ⅳ.①I711.065

中国国家版本馆 CIP 数据核字(2023)第 165570 号

责任编辑：田　媛　晏　藜
封面设计：蒲梦雅

玛格丽特·阿特伍德的创伤叙事与现代性批判
MAGELITE ATEWUDE DE CHUANGSHANG XUSHI YU XIANDAIXING PIPAN

著　者	王韵秋
出版发行	陕西人民出版社 (西安市北大街 147 号　邮编：710003)
印　刷	陕西隆昌印刷有限公司
开　本	787 毫米×1092 毫米　1/16
印　张	19.25
字　数	303 千字
版　次	2023 年 8 月第 1 版
印　次	2023 年 8 月第 1 次印刷
书　号	ISBN 978-7-224-15072-8
定　价	78.00 元

如有印装质量问题，请与本社联系调换。电话 029-87205094

国家社科基金后期资助项目出版说明

　　后期资助项目是国家社科基金设立的一类重要项目,旨在鼓励广大社科研究者潜心治学,支持基础研究多出优秀成果。它是经过严格评审,从接近完成的科研成果中遴选立项的。为扩大后期资助项目的影响,更好地推动学术发展,促进成果转化,全国哲学社会科学工作办公室按照"统一设计、统一标识、统一版式,形成系列"的总体要求,组织出版国家社科基金后期资助项目成果。

全国哲学社会科学工作办公室

序

《玛格丽特·阿特伍德的创伤叙事与现代性批判》是青年学者王韵秋副教授近期完成的学术专著，集中体现了她数年来学习、思考和研究的成果。本书得到国家社会科学基金后期项目的资助，并吸收了各位评审专家和编审的意见和建议，如今得以顺利出版，可喜可贺！

阿特伍德蜚声当代加拿大文学界，也是世界文坛上备受瞩目的作家。她曾获得包括布克奖在内的一系列重要奖项，自20世纪60年代至今，一直笔耕不辍，在小说、诗歌和文学、文化批评领域均取得了重要的成就，堪称当代加拿大文学与文化界的标志性人物之一。作为一位高产的女作家，她的创作不但题材广泛，涉及当代西方社会生活中诸多重要领域，内蕴深厚，而且不断探索各种创作风格。在她的笔下，有关于政治、权力、女性、身体、语言、个体、环境、民族身份、后殖民、文化多元与融合等诸多重要问题的书写，既折射出了加拿大、北美社会乃至西方文明的历史进程，更具有全球化时代的当下意识和深刻批判性，体现出犀利的思想性、丰富的想象力与精湛的艺术性的结合。这一切，显然与阿特伍德多年来作为一位社会活动家积极参与社会运动的经历，以及她主张文学应介入现实生活的创作理念是分不开的。

长久以来，阿特伍德丰富的创作吸引了众多学者的关注，特别是在英语文学批评界已有了丰硕的研究成果。然而，本书从创伤叙事与现代性批判关系的角度对作家创作的深入探讨，在以往的研究中较少见到，应该说是其对阿特伍德研究的一个值得肯定的贡献。这项成果以跨学科研究的理念和方法，综合运用了文学叙事学、心理学、哲学、医学和文化批评等学科的知识，系统探讨了阿特伍德从1969年至2019年的主要作品，并追踪了阿特伍德近年来的文学创作动态，在对论题的宏观驾驭和对具体文本的分析上都体现出富有创新性的思考，提出了颇具启发性的认识。韵秋将阿特伍德的创伤叙事与个体、民族、社会、身体、宗教书写紧密结合，同时考察了在传统与现代的文化矛盾运动中产生的个体与社会、自我与他者、工具理性与审美心理意识的分裂等现代性问题，并通过对作家、作品、社会、历史之间复杂关系的分析，努力揭示出阿特伍德创伤叙事的独特性和深刻批判性。在此基础上，本书阐述了现代性历程的"创伤性"内在特质及其在当代文学中的普遍表现，进而指出在阿特伍德晚近创作中的"后创伤叙事"，体现了具有超越"后现代性"、修通被现代性撕裂的个体生命存在、重构世界价值体系的可能性话语的特征。全书的研究既建基于阿特伍德多部重要作品的细致研读，又依托于与论题相关的思想理论场域，许多论点都显示了论者深入思考后的洞见，有令人耳目一新之感。

韵秋是一位自律性很强的女生，早在攻读博士学位时就选定玛格丽特·阿特伍德作为自己的研究对象，那时她在学术追求上的坚定和韧性就给老师和同学们留下了深刻的印象。工作之后，她在担负比较繁重的教学任务的同时依然在这一研究领域孜孜以求，深耕不已，发表了多篇较高质量的论文，也引起了学界的关注。因此，这部著作的问世可谓水到渠成，也是她这些年来学术探索上的一个阶段性总结。当然，作为年轻学者的第一部专著，其中的论述难免有稚嫩、疏漏之处，但对她而言，得到方家的批评指正是十分重要的。我相信，韵秋将会继续保持这些年来在学术研究上的热忱状态，扎扎实实地走下去，在成长的过程中不断有所突破，用更多的成果回报学界的期待。

王立新

2023 年 7 月 21 日

目 录

绪论 ··· 1
    第一节　研究对象与研究现状 ··································· 3
    第二节　研究方法 ··· 15
    第三节　研究框架与目的 ·· 16

第一章　玛格丽特·阿特伍德的创伤叙事与现代性批判 ········ 21
    第一节　现代性、批判与现代文学 ···························· 21
    第二节　创伤、创伤批评与创伤叙事 ························· 25
    第三节　玛格丽特·阿特伍德的创伤叙事与现代性 ······· 36

第二章　玛格丽特·阿特伍德的民族创伤叙事与现代性批判 ···· 46
    第一节　加拿大民族创伤的殖民文化溯源 ··················· 47
    第二节　加拿大民族创伤的文学体现 ························· 56
    第三节　玛格丽特·阿特伍德民族创伤叙事中的"无意识"
           与"有意识" ·· 62

第三章　玛格丽特·阿特伍德的身体创伤叙事与现代性批判 ···· 75
    第一节　身体的创伤与现代性 ·································· 76
    第二节　嘴巴的创伤与女性话语 ······························· 81
    第三节　眼睛的创伤与后殖民话语 ···························· 108
    第四节　乳房的创伤与医学话语 ······························· 130

第四章　玛格丽特·阿特伍德的社会创伤叙事与现代性批判 ··· 149
    第一节　极权主义与现代性 ····································· 151
    第二节　社会创伤叙事的时空形式与极权主义 ············· 159
    第三节　自由主义、保守主义与美国极权主义 ············· 172

　　　　第四节　重建两种自由的关系与社会创伤修通……………………189
第五章　玛格丽特·阿特伍德的宗教创伤叙事与现代性批判…………208
　　　　第一节　宗教信仰与理性主义……………………………………209
　　　　第二节　"末日创伤"与神学隐喻………………………………213
　　　　第三节　工具理性主义批判与抽象人文主义批判………………222
　　　　第四节　理性宗教与"仿佛"哲学………………………………236
第六章　玛格丽特·阿特伍德的后创伤叙事与现代性之后……………251
　　　　第一节　后现代性、后现代主义及其超越………………………253
　　　　第二节　玛格丽特·阿特伍德"后创伤叙事"中"超越的后现代性"
　　　　　　　　………………………………………………………………258

结语………………………………………………………………………272
参考资料…………………………………………………………………275
附录1　玛格丽特·阿特伍德主要作品目录……………………………293
附录2　项目前期成果与阶段性成果……………………………………295
后记………………………………………………………………………297

Table of Contents

Introduction 1
    Research Object and Literature Review 3
    Research Methodology 15
    Research Framework and Purpose 16

Chapter 1   Margaret Atwood's Narrative of Trauma and Critique of Modernity 21
    1.1 Modernity, Criticism and Modern Literature 21
    1.2 Trauma, Criticism of Trauma and Narrative of Trauma 25
    1.3 Margaret Atwood's Narrative of Trauma and Modernity 36

Chapter 2   Margaret Atwood's Narrative of National Trauma and Critique of Modernity 46
    2.1 The Origin of Canadian National Trauma Concerning Colonial Culture 47
    2.2 The Literary Expression of Canadian National Trauma 56
    2.3 "Unconsciousness" and "Consciousness" in Atwood's Narrative of National Trauma 62

Chapter 3   Margaret Atwood's Narrative of Physical Trauma and Critique of Modernity 75
    3.1 Physical Trauma and Modernity 76
    3.2 Trauma of Mouth and Female Discourse 81
    3.3 Trauma of Eyes and Postcolonial Discourse 108
    3.4 Trauma of Breast and Medical Discourse 130

Chapter 4　Margaret Atwood's Narrative of Social Trauma
　　　　　 and Critique of Modernity ⋯⋯⋯⋯⋯⋯⋯⋯⋯⋯⋯⋯ 149
　　4.1　Totalitarianism and Modernity ⋯⋯⋯⋯⋯⋯⋯⋯⋯⋯⋯ 151
　　4.2　Space-time Structure and Totalitarianism in Atwood's Narrative
　　　　 of Social Trauma ⋯⋯⋯⋯⋯⋯⋯⋯⋯⋯⋯⋯⋯⋯⋯⋯⋯ 159
　　4.3　Liberalism, Conservatism and American Totalitarianism ⋯⋯ 172
　　4.4　Reconstructing the Relationship between Freedom and Liberty
　　　　 and Working Through Social Trauma ⋯⋯⋯⋯⋯⋯⋯⋯ 189

Chapter 5　Margaret Atwood's Narrative of Religious Trauma
　　　　　 and Critique of Modernity ⋯⋯⋯⋯⋯⋯⋯⋯⋯⋯⋯⋯ 208
　　5.1　Religious Belief and Rationalism ⋯⋯⋯⋯⋯⋯⋯⋯⋯⋯ 209
　　5.2　"Apocalyptic Trauma" and Theological Metaphor ⋯⋯⋯⋯ 213
　　5.3　Critique of Instrumental Rationalism and Abstract Humanism ⋯ 222
　　5.4　Rational Religion and "As If" Philosophy ⋯⋯⋯⋯⋯⋯⋯ 236

Chapter 6　Margaret Atwood's Post-narrative of Trauma
　　　　　 and Post-modernity ⋯⋯⋯⋯⋯⋯⋯⋯⋯⋯⋯⋯⋯⋯⋯ 251
　　6.1　Post-modernity, Post-modernism and its Transcendence ⋯⋯ 253
　　6.2　"Trans-postmodernity" in Atwood's "Post-narrative of Trauma"
　　　　 ⋯⋯⋯⋯⋯⋯⋯⋯⋯⋯⋯⋯⋯⋯⋯⋯⋯⋯⋯⋯⋯⋯⋯⋯ 258

Conclusion ⋯⋯⋯⋯⋯⋯⋯⋯⋯⋯⋯⋯⋯⋯⋯⋯⋯⋯⋯⋯⋯⋯⋯⋯ 272
Bibliography ⋯⋯⋯⋯⋯⋯⋯⋯⋯⋯⋯⋯⋯⋯⋯⋯⋯⋯⋯⋯⋯⋯⋯ 275
Appendix 1　Catalogue of Margaret Atwood's Major Works ⋯⋯⋯ 293
Appendix 2　Preliminary Results and Stage Results of Project ⋯⋯ 295
Postscript ⋯⋯⋯⋯⋯⋯⋯⋯⋯⋯⋯⋯⋯⋯⋯⋯⋯⋯⋯⋯⋯⋯⋯⋯ 297

绪 论

　　当代加拿大女作家玛格丽特·阿特伍德（Margaret Atwood）(1939~)被奉为"加拿大文学女皇"，与爱丽丝·门罗、玛格丽特·劳伦斯一起被称为"加拿大当代文学三剑客"，亦与诺思洛普·弗莱、马歇尔·麦克卢汉、琳达·哈切恩等人共同位于加拿大"最犀利的评论家"之列。她于20世纪60年代开始创作，在70年代以后的英语国家声名鹊起，并获得过布克奖、加拿大文学总督奖、英联邦文学奖等数十种奖项。其作品机智幽默，且不断推陈出新，充满人文关怀；其写作空间宽广，涉及女性、权力、后殖民、民族、社会、生态、政治等多种主题；其体裁辖域广阔，有小说、诗歌、散文诗、评论等；其风格丰富多变，有现实主义风格、现代主义风格、后现代主义风格，其中又涉及魔幻现实主义、心理现实主义、科幻主义等细致分类；其思想犀利，如多棱镜般，折射出当今社会现实中的各个方面。阿特伍德著述丰富且笔耕不辍，迄今仍然活跃于文学舞台上，并于近期相继出版了《石床垫》(2014)、《最后死亡的是心脏》(*The Heart Goes Last*, 2015)与《女巫的子孙》(2016)，广受文学界瞩目。各国译界日渐展现出对其作品的浓厚兴趣，并在第一时间将其作品翻译成不同语言，而学界也在近年开始关注她作品中丰富的审美特质与文化内涵，足见国内、国际学界对阿特伍德的重视。

　　客观地看，国内外阿特伍德研究成果都颇为丰富，但是却鲜有学者关注其创伤叙事。事实上，纵观阿特伍德的创作史，创伤叙事可谓是其一直关注的加拿大民族文学经典主题——"幸存"的变异。正如我国阿特伍德研究者傅俊所指出的那样："受害与幸存成为对加拿大文学经典进行严肃研究的基础。"[①]阿特伍德的文学作品在其文化结构之中体现出了加拿大民族文学的这种特征，即在其作品中描绘了殖民者与被殖民者在殖民地中的生存、拓荒者在严酷自然条件下的幸存、女性在男权社会中的幸存、个人意识在潜意识下的幸存、"边缘人"在"中心人"下的幸存、人在暴力和强权下的幸存以及整个人类在现代性下的幸存等多个方面。然而，阿特伍

---

① 傅俊：《玛格丽特·阿特伍德研究》，上海：译林出版社，2004年，第211页。

德的作品又与广泛意义上的加拿大幸存文学并不一样,正如她自己在评论集《生存:加拿大文学主题指南》和《奇闻妙事:加拿大文学中狂暴的北方》中指出的那样:包括阿特伍德本人在内的诸多加拿大作家难以跨越加拿大民族文化结构。因此,她自身的文学作品也显示出"精神分裂""受害者情结"等加拿大文化结构内的民族性创伤;然而,其创伤叙事又有一种超越创伤本身的历史批判视野,因而显示出迥异于广泛创伤叙事的特质。

需要进一步指出的是,创伤叙事并不是一个古来有之的叙事,亦不是一种简单的抒情方式或者主题,它是与现代性的展开息息相关的一种现代文学样式。正如学界普遍认识到的那样:"创伤不仅仅是现代性的不幸副产品,它其实就是现代性的一个中心特色。"[1]植根于现代性语境中的现代文学自发端的时候起便是这种现代性负面产品的抒情表现形式。然而,鉴于其自身的文学特质,这种创伤叙事又超越了纯粹创伤感受的书写,呈现出一定的叙事学与认识论特质。这表现在阿特伍德身上则是她一方面借助后现代的叙事手法反映了基于民族、性别等固定群体或个体的受压抑状态,另一方面又对这一状态形成的原因进行认识、对现代性负面影响进行批判,以及对现代创伤进行修通。因此,本研究并不仅仅是用创伤理论来解释阿特伍德的文本,而是集中于其创伤叙事的审美特质与精神特质,借此探讨阿特伍德对民族、个体、社会、宗教等人文样式的认识与批判,揭示这些主题场域的内在矛盾、文化渊源与历史衍变,构建修通这些创伤的方式与未来图景,开拓解决现代性展开过程中个体与社会、传统与现代、自我与他者等重大矛盾的新境。

本研究在结构上分为三个部分,六个总章。第一部分是总论与一般原理,主要对创伤叙事的共性、阿特伍德创伤叙事的特殊性及二者与现代性的关系这三个方面做了学理上的梳理与辨析。第二部分为经验研究,亦是全文的主要部分。这一部分以阿特伍德本人的创作史为基础分为四个递进的创伤文化主题:阿特伍德创伤叙事中的民族文化(主要考察其早期文学作品对加拿大民族创伤文化结构的传承)、个体文化(主要考察其中期文学作品对加拿大身体创伤文化的表现与批判)、社会文化(主要考察其中期文学作品对北美社会创伤文化的表现与批判)、宗教文化(主要考察其后期文学作品对西方精神创伤文化的表现与批判)。第三部分为创伤修通与动态研究,是对阿特伍德近期(2014~2020)作品的跟进,主要考察其近期创伤叙事中显现出的"后现代性",探讨其"后创伤叙事"对现代性

---

[1] Duncan Bell. *Memory, Trauma and World Politics*. New York: Palgrave Macmillan, 2006, p. 4.

创伤的超越与修通。在这几个部分的逻辑的递进层次中，可以观察到阿特伍德创伤叙事及其现代性话语的历史全貌。

第一节 研究对象与研究现状

一、玛格丽特·阿特伍德

阿特伍德生于1939年，在三兄妹中排行第二。父亲是昆虫学博士，母亲是教师，兄长是神经生理学家。这三个人对阿特伍德的创作影响深远。除此之外，在阿特伍德的家谱之中，她的祖先玛丽也值得一提。玛丽是17世纪的清教徒，被控为女巫并执行绞刑，但第二天当她被放下来时，竟奇迹般幸存下来。由于当时刑法规定不能两次绞死同一个人，玛丽才幸免于难。这段国内外知名的故事也被阿特伍德写进了她的诗歌之中，一方面成为一种叙事技巧，用以展现女性不平等的社会地位；另一方面也成为一种创伤后遗症，以幸存这个反复出现的主题表现出来。在阿特伍德的幼年时期，由于父亲在魁北克建立了森林昆虫研究站，全家每年春天都要前往北方的密林居住，然后在晚秋再回到城里。这样的生活持续了六年。在这六年之中，由于父亲经常外出工作，母亲便担负起教育兄妹三人的职责。鉴于独特的教育环境，她很少展现女性气质，反而从小便会使用榔头、锉刀、电钻等"男性专用工具"[1]，并能正确使用枪支迅速杀死猎物。这种与早期加拿大拓荒者极其相似的生活方式一方面造就了她坚毅的性格和广阔的视野，另一方面则以一种分裂的基调出现在其日后的书写之中，成为其创伤叙事的经验来源。由于远离都市，现实和虚幻的界限在她眼中模糊不清。在《与死者协商》一书中，她曾谈到"祖母和外婆在我感觉起来并不比小红帽的外婆更真实或更虚幻，或许这一点跟我日后走上写作之途有关——无法区分真实和想象，或者说，将我们认为真实的事物也视为想象"[2]。正是这种想象的力量及其与现实的交互让她在日后的创作中锚定了社会现实的呈现，并使其作品呈现出现实主义与后现代主义互涉的风貌。

她的创作生涯可以追溯到童年时期。彼时，她与哥哥哈罗德两人共同创作故事，互相讲述。起先以哈罗德为主，但后来阿特伍德展露出过人的

---

[1] 玛格丽特·阿特伍德：《与死者协商》，上海：上海三联出版社，2007年，第6页。
[2] 玛格丽特·阿特伍德：《与死者协商》，第5页。

创作才华，成为主讲者。阿特伍德的创作能力同样得益于她幼年时期的广泛阅读——从《格林童话》到爱伦·坡的作品，从连环画《唐老鸭和米老鼠》到《呼啸山庄》《简·爱》，从《爱丽丝漫游奇境》到《1984》，从《国家地理》杂志到《罗密欧与朱丽叶》，无一不是她饕餮的对象。阿特伍德开始正式创作的时候是她17岁那年。某日，她在放学回家的路上忽得灵感，便创作了一首小诗。这次创作过程中的神秘体验深深地吸引了她。从此，她便与写作结下不解之缘。此后，她在校内文学刊物上发表了多首小诗。然后，又向多家杂志社投稿。在第一次收到文学杂志的采用信后，她欣喜若狂，并确定了自己未来的方向——文学创作。

1957年9月，她考入了多伦多大学维多利亚学院。在校期间，她师从加拿大年轻女诗人麦克弗森，并与之产生了深厚的情谊。受到麦克弗森"哥特诗歌"的影响，阿特伍德在日后的创作之中也沿袭了老师的哥特风格。在维多利亚学院就读之时，她不仅遇上了麦克弗森，还遇到了另一位知名学者——诺思洛普·弗莱。彼时的弗莱正出任维多利亚学院的院长，其文学理论和哲学思想对阿特伍德的影响也颇深。从维多利亚学院毕业之后，阿特伍德曾先后于1962~1963年、1965~1967年两次就读于美国哈佛大学。在哈佛求学的过程之中，阿特伍德觉得自己备受煎熬，因为彼时的美国正处于性别歧视严重的时期。在哈佛，文学教授都是男性，女性被他们看作多余人，连保存了现代几乎所有诗歌和作品的拉蒙特图书馆也禁止女性进入。正是女性的尴尬身份，让女学生感到愤愤不平的同时也在寻找可乘之机。由于校园流传着"要想过，就怀孕"的说法，阿特伍德的朋友在答辩时不惜用枕头作假怀孕，以此蒙混过关。另外，受到美国国家势力的影响，哈佛的文学课几乎成了英美两国的天下。至于加拿大文学，学生们则纷纷嗤之以鼻。这种性别与国别的创伤对她的写作产生了很大影响，并促使她在女性和民族两大问题上有了更深刻的思考。

20世纪60年代的阿特伍德一边求学一边创作，并在未婚夫大卫·丹尼尔的帮助下正式出版了第一部诗集：《双面的珀尔塞福涅》（*Double Persephone*）。之后的《圆圈游戏》（*The Circle Game*, 1966）更是一举获得当年加拿大本土最高奖项——总督奖。从此以后，阿特伍德的名字唱响在加拿大辽阔的大地上。20世纪60年代末，她的首部长篇小说《可以吃的女人》问世，之后，她的创作重点也由诗歌转向了长篇小说。

20世纪70年代的阿特伍德中断了哈佛的学业，在与丈夫波尔克游历了欧洲一年后回到故土，执教于蒙特利尔、多伦多、温哥华等地的大学。在这一段时期，她在生活和事业上分别有了新的动向。生活上，她重组家庭，认识了一直陪伴至今的现任丈夫格雷姆·吉布森，并喜添爱女。事业上，她相继完成了长篇小说《浮现》《神谕女士》《人类以前的生活》、诗集《在树上》《双头诗》以及文艺批评《幸存：加拿大文学主题指南》，进而推动了加拿大民族文学的发展。

20世纪80年代的阿特伍德在英语国家声名鹊起，并前后出版了短篇小说集《蓝胡子的蛋》，长篇小说《肉体伤害》(Bodily Harm)、《使女的故事》和《猫眼》。其中，《使女的故事》则为她再次摘下总督奖的桂冠。这个时期的阿特伍德萌生了关注生态的思想，开始支持政治和环保，并为20世纪80年代之后的小说主题——自然奠定了基础。随着电影《使女的故事》的热播，阿特伍德迅速获得认可。到了20世纪90年代，她已然是极富影响力的公众人物。在完成了短篇小说《好骨头》之后，她开始了第八部长篇小说《强盗新娘》(The Robber Bride)的创作，并在完稿后发表了哀悼亡父的诗集《焚毁屋的早晨》。1996年，《别名格雷斯》的问世标志着阿特伍德的创作重点自此转向了历史。同年，这部小说凭借深入的观点、广阔的视角和出色的后现代技巧杀入布克奖的决赛圈。"90年代末的《别名格雷斯》向人们证实：加拿大文学已经受到人们的广泛关注。"[①]

步入千禧年的阿特伍德已是六旬之人，但是她的创作生涯却在这段时期达到了巅峰。2000年的《盲刺客》(The Blind Assassin)以其出色的后现代技巧和深刻的主题荣获英国文学最高奖项——布克奖。世纪之交的阿特伍德笔耕不辍，继《盲刺客》之后，她又出版了评论集《与死者协商》，反乌托邦小说《羚羊与秧鸡》和《洪荒年代》（另译《末世男女》《洪疫之年》）。2013年，73岁高龄的阿特伍德出版了反思现代性的新作《疯癫亚当》(MaddAddam，另译为《疯癫亚当》)，就此完成了她的反乌托邦小说三部曲（《羚羊与秧鸡》《洪荒年代》《疯癫亚当》）。2015年，阿特伍德又一力作《无名作家之月》(Scribbler Moon)入选奥斯陆图书馆的"未来图书馆计划"。小说的全部内容只有在百年后才能被公布于世，堪称一部真正的"未来"小说。同年，《最后死亡的是心脏》以反乌托邦的题材为其"未来系列"再添一笔。2016~2018年，她又再度创作《石床垫》与《女巫的子孙》，再创写作佳绩。

与其创作生涯相对应的是，阿特伍德的作品也可以分为三个阶段：1969~1995年，她的作品主要以展现加拿大社会现实的现实主义叙事为主，一方面回应了加拿大在二十世纪七八十年代的社会窘境，一方面批判

[①] 傅俊：《玛格丽特·阿特伍德研究》，第172页。

了加拿大意识形态批评先于现实处境的现状；1995～2003年，以"编史元"小说为主要形式的后现代叙事占据主导地位，一方面完成了与国际后现代浪潮的对接，另一方面展示出与欧美后现代史学家中反本质主义者迥然不同的"加拿大后现代主义"特色；2003年之后，她将注意力转向了未来，以预言的形式展示出对人类处境的整体性关怀。

这种多样性和宽广性使得阿特伍德的文学创作成为加拿大国内和国际学术界研究的热点。迄今为止，有关阿特伍德研究的专著、论文和传记可谓卷帙浩繁，表明了兴起于20世纪60年代的阿特伍德研究批评历经60年的风雨进入全面深入的阶段。

二、国外阿特伍德研究述评

随着加拿大文学地位在国际上的上升，阿特伍德研究也如雨后春笋般多了起来。除了加拿大本土，法国、意大利、德国均有学者对其作品展开研究。以德国为例，从1981年到1999年，阿特伍德出现在德国文学课中的数据共统计为51次[①]，比同期其他加拿大作家出现的次数多之又多。

总的来说，国外对阿特伍德的研究紧跟阿特伍德的创作步伐。自阿特伍德的诗集《圆圈游戏》于1966年问世以来，便有相关研究在各种报刊上崭露头角。学界早期对阿特伍德的研究主要集中在女性主义和加拿大民族文学两大方面。1971年，肖沃特（Elain Showlter）将阿特伍德的作品纳入"女性主义读物"之列，以此奠定了阿特伍德女性主义研究的基础。而由琳达·桑德勒（Linda Sandler）编撰的《马拉哈特评论：玛格丽特·阿特伍德专题论文集》（*The Malahat Review: Margaret Atwood: A Symposium,* 1977）的出版标志着学界对阿特伍德的研究进入发展阶段。这本研究集是第一部有关阿特伍德研究的批评文集，主要探究了阿特伍德作品中的加拿大特色、神话原型以及女性主义等多方面内容，可谓是阿特伍德研究的始祖。在此之后，芭芭拉·瑞尼（Barbara Hill Rigney）出版了《女性主义小说中的疯癫与性别政治：勃朗特、伍尔夫、莱辛和阿特伍德研究》（*Madness and Sexual Politics in the Feminist Novel: Studies on Brontë, Woolf, Lessing and Atwood,* 1978）。书中，瑞尼对比研究了勃朗特、伍尔夫、莱辛和阿特伍德四人作品中的性别政治与疯癫主题，并以《浮现》为

[①] Caroline Rosenthal. "Canonizing Atwood: Her Impact on Teaching in the US, Canada, and Erope," *Margaret Atwood: Works and Impact*. Reingard M. Nischik (ed.) New York: Camden House, 2000, p. 43.

例分析了阿特伍德的女性主义思想。20 世纪 80 年代，阿特伍德名声迅速攀升，她与弗莱的双剑合璧更是为加拿大文学奠定了国际地位。在她的评论集《生存：加拿大文学主题指南》（1978）出版之后，学者们对她的研究逐渐从女性主义和加拿大民族文学转移至受害者主题之上。这也是阿特伍德创伤叙事研究的鼻祖。1980 年，谢里·格雷斯（Sherrill Grace）出版了《暴力的双重性：玛格丽特·阿特伍德研究》（Violent Duality: A Study of Margaret Atwood, 1980），谈及了阿特伍德笔下女性人物的焦虑、恐惧以及复仇心理，并对女性暴力心理做出了详细解读，为以后的阿特伍德创伤主题研究奠定了一定基础。1981 年，阿诺德·戴维森（Arnold Davidson）和凯西·戴维森（Cathey Davidson）编纂了《玛格丽特·阿特伍德的艺术：批评论文集》（The Art of Margaret Atwood: Essays in Criticism），对比研究了阿特伍德的神话主题与弗莱的神话原型，论及了神话中的女性形象及审美形式等多个方面。1983 年由谢里·格雷斯和罗芮妮·威尔（L. Weir）主编的《玛格丽特·阿特伍德：语言、文本与系统》（Margaret Atwood: Language, Text and System, 1983）研究了阿特伍德作品中的形式美学，并从后结构主义出发梳理了阿特伍德作品中的二元对立模式，将女性问题囊括进二元系统之内，探究了二元对立背后的出路。1984 年弗兰克·戴维（Frank Davey）在《玛格丽特·阿特伍德：女性主义诗学》（Margaret Atwood: A Feminist Poetics）中指出阿特伍德用诗意的语言将读者引入到一个被遮蔽的世界之中，通过行为和意象揭露了男性文化背后的暴力。1988 年，麦考姆斯（Judith McCombs）总结了 1978 年之前关于阿特伍德的研究，并将一些知名论文收录在《玛格丽特·阿特伍德批评论文集》（Critical Essays on Margaret Atwood）之中。正是在这部论文集中，麦考姆斯深入解析了阿特伍德的受害者主题，指出阿特伍德笔下的幸存者通过神秘自我进入一个既非伤害者又非受害者的暧昧状态。1988 年由两位美国学者凯瑟琳·范斯潘克林（Kathryn VanSpanckeren）和简·家登·卡斯特罗（Jan Garden Castro）合编的《玛格丽特·阿特伍德：幻想与形式》（Margaret Atwood: Vision and Forms）与读者见面。全书评价了阿特伍德的多部小说和诗歌，并探讨了阿特伍德作品中女性、生态、美－加国家关系等问题，指出了阿特伍德作品主题的现代性时代背景。

20 世纪 90 年代，随着精神分析、后殖民、生态等后现代话语的介入，对阿特伍德的研究进入到高度发展阶段。这一时段的主要特质便是从现代性与后现代性的关系中考察阿特伍德的作品特质。1993 年有三本重要作品问世，分别是布鲁克斯·宝森（Brooks Bouson）的《残忍的舞蹈：玛格丽特·阿特伍德作品中的对抗策略与叙事技巧》(*Brutal Choreographies: Oppositional Strategies and Narrative Design in the Novels of Margaret Atwood, 1993*)、珊农·哈根（Shannon Hengen）的《玛格丽特·阿特伍德的力量：精选小说与诗歌中的镜子、倒影与影像》(*Margaret Atwood's Power: Mirrors, Reflections and Images in Select Fiction and Poetry, 1993*)以及香农·罗斯·威尔逊（Sharon Rose Wilson）的《玛格丽特·阿特伍德的童话性别政治》(*Margaret Atwood's Fairy-Tale Sexual Politics, 1993*)，其中香农·罗斯·威尔逊分析了阿特伍德小说中的童话原型及其背后的性别政治隐喻，为阿特伍德研究打开了新的阐释空间。随后，由科林·尼克森（Colin Nicolson）主编的《玛格丽特·阿特伍德：写作与主体性：新评新论》(*Margaret Atwood: Writing and Subjectivity: New Critical Essays, 1994*)与读者见面，从后殖民角度出发对阿特伍德的文本进行了分析。紧接着，罗芮妮·约克（Lorraine York）出版的文集《多面的阿特伍德：后期诗歌、短篇、长篇小说研究》(*Various Atwoods: Essays on Later Poems, Short Fiction, and Novels, 1995*)从后殖民主义、解构主义以及后现代主义等多方面对阿特伍德的多部作品做出了解读，开拓了阿特伍德的现代性、后现代性研究领域。

20世纪之后，随着国际视野的多元化，对阿特伍德的研究也呈现出多元化的趋势。这一时期的研究特征在于将创伤引入现代性阐释之中，发展了阿特伍德研究的跨学科维度。2000年由瑞尼嘉德·尼什克（Reingard M. Nischik）主编的《玛格丽特·阿特伍德：作品与影响》(*Margaret Atwood: Works and Impact*)对20世纪90年代的阿特伍德研究进行了重新评估，并整理出几篇研究力作以飨读者。2001年，由于新创伤研究的兴起，国际上陆续有研究者借助创伤理论来解读阿特伍德的作品。2003年豪威尔斯（Coral Ann Howells）收集了众多杰出研究者的论文，编纂了《剑桥导读：玛格丽特·阿特伍德》(*The Cambridge Companion to Margaret Atwood*)，将重点集中在阿特伍德文本中的环境、社会公众人物、反讽、神话等之上，其中不乏对创伤主题的探讨。2005年，辛西娅·坤（Cynthia G. Kuhn）出版了专著《玛格丽特·阿特伍德小说中的自我包装》(*Self-Fashioning in Margaret Atwood's Fiction: Dress, Culture and Identity*)，此书从后女性主义角度出发，通过分析阿特伍德作品中的时装和潮流探讨了女性身份和时装的关系，并以新颖的视角展现了新世纪学者们对阿特伍德逐渐多元化的研究。2007年，由菲利斯·桑塔纳伯格·帕里克斯（Phyllis Sternberg Perrakis）主编的《精神的冒险：多丽丝·莱辛、玛格丽特·阿特伍德以及其他当代女作家作品中的老年妇女》(*Adventures of the Spirit*: *The Older Woman in the Works of Doris Lessing*, *Margaret Atwood*, *and Other Contemporary Women Writers*)问世,书中主要探讨了阿特伍德笔下老年妇女的创伤以及她们面对未来做出的努力。2009 年由耶鲁大学学者哈罗德·布鲁姆主编的《玛格丽特·阿特伍德》(*Margaret Atwood*)与读者见面,书中收录了布鲁克斯·宝森、易格尔索(Earl G. Ingersoll)等人的论文,一方面回顾了他们关于阿特伍德作品的研究成果,另一方面从加拿大、幸存、叙述技巧等几个方面为阿特伍德研究添砖加瓦,并开创了现代性与当代性结合的研究视界。

  2010 年以来,阿特伍德研究的势头不减当年,很多老一辈知名学者也再起风云。这一时期的研究特点在于从现代性的全球化角度考察阿特伍德的后人类作品,并阐释其中的社会创伤隐喻。海蒂·麦克弗森(Heidi Slettedahl Macpherson)编纂了指导性文集——《剑桥导论:玛格丽特·阿特伍德》(*The Cambridge Introduction to Margaret Atwood*, 2010),详尽解读了阿特伍德的精选小说、个人生平及加拿大女性身份背景以及现代性的全球化大背景,为研究者提供了详细丰富的资料。同年,瑞尼嘉德·尼什克再次发表力作《风格性别化:玛格丽特·阿特伍德的作品研究》(*Engendering Genre: The Works of Margaret Atwood*, 2010),并在其中分别就阿特伍德的小说、诗歌、电影、评论、随笔等展开评述,探讨了阿特伍德的风格如何在内容和形式中呈现出"性别化"特色。与此同时,宝森为学界再添力作——《玛格丽特·阿特伍德:〈强盗新娘〉〈盲刺客〉〈羚羊与秧鸡〉》(*Margaret Atwood: "The Robber Bride"*, *"The Blind Assassin"*, *"Oryx and Crake"*, 2010)。这部文集重新评估了阿特伍德的三部经典作品《强盗新娘》《盲刺客》《羚羊与秧鸡》,将研究视点扩展至全球环境、人权、道德、权力、政治之上,开辟了阿特伍德研究的"后人类"解读空间。2011 年,阿特伍德研究依旧热潮迭起。大卫·尼尔逊(David E. Nelson)于 2011 年出版了《玛格丽特·阿特伍德〈使女的故事〉中的女性问题》(*Women's Issues in Margaret Atwood's The Handmaid's Tale*)。罗芮妮·约克的《玛格丽特·阿特伍德与文豪的工作》(*Margaret Atwood and the Labour of Literary Celebrity*)则在 2013 年问世。2020 年尤里安·莫利左(Julien Morizio)出版了《加拿大诗歌:从李奥纳多·科恩到玛格丽特·阿特伍德、卡伦·索里》(*Essays on Canadian Poetry: From Leonard Cohen*, *to Margaret Atwood*, *to Karen Solie*),探讨了加拿大文学史上的著名作家,其中亦包括对阿特伍德诗歌的深入研究。可见,自 2010 年以来，关于阿特伍德的研究更加精彩纷呈，越来越多的学者发现了阿特伍德作品中的现代性特质，从而丰富了阿特伍德研究的阐释空间。

综上所述，西方学界对阿特伍德的研究主要集中在女性主义思想、加拿大民族文学、生态思想、幸存、权力政治、风格技巧以及互文性等主题之上，而关于阿特伍德研究的创伤解读及其对现代性的批判涉及甚少，并多以近十年的成果为主。在论文方面，主要有布拉德利大学的劳瑞教授（Laurie Vickroy）的《玛格丽特·阿特伍德〈盲刺客〉中的创伤与叙事动机》（"Trauma and Narrative Motivation in Margaret Atwood's 'The Blind Assassin'"）。文章揭示了阿特伍德是如何通过多层叙述展现个人创伤和社会的动荡不安，又如何通过创伤确认个人身份，通过分析主人公爱丽丝的叙述，他指出阿特伍德笔下人物的个人回忆和公共回忆皆由权力所控，借此对主人公叙述的真实性提出了质疑，并由此揭露了不可靠叙述背后掩盖的创伤、误解和衰败的社会道德。宝森在论文《受苦受恨的创伤纪念：玛格丽特·阿特伍德女性主义回忆录——〈盲刺客〉研究》（"A Commemoration of Wounds Endured and Resented: Margaret Atwood's The Blind Assassin as Feminist Memoir"，2003）中以女权主义视角解读了主人公爱丽丝和劳拉姐妹俩的性创伤史。宝森认为阿特伍德的作品一直以来以女性创伤为主题，其中以描述女性的性创伤最为突出。这种性创伤不仅来源于男权制度的压迫，还来自女性自身的盲目。在女性的自我牺牲和与男性的合谋之中，女性被慢慢拉入受害者的深渊、不可自拔。杰西卡·帕克因（Jassica Aimee Saltzberg Perkiin）的论文《性创伤与身份重建》（"Sexual Trauma and The Traumatic Reformation of Identity"）关注创伤对身份的建构和解构，认为创伤对身份具有毁灭性的作用。通过细读文本，她揭示了阿特伍德是如何通过虚拟空间见证、承载并进一步修通创伤的。海蒂（Heidi Darroch）的《歇斯底里症与创伤证词：玛格丽特·阿特伍德的〈别名格雷斯〉》（"Hysteria and Traumatic Testimony: Margaret Atwood's 'Alias Grace'"）则选择了《别名格雷斯》为文本，指出阿特伍德通过调查19世纪和20世纪的健忘症和创伤回忆理论，揭露了真实人物格雷斯创伤记忆与自我叙事之间的关系，质疑了公众和个人记忆的可靠性。凯瑟琳·施耐德（Katherine V. Snyder）的《出发吧：玛格丽特·阿特伍德〈羚羊与秧鸡〉中的后末日录与后创伤研究》（"'Time to Go': The Post-apocalyptic and the Post-traumatic in Margaret Atwood's Oryx and Crake."）从后末日录和后创伤角度解读了阿特伍德的反乌托邦小说《羚羊与秧鸡》。施耐德认为阿特伍德的《羚羊与秧鸡》巧妙地使用了反乌托邦科幻推理小说的功能："从现实已经存在的事物跳跃到充满幻想的未来世界。从当今社会文化、政治和科学发展推理出未来的灾难。"①这篇论文在创伤研究中有着举足轻重的地位。论文主要分为五个部分：第一部分通过分析主人公的双重叙述说明了叙述技巧与创伤延迟效果之间的关系；第二部分则以空白和反复为例，探讨了阿特伍德作品中认识论上的不连贯叙述技巧，指出不连贯叙述背后展现的后末日录式的主体性；第三部分主要回顾了主人公前末日录式的创伤经历；第四部分通过凝视理论进一步对创伤见证者进行评估；最后一部分则通过分析《羚羊与秧鸡》中的重复叙述，深化了读者对后末日录小说开放结局的理解。

除此之外，另外一份极具价值的资料出自创伤小说研究者霍威姿（Deborah M. Horvitz）的专著《文学创伤：美国女性小说中的虐待、回忆与性暴力》（*Literary Trauma: Sadism, Memory and Sexual Violence in American Women's Fiction*, 2000）。霍威姿在"玛格丽特·阿特伍德的《别名格雷斯》与夏洛特·帕金斯·吉尔曼的《黄色墙纸》中的文本间性与后结构现实主义"("Intertextuality and Post Structural Realism in Margaret Atwood's 'Alias Grace' and Charlotte Perkins Gilman's 'The Yellow Wallpaper'")一章中，指出阿特伍德通过重述19世纪加拿大真实案件，以梦游和多重人格等精神障碍为媒介唤起了读者对女性创伤的注意。作者指出《别名格雷斯》是一部建立在19世纪精神分析话语权威上的创伤作品，其创伤中心是"爱尔兰种族歧视"。随后，通过与其他美国作家的比较，霍威姿认为这些作家的创伤叙事既带有准确性又带有修辞性。由于她们在妇女、儿童、族裔等问题上感同身受，所以更容易再现边缘人所遭受的排斥、压抑和剥削。纵观这些创伤作品，正如霍威姿所说："这些小说（创伤小说）中的象征和隐喻并没有脱离现实，相反，他们提出了与实际遭受压抑状况相似的问题，这些压抑现在已经被内化和转化在大脑中，从而产生了象征和隐喻。"②

三、国内阿特伍德研究述评

国内学界关于阿特伍德的研究大致分为起步、发展和多元化三个阶段。

（一）起步阶段。国内阿特伍德研究得益于加拿大文学和女性主义在

---

① Katherine V. Snyder. "'Time to go': The Post-apocalyptic and the Post-traumatic in Margaret Atwood's Oryx and Crake," *Studies in the Novel, Vol.* 43, No. 4, winter 2011, p. 470.

② Deborah M. Horvitz. *Literary Trauma: Sadism, Memory and Sexual Violence in American Women's Fiction*. New York: State University of New York Press, 2000, p. 100.

国内的传播。随着20世纪60年代加拿大文学的崛起，我国对加拿大文学的研究也有所长进。70年代末，我国培养的一批赴加学者如蓝仁哲、李文俊、黄仲文等人将加拿大文学引入中国。80年代的中国开始关注加拿大文学。到了20世纪90年代，随着黄仲文与张锡林的《加拿大文学简史》(1991)与郭继德先生的《加拿大文学简史》(1992)相继出版，国内对加拿大文学的研究进入了辉煌时期。正是随着加拿大民族文学研究的挺进，阿特伍德的《别名格雷斯》(梅江海译)与《可以吃的女人》(刘凯芳译)在20世纪90年代与国人见面。另一方面，新中国成立后，国家以法律的形式确立了妇女的权利与地位，使中国妇女得到了空前的解放。因此80年代中期，在"妇女能顶半边天"的口号之下学界开始引入一系列外国知名女作家的作品。1983年，作为女性作家代表的阿特伍德的诗歌《塞壬之歌》与《双面的珀耳塞福涅》在《外国文学评论》上首次亮相。之后，她的作品开始陆续与国内读者见面。一些工具书和文学史均将她列入介绍之列。这也说明了随着现代性在中国的传播与发展，阿特伍德的研究已经成为西方现代性的一个标志产物进入国内。

（二）发展阶段。1989年，《外国文学评论》刊登了坎辰的《玛格丽特·阿特伍德的新作〈猫眼〉》。这标志着国内阿特伍德研究进入发展阶段。之后，国内的学术类期刊和硕士论文中也陆续出现了有关阿特伍德作品的研究。1993年，袁宪军在《外国文学评论》上发表的《生存：玛格丽特·阿特伍德笔下的永恒主题》成为国内第一篇研究阿特伍德作品主题的学术论文。1995年《当代外国文学》刊载了张玉兰的《成长着的女性意识——玛格丽特·阿特伍德小说创作的基本母题》，开辟了国内阿特伍德研究的女性主义阐释空间。随后，代冰的《试析阿特伍德小说中女性的自我回归》(《外语与外语教学》，1997)，龚礼清、傅俊的《"旷野"--女性的归属--读玛格利特·阿特伍德的〈苏珊娜·穆迪的日志〉》(《江苏外语教学研究》，1997)也均从女性主义视角对阿特伍德的小说和诗歌进行了详细解读。2000年，随着阿特伍德荣获布克奖，国内阿特伍德研究进入多元化阶段。2003年，傅俊的专著《玛格丽特·阿特伍德研究》问世，掀起了国内第一波阿特伍德研究的热潮。书中详尽介绍了阿特伍德的成长经历和主要作品，并收录了相当一部分国内研究者的学术性论文，对国内阿特伍德研究产生了深远的影响。

（三）多元发展阶段。从2004年发展至今，国内阿特伍德研究呈现出多元化的发展趋势，现代主义与后现代主义的阐释方法进入中国学者的视野。潘守文的专著《民族身份的建构与解构——阿特伍德后殖民文化思想研究》(2007)从后殖民角度出发,联系加拿大语境,探究了阿特伍德作品背后的政治色彩,成为第一部阿特伍德主题研究专著。2010年,袁霞出版了阿特伍德生态主题研究专著——《生态批评视野中的玛格丽特·阿特伍德》。专著关注阿特伍德作品中的生态问题,将自然与民族身份、女性、底层民众联系起来,分别探讨了作为加拿大民族重要身份意象的荒野、生态女性文化以及殖民压迫三大问题,并从"环境启示录"角度探讨了阿特伍德对世界环境的深刻思考。除了以上两部专著,这一时期的阿特伍德研究还有两篇博士论文助阵:潘守文的《帝国主义与民族主义之间:玛格丽特·阿特伍德后殖民思想研究》(2007)继续就阿特伍德作品中的后殖民问题展开讨论;而袁霞的《反抗与生存——玛格丽特·阿特伍德作品的主题研究》从社会现实、两性关系、加拿大民族身份、人权以及生态环境五大方面出发,梳理和分析了贯穿于阿特伍德创作中的主题——"反抗与生存"。而后张雯在博士论文《身体的囚禁,精神的逃离:玛格丽特·阿特伍德长篇小说研究》(2011)中分别从"囚禁的身体""身体的囚禁""精神的逃离"和"身心之悖论"四个方面探讨了阿特伍德作品中的身体隐喻、时空对身体的囚禁、逃离与救赎、加拿大女性以及后现代创作等问题。2012年,李文良在博士论文《玛格丽特·阿特伍德小说叙事艺术研究》中以后现代主义视角为切入点,通过分析阿特伍德小说中的艺术手法,揭示了她对西方现代理论、思想的吸收和借鉴,表明了她对传统叙事文学的继承与超越。2014年,张传霞的《玛格丽特·阿特伍德"生存"主题和"经典重构"策略研究》揭示了阿特伍德是如何通过重构经典展现其不变的主题——生存。邬震婷的《玛格丽特·阿特伍德身份意识的三重解读——以非虚构类文集为中心的研究》(2014)集合了十部阿特伍德的非虚构类文集,借此分析了阿特伍德强烈的加拿大身份意识。2015年后,国内研究阿特伍德作品的成果也随着阿特伍德的新作《女巫的子孙》《最后死亡的是心脏》的出版形成了一个小高峰。

就创伤视角来说,柯倩婷是国内少数提及阿特伍德创伤叙事的学者之一,她在论文《互文性与后现代的真实观——阿特伍德的〈别名格雷斯〉研究》(《国外研究动态》,2007)中指出:小说《别名格雷斯》通过重新思考历史上著名的谋杀案,展现了上层人物的性别、阶级与种族偏见,揭露了下层女工的创伤经历。而在《〈盲刺客〉:一部关于记忆的小说》(《外国文学评论》,2007)中,柯倩婷从创伤记忆角度出发,探究了《盲刺客》中的女性暴力和女性创伤记忆。她还翻译了阿特伍德关于女性创伤的短篇小说《强奸幻想》,并发表过论文《受害者的抵抗——论阿特伍德的〈强奸幻想〉》(《外国文学》,2006)。她在文中指出,此小说通过描述女性受害者重获权力的策略反映了弱势民族在面对帝国主义经济、文化入侵时的困境与抗争。

此外港澳台学者对阿特伍德的创伤叙事也略有涉及,比如台湾中兴大学外文系教授朱崇仪在《女性伦理责任、困境以及抗拒策略》一文中重点论述了阿特伍德的创伤伦理治疗。他认为阿特伍德运用虚构性自传呈现女性伦理责任与困境,用女性记忆的重组来对抗父权意识形态对女性造成的创伤。而在伦理困境面前,女性唯有将创伤转化为言语和文字,才能够摆脱受害者情绪,从而治愈创伤。华梵大学外文系助理教授刘婉俐在论文《疯狂/异变、逃离与抗拒:后殖民小说中的女性创伤叙事》中通过对《浮现》的细读,探讨了其中的女性创伤叙事。她认为在《浮现》中,女主人公的疯癫与逃离是小说不可靠叙述的主轴,是女性面对创伤回忆、民族认同、语言冲突以及父权社会的隐性抗拒。同时,她认为阿特伍德将性别、族裔、创伤主题置于后殖民视野之下为女性在自然与旷野之间重拾主体的治疗方式提供了契机与可能。

综上所述,国内阿特伍德研究经历了近40年的稳步发展,如今虽已经走上繁荣发展的阶段,但研究主题仍集中在女性、生态、艺术手法等方面,其中不乏对西方阿特伍德研究的重复性探讨。而就创伤视域来说,大多数学者都是在研究其幸存、受害者主题时略有所指,尚未将其作为一个整体,与政治、社会、个体精神、哲学等领域连接起来,因此在视角的广度上尚有不足。更需要注意的是,这些创伤研究多从文化角度出发,其实质并不是叙事性的。换言之,多数学者并没有将创伤视为一种文学叙事方式,而只是将其视为一种文学的社会问题呈现。这种文化解读不仅缺乏文学性特质,更缺少一种整体历史维度。另外可惜的是,尽管国外学者已经发觉阿特伍德作品中的现代性特质,却并未发现其中的批判性特质。事实上,阿特伍德对现代性的态度并不是赞许与默认,而是辩证与批判的。鉴于此,在前人研究的基础上,本研究将创伤与现代性以及叙事联系起来,试图综合阐释阿特伍德的多数作品以一种"后现代"风格批判、揶揄了现代性的众多负面后果这一观点。正是这种"后现代"风格及其背后呈现的时代特征展现了在现代主义发生以来文学作品中的创伤叙事,也正是在这种具有时代特色的创伤叙事背后呈现出了作家对现代性问题的深刻思考与批判。

第二节 研究方法

　　文学研究是人文社科类独立学科，起源于19世纪的美学。目前的文学研究主要有两种方式：一种是"文本内"的叙事形式研究，另一种则是"文本外"的历史文化批评。两种方法虽然各有所长，但是都各有其弊端。前者的过度会带来文学内部阐释的僵化问题，这是因为这种方式的归纳和观察并不具备辩证的理性认知与主观能动性。比如俄国形式主义最初的设想是保留文学中的"文学性"与"独立性"，因此他们推导出一种文学规律，试图让阅读循规蹈矩地围绕在这种规律的轨道上。在他们看来，艺术作品就是有待被科学考察的对象，而哲学与心理学等与语境相关的理论批评几乎毫无用处。如此一来，任何一种文学作品都被规约至某种特定的解读方式中，至于隐藏在文学作品之后、隐藏在作者意识背后的庞大的无意识体系，那个整体社会学上的动力则被忽视了。而这也无疑等于忽略了文本阐释的现代历史任务。

　　如果后者过度，通常会有一个"普遍价值"的诞生，即将某种宏观概念应用于文学书写上去，却从未考虑过这一概念是否是一种有效阅读某些作品的审美方式，是否符合作品本身的表意内容。在这一类研究之中，不乏走向极端的理论派与历史派。前者在迅速掌握了一种批评方式后（比如解构主义方式、精神分析方式）就不再推敲这种标新立异的方式与文本试图要展现的社会文化的必然性与偶然性边界，而是以理论阐释文本，这不仅没有解决文学性的问题，反而将理论与文学、理性与实践撕裂，其后果就是要么将文学视为"理论理性"本身，要么将其视为用来验证理论正确的"注脚"。这就正如我国学者张江在《理论中心论：从没有文学的文学理论说起》[①]一文中所指出的那样，理论并不能以自身为对象，而是应该以对象的实践活动为对象。文学阅读和批评不可能脱离文学艺术作品自身的经验去凭空建构，更不可能忽视其自身的现代性问题。后者则是历史主义式的，即把文本空泛地置于历史宏大的背景之中，而不考虑其自身的独立性与审美性。事实上，浪漫主义伊始的现代文学生成了一种独立自主的审美场域，这一场域也就是通常所说的审美现代性。换言之，现代文学艺术有其独立于历史总体的一面。它虽然有着不可超越的历史文化背景，呈

[①] 详见张江：《理论中心论：从没有文学的文学理论说起》，《文学评论》2016年第5期，第5~12页。

现了一定社会的人文精神，但也有其批判性的一面，甚至有着艺术的超越性与救赎性一面。正是现代文学的这一特征以及它在将现代性作为一个历史问题对待的层面上，要求当下的文学研究具有综合性的方式。

鉴于此，本研究试图结合"文本内"与"文本外"两个方面，综合进行阿特伍德创伤叙事的研究。换言之，本研究并不打算只是论述阿特伍德的书写如何符合"创伤"这个主题，或者说阿特伍德究竟怎样描写创伤以迎合创伤的现代特质，而是考察其作品与时代的外在关系，以及其创伤叙事超越时代的独特内在性，展现其创伤叙事的形式特征，阐述其中予以表现的社会权力、制度、差异、精神等时代问题。因此，本研究采用的创伤，并不是一个用来支撑论文框架的流行理论，而是一个叙事方式，一个用来容纳民族、记忆、社会、宗教等历史症候的叙事方式。而在后者之上，本研究锚定现代性问题，在现代性的逻辑场域中探讨创伤的抒情表述方式及其与现代性的关系。这其中既从总体历史角度呈现创伤叙事的时代特质，又对历史的总体化现象进行批判。换言之，不仅仅是从文学性角度考察阿特伍德究竟怎样去呈现创伤的各个维度，如权力、制度、差异、精神等普遍问题，更是从创伤学角度阐述这些问题的原因，在撕开伤口的时候洞察病因、诊断症候、开具处方、治愈创伤。

综上所述，虽然鉴于研究方法的不同，文学研究相对自然科学研究仍具有更多的"主观阐释"特质，然而本研究旨在从人文社科独特的文化精神层面呈现阿特伍德创伤叙事的客观性。本研究试图结合起文本与阐释、文化与叙事、历史与个体的各个层面，以期达到文学研究与综合知识并进的目标，将作为一种"虚学"的文学研究"做实"。这具体表现在本研究始终秉持其自身处在现代性之中的这一观念，并以阿特伍德自身的批判性视角揭示创伤的可言说性和不可言说性，判定现代性带来的重大矛盾问题，并试图通过探讨这些问题对现代性进行超越。

第三节 研究框架与目的

本研究在结构上分为六个总章，从学理总论入手，并依照阿特伍德的创作史，将文化主题分为民族语境、个体、社会、宗教四个样态，最后做近期动态追踪研究，分析其修通创伤的方式。

绪论探讨选题缘起、作家概况、研究方法与研究动态，勾勒本研究总体特征与风貌，指出本研究并不是将阿特伍德的创伤叙事视为当下流行理论的文学例证，而是基于其内在的创伤叙事特质以及现代性内在的创伤特质，探讨审美表现与文化内涵之间、文学叙事与创伤事件之间、历史与创伤记忆之间以及言说与幸存之间的关系，借由文学批评、创伤学理论以及文化研究三种方法的互动，试图描述创伤、现代性、文学之间的难解关系，捕捉它们相互撞击却又交融的特殊时刻。

第一章"阿特伍德的创伤叙事与现代性批判"从总体上指出，现代性的展开过程即主体意识的分裂过程。这种分裂印刻在现代文学之中，形成了一种特殊的叙事——创伤叙事。加拿大作家玛格丽特·阿特伍德的创伤叙事不仅具有创伤叙事最广泛的学理规定，更具有其自身的独特性。第一节"现代性、批判与现代文学"梳理现代性、批判与现代文学的概念与关系，指出创伤叙事是与现代性展开相关的现代文学样式，但却与后现代文学具有叙事共性。第二节"创伤、创伤批评与创伤叙事"深入到创伤的心理学概念中，考察其从心理学到文化、文学的学科变迁，并从目前公认的创伤主题书写中归纳创伤叙事的学理特质，指出创伤叙事包含了对现代性分裂意识与意识的再认识，因而使其自身异于其他主题叙事。第三节"阿特伍德的创伤叙事与现代性"经过综合考察阿特伍德的长篇小说指出：由于在文化、文学结构上享有共性（即现代性与现代文学），阿特伍德创伤叙事与广泛创伤叙事具有诸多共性，如复调、对话、互文等；由于认识论的结构具有一定的认识共性，阿特伍德创伤叙事与普通创伤叙事一样具有"意识性"与"对象性"，如对现代性的批判、对创伤起因的体认等。然而，由于其叙事结构与认识论结构皆不是以主体意识为中心，而是呈现出"平行对话"与"倒金字塔"样貌，因而具有特殊性。

第二章"阿特伍德的民族创伤叙事与现代性批判"通过分析阿特伍德的民族文化结构，指出阿特伍德的早期创伤书写揭示出加拿大的民族创伤主要是身份认同的混乱，其根本原因在于现代性展开过程中历史主体、殖民运动、民族冲突等一系列问题的凸显。第一节"加拿大民族创伤的殖民文化溯源"以创伤的心理学理论为基础，结合阿特伍德等加拿大民族主义者的著述，考察加拿大民族（主要是英裔）的原始创伤，并指出对加拿大民族创伤的审视不仅需要建立在殖民的经验史上，更要建立在殖民的观念史上。第二节"加拿大民族创伤的文学体现"爬梳加拿大文学史上的创伤事件，阐释这些事件是如何成为一种加拿大民族文化的创伤经验，并被相应作家与作品呈现出来的。第三节"阿特伍德民族创伤叙事中的'无意识'与'有意识'"承接上一节内容，将阿特伍德置于加拿大民族创伤叙事的历史语境中，通过对比分析早期民族女作家苏珊娜·穆迪的荒野日记与阿特伍德的"重写作品"《苏珊娜·穆迪的日志》，抽象出加拿大民族创伤症候为"精神分裂",并将其追溯至主体意识与殖民实践的内在悖谬,从而指出加拿大民族文学的"无意识"维度与"暗恐"心态,并将二者的起源追溯至"自我他者化"与"他者自我化"这两种本质主义。同时,深入挖掘《猫眼》等作品,揭示阿特伍德是如何"有意识地"对加拿大民族创伤的文化结构做出批评,并试图通过重写历史创伤对此进行超越。

第三章"阿特伍德的身体创伤叙事与现代性批判"承接上一章,将民族身份的抽象概念置于个人身体经验之中,通过分析相关文本中的身体创伤与器官意象,揭示身体与心灵的二元对立、身体的边缘化及自我异化等个体创伤,并从现代医学发展与身体的关系中力透权力的知识谱系。第一节"身体的创伤与现代性"厘清身体创伤的古典含义与现代含义,指出后者来源于理性的总体化历程。第二节"嘴巴的创伤与女性话语"通过分析《可以吃的女人》中嘴巴的两种现代创伤表现——饮食障碍与语言障碍,剖析女性话语的可言说层面与不可言说层面,指出后者才是创伤本质意义所在。第三节"眼睛的创伤与后殖民话语"通过分析《浮现》等作品中眼睛的两种现代文化功能——见证与凝视,考察殖民地解殖实践的语境差异,提出后殖民话语的范式转换。第四节"乳房的创伤与医学话语"通过分析《肉体伤害》等作品中的乳腺疾病及其隐喻,考察现代医学学科话语与女性身体规训之间的关系,揭示权力话语机制中的性别政治。

第四章"阿特伍德的社会创伤叙事与现代性批判"承接上一章,由个体创伤递进至社会创伤,通过分析《使女的故事》中的审美表现,揭示阿特伍德对西方现代历史观的批判与调整,预判未来极权主义的历史基础与风险,探讨权威与自由的张力结构及其对社会创伤的修通效用。第一节"极权主义与现代性"梳理了极权主义的起源条件、历史衍变、结构特征、内在逻辑、社会后果,指出极权主义是内涵于现代性自身悖论的一个问题。第二节"社会创伤叙事的时空形式与极权主义"通过分析极权主义背景下的创伤形式表现,即宏大历史叙事与创伤空间的并置,揭示个体多元创伤体验与历史逻辑的统一,指出阿特伍德的历史相对主义是对西方进步史观的批判。第三节"自由主义、保守主义与美国极权主义"进入小说的具体文化指涉中,从美国殖民时期的自由主义与宗教精神的关系入手,考察美国极权主义未来的历史基础,指出小说的批判对象是美国历史上非左即右的政治极化现象,而其价值指向是当下人们的共同政治行动。第四节"重建两种自由的关系与社会创伤修通"上升至理论思辨层面,通过将阿特伍德的自由观与卢梭、康德的"自由意志",尼采的"权力意志"以及阿伦特的"自由行动"进行比较,指出其自由观是对现代自由议题从主体、道德、理性到主体、权力与行动的历史转型的继承与批判，从史学、政治学、哲学以及文学的多元层面探寻极权主义社会的修通途径。

第五章"阿特伍德的宗教创伤叙事与现代性批判"进一步深入西方世界的核心部分——信仰，通过分析"末日三部曲"的叙事特征与神学隐喻，指出现代西方信仰的危机是天启与理性的分裂，阐明阿特伍德对工具理性与感性直观的双重批判以及对"仿佛哲学"作为修通宗教创伤的诉求。第一节"宗教信仰与理性主义"从历史的脉络中追寻理性与宗教的同一性与差异性，指出二者分裂的原因是现代理性主义的总体化意图以及现代认识论在结构上的失衡。第二节"'末日创伤'与神学隐喻"指出阿特伍德宗教创伤叙事承袭了犹太-基督教的叙事模式，即以末日事件为节点，向前追溯至旧世界的终结，向后延伸至新世界的肇始，末日创伤从神学角度隐喻了宗教与理性的分裂与再次通融。第三节"工具理性主义批判与抽象人文主义批判"指出阿特伍德对启蒙现代性与审美现代性分别做了去伪存真的考辨，批判了工具理性与技术的滥用和抽象人文主义与艺术感性的无度。第四节"理性宗教与'仿佛哲学'"通过分析小说中的极端宗教组织与理性宗教，揭示阿特伍德对"仿佛哲学"作为沟通理性与宗教裂痕的诉求。

第六章"阿特伍德的后创伤叙事与现代性之后"超越民族、个体、社会、宗教四种人文形态，呼应第一章提出的现代性问题，通过分析阿特伍德近期创作的叙事表现与文化内涵，揭示其创伤叙事在"后创伤世界"中的风格转型与文化批评上的伦理学转向，阐述其在"后"创伤时代的学术增长点。第一节"后现代性、后现代主义及其超越"通过考察启蒙现代性与审美现代性的历时性关系揭示现代与后现代文学样式的关系，指出后现代文学并不是独立于现代性之外，而是超越现代性的"潜在话语"；后创伤叙事亦不意味着创伤的终结（因为创伤的终结即现代性的终结），而意味着创伤有了其"修通话语"。第二节"阿特伍德'后创伤叙事'中'超越的后现代性'"以其2016年以来的长篇小说《女巫的子孙》与《最后死亡的是心脏》为重点，对比分析阿特伍德三个阶段的创伤叙事风格，阐述阿特伍德近期创伤叙事呈现出的一种不同于前两个阶段的"后现代"风格，以此揭示其近期的"后创伤叙事"是对前期"后现代风格创伤叙事"以及"普遍后现代主义"的超越。这种超越性主要表现在其对爱、宽恕与怜悯等伦理要素的重视之上。也正是这种伦理学要素成为晚年时期阿特伍德修通现代性创伤的根本方法。

结语部分总结性阐释阿特伍德的创伤书写的独特风格，指出阿特伍德的创伤书写虽然与广泛意义上的创伤书写具有共性,但是却又有其独特的风格。这主要表现在其创伤叙事策略的"倒金字塔"结构以及内容上的"超越性"与"修通性"。前者深入族裔、女性、患病者等社会底层群体中,通过描绘人物个人体验与社会关系,揭示现代创伤的梯度性与层次性特质。后者则在前者的基础上,反思现代性的历史逻辑与二律背反,并在批判的角度上探寻修通创伤的方式与方法,超越现代性。

通过对阿特伍德创伤叙事及现代性批判的研究,旨在明确创伤书写的文学意义与价值取向。学界通常将创伤书写视为一种现代否定情绪的表现,不具有审美或价值意义。本研究认为:一方面,创伤是现代文化结构中的一个重要组成部分,它的存在形式是被作家"无意识"接受的;另一方面,其否定性的内容又被作家过滤掉,肯定方面被作家整合留存,最终成为"有意识"的叙事形态和有规定的审美表达。这也恰如凯西·卡鲁斯所认为的那样:创伤的意义"不仅仅在于简单的精神创伤疾病,而在于伤口发出的声音,试图告知我们一个不能通过其他途径得到的现实。现实已经被延迟了,它不仅仅与我们所知的相分离,也与我们语言和行为中的不可知相分离"[1]。本研究的意义也是如此:通过分析民族身份、个体经验、社会制度以及精神信仰四个主要文化样态的创伤,揭示现代性带来的诸种问题,其目的并不是真正超越现代性,而是希冀借这种努力为超越现代创伤创造出"潜在性"与"可能性"。

---

[1] Cathy Caruth. *Unclaimed Experience*: *Trauma*, *Narrative and History*. Baltimore: The Johns Hopkins University Press, 1996, p. 4.

第一章 玛格丽特·阿特伍德的创伤叙事与现代性批判

第一节 现代性、批判与现代文学

现代性的问题是当下国际学界共同关注的一个重要问题，它在不同领域有着不同的解释，如美学领域的波德莱尔将其理解为一种反启蒙主义的美学实践，社会学领域的韦伯将其视为世俗化过程，同为社会学学者的吉登斯将其理解为一种知识结构、现代社会生活、组织模式，而詹姆逊将其视为一种叙事类型，哲学家哈贝马斯将其视为一项未完成的计划。在这些杂多的话语表述背后蕴含着一个基本前提，即把现代性首先视为一个时间问题。事实上，现代性的时间问题是把古今分开的历史划分方式，亦是现代逻辑思想展开的方式。现代性的诞生意味着历史摆脱了古希腊文化历史结构中存在的无限循环论与无限连续性，而成为具有一定方向的现代历史，因而具有划时代意义。

在古希腊时期，历史是宇宙的历史。这就是说，"人类历史是以宇宙时间为基础、以政治事件为轴心的对过去的追溯"[1]。它只涉及某个历史事件是怎样发生的，但却不涉及事件会有什么样的发展，是否进步，因为古希腊人坚信这一历史事件与过去、将来发生的历史事件遵循同一逻辑，具有同样性质。但是，作为西方文化的另一条脉络的犹太-基督教却并不认为历史是无限循环的。犹太-基督教认为历史虽然具有事件性，但是却始终在"以后"中显现。"以后"作为一个历史过程的展开，包含了过去与当下，并"有一个终极意义的假定……一种作为超越了现实事件的终极目标的终极目的"[2]。在古希腊那里的自然历史观被扭转为与人之生命展

---

[1] 别尔嘉耶夫：《末世论形而上学》，张百春译，北京：中国城市出版社，2003年，第207~209页。

[2] 卡尔·洛维特：《世界历史与救赎历史》，李秋零、田薇译，上海：上海世纪出版社，2006年，第35页。

开具有同构性的历史观。现代性便是在这一转折之中展开其历程的。

通常认为，现代性的时间展开可以追溯至 1500 年左右。这段时期被人们称为"时代的分水岭"①。如果说在 1500 年之前，历史视野只是将人作为上帝创造的历史载体，那么随着从神到人的主体的变化，人的历史也就不再受命于天意。换句话说，人是以其"我思故我在"的主体模式构建起自身的历史。在没有作为超越的绝对者的囿范的情况下，其历史就变成了一种以科学逻辑为基础的简单进步史。

如果说历史是统摄现代性多元性的时间假设，那么可以说，基于现代性自身的结构与特质，它又可以从一个辩证逻辑层面来获得统一，即现代性一方面是历史总体化过程，另一方面又是这一总体化进程的对立面。事实上，这一逻辑所陈述的并不是一个时间顺序观念，而是一个与现代性有直接关系的人的意识本质，即批判性。也正如黑格尔的逻辑辩证法所示，不在一个层面和维度的矛盾并不能称之为矛盾，矛盾具有两面一体性。现代性逻辑不是单一、连续、同一的逻辑，而是一种否定自身的批判式逻辑。它既是"革命、进步、解放、发展、危机以及时代精神"②，又是"异化、祛魅、破碎及病态"③的来源。正如卡琳奈斯库所说，现代性"不再表现为超验、先定的模式，而是各种内在力之间的必然相互作用"④。现代性呈现的是人与历史、个体与社会在自然生命展开逻辑过程中的冲突与融合、混杂与矛盾，也是基于人之本质的一系列正题与反题的辩证统一。

批判作为现代性内在于人的精神本质，集中体现在启蒙现代性与审美现代性的张力之中。需要说明的是启蒙现代性与审美现代性并不是两个不同的现代性概念，而是在历史逻辑之中，以人之历史活动为参照发展出来的一对矛盾统一体。启蒙现代性是启蒙运动时期现代性的主要表征。它通常指的是笛卡儿以降确立起来的一种认识-知识模式，其载体是哲学。审美现代性则是对这种认识-知识的一次反拨与批判，其载体是文学艺术。

先从前者来看，启蒙运动开始，知识在人的认识限度内被划分为两种：一是概念的、经验的形式逻辑，一是内容的、先天的反思逻辑。⑤前者多是数学、自然科学范畴内的认识方式，而后者则多属于哲学、社会科学范畴内的认识方式。也正是在辩证的逻辑中才诞生了启蒙所蕴含的另一

---

① 哈贝马斯：《现代性的哲学话语》，曹卫东译，南京：译林出版社，2011 年，第 6 页。
② 哈贝马斯：《现代性的哲学话语》，第 8 页。
③ 大卫·库尔珀：《纯粹现代性批判》，北京：商务印书馆，2004 年，第 29 页。
④ Matei Calinescu. *Five Faces of Modernity*. New York: Duke University Press, 2006, p. 22.
⑤ 详见黑格尔：《小逻辑》，贺麟译，商务印书馆，1996 年。

个维度——反思、批判。换句话说，由启蒙精神拉开的现代科学序幕将主体的每一个认识对象推向了科学化的体系建设之中，确立了现代性的基础模式。但是，如果没有辩证理性的反思与批判，纯粹的启蒙现代性必然走向极端的怀疑论与中心主义。因而，当康德在回答何为启蒙的时候，他不仅提出启蒙精神就是人类运用自己的理性认识世界，更指出这种理性精神是思辨的、批判的、审视的。只有这样才能真正规定人类认识论的范围，并在这一范围内展开人自身的问题研究。几个世纪之后，福柯呼应了康德，指出：在从根本上提出"什么是启蒙"这个问题时，我们事实上已经遇到了"现代性历史模式"[1]。这一洞见指出了现代性的历史逻辑就是启蒙的逻辑，也是反思与批判的逻辑。但也正如他对康德的批判所示，康德拉开了"启蒙与批判的距离"，其划界是"认识的认识"[2]，因而真正的批判并没有在哲学之中完成。当批判只是囿于哲学思考时，现代性的批判性维度实则被消泯了。从这一层面来看，现代性的自身批判维度不能只是站在主体认识论场域之内的批判，而应该是来自另一维度的批判。

另一维度也就是审美现代性。审美现代性继承了启蒙现代性的批判精神，但这一场域"首先是在19世纪的审美场域中明确自身的"[3]。这也诚如波德莱尔指出的那样："现代性就是过渡、短暂、偶然，就是艺术的一半，另一半是永恒不变。"[4]因而，文学艺术代替了哲学成为批判的审美现代性的重要载体。事实上，现代文学艺术从其独立的那一刻起就与审美现代性一样具有一种与启蒙理性话语体系剪不断理还乱的关系。如果说，审美现代性一方面与启蒙现代性一样，都是现代性进程的环节，是处于历史分水岭的人的精神体现，另一方面又体现出现代性在"非哲学场域"的批判性，是启蒙现代性的"掘墓人"，那么也可以说，现代文学艺术一方面在现代历史逻辑范畴之内与启蒙理性相互联系，是理性自我意识的一个反思层面，另一方面，又凭借"自由"这一现代性的特质[5]，批判了启蒙现代性与其自身作为哲学审美的反思内容，并在对自身的批判之中显示出其脱离启蒙现代性的自律性一面。这也恰如卡琳奈斯库所说："文学上的现代性正是在历史之中无法获得统一的时间意识的侧面。"[6]现代文学本身就

---

[1] 福柯：《什么是批判/自我的文化》，潘陪庆译，重庆：重庆大学出版社，2017年，第25页。
[2] 福柯：《什么是批判/自我的文化》，第16页。
[3] 哈贝马斯：《现代性的哲学话语》，第10页。
[4] 波德莱尔：《波德莱尔美学论文选》，郭宏安译，北京：人民文学出版社，1987年，第485页。
[5] Agnes Heller. *Aesthetics and Modernity: Essays by Agnes Heller*, ed. John Rundell. UK: Lexington Books, 2011, p. 141.
[6] Matei Calinescu. *Five Faces of Modernity*, p. 51.

是总体历史逻辑的非同一性体现。

在19世纪以哲学为载体的理性总体化背景下，文学艺术以其批判的身份试图获得自律。因此，当波德莱尔将浪荡子、巴黎街头、百姓生活以及市民的时代感受与崇高、美、哲思的知识性融为一体时，他的目标不仅仅是"从流行中提取历史，从过渡中抽出永恒"①，更是在反思与批判的审美现代性层面呼吁一种对其自身产生有着历史背景认识以及时代使命的新文学艺术，并借助其中"最确切与最当下的历史性意识来超越历史之流"②。也因此，当兰波以一种较为激进的态度提出"必须绝对的现代！"，波德莱尔那种强调"英雄式选择"③的温和现代意识被推向了以生命冲动为基础的文学权力意志，并与社会思潮和文化运动结合起来，构成了一种现代文学艺术独有的"政治美学"④。这种政治美学标识了审美现代性的独特形式，即其中既包含了作为一个独立场域的文学艺术实践对哲学-审美的知识场域的继承，亦包括了对理性总体化与现代性全球化的反思与批判，并将这些内容与政治行动结合起来，最终转而成为"各种思潮和社会运动的一部分"⑤。

正是从政治这一层面上来说，现代文学艺术作为审美现代性的实践场域不再是哲学-审美的知识体系的价值生产工具，而是一个与个体、文化、社会、历史息息相关的世俗世界全息图景。这也恰如福柯所见，19世纪，在现代性的高峰运动中，"文学摆脱了所有在古典时代使它能传播的价值（趣味、快乐、自然、真实），并且在自己的空间中使得所有那些能确保有关这些价值之游戏性否认的东西（丑恶、丑闻和不可能的事）得以诞生；文学中断了有关体裁（体裁是作为符合表象秩序的形式）的任何定义的关系，并成为一种对语言单纯的表现"⑥。福柯的发现同时划清了"两个文学"的边界，一个是现代主义之前的古典文学，另一个就是现代主义及后现代主义所代表的现代文学。换句话说，尽管现代性作为一个历史总体发端于1500年左右，其背后的推动力是历史观的改变、人之主体的出现以及资本主义的兴起与宗教革命的发生，但其真正呈现出二律背反特质的时候是19世纪，也即文学实践作为审美现代性与哲学知识作为启蒙现代性

---

① 波德莱尔：《波德莱尔美学论文选》，第484页。
② Matei Calinescu. *Five Faces of Modernity*, p. 50.
③ Matei Calinescu. *Five Faces of Modernity*, p. 50.
④ 本雅明：《机械复制时代的艺术》，李伟、郭东译，重庆：重庆出版社，2006年，第172页。
⑤ 周宪：《美学的危机或复兴？》，载《文艺研究》2011年第11期，第16~24页。
⑥ 福柯：《词与物：人文科学考古学》，莫伟民译，上海：生活·读书·新知三联书店，2001年，第392页。

发生断裂的时候。此后，文学的场域与政治的场域进行了联谊，形成了现代主义文学，而也正如格林伯格所见，"一旦前卫艺术成功地从社会中'脱离'，它就立刻转过身来，拒绝革命，也拒绝资产阶级统治"①。这种潜藏在现代文学场域之中的自我消解性进一步将现代主义风格推至后现代主义，并从这两个层面形成了现代文学的总体概念。从现代文学反对其自身这一点以及这种悖谬性的历史根源来看，现代文学一方面是现代性创伤的体现（即卡琳奈斯库所说的"断裂的时代意识"②），另一方面又是自身的创伤体现（即现代主义与后现代主义的叙事风格）。概言之，正是鉴于现代性的内在逻辑悖谬，诞生于其中的现代文学本身就是一种充满悖谬特质的创伤叙事。

第二节　创伤、创伤批评与创伤叙事

创伤叙事是诞生于现代性中的一种语言表达方式，并随着现代化、全球化以及殖民化历程的加剧逐渐成为现代文学的主要叙事话语之一。它具有历史文化的结构性维度，亦有时间、表现、语态、象征等内在叙事特质，是一定历史阶段的产物，又是对这一历史阶段进行批判的话语策略。然而，目前文学研究中所谓的创伤并不是一种叙事，而是兴起于精神分析学中的一种文化话语评论，其分析对象通常是现代性的精神分裂话语与整个现代历史结构，其目的是揭示现代社会深层的欲望机制，诊断时代疾病。这二者虽然与现代性有着密切的关联，并在目前创伤叙事学研究中是一个可以相互融合的话题，但厘清二者的关系依然重要，因为这是将创伤叙事从创伤的泛文化研究中独立出去，考察其自身话语特色，呈现其"文学性"的第一步。

创伤的概念来源于心理学，是有关人精神问题的追溯性研究。创伤作为一个神经医学术语首现于1766年，神经生理学者麦悌（Maty）博士发现一个受创者在伤后的六个月中，身体机能陆续出现问题，最终导致死亡。他用这个病例分析了创伤与脊髓通路（railway spine）的关系。那个时候，创伤仍旧属于一个介于生理医学与神经医学之间的跨学科问题。之后的几十年里，奥博克劳白（Abercrombie）、本雅明·布罗迪（Benjamin Brodie）、西姆（Syme）相继展开了相关研究。西姆认为：脊髓的休克性

---

① 克莱门特·格林伯格：《艺术与文化》，沈语冰译，桂林：广西师范大学出版社，2015年，第6页。

② Matei Calinescu. *Five Faces of Modernity*, p. 51.

创伤会导致髓质变软或者脊髓神经功能的丧失。这个发现为心理分析领域中的心理创伤这一概念奠定了生物学基础。其后一百年间，很多临床医生都对这种症状产生了浓厚的兴趣，并各有新的发现。伦敦外科医生佩吉（Herbert Page）发现，发生症状的并不是受创者的躯体而是精神，由此发现了创伤性癔症的起源，并第一次将创伤规定为一个精神学科问题，而不是生理医学。这个研究发现迅速扩展至美、德两国，很多精神病学的学者都对癔症与创伤展开了研究。1885年，弗洛伊德继承了老师沙可（Charcot）的观点，并与詹尼特（Pieeer Janet）、布鲁尔（Menter Joseph Breuer）等人合力对癔症性神经症展开了研究。1893年到1895年，弗洛伊德在对癔症的研究中发现"可以在普通癔症与创伤性神经症之间建立一种类化"，癔症的病因"并不是那种微不足道的躯体性伤害，而是恐惧的影响——心理创伤"①。这便是创伤学最早的心理学基础。之后，对创伤性神经症的研究可谓伴随了弗洛伊德的整个研究生涯。1895年，弗洛伊德的父亲去世，他因此受到打击，从而否定了许多先前研究过的案例。但是，正是这次创伤经历让弗洛伊德开始全面深入研究创伤学。②1905年到1909年，弗洛伊德深入研究了关于性的理论。在对儿童性经验的分析中，他提出儿童神经症的主要创伤性影响是"阉割威胁"，有无"阳具"成为孩童恐惧的最根本来源。1914年到1917年，第一次世界大战催生了大量有关创伤的议题，而对创伤的起因研究也从"阉割威胁"发展到"战争威胁"。这一时期，弗洛伊德发表了《精神分析与战争神经症》《精神分析引论》《哀悼与忧郁症》等著作。在书中，他对各式各样的创伤性神经症展开详细论述。此时期的弗洛伊德逐渐认识到创伤性神经症的一个核心问题是如何对心理伤痛做出调整，继而，他提出通过哀悼③来治愈那些目睹亲友丧生的幸存者，并由此形成了创伤学的基本结构。

同一时期，英国心理学家梅尔斯（Charles Myers）也展开了对此项课题的研究。据资料记载，战后幸存下来的老兵却在战后难以度日，战争场面每日每夜折磨着他们的精神。这些幸存者都有一些相同的症状，比如闪回（flashback）、强烈的失落感和无用感。有些幸存者丧失了说话能力，整

---

① 弗洛伊德：《弗洛伊德全集》第一卷《癔症研究》，车文博编，杨韶刚译，长春：长春出版社，2004年，第19页。

② Janet Chauvel. "Freud, Trauma and Loss: A Presentation to the Victorian Branch of the Australian Association of Social Workers," *Psychoanalytic/Psychodynamic Interest Group*, on 13th September, 2004.

③ 在《哀悼与抑郁症》一文中，弗洛伊德对这二者进行区别性阐释。他认为哀悼是对外部世界的斥责与不满，而抑郁症则是患者自我内部世界的自责与放逐。

日郁郁寡欢,也有的歇斯底里,午夜梦回时大汗淋漓,惊声尖叫,仿佛又置身战场。梅尔斯将这些老兵的症状归纳为"炮弹震骇(shell shock)"。从此,创伤研究逐渐从精神分析领域中独立出来,取得全球性的突破。1920年,弗洛伊德在《超越快乐原则》中将"战争神经症"(war neurosis)的相关研究引入和平时期的"创伤性神经症"(traumatic neurosis)之中。据他调查,"创伤性神经症"的患者不仅会被梦境带回"他遭受灾难时的情境中去",而且"在清醒的时候总是回忆发生在他们身上的事情"[1]。也正是在这一时期,弗洛伊德厘清了普通回忆与创伤性回忆的区别,指出在普通回忆中,意识发挥了极大的作用,而在创伤性的回忆中,无意识的症候占据了最主要的因素。1925年,弗洛伊德在《抑制、症状与焦虑》中进一步研究了创伤与焦虑的关系,并再次修正了以往认为焦虑是引发创伤性神经症的观点,指出焦虑是对"创伤性情境"(traumatic situation)[2]的反映,是对创伤性神经症的预防。83岁那年,弗洛伊德完成了他的最后一部作品《摩西与一神教》,在这本书中,弗洛伊德将创伤(trauma)命名为"早期经历过而后来被遗忘的那些印象"[3],并将个体创伤与神经症引入宗教社会学,探讨了犹太民族的心理创伤如何构筑起本民族独一无二的一神教,并首次将创伤的精神医学问题转移至民族历史领域,用以探讨社会文化的结构性起源。

弗洛伊德对创伤的研究如同其对无意识的分析一样贡献巨大。在启蒙运动之后,理性的工具化与技术化使得早年的启蒙规化化为泡影,美梦的破灭导致人的精神逐渐走向虚无化。于是,整个19世纪都处于一个理性高度发展与非理性现象丛生的张力结构之中。与此同时,现代性的日渐加深将本是西方文化传统中的精神思想随着现代化与全球化播散开去,战争、虚无主义也随之开始影响世界,启蒙现代性的危机逐渐显露出来。如果说精神分析的目的在于点醒启蒙理性主义者们的迷梦,那么可以说,对创伤起源的探寻不仅仅是揭示出启蒙背后的非理性现象,更是将这些非理性现象视为现代性发展过程中被掩盖起来的事实。这些事实永远不会消失,它在人类为其理性精神歌功颂德的时候已经悄悄潜伏进无意识的社会

---

[1] 弗洛伊德:《弗洛伊德全集》第六卷《超越快乐原则》,车文博编,杨韶刚译,长春:长春出版社,2004年,第10页。

[2] 弗洛伊德把实际经历过的无助情境(situation of helplessness)称为创伤性情境。详见弗洛伊德:《弗洛伊德文集》第九卷《自我与本我》,车文博编,杨韶刚译,长春:长春出版社,2004年,第222页。

[3] 弗洛伊德:《弗洛伊德文集》第八卷《摩西与一神教》,车文博编,杨韶刚译,长春:长春出版社,2004年,第288页。

结构中，时不时向人之主体发起逆袭，而这才是人的真正本质。

在弗洛伊德对人的意识做出了重新界定之后，创伤学逐渐从心理学与精神分析的学科领域中独立出来，形成了一种文化批评。在全球现代化的背景下，由于信息科学与意识形态不平衡的发展以及生产关系的转变，第一次世界大战爆发，将全世界卷入一场浩劫之中，欧洲有 400 万人在战场上丧生。这一浩劫重创了创伤学的研究进度，使得创伤研究一度陷入沉默。但也正是因此，创伤学才有了更为丰厚的经验资料与现实依据。1922年，曾被弗洛伊德治疗过的神经症医生卡迪那（Abram Kardiner）重返美国，将创伤学再次带回心理分析的视野。他结合自己在战争中的创伤经历重启了创伤研究，指出战争创伤是一种癔症，从此开创了创伤研究的第二阶段。在福柯、拉康、德里达等精神分析学者与后现代学者的影响下，战后的创伤研究主要集中在法西斯主义、斯大林主义、记忆与历史等政治创伤方面。随着世界左翼运动从战争转移到文化领域，20 世纪 80 年代后，创伤研究也逐渐脱离了传统的心理分析领域，不再囿于对战争创伤的研究以及意识结构的分析，而是将视野转向了更为广阔的领域，并将诸如幸存者叙事、大屠杀文学、极权主义以及生命政治等文化内容纳入其中，由此开启了创伤文化批评的大门。

90 年代开始，创伤研究的覆盖范畴得到进一步扩展。朱迪斯·赫尔曼（Judith Herman）于 1992 年出版的《创伤与复原》（*Trauma and Recovery*）和阿瑟·弗兰克（Arthur Frank）于 1995 年出版的《创伤叙述者》（*The Wounded Storyteller*）均将创伤事件与个人心理状况联系在一起，在探讨创伤后应激障碍（PTSD）的同时从人文角度提出了诸多修通（"修通"英文为"working through"，是创伤学的特殊用语，意即治疗、治愈的意思）创伤的方法。而凯西·卡鲁斯（Cathy Caruth）则更加关注创伤的文化、文学维度。她主编的《创伤：记忆中的发现》（*Trauma: Explorations in Memory*）综合了从批评家到理论家、从电影制作人到医学研究者等各行各业的视角，探讨了从虐童到艾滋病再到大屠杀的多元创伤维度。1996年，她的专著《无法声明的经历：创伤、叙事与历史》（*Unclaimed Experience: Trauma, Narrative and History*）将创伤经验置于历史书写的视野范围内。她认为，历史充满不可言说和无法表现的创伤经验，解构主义式的文本分析能够为我们走向历史真相另辟蹊径。在这本书的导言部分，她指出知晓（knowing）与不知（not-knowing）之间的关系就是创伤经验与文学、文字之间的关系。这样的划时代解读宣告了传统创伤学的结束，开创了与文本、文学交叉的新创伤学时代。在卡鲁斯的创伤文化观基础上，加拿大学者格兰诺夫斯基（Ronald Granofsky）于1995年发表了《创伤小说：集体灾难中的当代象征描写》(*The Trauma Novel*：*Contemporary Symbolic Depictions of Collective Disaster*)，并首次正式从形式、风格、象征以及现代主义与后现代主义的风格中对作为主题的创伤小说与作为叙事的创伤小说做出了区分，从而成为"创伤理论和文学批评一个重要交集"①。此后，安妮·怀特海德（Anne Whitehead）在《创伤小说》(*Trauma Fiction*)中将卡鲁斯的文化创伤学应用于文学批评，从文类、题材以及艺术手法、意义价值上界定了创伤叙事，为创伤的文学研究、文化研究打开了广阔思路。

与此同时，多米尼克·拉卡普拉（Dominsck LaCa-pra）、费尔曼（Shoshana Felman）与劳布（Dori Laub）也纷纷加入了创伤文化研究中。"9·11"后的创伤学涵盖了更为丰富的内容，其中包括了"二型创伤"（Type II trauma）、复杂型创伤后遗症、非特异型极端压力障碍（disorders of extreme stress not otherwise specified）、安全世界侵凌（safe-world violations）、隐性创伤（insidious trauma）、压力性创伤、后殖民症候、后殖民创伤压力障碍（post-colonial trauma stress disorder）以及后创伤奴隶症（post-traumatic syndrome）。正像卡拉普斯（Stef Craps）所说，新创伤学已经超越了美国精神障碍诊断与统计手册（DSM）的医学定义，赋予了创伤多元化的内涵。新阶段创伤学已经不只是用来研究精神疾病的一种方式方法，而是涉及文化、历史、社会、心理以及哲学等多方面内容的深层学科，为我们理解种族、性别、恐同心理（homophobia）、阶级等众多社会歧视问题提供了新的角度。②

纵观创伤学的发展史，可以发现，每一次创伤理论的跨界与飞跃都与现代创伤性事件息息相关，更为深刻的是，随着创伤学科领域认识的加深，现代性的创伤之核也被揭露了出来，创伤成为一个时代的特征。但是，值得注意的是，从目前创伤学的学科范畴来说，它仍旧是属于心理学的，或者说是隶属于社会心理学的一个研究课题，至多是后现代文化批评的一种话语模式。事实上，目前文学界的创伤研究也只是一种跨学科借鉴，即主要把创伤视为一种话语策略或文化批评，用以分析文本背后的社会精神结构，而不是从符号、象征、修辞、情节、陈述等叙事学层面进行审视。正如前文所述，现代性是一个创伤性结构，而作为创伤叙事的现代

---

① 刘玉：《创伤小说的记忆书写》，北京：科学出版社，2019年，第38页。
② Stef Craps. "Beyond Eurocentrism：Trauma Theory in the Global Age," *The Future of Trauma Theory: Contemporary Literary and Cultural Criticism*. Gert Buelens, Sam Durrant and Robert Eaglestone（eds.）New York：Routledge, 2014, p. 49.

文学揭露的是其所处结构中最为深层次的矛盾，表现的也是这种矛盾。因此，作为现代文学主要叙事方式的创伤叙事不仅仅是对创伤世界的客观反映或者社会曝光，也不仅仅是创伤批评的病例分析对象，而是在其自在的独立审美逻辑中形成了一种以创伤叙事为特质的"文学性"。正是基于这一逻辑，分析与考察创伤叙事的文学性才应该是厘定一种现代文学特质的创伤叙事的首要任务。

先从创伤的"文学性"看起。文学性是文学本身的形式表达，它随着文学场域的自治而出现，并历经 19 世纪美学与 20 世纪的形式主义而获得规定。在这一条脉络之中，语言一直以来被认为是"文学性"最为核心的内容。在 19 世纪美学的奠基过程中，康德就曾对诗歌与散文给予高于绘画、雕塑、建筑等艺术形式的评价，理由是这些艺术形式是语言性的，因而能够更好地呈现理性价值与现代世界。谢林则比他更进一步，认为诗歌、长篇小说等语言艺术是现实范畴内的艺术。他指出：哲学思想"从诗中诞生，从诗中滋养……又流回它们曾经由之发源的诗的大海洋里"[1]，小说"不是一种描述了局部的图画，而是人生的沧桑历程"[2]。文学艺术语言是现代生活的载体，也是哲学思想的源头。步入 20 世纪，哲学-美学场域对语言艺术的审美分析与欣赏被形式主义文学评论所代替。在形式主义者看来，语言是用来区分文学与其他表现形式的重要标准。什克洛夫斯基强调诗的语言结构的可感知性，而布拉格学派的创始人穆卡罗夫斯基则认为诗的语言有独特的"突现性"。这样的批评传统一致认为文学获得其独立场域与自律体系的基础就是语言。语言材料的使用、策略性的编排以及所造成的陌生化效果就是文学不同于哲学、神学、自然科学、日常生活的独特形式。这些对语言与文学关系的考察被后期的新批评纳入文学评价体系之中。在这套评价体系中，纯粹的文学性内容不仅独立于社会、心理与历史，更独立于读者与作者，它是由语言产生的"文本世界"，不以任何外在因素为转移。然而，鉴于文学评价体系的语言化局限，文学本身的价值也越来越狭窄，因而，应运而生的结构主义将语言意义与作者、读者、人物、目的、话语重新连接起来，引入了"叙事"这一广泛的语言概念，用以剖析作品。从叙事学角度考察语言，不仅可以勾勒出语言的象征之网，更可以进一步挖掘形式背后的深层意蕴。

鉴于语言在文学叙事中的独特性质，创伤叙事的文学性也首先以语言

---

[1] 谢林：《先验唯心论体系》，梁志学、石泉译，北京：商务印书馆，1983 年，第 277 页。
[2] 谢林：《艺术哲学》，魏庆征译，北京：中国社会出版社，2005 年，第 355 页。

为形式。这首先表现在其"分裂性"特质之上。一般来说，表现分裂叙事声音的文学形式有两种，一是以叙事主体理性为维度的内在分裂，一是叙事主体与外在理性的纯粹张力关系。前者通常表现在具有中心意义的文学之上，而后者则通常表现在族裔、女性等更边缘的底层叙事声音中。前者通常是现实主义、现代主义的，后者更多地属于后现代主义范畴。

对于前者来说，19世纪末期的文学就是一个好的例子。19世纪正值现代性的一个重大转型期，自启蒙主义沿袭而来的主体理性精神遭遇了非理性的挑战。在这一历史转型期的人的精神走向了虚无主义，现代性的重大危机也因此凸显。在《卡拉马佐夫兄弟》中，主人公阿廖沙曾经指出了一个现代俄罗斯人所面对的精神状态，即对到底有没有上帝、有没有灵魂不死问题的怀疑。小说中的怀疑论者伊万更是将这种怀疑论推至极限，他一方面赞美理性主义与无政府主义，另一方面又不断怀疑自己的怀疑，并最终因此疯癫。然而，值得注意的是，导致他走向疯癫的并不是理性的怀疑精神，而是由此延伸的一种极端怀疑主义。正如前文所述，创伤产生的原因并不是创伤事件或者创伤时刻，而是其在日后显现在主体意识内部的无法融合性。正是在无法融合的创伤层次上，伊万的叙事声音呈现出分裂的创伤性特质。事实上，比伊万更能够说明问题的是阿廖沙。尽管阿廖沙在叙述伊万时采取的视角是全知全能的权威视角，但当主张宽恕的阿廖沙被伊万质问——"如果上帝以其宽恕创造了一个恶的世界，是否应该执行以人为主体的法律判决"——时，阿廖沙通过理性主义建立起来的主体却因此受到了动摇，善恶的评判标准在此也被悬置起来。而这一悬置恰恰表现出现代文学与现实主义文学宏大叙事模式不一样的地方，理性的主体在其内部发生了分裂，传统与当下也因此产生了断裂。这样的叙事方式也不只是陀思妥耶夫斯基一人的文学叙事方式，而是现代文学以及19世纪的一种普遍创伤表现。

事实上，早在巴赫金的"复调"中便已经传达了这种现代叙事的分裂特质。巴赫金对现代文学"复调"特质的挖掘起源于其对极端形式主义的纯粹语言形式论的不满。他认为对语言的机械式强调"错误地把文学研究与艺术研究、美学研究以及哲学分开，他们以实证主义的态度拒绝检查它们本身依据的做法，他们不是不谈美学和哲学，而是对它们置之不理"[1]。对巴赫金来说，尽管文学已经获得了其自治场域，且语言与形式的确是文

---

[1] 托多罗夫：《巴赫金、对话理论及其他》，蒋子华、张萍译，天津：百花文艺出版社，2008年，第225页。

学场域的自律性标准,但是,语言所涉及的对话者与听话者并非两个抽象的存在,而是有其社会实体的具体存在。叙事的过程也不是单纯的物理现象,而是有其发生的历史背景与社会条件。任何一个叙事声音都有其"意向性",它总是朝向对话者或者听话者。因而,他更主张回到哲学-美学结构与基础之中,并试图将价值、审美、意义融入对语言的分析之中,用以界定文学的"文学性"。有意思的是,巴赫金的理论主张并不只是一个有关文学评价体系的个人观点,它同时亦是一个"时代发现",即发现了现代性进程中作为有意识的叙事表现和作为无意识的社会背景之间的撕裂性张力。进一步而论,巴赫金的复调理论发现的是文学的一个历史端倪,即现实主义与现代主义、古典文学与现代文学的叙事之间的差别,并以此揭示了一个时代的叙事特质,即无法融合的创伤性。

通过将陀思妥耶夫斯基与托尔斯泰等人的比较,巴赫金指出在陀思妥耶夫斯基之前的古典文学的叙事声音皆以独白为主。仔细观察这一时期的作品可以发现,古典时期正是现代性初露端倪的时候,也是理性主体意识的塑形时期。鉴于启蒙理性的总体化进程,主体开始对一切其他外延事物展开控制,因此这一时期文学作品沉浸于主体意识获得解放的狂欢之中,它们的叙事声音始终都是理性的主体意识,它们的叙事过程也总是历史的、发展的、进步的过程。换句话说,古典文学叙事的声音就是作者权威的表现,虽然这其中也有丰富多彩的表达形式与内容(如教化、个性、观点、评价),但总有一个理性声音统摄全部。然而,随着现代性的逐渐展开,主体意识带来的怀疑主义悄无声息地占据了启蒙理性的位置,休谟、康德纷纷以理性批判者的面貌挑战并质疑了启蒙理性的局限。也正是在这种怀疑传统中孕育出了审美现代性这一理性总体化进程的冗余部分。正如前文所说,审美现代性本身就是一个悖谬,它一方面有意识地将反思与批判的矛头指向了理性主义,另一方面又无法逃离前者奠定的文化框架。因此,一方面,文学形式的多样性不再只是文学主体呈现出来的多样性世界,而是这个文学主体,即叙事声音自身的多样性与丰富层次。这也表现出主体从其自身的理性无意识中觉醒过来,开始有意识地审视传统叙事范式,并与之发生断裂,进一步形成了一个新的叙事现象,即主体在自身发生分裂的时候与他者叙事发生了联系,重构一个由不同声部组合起来的整体叙事过程,以及这个叙事需要表现的文化结构。另一方面,又由于这一个文化结构以及叙事过程内在的撕裂性,这种多声部背后的统一又总是被不断掺杂进来的不同声音打断,使得反思与批判的历史性被中断,多样的层次被平行置入,而不是被顺序地置入,这又反过来昭示出整个时代无意识的现代性悖谬。然而，也正如巴赫金所认识的那样："陀思妥耶夫斯基的主人公，整个是自我意识"①，陀思妥耶夫斯基所代表的早期现代文学仍旧是主体意识内部的叙事，因而，它所表现出来的只是一定时期与文化中的创伤性结构。

随着现代性全球化进程的加快，阶级分化、资本剥削、种族歧视、性别压抑、战争对抗等问题逐渐凸显，形成了现代社会的创伤之核，而现代文学也正是在这一分裂结构中诞生。这就把我们引向了第二个具有真正创伤内涵的叙事，一种真正的"他者叙事声音"。

如果说陀思妥耶夫斯基、卡夫卡等早期现代主义文学并不是在一个统一的梯度上剥离每一个受到压抑的社会层次，而是泛泛将所有声音集中在一个主体文化之中，那么可以说，在后现代文学作品中，这种主体性则被彻底消除，用以代替的就是破裂的创伤性主体。后现代主义是在二战前后出现、兴盛于20世纪70年代并影响至今的一种叙事方式。它涵盖哲学、历史、文学、艺术、文化，甚至政治话语，可以说是现代性发展至后期的一个社会内在特征。后现代主义孕育于挑战人类理性主义的重大历史事件之中，显示出极大的创伤性特质。

20世纪后半叶，一战、二战、大屠杀等反人类行为暴露了启蒙理性发展的弊端；尼采、海德格尔、萨特的存在主义思想质疑了本质先于存在的理性主义思维范式；资本主义、自由主义的市场经济理念发展到新的阶段，并在削弱权威力量的同时，促生了后工业国家；经济全球化的浪潮赋予第三世界动力，新的国际秩序得以形成，新的世界格局也得以塑形。在此背景之中，后现代叙事一方面承袭了现代叙事与结构主义的批判视野，将重点置于消解主体中心，另一方面，又反过来审视自身，将自己视为后现代时代背景的被消解对象。这两方面因素使得后现代语言风格比现代主义更具分裂性。后现代创伤叙事完全脱离传统叙事结构的绝对个体化声音，并同时加入了女性、族裔、残障等"他者叙事"，使得叙事的层次更加丰富，也更加具体。更重要的是，在后现代主义的写作模式中，故事的情节不再随着主体意识的历史展开而展开，故事内容与内涵也并不仅仅是叙事主体意识的呈现，而是真正无法通融的不同声部。通过这种"他者叙事"，后现代作品不仅展现了现代性全球化时期文化冲突带来的创伤，更表达了创伤时代不同群体与个体的叙事策略。由此可见，较之现代主义作

---

① 巴赫金：《巴赫金全集》，白春仁、顾亚玲等译，河北：河北教育出版社，1998年，第266页。

品倾向的主体复调与宏大叙事,后现代叙事剥离了主体意识,成就了在不同主体层次上的复调与小叙事。正是从这一层面上来看,可以说它更接近于创伤叙事的实质。

然而,一个重要的问题是:无论是现代主义的创伤叙事,还是后现代主义的创伤叙事,当我们用语言接近创伤叙事的创伤本体时,来自心理学的创伤知识却提醒我们,创伤与叙事之间有着一种根本性矛盾,因为创伤具有不可言说性,而叙事却是以可言说性为特征。正如创伤学学者朱迪斯·赫尔曼对创伤的学理规定:"创伤事件疏离了人与社会的关系,创伤受害者发现其自身的创伤事件发生在社会认可的真实之外,于是,他的经历便变得不可言说。"①也就是说,创伤叙事的悖论在于社会语言文化结构中的逻各斯中心主义与无法进入这一结构的非语言创伤实质之间的矛盾。

从叙事的语言特质来看,语言具有两重文化含义,一是希腊精神——逻各斯(理性),一是希伯来精神——"太初有言"。这二者联袂塑造了西方自柏拉图以来的理性主义。康德曾认为:语言艺术则总是借助更抽象的主观形式被表达出来。语言具有理性抽象的能力。②乔姆斯基等人的语言演化论研究指出,语言是随着人类的文明史与文化史而演化的,人的思维系统的发展带动了感性系统的发展,语言的发展带动视觉、听觉等其他感性认识的发展,因而理性思维与语言是相连的。③维特根斯坦则认为:所有语言都包含一个逻辑构架。它不是由观察,而是由思想推演出来的。语言与理性逻辑的联系乃是一种认识论结构。④可见,理性与语言内在的一致性成为西方文化至今都不可驳斥的一点。然而,也正如维特根斯坦给我们的一个提示:作为理性表现的语言长期以来处于霸权地位的一个主要原因就是实证主义对理性中心主义的坚持。但是,理性主义者们却忘记了一个事实,即超出语言之外的神学意义上的理智(即"道")是不可言说的,因而应该保持沉默。⑤言说和不可言说的界限问题暴露出的正是创伤心理学与创伤叙事之间的巨大矛盾,即如果把创伤视为一种不可言说的心理现象,那么叙事如何可能?这里的矛盾显而易见,创伤是一种解构主义,而

---

① Judith Herman. *Trauma and Recovery*. NewYork:Basic Books,1992,p. 8.
② 康德:《纯粹理性批判》,李秋零译,北京:中国人民大学出版社,2004年,第33页。
③ 详见乔姆斯基:《语言的科学:詹姆斯·麦克吉尔弗雷访谈录》,曹道根、胡鹏志译,北京:商务印书馆,2015年。
④ 维特根斯坦:《哲学研究》,汤潮、范光棣译,北京:生活·读书·新知三联书店,1992年。
⑤ 维特根斯坦:《哲学研究》,第66页。

言说是一种建构主义。因此，如果要解决这一问题，我们不能模仿解构主义对逻各斯中心主义的完全颠覆，而必须要借助康德与维特根斯坦的划界方式，即将理性与语言的联系场域囿于某种认识结构，用以指明创伤与叙事相互通融的基础。这一认识结构不能是纯粹心理学的，也不能是传统文学的，现代文学的创伤叙事场域恰恰融合了二者，是创伤得以言说的场域。这也正如伊格尔斯顿（Eaglestone）所说："创伤叙事并不是从解构主义的角度揭露语言与文献的运作，而是运用了这样一种叙事方式来让创伤本身变得更加容易理解。"[1]换句话说，创伤叙事中的现代主义与后现代主义风格不只是一种无意识的时代创伤意识反映，更是一种有意识的创伤表述行为。因而创伤叙事不能只停留在不可言说的创伤心理学层面，更应负起用语言沟通理性与非理性、言说与不可言说的责任。

以现代文学的一种特殊叙事方式"延宕"为例。所谓延宕，即在提出问题的同时拉长解决问题的时间，悬置问题的结论，甚至架空结论本身。这本是现代主义与后现代主义的惯用手法，也是用以规范这类文学的一种叙事特质。当我们引入创伤心理学时，可以发现，创伤也是一种延宕。凯西·卡鲁斯在《不可言说的经历：创伤、叙事与历史》中提道："创伤叙事是一种迟到的体验叙事。"[2]创伤的本质不在创伤事件，而在于其日后漫长的症候中，如午夜梦回、焦虑、抑郁、遗忘、歇斯底里等。更有一部分创伤，如大屠杀创伤具有绝对不可言说性，其表现甚至要比这些症候更加剧烈，如意义的丧失、自我消解与隔离等。换言之，创伤不是事件，而是经验、历史、记忆，是时间范围内无法得到认识论结果的产物。从这一层面来说，创伤的叙事特质与创伤的病理特质产生了重叠。也正如我国学者王志耕所言："作家在创作文学文本的过程中，无论他的描写对象是什么，他的价值立场和表意方式都受到这个文化结构图景的制约。文化文本就是通过这样的方式对文学文本发生影响关系的。"[3]创伤叙事囿于其自身的创伤历史文化结构，因此不可避免是文化心理上的无意识表现。延宕性也因此可被视为一种时代症候，文学叙事只不过充当了这种时代症候的传声筒。然而，文学与创伤的本质区别在于，文学"在价值论层面，通过对现

---

[1] Robert Eaglestone. "Knowledge, 'Afterwardsness' and the Future of Trauma Theory," *The Future of Trauma Theory*, New York: Routledge, 2014, p. 14.

[2] Cathy Caruth. *Unclaimed Experience: Trauma, Narrative and History*. Baltimore: The Johns Hopkins University Press, 1996, p. 7.

[3] 王志耕：《圣愚之维：俄罗斯文学经典的一种文化阐释》，北京：北京大学出版社，2013年，第10页。

实世界的重建，为我们提供了一个逃脱世俗秩序、寻求精神皈依的镜像，让我们遵循着它的指引，去理解和进入生命的意义的空间"[①]。因而，属于文学场域的延宕性表述手法与属于心理学病理场域的创伤并不完全一致。后者反映着时代的不可言说创伤，而前者制造了一种让不可言说言说的方式，由此让观察者在无限推迟的喋喋不休之中有充分时间进入到"有意识"的反思视野之中。在这一过程中，创伤的延宕性及其否定性内容被作家过滤掉，肯定性方面被作家整合留存，最终成为"有价值""有意识""建构性"的叙事形态。同样，借助文学的延宕叙事，时代的、个体的、民族的文化创伤结构也逐渐从无意识中走向有意识，并最终获得修通。

可以看出，创伤、创伤文化批评与创伤叙事是处于三个不同层次的有机整体。创伤是被掩藏在现代性历程中未被揭示的文化结构，是一个与时代相关的个体症候，具有心理学上的无意识特质。创伤文化批评是心理哲学的认识论模式，以此角度考察创伤，可以暴露出现代性进程之中理性总体化以及由此导致的人之主体的分裂。现代文学的创伤叙事不仅具备这两种特质，更因其独特的文学性语言在揭示了创伤文化结构的同时找到了让创伤得以言说的途径。这三个层次互相影响，互相补足，构成了创伤叙事研究的基本要素。更为关键的是，通过对创伤与叙事、心理学与文学、无意识与有意识的全面考察，创伤叙事的学理规定也自然而然显露出来，即在表现创伤感受的抒情模式与语言模式中反映基于民族、性别等固定群体或个体的受压抑状态，表达对这一状态形成原因的追溯与认识，批判性地建构修通创伤的文学世界图景。

第三节　阿特伍德的创伤叙事与现代性

正如前文所述，一个时代的作家及其作品带着这个时代的文化特质，与此同时，他又作为这个时代的开拓者，在其时代的深渊中不断寻找出路。如果说现代性因其时代特质具有创伤的文化特质，那么可以说创伤叙事在用语言反映创伤这一时代特质的同时亦表现出修通创伤的努力。在现代性进入所谓的深化阶段，创伤的内核逐渐显露，这表现在文学之中则是修辞方式、表现形式、主题呈现、话语形态等叙事文体上的创伤性。也正如前文所述，这种创伤叙事通常以现代主义、后现代主义风格而被学术界探讨。但值得注意的是，若将这两种风格与现代性的内在逻辑联系起来，

---

① 王志耕：《圣愚之维：俄罗斯文学经典的一种文化阐释》，第241页。

这其中显示出来的则是一种以创伤为主要叙事特质的现代文学类型。

按照上述逻辑来看，在任何一个对现代性问题有所表现的作家、作品中都蕴含着一种潜在的创伤性。这种创伤性在文学风格上的表现就是现代主义与后现代主义。然而，如果说现代主义叙事风格的作品更多集中于创伤展演，并因此"表现出自我毁灭或者自我从群体中离散的倾向"，那么可以说，"随着时间的推进，现代主义之后的现代小说开始拒绝这种消极的解决方式，在小说中展现更为开放的结局"①。概言之，创伤叙事从现代主义到后现代主义的风格变迁实则揭示出创伤叙事本身从"无意识反映"到"有意识修通"的转变。

对于阿特伍德来说，著名文学评论家豪韦尔斯（Howells）曾经指出其作品有"那么一点后现代"②，而莎朗·威尔逊（Sharon Rose Wilson）则认为她的作品具有"魔幻现实主义风格"特色。也诚如加拿大哲学家、评论家琳达·哈切恩所指出的那样，阿特伍德的小说一方面属于"加拿大后现代主义"之列，一方面又具有"小说方面的现实主义传统"③。现实主义词语的"意指过程和事物可见性之间的对应"，其书写记录的是一个时代的历史、一个文明、一个社会的历史。④而后现代主义往往是对这一时代真相的症候表述。换句话说，现实主义注重的是对世界内涵的清醒体认，其立场始终是站在社会与时代之外的批判姿态，因而其叙事层次是从表象到本质的错层式叙事，但后现代主义注重的是对世界表象的叙事行为，其立场是建立在现代主义"表征自治化"与"叙事非主体化"⑤基础上的自我批判姿态，因而其叙事层次是从依赖到差异的立体式叙事。正是这种内容上的批判性与形式上的后现代性构成了阿特伍德创伤叙事的独特一面。但需要注意的是，如果用一种文学史视野来看，缺乏现代主义这一中间环节，不仅仅是阿特伍德个人书写风格的问题，更是现代性进程中地域化与全球化双向冲突的文学结果。由于殖民史的原因，加拿大文学在风格上一方面继承了宗主国与欧洲的现实主义传统，另一方面又延迟于欧洲的文学风格。加之彼时的加拿大奉行的是保守主义政策，这使得加拿大长

---

① 梅丽：《现代主义视域下的创伤小说》，《社会科学研究》，2020年第6期，第22页。
② Coral Ann Howells. *Margaret Atwood*（*Second Edition*）. New York: Palgrave, 2005, p. 6.
③ 琳达·哈切恩：《加拿大后现代主义——加拿大现代英语小说研究》，赵伐、郭昌瑜译，重庆：重庆出版社，1994年，第191页。
④ 朗西埃：《文学的政治》，张新木译，南京：南京大学出版社，2014年，第20页。
⑤ 弗雷德里克·詹姆逊：《现代性、后现代性和全球化》，王逢振译，北京：中国人民大学出版社，2004年，第132页。

久以来处于"一个对内控制森严,外面又遭围困的社会"①。经济与政治的滞后又反过来影响意识形态与文化的进程,从而使得加拿大文学在19世纪英美各国的现实主义文学暗潮涌动之时,在文学意识上与其他欧美国家的主要文学潮流发生了断裂。换言之,60年代后的加拿大真正获得独立并确立国家文学时,陷入了"文化传承的真正威胁"②:一方面,存在着一种从殖民历史之中带来的现实主义,旨在对社会本体做出情感性反映与现实性批判;另一方面,存在着一种受到美国后现代思潮与全球化浪潮影响的后现代主义,旨在对现实主义及其自身进行反讽、戏谑与消解。这不仅是所有加拿大作家的时代背景,亦是阿特伍德创伤叙事的历史文化背景。

进一步论之,阿特伍德的创伤叙事一方面继承了这种历史时间与殖民时间的错时性结构,呈现出普遍意义上现实主义与后现代主义的融合与撕裂,另一方面,她又意识到这种结构张力的本质与根源,从而对后者与自身进行了批判与消解。阿特伍德的第一本小说《可以吃的女人》诞生于北美后现代主义思潮风起云涌的时期。考虑到彼时的社会背景,现代性正随着全球化进程呈现出其美式霸权主义的一面。作为美国文化全球化第一波及者的加拿大,正饱受消费主义、自由主义以及地缘政治权力的挑战。这本小说以后现代文化中的一个话语——女权主义切入主题,演绎了整个60~70年代北美的时代精神。也正是因为这种文学主旨上的现实主义镜像,使得阿特伍德的作品与彼时的北美后现代文学风格与女权主义意识形态拉开了一定的距离。换言之,她在揭示"北美后现代"的时代问题的同时,又运用了"后现代"的叙事策略,表现出一种全球化的书写姿态。

叙事策略上,阿特伍德运用了现代文学的创伤叙事模式,即"非主体意识"的"双重声音",旨在揭示不同女性在社会层次上的创伤差异,呈现文学作为审美现代性实践场域的独特批判特质。所谓"非主体意识"是现代文学消解宏大叙事的基本模式,所谓"双重声音"则是现代性创伤在文学叙事上的表现。但与现代文学中一般现代主义与后现代主义风格的文学作品不一样的是,阿特伍德创新性地采用了"倒金字塔"的递进形式,而不是像早期现代文学中出现的两条平行叙事轨道。前者的特色在于其中既有颠覆与解构的元叙事的特质,又蕴含一种现实主义的价值批判,因而

---

① 诺思洛普·弗莱:《诺思洛普·弗莱文论选集》,吴持哲译,北京:中国社会科学出版社,1998年,第260页。

② 威·约·基思:《加拿大英语文学史》,耿力平等译,北京:北京大学出版社,2009年,第287页。

适用于后现代对其自身提出质疑与价值评判。

　　小说分为三个部分，第一部分与最后一个部分都以女主人公玛丽安的第一人称叙事展开，第二部分以第三人称全知全能视角统摄前后两个部分。这样的叙事方式虽然是一种"双重声音"，但主人公的自我意识却始终被一个客观的声音修正，因而，后现代人类精神的主观小叙事又始终有其宏大叙事作为基础。从这一点上来看，《可以吃的女人》并不是典型的现代或后现代小说，而是带着现实主义的特质。但需要注意的是，正如哈切恩所说：《可以吃的女人》"在表面上看起来是一部纯粹现实主义小说"，但却在形式与内容上呈现出后现代元小说的矛盾。[1]所谓元小说，乃是自我指涉或者自我表现的作品，也是后现代的艺术与生活之间的特殊关系。换句话说，小叙事与大叙事之间并不是谁依附谁的关系，而是在本质上冲突的。哈切恩发现这种冲突表现在女权主义政治观和反消费主义的政治观上。阿特伍德借女主人公的现实状况揶揄了彼时无论是在文学还是在社会上出现的"受影响的后现代主义"（或称之为意识形态上的后现代主义）。她在《可以吃的女人》的前言中提道："《可以吃的女人》中的女主角所面临的选择在全书结尾与开始时并没有多大的不同：不是重新选择一个前途渺茫的职业，就是结婚嫁人，以此作为摆脱它的途径。但这些就是六十年代加拿大妇女的选择……女权主义的目标并没有实现，那些宣称后女权主义时代已经到来的人不是犯了个可悲的错误就是厌倦于对这一问题作全面思考。"[2]这也诚如加拿大学者戈德曼（Goldman）研究所见："并不是大部分加拿大英语文学女作家的小说都能称之为货真价实的'后现代主义'，很多女性作家都是在现实主义传统下写作的，她们只是在其构架上转向了幻想小说并挑战了女性传承者的传统话语。"[3]可以说，如果用北美的地域性与时代性特色规约这类作品，那么这些作品的"加拿大特色后现代主义"称号当之无愧。《可以吃的女人》所展现的就是这种对自身"后现代性"的补充说明以及质疑与反讽。但深入来看，在这种自我揶揄、自我指涉的元小说逻辑基础之上，阿特伍德又策略性地采用了这种叙事的"内在指涉"，并借此深入挖掘了北美女性主义的地域性差异与历史差异，从而一步步剥离出女性个体的具体困境。也正是在这种"倒金字塔式"的叙事

---

[1]　琳达·哈切恩：《加拿大后现代主义——加拿大现代英语小说研究》，第193页。
[2]　玛格丽特·阿特伍德：《可以吃的女人》，刘凯芳译，南京：南京大学出版社，2008年，引言。
[3]　Marlene Goldman. *No Man's Land：Recharting the Territory of Female Identity —Selected Fictions by Contemporary Canadian Women Worriers*，Toronto：University of Toronto, 1993, p. 23.

方式之中，加拿大在其意识形态方面与现实层面的裂隙被暴露出来，现代性全球化进程中的文化转型所带来的矛盾与创伤也被揭露出来。

事实上，阿特伍德早期的很多小说都是这种介于现实主义与后现代主义之间的独特叙事模式。20世纪70年代初期，她的《浮现》获得发表。整篇小说的叙事视角中规中矩地采用了第一人称，表面上看也似乎是一部现实主义题材小说，但是在叙事内容上却依旧显示出一种分裂的张力——"死亡与再生、过去与现实、自然与社会"以及"精神与肉体、理智与情感"①。女主人公自始至终没有透露姓名，在她的叙事中，这种神秘主义色彩与其行为目的——寻找这种神秘主义的源头，发生了冲突。换句话说，女主人公越是想搞清楚她那些潜意识中幻觉、印象与创伤的根源，她就越是陷入一种被潜意识包裹的神秘主义中。而随之产生的那些二元对立特质，也同样在她第一人称叙事的不断"意识"中越发走向"无意识"。如此一来，评判的主动权就不在于小说的其他叙事声音（如《可以吃的女人》中的第二部分、第三人称叙事），而在于读者。与此同时，潜藏在叙事背后的作者的声音被读者的阅读行为取代，从而形成了典型的后现代叙事风格。阿特伍德正是利用这种后现代的悬置方式将后现代本身的创伤内核凸显出来，在无意识与有意识、作者与读者之间游走，以自身作品构成的分裂与张力回指后现代文化、时代、精神的分裂与创伤。

事实上，这种现实、时代的大叙事与虚幻、个体的小叙事的碰撞也存在于《人类以前的生活》《神谕女士》等其他阿特伍德早期作品中。哈切恩曾认为《人类以前的生活》虽然重启了现实主义，但亦是"后现代主义的专注性的一个组成部分"②。在叙事上，小说呈现出现代创伤叙事特有的"多声部"视角，但颇为独特的是，这些多声部的叙事内容是通过日记来表示的。日记的日期起始于1976年10月29日，终于1978年8月18日。这种具有时间意味的大叙事潜在地存在一个中心叙事者，即历史。在历史的围范之下，这些多声部的第三人称叙事才得以呈现。从形式这一层面上来看，《人类以前的生活》与《可以吃的女人》《浮现》的叙事具有相同特质，即现实主义与后现代主义的张力结构。在内容上，历史与现实、过去与现在又形成一种内在张力。正像这部小说的书名《人类以前的生活》所暗示的悖谬一样，小说发生的历史时间只能是人类史的时间，但它却因为女主人公的考古职业和她不断进行的远古想象混淆起来，也正如哈

---

① 琳达·哈切恩：《加拿大后现代主义——加拿大现代英语小说研究》，第198~199页。
② 琳达·哈切恩：《加拿大后现代主义——加拿大现代英语小说研究》，第205页。

切恩对女主人公莱西亚的评价:"一个怀了孕的古生物学家仍然是一个二律背反的矛盾体。"①整部小说内在的分裂性挥之不去:一边是死气沉沉的"安大略博物馆",一边是为逃离死寂而蠢蠢欲动的人;一边是不散的亡灵,一边是无法哀悼的生者;一边是混乱的情感关系,一边又是单一执着的爱情;一边是女主人公所处的现实世界,一边又是她所构建的史前幻想。正如彼时的加拿大的时代状况:在全球化的影响下,处在传统的维多利亚家庭生活与风起云涌的后现代国际生活之间、过去与现在之间的边界愈发模糊起来。

如果说虚构与现实、现实主义与后现代主义的张力在阿特伍德前期作品中主要体现在其时代意识之上,那么在她的中期作品如《别名格雷斯》中,这种张力则表现在历史编纂元小说之上。所谓历史编纂元小说是对历史叙事的一次戏拟。换句话说,就是将历史事实与创作行为联系起来,其目的在于从连续的历史秩序中找到断裂之处。将这类小说置于现代主义与后现代主义风格范畴内的是海登·怀特,他在尼采与福柯的修辞之中看到了这种历史的叙事性特征,指出福柯阐释了社会规则与秩序是如何限定历史话语的陈述方式、展现内容以及价值意义的。历史编纂元小说也因此在本质上是利用"杜撰"这种反讽方式来颠覆社会权力机制的。《别名格雷斯》一改阿特伍德将时代背景置于当下的现实主义作风,将时间倒溯至1840年左右。小说女主人公格雷斯是历史上轰动一时的真实案件——"女佣杀主案"中的女佣。同时,她亦是这个故事的主要叙述者。然而,在这个有限的内视角叙事声音之外,还有其心理医生的主观陈述与事实材料的补充说明。这些不同视角的有限叙事构成了一个"多声部"文本,它们既互相补充,又互相冲突。这种不和谐的多层次叙事比起其现实-后现代主义风格作品中若隐若现的大叙事更具后现代主义特色,也更具分裂性与创伤性。事实上,这个故事本身就是对"疯癫"真相的一次追根溯源。格雷斯的心理医生乔丹在与格雷斯的接触过程中将其"想象"为一个精神病患者,但读者显然能够从格雷斯对乔丹医生的医学话语的补足与反讽中窥见格雷斯的精神状态。从格雷斯的叙事中不难看出她的叙事层级凌驾于乔丹医生与事实材料之上,她的一切主观表述都与医生和媒体的宏大话语相反,而这种冲突却又巧妙地被一种更为平静、机智、揶揄的叙事行为遮掩起来,从而更好地保护了格雷斯作为一个爱尔兰裔女仆的边缘身份。从这一层面上来看,可以说,阿特伍德采用历史人物和虚构人物轮流叙述的方

---

① 琳达·哈切恩:《加拿大后现代主义——加拿大现代英语小说研究》,第207页。

式，从历史真实与虚构小说的边界之中以多重视角重新阐述了历史。这就不仅使得她的叙事声音具有两个层次，更使得叙事的时间与空间都产生了错位。进一步而论，通过这种元叙事方式，阿特伍德的意图并不是探讨女主人公——格雷斯的真实身份、精神状态、无辜与否，而是将19世纪40年代托利党与麦肯齐之间的政治矛盾、爱尔兰与加拿大之间的殖民矛盾、上层社会与下层劳工之间的阶级矛盾、心理分析与神秘主义之间的哲学矛盾以及男性与女性之间的性别矛盾纳入历史真相之中，在文学叙述与历史事件的不同层面中，彰显了其有别于欧美后现代史学家反本质主义的特殊性。这也就是说，在处理历史与现实的关系时，阿特伍德一方面诉诸历史，展现出历史可以通过重述来展现真实的可能性，另一方面又否认历史，认为历史的意义不在于历史事件本身，而在于对历史的"阐述"。

这种真实与虚构之间的冲突不仅仅表现在历史编纂元小说中，更体现在"经典重写系列"之中。她的《珀涅罗珀记》重写了荷马史诗《奥德赛》，并将主人公从男性身上转移至女性身上。在叙事上，小说采用了珀涅罗珀的第一人称叙事和十二女仆组成的歌队叙事两层叙事声音，从不同维度展现了两种受到不同创伤压抑的女性真实。珀涅罗珀的叙事声音针对的是奥德修斯，她策略性地"把服从和反抗结合在同一件事中"[①]，消解男性中心主义式的叙事方式，揭示出潜藏在男权制度中的女性真实，并最终夺回了话语权，与奥德修斯构成了一个普遍意义上的性别话语对偶。而十二女仆的叙事声音则不仅仅针对的是奥德修斯，还是处于女性中心地位的珀涅罗珀。她们组成的歌队以不同叙事方式控诉了男性中心与女性贵族阶级对她们进行的迫害，呈现的是下层阶级女性的边缘化地位。在"倒金字塔"叙事模式的层层剥离中，《奥德赛》依靠其经典历史叙事建构出来的真相遭到了质疑，而整个文化结构的创伤之核则显露出来。2016年，为了纪念莎士比亚400年诞辰，阿特伍德出版了由《暴风雨》改编的小说《女巫的子孙》。与《珀涅罗珀记》不一样的是，小说只保留了《暴风雨》有关复仇与宽恕的主题，却将历史背景推至现代。这种跨时间的重写方式旨在突出现代性发端以来直至今日仍旧不衰的人文主义精神，并试图将其作为修通现代性创伤的基本方式。与阿特伍德众多后现代风格作品一致的是，《女巫的子孙》的书写声音亦是多重的。从文体上来看，虽然小说这一形式占了全书的绝大部分，但是戏剧亦是全书的一种补充表达形式。更

[①] 玛格丽特·阿特伍德：《珀涅罗珀记》，韦清琦译，重庆：重庆出版社，2005年，第96页。

为巧妙的是，如果说小说形式的叙事主体是主人公菲利普斯，那么戏剧的叙事主体则是小镇监狱中的族裔囚徒。前者参照《暴风雨》的传统，将主题传承下去，但后者则以批判与反讽的视角重估了《暴风雨》中的各色人物，凸显了一种在经典与重估、古代与现代、历史与永恒之间的张力。这也正如哈切恩所说："正是那种悖论的醒悟、讽刺性元小说的醒悟，才把阿特伍德的后现代主义与那种大家较为熟悉的浪漫主义区别开来。"[1]阿特伍德对历史、虚构本身的重写、批判与反思使其风格中的现实维度与浪漫主义中的现实维度有着巨大的不同。后者中的一大部分作品混淆了文学虚构与现实世界的关系，将观念性的、幻想性的虚构事物提升至现实层面，因而就其文学本质来说是抒情的、反映的，其本质是创伤的无意识书写。但前者则在反映的维度上加入了批判、反讽与重建，因而是一种有意识的认识论方式，具有修通创伤的维度。

《珀涅罗珀记》之后，阿特伍德的创作进入了一个新的阶段，其题材从现实主义的社会要素中转向了未来的反乌托邦，其批判与反思的对象从全球化浪潮中的加拿大转向了全球化本身。与此同时，大历史与小历史、大叙事与小叙事、虚构与真实的张力依旧存在，但却不再表现在对外部文本和社会文化的揶揄与反讽上，而是表现在对自我的消解与反讽之中。在这一阶段，《使女的故事》与《证言》构成一组互补叙事，而《羚羊与秧鸡》《洪荒年代》《疯癫亚当》则构成了一组互补叙事。《使女的故事》出版于1985年，而《证言》出版于2019年，中间相隔34年。《使女的故事》的叙事者是一名叫作奥芙弗雷德的使女，她以第一人称有限视角讲述了一个后现代极权主义国家的诞生。这里的背景被设置为一场神权革命过后的美国，自由主义被政权取代，民主政权变成了神权独裁。彼时的现代性与全球化已经暴露出严重的问题，环境的恶劣导致了全球人口剧降，女性生育力受损。使女便是作为一种生育机器被指配给精英阶层的。但值得注意的是，尽管奥芙弗雷德是主要叙事者，但是她的这段叙事内容却是被置于一个更加宏大的背景下，即其所有陈述都只不过是"未来"国际史学大会的一段录音史料。与《使女的故事》形成对比的是，《证言》作为这一大会上的另一段史料是奥芙弗雷德口中的丽迪亚嬷嬷及其他人物的手稿。这些资料都采用第一人称叙事，从个体内在角度出发重述了《使女的故事》。在此之中，既有与奥芙弗雷德相关的故事，又有与其无关的故事，既有口述内容，又有书写内容。这些碎片化的叙事与形式构成了这个系列

---

[1] 琳达·哈切恩：《加拿大后现代主义——加拿大现代英语小说研究》，第190页。

的整体部分,并因其之间的张力与矛盾以及拼接与蒙太奇等书写特质更具后现代性。但与此同时,这个故事整体又被镶嵌在一个宏大历史叙事之中,并因其对自身真实性的消解而体现出历史元小说的特质来。正如小说中国际史学大会的发言人皮埃索托教授所说:"集体记忆是有缺漏的……历史存在着无数细微差别。"[1] 小说的多元化叙事是对一个真实事件的证词,但也同时说明了一个事件的历史真实绝对不是单一的。阿特伍德利用时间的跨度正是为了说明历史真实的不断修正与发展。历史不是过去的历史,历史也没有终结,它是一个通往未来的开放性旅程。

与《使女的故事》系列类似,2003~2013 年的"反乌托邦三部曲"依旧采用了这种时间结构中的多重叙事方式。其中,第一部《羚羊与秧鸡》围绕着全球瘟疫这个末日事件展开,叙述了雪人吉米在前末日时代与后末日时代的两段生活,此中,前末日叙事是作为吉米的创伤性回忆内容被穿插进后末日叙事中的。在前末日世界,全球化的危机已经达至巅峰,政府的权威已经被跨国公司所取代,国家也被各种财团取代,资本的全球化使得世界的价值观趋于统一,社会的分化也越来越严重。在资本主义的虚无化氛围中,吉米的朋友秧鸡策划了一场人造瘟疫,并导致多数人口死亡。幸存下来的吉米带领秧鸡所造的新人类重新展开了后末日时代的生活,并陆陆续续找到其他幸存之人,踏上了重构世界的旅程。六年之后,第二部《洪荒年代》(2009)的叙事视角从男性(吉米)转换到两位女性——桃碧与瑞恩身上,以成年女性与未成年少女的不同视角重述了"末日"事件,呈现了历史事件背后有梯度、有差异的具体内容。四年之后,《疯癫亚当》(2013)的问世标志着阿特伍德反乌托邦三部曲的结束。她在叙事技巧上沿用了多声部的叙事方式,讲述了在末日事件中担负宗教救赎功能的园丁会创建者"亚当"与其弟弟泽伯的故事。与此同时,与《证言》相似的是,他们二人的故事又不断被其他叙事者打断,使得故事本身的中心被消解,从而显示出历史真实的多维度特质。

纵观阿特伍德数十载的创作生涯及作品,大叙事与小叙事的平行叙事和现实主义与后现代主义的双重风格始终贯穿其中。这不仅显示出阿特伍德独特的叙事方式与文学风格,更显示出现代性全球化浪潮中民族、国家、社会、宗教、文化发生的内部结构性问题。也正如前文所述,整个现代性的进程就是人之创伤的本源,阿特伍德的文学风格是这一创伤结构的表现,其叙事方式也是创伤文化结构的审美象征。尽管从经典文学评论角

---

[1] 玛格丽特·阿特伍德:《证言》,于是译,上海:上海译文出版社,2020 年,第 437 页。

度来说，其文学风格与叙事手法总是与后现代主义联系在一起，但是也正因为后现代文学与现代文学的结构共性而使得这种叙事在方式上呈现出创伤性。

值得注意的是，这并不是说阿特伍德的作品只是文学象征体系的一个部分，而是说其以自身的有机方式在参与建构、表现、影射创伤结构的同时，以批判、反思与重构的视野试图修通现代性带来的种种创伤。这也意味着创伤叙事不只是对创伤结构的症候式表述，还是对所处社会时代问题的意识。以阿特伍德在《猫眼》中对后现代的批判为例："什么后这个后那个的。如今一切都成了后什么，好像我们全部都是早些时候某样东西的一个注脚，而那时的东西实实在在值得有个自己的名儿似的。"①阿特伍德通过反讽与戏拟，不仅表现了自身在总体上的后现代风格，更是深入后现代的时代特质之中，对后现代本身的历史秩序进行批判、反思甚至超越。在此之中，阿特伍德的创伤叙事不仅展现了较为完整的"现时代"的创伤，更一步步深入民族、社会、性别、宗教等具体创伤主题之中，以"倒金字塔式"的反叙事形式一层层剥离了附着在事物本真之上的意识形态表象，从而暴露了现时代的创伤之核。

---

① 玛格丽特·阿特伍德：《猫眼》，杨昊成译，南京：译林出版社，2002年，第83页。

第二章　玛格丽特·阿特伍德的民族创伤叙事与现代性批判

在弗洛伊德精神分析学之中，创伤的最初定义是："我们在幼年经历过而又遗忘的那些印象。"①弗氏认为，成年人许多精神方面的疾病主要源自幼年时期所经历的创伤。如同有机生命体一样，国家、民族、集体的创伤与其早期历史文化创伤息息相关。作为一个20世纪才开始独立的现代国家，加拿大所面临的民族创伤与殖民历史、现代性进程息息相关。16世纪开始，远渡重洋的殖民者以其"中心意识"遭遇了北美的"蛮荒真相"，内在的时间意识与空间变迁的割裂成为日后加拿大民族-国家身份撕裂的基础，并以"文化自卑感"②表现在文化建构过程中，以"双重声音"③表现在国家叙事中，以"双重性"（doubleness）表现在民族精神气质的塑形中。

随着20世纪40年代加拿大民族运动的推进，诸多文学家也纷纷进入探究民族精神根源的主题书写之中。阿特伍德也正是在这一时期加入加拿大民族文学复兴运动之中，前后创作出数量丰富的民族文学作品，呈现国家认同与历史创伤之间、民族身份与现代性之间的关系。她曾在《苏珊娜·穆迪的日志》一书中这样描述加拿大独特的精神特质："如果说美国的主要心理疾病是'自大症'，那么加拿大则深受'精神分裂症'的困扰。"④此后，她又在《奇闻妙事》一书中补充道："尽管当今加拿大人大多数生活在城镇之中，但是疯癫始终是加拿大经久不衰的主题之一。"⑤

---

① 弗洛伊德：《摩西与一神教》，李展开译，上海：三联书店，1989年，第68页。
② 诺思洛普·弗莱：《诺思洛普·弗莱文论选集》，吴持哲译，北京：中国社会科学出版社，1997年，第293页。
③ Linda Huthceon. *SplittingImages—Contemporary Canadian Ironies*. New York：Oxford UP. 1991.p. 1.
④ Earl G. Ingersoll. *Waltzing Again：New and Selected Conversations with Margaret Atwood*. New York：Ontario Review Press，2006，p. 140.
⑤ Margaret Atwood. *Strange Things：The Malevolent North in Canadian Literature*. London：Virago Press，2004，p. Intro 3.

且不论阿特伍德采用的这些疾病名称是否具有恰当的比喻性，从内容与本质来看，阿特伍德实则洞见到了加拿大民族身份背后的创伤性根源（primary trauma）。正是这种原始创伤，使得民族与国家的整体关系因现代性进程的原始创伤被撕裂了。这种原始创伤成为持续影响加拿大民族身份建构、文化认同的主要因素，并以"精神分裂"这种病症在其文学作品中获得具体表现。本章进入阿特伍德创伤叙事的民族文化语境之中，一方面将其视为阿特伍德创伤叙事的文化结构图景，试图从宏观层面揭示阿特伍德创作中不可逃离的现代性语境，另一方面将其视为阿特伍德早期创伤叙事的一个重要主题，试图从微观层面阐述阿特伍德对其创伤民族文化结构的超越与批判。具体首先分析早期加拿大殖民史找出加拿大民族创伤症候，并将"致病"根源追溯至先验认识论中的主体意识与殖民运动的实践行动两个层面。其次，分析加拿大早期文学作品，指出奠基在这种民族创伤之上的文学结构。再次，对比分析阿特伍德的诗歌《苏珊娜·穆迪的日志》与加拿大早期女作家穆迪夫人的日记，指出加拿大在现代性展开过程中的"无意识"与"暗恐"，并将这一症候的根源追溯至"自我他者化"与"他者自我化"两种主体意识变形。最后分析阿特伍德如何借助艺术的"意识"表述与"意志"行动修通上述两次创伤，解决现代加拿大的民族认同问题。

第一节　加拿大民族创伤的殖民文化溯源

加拿大知名学者诺思罗普·弗莱（Northrop Frye）曾提出西方哲学的中心命题——"我是谁？"与之相比，困扰加拿大身份同一性的问题毋宁说是"我在哪里？"[1]。师承弗莱的阿特伍德也曾揭示："我是谁这个问题由周围环境在'这里'所决定。"[2]之后，她又在《奇闻妙事：加拿大文学中狂暴的北方》一书中通过分析1845年约翰·富兰克林船长北方探险的失败，指出："迷失在冰天雪地的北方并逐渐走向癫狂始终是加拿大文学中栩栩如生的一大主题。"[3]并认为这种疯癫书写侧面反映出整个加拿大身

---

[1] Northrop Frye. *Northrop Frye on Canada*. Jean O'Grady（ed.），Toronto：University of Toronto，2003，p. 467.
[2] 玛格丽特·阿特伍德：《生存——加拿大文学主题指南》，秦明利译，北京：中国文联出版公司，1991年，第10页。
[3] Margaret Atwood. *Strange Things：The Malevolent North in Canadian Literature*. London：Virago Press，2004，Intro，p. 3.

份的疯癫特质。在弗莱和阿特伍德等人看来："环境对加拿大来说极其重要。"①以至于一种疯癫的精神品格似乎都奠基在环境之上。这种说法暗示着这样一种加拿大历史状况,即"我是谁"这个思考着的主体问题与"我在哪里"这个经验着的主体问题的冲突。

"我是谁"与"我在哪里"构成了加拿大民族创伤的两条基本脉络。前者是一个基于西方素来有之的"人的主体"的问题,而后者则是随着现代性展开而与前者逐渐形成一种悖谬关系的空间因素。从加拿大的特殊殖民性来看,与欧洲其他殖民地的历史一样,加拿大的殖民史可以追溯到16、17世纪启蒙现代性发展的时期。启蒙现代性的一个核心观念就是对主体问题的重塑。与古希腊和宗教时期对主体问题探讨不同的是,在彼时经验派与理性派的相互影响下,主体这一问题并不仅是一个哲学问题,更是一个思想实践。与此同时,资本主义的扩张又反过来推动了人之主体的实践进程,并由此加深了认识主体的中心意识。殖民运动便是二者合力的一个结果。然而,值得注意的是,在殖民过程中,空间的改变以及北美荒野的"非主体性"使得拓荒者自我认识的确定性与认识空间的不确定性形成了一种撕裂性张力,这种分裂印刻在加拿大民族文化结构之中,成为当代盎格鲁-加拿大民族身份构建过程中的一个内在性悖谬。

一、主体认识与殖民运动

主体问题是现代性进程中一个不可忽略的问题。16世纪以前对主体问题的探寻通常是从绝对的他者(宗教视野)或理性的自我(古希腊视野)两个维度出发的。16世纪以后,随着"进步取代天意"②,主体的问题开始围绕"我思故我在"的绝对主体模式展开。在这一模式中,恰如笛卡儿所示,无论认识自我的方式有多少,组成世界的基本实体只有一种——思维及其广延。③因此,尽管"我思故我在"是一种内省的思维方式,但是一个事物的本质或者实体并不能被我们的纯粹思维清楚地领会到。他认为:只有通过认识扩展与广延,借感官检查某物可能具有的所有偶然性和变化,才能"领会"一个事物的确切含义,形成关于这种事物的知识。④

---

① Margaret Atwood. *Strange Things: The Malevolent North in Canadian Literature.* p. 10.
② 卡尔·洛维特:《世界历史与救赎历史》,李秋零、田薇译,上海:上海世纪出版社,2006年版,第87页。
③ 勒内·笛卡儿:《第一哲学沉思集》,徐陶译,北京:中国社会科学出版社,2009年,第77页。
④ 勒内·笛卡儿:《第一哲学沉思集》,第115~118页。

因为"我们无法把握这个东西,它只是一种猜测的结论,导致我们认为,必定有什么东西在这些偶性下面"①。值得注意的是:尽管笛卡儿承认认识自我需要依靠外延的思维,但是"思维"还是占据了其整体认识论的第一要位。要想将无限的思维固定为知识,显然并不足够。

事实上,这种无限的"主体"思想招致了洛克与休谟等经验主义的批判。从理性主义的角度来说,人的纯粹理性是认识实在本体的基础。但对经验主义来说,感觉才是实在与主观认识的唯一媒介。休谟就曾这样反对过笛卡儿的理性主义,说:"一个人不管他有多么强烈的自然理性和才能,如果在他面前的对象对他来说完全是新的,那么,即使他极其精细地考察它的可感性,他也不能发现出关于这个对象的任何原因和结果。"②在他看来,人的生活更应该由长期的生活、广泛的阅历和经验来指导。③这无疑从另一方面推动了本来产生于科学领域的一种"发现精神"④,即通过发现外部世界来确立人的主体身份。比如哥白尼的"日心说"就是如此,通过观察天体,它虽然动摇了人的"宇宙中心论",却又树立起人的"理性中心论"。

自此,人对主体身份的确立方式从由内省与思辨组成的内部转向了由客观现实组成的"外部"⑤。然而,恰如维塞尔所洞见到的那样,笛卡儿与洛克的张力使得整个18世纪陷入一个关于认识论的危机中:"一方面,真理因为依据的是可认知世界'内部真理'的认识而被视为是超越时间的、必然的东西。另一方面,真理又只能依赖于实际经验,而且具有暂时性的局限……一方面是绝对的和必然的联系,一方面是事物彼此孤立而没有联系的多元状态,总之,纯本体的绝对性与实际经验的相对性构成了18世纪哲学的互为排斥的两极。"⑥值得注意的是,维塞尔所说的只是18世纪启蒙运动哲学思潮的危机,却并非悖谬。在这一问题上,还是罗素点明了一切:"经验主义和唯心主义同样面临一个问题……那就是我们对自身以外的事物和对我们自己的心灵活动如何有认识的问题。"⑦

---

① 勒内·笛卡儿:《第一哲学沉思集》,第116页。
② 休谟:《人类理智研究》,吕大吉译,北京:商务印书馆,2009年,第21页。
③ 休谟:《人类理智研究》,第76页。
④ S. E. 斯通普夫、J. 费泽著:《西方哲学史》,邓晓芒译,北京:世界地图出版社,2009年,第187页。
⑤ 在此层面上,殖民运动可以被视为以经验主义为主的"航海"与以理性主义为主的"航海术"碰撞的结果。
⑥ 维塞尔:《启蒙运动的内在问题——莱辛思想再释》,贺志刚译,北京:华夏出版社,2007年,第107页。
⑦ 罗素:《西方哲学史》,马元德译,北京:商务印书馆,2009年,第152页。

罗素借此想说的是：无论是理性主义还是经验主义，整个18世纪的哲学精神都是围绕"认识论"展开的。因此，"就认识论而论，我们每个人必定被关闭在自身范围以内，与外界割断一切接触"①。在此基础上，可以说，近代哲学在认识的知识构型过程中，无论是采用笛卡儿式的理性自足模式，还是休谟的外在经验模式，都是服务于"认识的中心"的，其本质还是主体意识的。这也恰如福柯的一个发现，即从笛卡儿的"我思故我在"开始，在经历了休谟、康德等启蒙先驱的修正后，生成了一种稳定的知识结构，即"对人的认识"与"对人的认识的知识"的结构。福柯把这一结构称为现代"认识-知识"型。也正如他发现的那样，这种知识型不同于古典时期的知识型，后者的知识主体与人的主体并不具有同一性，但前者的知识与人的主体认识是一致的。尽管在这一知识型之内也曾有理性主义与经验主义之争，前者侧重于从思维着的主体中获取知识作为判断，后者则侧重从经验着的主体所观察到的因果联系中获取知识的定义，但二者归根结底都是人的认识的两种不同方式。这就正如福柯洞见到的那样：现代认识-知识型是一个特定时期内多重科学话语的差异关系。它以深度理性为准则，建立起了一个"贯穿着千差万别的、科学的合理性类型"②。抛去历史关系不谈，现代知识型是一个与认识、科学、话语相统一的"整体"，其中同一的、发展的、连续的现代历史逻辑已经成为现时代特有的"一种最高单位"。③人的理性认识与客观知识产生了一种前所未有的固定联系。换句话说，通过这种认识-知识型的确立，无限的主体认识被规约在其所能认识的边界之内，所有的客观知识都不再是超出人的认识的视角的知识，而是在人的理性认识内的知识。也正是这种完全基于主体认识之上的知识结构，使得经验同时成为扩充主体认识论基础、确认主体身份的重要一环，殖民运动便是作为经验在"经验-理性"的主体准则中被推进的。

二、资本帝国与殖民运动

16世纪开始，意大利、法兰西、大不列颠相继展开了自己开疆拓土的殖民计划。正像前文所述，这一方面是因为经验主义探索发现精神的实践表现，另一方面又是因为其是主体意识的一种检验。因此，当这些殖民

---

① 罗素：《西方哲学史》，马元德译，北京：商务印书馆，2009年，第153页。
② 福柯：《知识考古学》，谢强、马月译，北京：生活·读书·新知三联书店，2003年，第214页。
③ 福柯：《知识考古学》，第214页。

者们初次踏上北美广袤的大地时,他们一方面希望通过对加拿大的探索和发现来重新界定并补充自己的身份,另一方面也希望通过对加拿大的政治与经济管理来进一步确定自己在帝国的"中心地位"。17 世纪开始,对加拿大的争夺战主要发生在英法两国之间。直到 18 世纪,法国惨败,加拿大成为英属殖民地。尽管在政治上加拿大属于英国,但是有相当一部分的法裔定居者却留在了魁北克。这使得加拿大在独立后的民族运动始终围绕两个方向展开,一个是以国家-民族为主的盎格鲁-加拿大民族运动,另一个是以法兰西与盎格鲁之间为主的族裔民族运动。

先从盎格鲁民族来看。殖民时期的英国正处于现代性展开的阶段。正如韦伯、卡林内斯库等人所认识的那样,现代性是科学技术进步、工业革命和资本主义带来的全面经济社会变化的产物。① 在这三者的协力之中,资产阶级逐渐成为统治阶级。由此可见,英国不惜耗费大量人力、物力在北美新大陆上争取主导权的原因有两个,一是出于资本主义的本质需求,即垂涎这片沃土巨大的经济效益,二是出于作为统治阶级的资产阶级的某些政治抱负。

结合二者,并深入它们的历史衍变过程中进行考察,可见,16~17 世纪的英国在哲学思想、文化生活以及科学技术等方面皆处于蓬勃向上的时期。虽然这个时期的英国在经济上突飞猛进,但是由于英国在文化基础上仍然是一个"君主帝国",在残余的贵族思想影响下,政治和身份显得尤为重要,随着资产阶级理念上升与自由主义的发展,他们与贵族阶级的理念发生了极大冲突。它们相互对立,也相互区别。前者以经济为主,追求实现的是利润,而后者以权力为主,追求实现的是"统治"。后者采用的是森严的等级制度,而前者就其制度本身而言根本是个"无政府主义"②。在贵族逻辑中,政治权力显然要高于经济地位,而在资本逻辑中,"利润"明显比行政制度重要。这样南辕北辙的逻辑杂糅在一起,使得彼时的英国冲突不断,这其中包括了政治上的君主制与立宪制的冲突、宗教制度上的冲突,还有阶级上的冲突。但值得注意的是,虽然这二者在形式上看起来大相径庭,但是它们却同时具有"扩张"这一基本特征。从这一点上说,资本的积累与权力的扩张在本质上并没有什么区别。资本主义的经济积累需要政治权力的辅佐,而国家政权的扩张也同样需要资本的支持。可以

---

① 卡林内斯库:《现代性的五副面孔》,顾爱彬、李瑞华译. 南京:译林出版社,2015 年,第 48 页。
② 埃伦·M. 伍德:《资本的帝国》,王恒杰、宋兴无译,上海:上海译文出版社,2006 年,第 7 页。

说，在这一时期，正是"扩张"这一共同目标促使资本主义与国家政治结合起来，并随着现代性的需求，最终以资产阶级的政治-经济学理念代替了贵族统治下的政治权威理念。从这一时期开始，英国也真正步入了其称之为"帝国"的殖民史中，而这一时期的帝国已不再是"君主帝国"，而是"资本帝国"。

在旧的帝国制度中，在殖民地聚敛财产与掠夺居住地是服务于控制贸易通道这样的行政主权的，其中行政控制占据更大的比例；而在新的"帝国制度"中则恰恰相反。这反映在北美殖民地上则产生了两种分歧。不列颠国内的一些学者指出，英帝国的加拿大领土"一旦成为一个殖民定居地，而不仅仅是一个大型的贸易口岸，它就永远不会有多大利益可图"[1]。因此，在经济上，占主要经济地位的"哈德逊湾公司"来到加拿大的目的并不是像其在美利坚合众国的兄弟那样，希望通过定居而获得经济模式上的完全独立，而是"想办法扩张公司西进的领土以及寻找通往太平洋的陆路通道"[2]。他们并不希望获得一个新的身份，而是希望通过加拿大盛产的皮毛获取经济利益，并获得地缘政治上的势力。

如果说这样的帝国模式为加拿大早期殖民者的"身份"奠定了基础，那么可以说这种模式也同时带来了一种"帝国"中心意识。如弗莱所说，"早期加拿大的殖民者发展出一种堡垒意识（garrison mentality）"[3]，"堡垒"就是"一个对内控制森严，外面又遭围困的社会"[4]。其中心思想主要来自从帝国迁徙而来的保皇派以及从邻国美利坚合众国跋涉而来的托利党人。他们均深受休谟（休谟是托利党员）和贝克莱的影响，将休谟的《人性论》奉为政治宗旨。休谟在《人性论》中指出：指导人们生活的并不是理性，而是习惯和习俗。因而，人们应该效忠政府，固守习惯，并在情感上支持君主。也正是这样的思想观念促使加拿大的保守党对内实行"森严的控制"。无独有偶的是，在英国的托利党人受到新兴政治的挑战，而当他们前往美国时，又同样不能得心应手地实践自己的政治抱负，因此，当他们来到加拿大时，便迫不及待地希望把加拿大建成一个有别于大

---

[1] 埃伦·M. 伍德：《资本的帝国》，王恒杰、宋兴无译，上海：上海译文出版社，2006年，第75页。

[2] Angele Smith. "Fitting into a New Place: Irish Immigrant Experiences in Shaping a Canadian Landscape," *International Journal of Historical Archaeology*, Vol. 8, No. 3 September 2004, p. 224.

[3] R. Douglas Francis. *Readings in Canadian History Pre-confederation*, Fifth Edition. Canada: Harcourt Brace Company, 1998, p. 196.

[4] 诺思洛普·弗莱：《诺思洛普·弗莱文论选集》，吴持哲译，北京：中国社会科学出版社，1997年，第296页。

不列颠,却又不像美国那样急于独立的新社会。因此,尽管已经远离故土,可是他们始终认为自己是帝国的臣民,君主的卫士,"时刻戒备着,要铲除任何可能削弱社会凝聚力的言论或意见"①。

由此可见,加拿大殖民者虽然有着一般资本主义的扩张精神,但却因为政治上的保守主义"身在曹营心在汉",在很长一段时期内,恰如罗伯特·博斯维尔所说:"加拿大拓荒者的身份、自我形象与欧洲及宗主国有密切的联系。"②之后,虽然也有大批来自苏格兰和爱尔兰的难民移民至此,但是保皇派的"贵族统治"(gentry ruling)并没有因此失去光环,反而变本加厉,因此可以说彼时的加拿大已经在文化气氛上形成了根深蒂固的帝国中心意识。这种对英国的内在肯定使得他们产生了一种文化错觉:他们并非"本土人",而只是"旅行者"。就像弗莱通过研究加拿大诗歌抒情方式窥见的"自我中心意识"(egocentric consciousness)③,加拿大民族身份中也烙印着挥之不去的"帝国中心意识"。

然而,随着资本主义全球化进程的加剧,帝国扩张与殖民运动的所有准则都从纯粹政治学角度转移到了经济,因而那种随着"旧"帝国制度而来,基于政治目的的定居者被遗弃了。19世纪末,拓荒宣告结束。为数不少的拓荒者离开了加拿大,然而,大部分的移民者却留在加拿大,终其一生也没能再回到帝国。恰如汉娜·阿伦特所发现的那样,帝国殖民时期,"多余人口"④是首批被运往新殖民地的人。对于那些留在广袤大地上的盎格鲁-加拿大人来说,他们并不是优秀的人种,而是帝国人口迁移的负累。

三、中心意识与荒野错位

荷马曾经在《奥德赛》中表达过这样一条"西方中心意识"的戏剧性脉络:个人主义的英雄通常会在他乡做出一番丰功伟绩,以此来证明其在本土的"中心身份"。而悖谬的是,在这条确立身份的道路中往往伴随着身份的漂泊以及故土中心地位的遗失。同样,当这些英国移民者带着帝国的骄傲来到美洲大陆的时候,他们没有想到,一种奥德修斯的宿命同样也发生在了自己身上。他们的冒险本是为了稳固和扩张自己在帝国的文化身

---

① 诺思洛普·弗莱:《诺思洛普·弗莱文论选集》,第293页。
② 罗伯特·博斯维尔:《加拿大史》,裴乃璐等译,北京:中国出版集团,2012年,第97页。
③ Northrop Frye. "Haunted by Lack of Ghosts," *The Canadian Imagination*. David Staines (ed.), Massachusetts: Harvard University Press, 1977, p. 33.
④ 汉娜·阿伦特:《极权主义的起源》,林骧华译,北京:生活·读书·新知三联书店,2008年,第216页。

份和地位,可是如今却成为帝国的"多余人"。他们没有办法返乡,却只能漂流在北美的蛮荒土地上。新环境带来的严酷动摇了他们自帝国中心带来的优越感,再加之美国的崛起和法国的"骚扰",他们发现自己实际上正在逐渐脱离英国传统,正在被帝国"边缘化"。因此,他们一方面拥有根深蒂固的中心意识,另一方面又觉得在文化上、政治上不是中心。[1] 正是在这样矛盾的"真相"面前,他们从帝国带来的"中心身份"发生了断裂。此后"他们不管是否出生在这片土地上,都无时不感到自己根在别处,放逐似的迁徙到一个陌生的地方,他们感到好像永远处于一个漂泊不定的状态,无所适从"[2]。可以说,"文化上的背井离乡与迁移他乡使得他们生活在自我形象的不断变迁之中"[3]。

这里,我们需要引用拉康的身份认同哲学来解释所谓的"真相",并从心理学角度追溯为何这种空间错位与中心意识上的撕裂会为加拿大民族文化带来不可磨灭的原始创伤。在拉康看来,一个固定的身份需要在三个时期、三个领域合作的基础上才能得以建构。它们分别是"混沌阶段""镜像阶段""象征阶段"与"实在界""想象界""象征界"。这三个时期与三个领域既具备历时性也具备共时性。首先,拉康把主体出生之前的时期叫作"混沌期"。在此期间,主体对自我和他者并没有明确的意识,万事万物都是浑然一体,直到出生为主体带来了第一次"出生创伤"[4],主体才开始与母亲分离,走向脱离混沌的道路。在拉康看来,从"混沌"之中脱颖而出是人类成长的必经之路。这条路之所以充满创伤并不是因为"分离"这个行为,而是因为在此之中,我们所渴求的"客体"已经(或者必然)完全失去了。拉康把这个与创伤遭遇的地方称为"真实界"(the real)。在某种程度上,我们说正是因为这种"把那些与我们密切相连的形象从它们所占据的位置上分隔开"[5]的创伤体验确立了客体与主体。借此,主体随后可以顺利进入镜像阶段。镜像阶段是拉康哲学中较为重要的一个概念,也是我们用来分析加拿大身份建构的有力之据。镜子的本质空洞无用,而其象征作用却非同小可。在猴子和黑猩猩那里,镜子尽管可以引起

---

[1] Linda Hutcheon. *Split Images—Contemporary Canadian Ironies*. New York: Oxford UP, 1991, p. 74.

[2] 傅俊:《玛格丽特·阿特伍德研究》,南京:译林出版社,2003年,第361页。

[3] Susanne Pauly. *Madness in English—Canadian Fiction*. University of Trier, 2004, p. 39.

[4] Otto Rank. *The Trauma of Birth*. London: Routledge, 1999, p. 8.

[5] Darian Leader. *The New Black: Mourning, Melancholia and Depression*. Minnesota: Graywolf, 2008, p. 131.

它们足够的兴趣,但是当它们发现镜子的空洞时,镜子便没了意义。但在人类身上,镜子却发挥着巨大的效力。人类孩童在 6 到 18 个月的时候就已经能够辨认镜中的形象。与猴子和猩猩不同的是,孩童对镜子产生的兴趣如此恒久。他开始与镜中的幻象产生了认同,并因此展开了对自我身体、他人、外界环境的思考。可以说,镜子是人类借以建构"思考着的自我"的东西。虽然儿童的"镜像认同"是个虚假认同,但是对儿童来说,他的所有真实形象已经被囊括在镜子之中。这个阶段中的主体借助镜子不仅意识到了"自我"的存在,而且意识到了"他者"(例如母亲)的存在。可以说,通过"镜子"中的"他者",主体弥补了与母亲分离的原初破碎感,从而获得了自身的同一性和完整性,迈入了"想象界"(the imaginary)。想象界顾名思义也是一个虚假的世界。但是值得注意的是,在拉康看来,主体的完整建构必须通过这个虚假的"想象界"。可以说,想象界"建立了内在世界和外在世界的关系"①,并为主体日后的社会性身份奠定了坚实的基础。在此之后,主体进入了"象征界"(the symbolic)。在此,主体学习到了社会的、经济的、语言的各种象征秩序,并因此学会了压抑自己对母体的欲求,彻底结束了主体与客体交融的时期,从而获得了一种崭新的、社会性的主体身份。

民族身份的确立大体也是如此。首先,它需要经历一个自我与本土共生的"混沌阶段",然后通过劳动(这里,劳动之于人类就像语言之于文明一样)将自我与本土分离,借由本土给予的镜像来认同自我,然后通过认识本土和自我的关系来获得连贯的身份(尽管这是虚假的)。然而,这一切对于移民者来说却大不相同。因为他们的"原初镜像"并非加拿大本土,而是帝国。这样,矛盾就产生了。由于按照拉康的说法,"原初认同"是所有次生认同的来源。②这样的说法一方面肯定了原初身份带来的"中心意识",另一方面又引入了"原初""次生"这样的有关时间顺序的概念。因此,我们需要通过历时和共时两个层面去解释错位的问题。在拉康那里,主体身份的完整确立并非一蹴而就,而是经历了"客体镜像建构"的一个时间过程。因此,当移民者带着已经进入"象征秩序"的"帝国镜像"来到加拿大时,就像是一个返老还童的人,要想建构身份就必须历经历史镜像与新的环境镜像的错位。但这样一来,"帝国身份"也就不能称之为加拿大民族身份的全部了,因为他们必须面对一次"次生认同"。

---

① 雅克·拉康:《拉康选集》,褚孝泉译,上海:上海三联出版社,2001 年,第 92 页。
② 雅克·拉康:《拉康选集》,第 90 页。

接下来，我们不妨引用拉康哲学中的"小他者"来解释为什么在加拿大"返老还童"的身份建构过程中，荒野成了困扰他们情感意识的一大难题。"小他者"是拉康镜像学说的重要组成部分，亦是身份建构的一个基础。"小他者"并非象征性语言〔拉康把象征性的语言称之为"大他者"(Autre)。他认为，身份建构的目的就是获得大他者的承认〕，而是非语言的感性。这个说法用在形容加拿大移民者面对蛮荒的境况时再恰当不过。由于帝国的原初镜像，移民者实际上已经进入了"象征界"，有了自我意识，因此，如果说帝国是"理性"的大他者，那么狂暴的自然在他们心中就是一个"与感性的他人面容为伍"的"小他者"[①]。这里并不是说自然就是"小他者"，而是说由于帝国镜像的"大他者"，自然被"小他者化"了。简单来说，由于理性的参与，自然在作为"新镜像"出现的同时被旧的"帝国镜像""情感化"了。这种情感被投射进最初的文学创作之中，不仅构成了整个加拿大文学叙事的抒情基础，更成为此后加拿大民族文化的情感基础。

第二节　加拿大民族创伤的文学体现

早期的加拿大文学与其他殖民地文学一样，注重的并非具有文学性质的书写，而是记录开拓地风土人情的报告。这个时期的作品多由探险家或者航海员所写，因此可以说是英帝国凝视下的旅行文学。这些作品普遍采用了与《鲁滨孙漂流记》一致的探险和拓荒主题，一方面"塑造了近代中产阶级的主体意识、异域想象力和文化认同/差异观念"；另一方面，"通过自己的殖民行为，在现实中构建、生产出了更多的殖民空间和秩序"。[②] 然而，值得注意的是，如果说早期旅行文学是一种"科学调查"，或者是帝国的版图规划，那么可以说，17 世纪的加拿大文学则呈现出以贸易为依托，以拓荒与冒险为主题的风貌来。比如被称为"无冕之王"[③]的亚历山大·麦肯齐（Alexander Mackenzie）就曾经在《来自蒙特利尔的航程》中记载了一段名不见经传的毛皮贸易经历。大卫·汤普森（David Thompson）

[①] 张一兵：《拉康镜像理论的哲学本相》，《福建论坛》（人文社会科学版），2004 年第 10 期，第 37 页。

[②] 张德明：《从岛国到帝国：近现代英国旅行文学研究》，北京：北京大学出版社，2014 年，第 122 页。

[③] 艾伦·特威格：《加拿大文学起源：汤普森开辟的贸易之路》，宋红英等译，北京：北京大学出版社，2014 年，第 19 页。

的《鞋和独木舟》也以游记的形式记录了他作为边界委员会成员为开辟贸易路线乘坐独木舟出行的所见所闻。而约翰·朱伊特（John Jewitt）则在《朱伊特的冒险和苦难历程》中描述了自己在做水獭皮贸易时在努特卡湾遭遇土著、沦为俘虏的故事。但是，在毛皮交易关闭之后，面对自然环境的破坏，这种毛皮历险的基调发生了变化。对毛皮贸易的赞美声也被对毛皮贸易的控诉声所替代。比如当代诗人欧帕蒂（Al Purdy）在诗集《所有安妮特的诗歌》中就曾以《动物之死》一诗揭露了皮毛贸易带来的创伤性后果。总的来说，从早期文学的形式与内容中可以看出，彼时的殖民者始终将自己视为来自帝国的商人，他们来此的目的主要是进行贸易，而他们撰写的主要目的则是向帝国的中心介绍异域风貌、绘制异域地图。至于他们的读者则是喜欢浪漫主义旅行文学的帝国国民。虽然他们也曾与土著联姻，撰写过自我被他者化的心路历程与艰难生活，描绘过动物的神圣性，但是他们仍旧保持着自己的英国身份，并视自己的土著妻子为另外一种"交易"。至于动物，更是一种获得经济效益必不可少的"手段"。

　　18世纪，大量英国移民涌入加拿大，奠定了当今加拿大以盎格鲁-撒克逊民族为主的民族身份基础，同时开拓了加拿大文学的新纪元。作为英裔作家的亚历山大·麦克拉克伦（Alexander Maclachlan）就是其中之一。在其代表诗集《移民诗集》中，他着重刻画了安大略地区的拓荒生活，描绘了苏格兰人是如何迁移至此，又如何在此地繁衍生息。号称"加拿大非官方桂冠诗人"的查尔斯·桑斯特（Charles Sangster）在两部诗集《圣劳伦斯河和萨格奈河》《赫斯佩鲁斯及其他诗歌》之中用盛行于英国的"拜伦风格"演绎了诗人的圣劳伦斯河之旅，赞美了加拿大广袤的土地与优美的自然风光。值得注意的是，桑斯特对加拿大的赞美复制了一种英国本土才有的神学风格，即将大自然的壮美与上帝的恩赐结合起来，将圣劳伦斯河之旅阐释为"寻找真理""探寻上帝神性"的过程。英国著名作家奥利弗·歌德史密斯的侄孙，与其同名同姓的加拿大诗人奥利弗·歌德史密斯（Oliver Goldsmith）在诗歌《勃兴的村庄》中，描绘了初来乍到的移民生活。诗歌描述了加拿大这片"处女地"的瑰丽风光，歌颂了在此劳作的新一代移民，"并把这种欣欣向荣、蓬勃发展的拓荒生活归因于宗主国大英帝国的恩典"[①]。在"第一部北美小说"[②]《艾米丽·蒙塔古记事》中，弗朗西斯·布鲁克（Frances Brooke）也记录了在"堡垒思想"影响下的"堡

---

① 傅俊：《加拿大文学简史》，上海：上海外语教育出版社，2010年，第47页。
② 威·约·基思：《加拿大文学史》，耿力平等译，北京：北京大学出版社，2009年，第52页。

垒生活"①（garrison life）。小说以英国驻军加拿大为开端，以返回英国为终点。故事的重点虽然是三对恋人的爱情与婚姻，但是却以一种闭合的时间结构和狭小的军营空间为写作背景。另外一位同时期的女性作家凯瑟琳·帕尔·特雷尔（Catherine Parr Trail）也同样在著名的加拿大儿童文学《加拿大的鲁滨孙》中通过描述三个迷途的孩子顺利返乡的故事呈现出这种"返回帝国"的特色。在她笔下，自然往往臣服于人。因此，她最常描写的是加拿大自然景观的美好，甚少描绘自然的狂暴与灾难。

纵观这个阶段的文学作品，可以发现，与早期航海拓荒文化占据文学领域的特点不同，由于大批移民的进入，加拿大的文化主要以帝国文化为主。贸易的主题逐渐隐去，取而代之的则是对新生活激情四射的向往。当然，这样乐观的视角也从侧面映射出彼时移民"帝国中心意识"的根深蒂固，本质上还是脱离不了大英帝国的主仆式关系。至于他们自己的身份，则是"旅居者"，而非"定居者"，无论是否在这里成家立业，这些"旅居者"总有一天要返回帝国的中心。

尽管彼时的加拿大文学由于根深蒂固的"帝国中心意识"呈现出乐观、积极的一面，但是，荒野边缘化的真相却使得这种乐观与积极被蒙上了一层恐惧的阴影。恰如弗莱所观察到的那样："加拿大诗歌中有一种对自然极度恐惧的情调。这并不是指自然界的种种危险、困难甚至神秘为人们带来恐惧，而是人们心灵对上述种种险象所蕴含的难以言状的东西感到不寒而栗。"②可以说，弗莱看到的正是存在于加拿大文学中的一种创伤特征。这种特征并不是对可怖的外在环境的直观反映，而是对远离帝国中心的一种内在"暗恐"。

从弗洛伊德的创伤学角度上来说，暗恐指的是熟悉与陌生、生与死之间的一种心理感受。海德格尔则将其视为"不在家"的"茫然骇异失其所在"③。这个词的意义极为微妙，因为它总是与在场和不在场的二律背反联系在一起。暗恐者通常会感到莫名其妙的恐惧，然而这种莫名其妙的恐惧并非没有源头。因为这种"不在家"的恐惧实际上起源于个体曾经经历过的"在家"感。对于加拿大人来说，这种不在家的暗恐一方面显示出他们根深蒂固的"帝国中心意识"，另一方面显示出他们对于家被荒原位置

---

① Northrop Frye. *The Eternal Act of Creation Essays*, 1979-1990. Robert D. Denham (ed.), Indiana: Indiana University Press, 1992, p. 141.
② 诺思洛普·弗莱：《诺思洛普·弗莱文论选集》，第259页。
③ 马丁·海德格尔：《存在与时间》，陈嘉映译，北京：生活·读书·新知三联书店出版社，2012年第4版，第218页。德语为"unheimlich"，意为茫然失措的无家可归感。

对调后的恐惧。

正如阿特伍德在将加拿大小说与欧洲和英国小说进行比较后发现的那样：在加拿大小说里，阴沉的基调始终挥之不去，甚至连启蒙也"总是阴惨惨的。要想了解人生首先就要了解死亡与殡仪馆里的诸多活动"①。这与彼时大批移民从欧洲大陆带来的现代性文化氛围有着密切联系。19世纪的欧洲，启蒙理性与反启蒙的浪漫主义割裂了欧洲社会思想的统一性。浪漫主义中的那股非理性力量似乎成了启蒙时期理性主义的后遗症。尽管启蒙运动使人们张开蒙蔽的双眼，开始运用人类自己的力量思考自身与世界，然而，一旦面对一种复杂和多元的世界本体，脱离了宗教家园的"暗恐"便油然而生。如此一来，启蒙运动高涨的热情便又在其中逐渐消退了。于是，继此之后的浪漫主义者一方面崇敬自然，将自然的现象视为认识的对象，另一方面又畏惧自然，把自然的神秘视为世界的本体。这种认识论上的矛盾又进一步催生了被压抑在彼时人们思想情感结构深处的暗恐。

无独有偶的是，虽然加拿大移民者的殖民行为与美国等其他殖民国一样是启蒙理性的结果之一，但当殖民地建立之后，加拿大移民者并没能像美国那样从欧洲浪漫主义那里获得超验与宗教合二为一的思想基础，反而接受了大不列颠的浪漫主义传统，尤其是大不列颠浪漫主义中那种独特的感伤特性。感伤主义（sentimentalism）是英国18世纪后期中产阶级运动的产物。这个时期正是中产阶级上升的阶段，恰如国内一些学者认为的那样，18世纪的中产阶级试图进入贵族统治之中，他们在获得了丰厚的经济利润后开始"追求过去只有贵族阶级垄断的典雅文化，接受了古典文学的价值观，同贵族汇成一体并逐渐也变得保守起来"②。随着这种意识的形成，贵族阶级那种特殊的感伤文化也成为人人竞相效仿的对象。而前往加拿大的移民也将这种文化氛围带进了加拿大广袤的荒野。然而，他们没有预料到，在一种根深蒂固的"帝国中心意识"作用下，当这种文化氛围遇上加拿大环境的蛮荒之时，从启蒙理性那里获得的关于早期殖民的乐观精神很容易转变为恐怖的感觉。从此之后，加拿大的民族主人公们怀着启蒙理性才有的热情驰骋世界，却又在远离故土之地倍感孤独与悲凉。这一情感被文学呈现出来，就恰如麦克卢利其（MacLulich）总结的那样，是有关诘问与苦难的奥德修斯式主题："每个主题都是从中心——拓荒者，

---

① 戴维·斯托克（David Stouck）:《加拿大文学的特色》，陶洁译，《当代外国文学》，1992年第3期。
② 吴景荣、刘意青：《十八世纪英国文学史》，北京：外语教学与研究出版社，2000年，第317页。

向悲剧的、浪漫主义的、流浪的、现实的英雄的转变。"①这种从中心到边缘,从"在家"到"暗恐"的转变最终以后者取代前者告终。这类情感特质也成为加拿大文学抒情结构的核心要素,并在欧帕蒂(Al Purdy)、克莱尔·哈里斯(Claire Harris)、约翰·纽拉夫(John Newlove)、科拉顿(Beatrice Culleton)甚至爱丽丝·门罗(Alice Munro)等民族作家那里烙下了深刻的痕迹。比如门罗的作品就普遍呈现出一种加拿大身份建立过程中的创伤后遗症。这种后遗症通常被置于云淡风轻的区域性写作之内,在平静的小镇之中,主人公的自我形象不断变迁。在短篇小说集《逃离》中,四篇小说的女主人公不约而同选择了不断逃离来确定自己无所适从的身份。18 岁的卡拉先是离家出走,后又试图逃离婚姻的束缚。无独有偶的是卡拉的父母也是这么做的。卡拉一再逃离,却发现"自己无法融入未来的生活"②。朱丽叶放弃稳定的生活,转而与火车上偶遇的乡绅私奔。女儿佩内洛佩也因此效仿了她的"逃离"生活,在某天消失得无影无踪。格雷斯虽然已经谈婚论嫁,却在一念之间与未婚夫的哥哥私奔。而最后,故事不是以主人公死于恶劣的自然环境结束,就是以一种哥特式的悬疑和恐惧结尾。

在加拿大文学的抒情结构中,除了暗恐,另有一类情感表现,那就是疯癫与分裂。前者尚属于主体的情感范畴,后者则属于非主体的无意识范畴。从创伤心理学来说,后者更加接近创伤的本质。这表现在加拿大文学中,则是有关加拿大自然环境的两种情感形象的"两面一体"。一种是 19 世纪末,趋于独立的政客们把加拿大宣传为"朝气蓬勃、品貌端庄的年轻女子——正如帝国吟游诗人吉普林(Rudyard Kipling)描述的'白雪佳人'"③,另一种则是"与疯癫、毁灭相关的女魔头"④。事实上,这种不一致性更加深刻地暴露出加拿大民族身份的创伤。

在殖民者踏上这片土地之前,加拿大的原住民只有 22 万人。幅员辽阔、人口稀少的加拿大堪称一片"处女地"。殖民者来此的目的是驯服加拿大荒野这个"野蛮新娘"。然而,由于"新帝国模式"的兴起,大部分来此定居的殖民者更像是被帝国流放至此的新郎。诚如尼尔·福尔克(Neil

---

① Susanne Pauly. *Madness in English-Canadian Fiction*. Trier:University Triervon, 1999. 转引自 MacLulich, T. D. "Canadian Exploration as Literature," *Canadian Literature* 81, 1979, pp. 72-85.
② 爱丽丝·门罗:《逃离》,李文俊译,北京:北京十月文艺出版社,2009 年,第 34 页。
③ 罗伯特·博斯维尔:《加拿大史》,第 215 页。
④ Margaret Atwood. *Strange Things*:*The Malevolent North in Canadian Literature*.p. 30.

S. Forkey）所说，他们"既不能逃离北美地域残酷的影响，也没法不受其诱惑"①，也正如前文所说，19 世纪的英国正因为启蒙现代性的弊端经历着浪漫主义情绪的风起云涌。这个时期恰如卡洛尔（John Carroll）所说："从一个将理性奉若神明的极端，跃到将激情奉若神明的另一个极端"②，也恰如保罗·纽曼（Paul Newman）所说："浪漫主义诗人们面对的是浩瀚无穷的宇宙，其中蕴藏着的不为人知、令人敬畏的秘密是人类永不能企及的。希望与绝望、热情与恐惧、科技与自然再加上新升阶级的矛盾造就了 19 世纪的分裂人格。"③浪漫主义者们一方面因为启蒙理性而对殖民抱有期望，另一方面又对殖民后的空间变迁心怀恐惧。当他们意识到帝国的中心已经远去，雄壮美丽的新山河只是一个错觉，殖民理性遭遇到了神秘自然的魑魅魍魉。《简·爱》中，妻子与疯子的统一无疑是加拿大身份的真实写照："白雪佳人"只是"帝国中心意识"下的一个浪漫错觉，"女疯子"④才是这个新娘的真面目。

作为拓荒时期的加拿大初代诗人，苏珊娜·穆迪（Susanna Moodie）就曾在其日记书写《丛林中的艰苦岁月》（1852）中透露出自己的"精神分裂"。穆迪夫人与其妹妹特雷尔出生于英格兰的一个富裕家庭，家道中落后随夫移居加拿大并在北方丛林中与夫拓荒长达八年之久。尽管她对荒野生活寄予厚望，但还是遮盖不住情不自禁的恐惧感。正像 W. H. 纽（W. H. New）所说："尽管她再三声明了自己对这片荒野的领土权，但是却无法抵挡那种无法驾驭的恐惧感和陌生感。"⑤在她身上潜藏着一种错位的分裂，一种由帝国中心意识与边缘身份冲撞带来的分裂：一方面，代表理性的帝国身份根深蒂固，另一方面，面对狂暴的自然和蛮族，理性却无所适从。一边是过去英国上流社会的富足生活，一边是当下安大略丛林的艰苦生活。正如上文所分析的那样，在很长一段时间内，主体这个问题之所以对加拿大人没有产生困扰主要是因为他们从帝国带来的中心意识。

---

① Neil S. Forkey. *Shaping the Upper Canadian Frontier*. Calgary：University of Calgary Press，2003，p. 10.

② 约翰·卡洛尔：《西方文化的衰落——人文主义复探》，叶安宁译，北京：新星出版社，2007 年，第 164 页。

③ 保罗·纽曼：《恐怖：起源、发展和演变》，赵康、于洋译，上海：上海人民出版社，2005 年，第 204 页。

④ 参见 Margaret Atwood. *Strange Things: The Malevolent North in Canadian Literature*. pp. 21-22.

⑤ W. H. New. *Land Sliding：Imaging Space，Presence and Power In Canadian Writing*. Toronto：University of Tronto Press，1997，p. 70.

然而，当他们被留在此地的时候，困扰他们的问题并不是主体的身份问题（或说主体的意识问题），而是主体的经验问题（或者说空间迁徙的问题）。离开帝国并不意味着"失去"了自己的原初身份，但是空间迁徙的经验后果却让他们开始质疑"身份"。因而，进入一种缺失状态，而这种状态又进一步使得加拿大逐渐认识到了"身份"这个主体问题并不只是由内在时间意识可以支撑的，更依赖于外在空间的迁徙。因此，可以说，正是在主体意识与空间错位的张力中，像穆迪夫人这样的定居者的整体身份被撕裂了。

随着民族运动的深入与加拿大国家主权的独立，这一问题也逐渐被弗莱、琳达·哈切恩、玛格丽特·阿特伍德等人意识到。然而，值得注意的是，如果说早期民族主义者对这一问题的认识因为根深蒂固的主体认识模式与中心意识而陷入创伤情绪之中，那么，可以说，以阿特伍德为代表的民族文化主义者则超越了这种情绪表象，而深入症候的核心部分，从多元、开放、去中心、去辖域的视角对其之前的民族传统与身份问题进行了认识、分析与批判。在他们之中，阿特伍德又不仅仅拘泥于理论书写，而是将文学视为一种认识论表述方式，并采取创伤抒情与自我指涉的叙事方式，从无意识与有意识两个维度在揭示这种民族文化创伤的同时，追溯这一创伤的本源，并由此提出了自己的修通路径。

第三节 阿特伍德民族创伤叙事中的"无意识"与"有意识"

著名的文化创伤学者杰弗里·亚历山大（Jeffrey C. Alexander）认为："当个人和群体觉得他们经历了可怕的事件，在群体意识上留下难以磨灭的痕迹，成为永久的记忆，根本且无可逆转地改变了他们的未来时，文化创伤就发生了。"[1]诚然，这个"可怕的事件"在创伤心理学上并不代表一个具体的创伤时刻（traumatic moment），而是一个逐渐产生症候的过程。据此，在加拿大文化身份的建构中，现代性扮演了关键性的创伤因素，即启蒙现代性中主体认识的确定性与殖民实践的边缘化在殖民者的内心深处形成了一种撕裂性张力，为整个民族（尤指盎格鲁-加拿大）留下了难以磨灭的"文化创伤"。值得注意的是，这种民族文化创伤并非一成不变，随着现代性展开，它也逐渐在人类的认识论范畴中受到关注与修通。这体现在加拿大文学领域则是其一方面呈现出一种由帝国中心意识到精神分裂的创伤品格，另一方面又呈现了这些拓荒者在与荒野进行博弈的过

---

[1] 杰弗里·亚历山大：《迈向文化创伤理论》，王志弘译，世新大学曹演义讲座，2013年12月。

程中所付出的努力。

　　阿特伍德作为加拿大的民族作家承袭了加拿大殖民史带来的创伤文化结构，但与此同时，她的作品又不断在文学的历史考古中反思殖民运动与民族身份建构。这一点尤其体现在其《苏珊娜·穆迪的日志》之中。《苏珊娜·穆迪的日志》仿写了加拿大早期民族文学——穆迪夫人的《丛林中的艰苦岁月》，以第一人称追忆性叙事视角记录了主人公穆迪夫人在加拿大荒蛮之地的拓荒日子。与穆迪夫人的日记不同，阿特伍德笔下的穆迪夫人在其叙事的时间性中加入了空间的迁移，且其叙事时间超越了原作本人的生命视野，以一种民族精神的超时间叙事回看在时间流变中的疆土空间迁徙。这种"穿越"式的叙事方式将民族创伤与修通并置在以国家为核心的整体叙事时间之中，既呈现出后现代的小叙事风格，又同时观照了现实主义的大叙事方式，并由此构型了一个弥合真实与虚构之间边界的文本历史。

　　具体来看，《苏珊娜·穆迪的日志》前半部分与穆迪夫人本人的《丛林中的艰苦岁月》重合，二者都叙述了穆迪夫人随夫在加拿大北部的荒原中如何面对自然环境的恶劣，如何进行拓荒求存，又如何以追忆的方式再现英国时期的文明生活。诗中，穆迪夫人这样写道：

　　　　小山狭长，沼泽、贫瘠的沙滩、炫目的
　　　　阳光投在枯骨般的白色
　　　　浮木上，冬的征兆。[1]

　　可见，诗歌之中的象征与意象充满面对荒野的茫然与恐惧。然而，随着叙述的展开，《苏珊娜·穆迪的日志》逐渐表现出比《丛林中的艰苦岁月》更为深刻的认识形式。这既体现在穆迪对其荒野身份的认知上，亦表现在其对自身女性身份的认知上。先从前者看起，在《苏珊娜·穆迪的日志》中，穆迪指出这些拓荒者大多抱有启蒙主义式的幻想，满怀雄心壮志来到加拿大，期望在加拿大实现他们在英格兰无法实现的自由之梦。然而，当"其他人跳跃着，大喊自由"（91）之时，穆迪夫人却意识到自己的真实身份在这蛮荒之地就是自然的另一个面相。她记录道："流动的水不会映现我的倒影。礁石不理睬我。我成了外语中的一个词。"（92）此后，在生活之中，她逐渐感到蛮荒与文明的分裂："我们抛开一座座被霍乱败坏的城市，抛开一个个文明的特性，进入一片巨大的黑暗"，并在艰

---

[1] 玛格丽特·阿特伍德：《苏珊娜·穆迪的日志》，《吃火》，周瓒译，郑州：河南大学出版社，2015年，第91页。以后引用，在正文中随文标注页码。

难的生活之中领悟到"我们进入的是我们自身的无知"(93)。穆迪夫人对文明的质疑导致了其身份认同的混乱。她的主体被割裂为文明与野蛮两个互不相容的身份。她听到"两个声音……一个有礼貌用水彩作画……语调安静,撰写激情文章,并对穷困者耗费多愁善感……另一个声音有着另外的知识"(121)。正如鲍曼所说:"在全球化的道路上,空间发生了异乎寻常的经历。"在国家失去的地方,起到心理归属作用的是地方性的共同体,通常一种对共同体的解释就是对相似性的认同,或意味着"他者的不存在,尤其是不存在这样一个仅仅因为差异就有可能做出令人意想不到的事情或制造恶作剧的难以对付的不同的他者"①。根据这种认同机制以及上文所述的地域与认识之间的关系,拓荒者必然要进行一次重新认同,以便在离文明相去甚远的蛮荒之地找到精神归宿。穆迪夫人所代表的拓荒者便是在文明身份的基础上与荒野发生了一次"二次认同"。然而,仔细分析诗歌可以发现,拓荒者在北美荒野发生的认同并不是一个普遍文化的认同,而是基于性别差异的认同。对于男性来说,他们选择认同的对象是帝国本体,因此他们在北美新大陆上"甩掉衣服,白蛉一样起舞"(93),为自己对"处女地"的占领感到骄傲。然而,对女性来说,她们选择的认同对象并不是帝国文明或主体意识,而是荒野。这也正如《苏珊娜·穆迪的日志》中的穆迪夫人所述:"荒野是真是假,皆由谁在那里生活而定。"(94)从这种基于性别差异的认同可见,男性与女性尽管在认同机制和对象上有所区别,但他们作为一个国家民族的奠基者的认同却都不是双向的主体认同,而是单向的。可以说,这种基于性别的认同分裂以及认同向度的单一化构成了加拿大民族精神分裂症候的又一根源。

因此,从女性身份认知的维度来看,相较《丛林中的艰苦岁月》中无意识的女性视角,《苏珊娜·穆迪的日志》自我指涉了其性别特质,并进一步将荒野、男性、印第安人都纳入叙述者的"他者化"视野中,这便显示出《苏珊娜·穆迪的日志》更进一步的认识论特质。

> 丈夫在寒霜覆盖的田野行走
> 一个 X,一个与空白
> 相对的概念
> 他突然转向,进入森林
> 并被遮没

---

① 齐格蒙特·鲍曼:《共同体》,欧阳景根译,南京:江苏人民出版社,2007年,第128~134页。

> 不在我的视野中
> 他会变成什么
> 另外的形态
> 与林下植物
> 混合，摇摇摆摆穿过水塘
> 这样伪装以防范那些倾听着的
> 沼泽动物（98）

换言之，丈夫与荒野的融合不仅反映了主体在碰到荒野时的一种二次身份认同，更进一步突显了叙述者的女性身份。但也正是这种性别上的限定性视野，才使得阿特伍德的《苏珊娜·穆迪的日志》比穆迪夫人的《丛林中的艰苦岁月》更具有创伤的批判性意识，并进一步影射了加拿大民族创伤的起源并非真正意义上的天灾人祸，而是欧洲中心意识在文化空间变化后的顽固不化。从创伤的批判角度来看，阿特伍德借此暗示了加拿大集体无意识的创伤原型与加拿大特殊的女性历史相关。历史地看，加拿大女性的身份与英格兰稍有不同。在欧洲，随着家庭结构在工业发展的驱动下发生改变，女性退回到了家庭内部，在成为"屋中天使"的同时却承担起情感教育的"主内"工作。当这样的身份随着旅居生活被带到加拿大，男性担任起开垦荒地的任务，女性则被留在拓荒的后方，担任起文化教育的职责。这也正如阿特伍德对加拿大文学特质的一个发现："加拿大成就卓越和公认有所建树的女作家，不论是无韵文作家还是诗人，她们所占比例较之任何其他英语国家都要高。"[①]女性书写不仅成为加拿大民族文学的显著特征，更成为一种加拿大民族文学的"集体无意识"，对此后的加拿大人施加"影响的焦虑"。因此，从某种程度上来说，加拿大民族叙事中的精神分裂气质也是内涵于加拿大女性书写中的荒野认同气质。值得注意的是，这并不意味着性别导致了创伤之核，而是意味着女性书写这种现实行为与殖民运动、现代性进程的历史相关联。也可以说，正是社会结构与劳动分工的变迁使得女性承担起文学书写与文化教育的任务，而不是某种女性主观意识的觉醒促生了写作行为（尽管这一行为是继之而来的经验）。所以，在加拿大的特殊殖民境遇下，这些女性身份认同背后的欧洲文化与北美荒野的野蛮产生了冲突，加之受到浪漫主义的影响，那种从英国带来的"感伤"情怀在离群索居与狂风暴雨中更加突出。这也导致了很多旅居

[①] 玛格丽特·阿特伍德：《好奇的追寻》，牟芳芳、夏燕译，南京：江苏人民出版社，2012年，第79页。

女性在书写之中并不专注于如欧洲社会结构变迁引起的性别意识之争,而更关注自身在荒野中的主观感受,表达"自我被错置"[1]的分裂感。这种分裂感又进一步因为加拿大文学中的女性作家数量占比而成为萦绕在加拿大文学与文化史中的创伤本源。

如果说,《苏珊娜·穆迪的日志》的前半部分通过荒野身份与性别身份的双向认同作用复述了早期移民穆迪夫人的丛林生活,用穆迪夫人的口吻道出了自然与文明的冲突对加拿大人内心世界的影响,并进一步揭示了在《丛林中的艰苦岁月》之中没有凸显的帝国意识,以及这种意识在空间变迁后所造成的创伤,那么可以说,在后半部分叙事中,阿特伍德笔锋一转,将叙事的声音推至 20 世纪,并通过一种追忆性叙事,在将昔日加拿大与今日加拿大进行情感对照的同时呈现出其对民族文化创伤的修通。在《苏珊娜·穆迪的日志》中,穆迪这样谈道:

> 当我第一次来到这个国家
> 我恨它
> 而且一年比一年更加恨它
> ……然后,
> 我们迈向成功
> 而且我感到我应该热爱
> 这个国家。

她甚至歌颂自己所在的城市:"看看贝勒维尔的成长是多么飞速。"[2]在这种对照之中,曾经的"不在场"转化为"在场"的意识,而曾经的旅居生活变成了一种定居生活。这也是构成当代加拿大人区域意识的根本。当区域意识在北美空间中形成之后,随之而来的是国家意识。也正是从国家中的地域、文化、语言、历史的统一性中,国家-民族意识随之诞生。这也是为什么在后半部分的叙事中,穆迪开始以国家称呼荒野,以统一性视角来弥合双重声音。尽管,有学者认为,穆迪的这种变化是一种"他者意识话语",其叙事方式依旧是一种加拿大的"分裂话语叙事"模式[3]。但不可否认的是,阿特伍德笔下的叙事者穆迪不同于《丛林中的艰苦岁月》中

---

[1] Marlene Goldman. *No man's Land*: *Recharting the Territory of Female Identity Selected Fictions by Contemporary Canadian Women Worriers*. University of Toronto, 1993, p. 15.

[2] 玛格丽特·阿特伍德:《苏珊娜·穆迪的日志》,《吃火》,第 132~133 页。

[3] Jacqui Smyth. "Divided down the middle: A cure for the Journals of Susanna Moodie," *Essays on Canadian Writing*. Fall 1992, Issue 47, pp. 149-153.

第二章　玛格丽特·阿特伍德的民族创伤叙事与现代性批判　　67

的叙事者穆迪,后者只是停留在拓荒时期,因而忽视了加拿大这个共同体的形塑过程,但前者"作为一个现代性的象征摒弃了将自我与环境分裂的双重视野"①,以历史时间作为双重叙事的统一视野,因而在某种程度上是对加拿大精神分裂叙事的弥合。从阿特伍德笔下的穆迪夫人所选的"意识空间"——"都市"来看,关键问题不在于文明,而是荒野。她邀请受述者"转身,向下看:没有城市;这里是一座森林的中心,你的位置是空的"②。这就可以看出,她所揭示的不是文化身份的失落,而是主体与历史身份的割裂。这也与阿特伍德的老师弗莱曾经所做的一个民族身份比喻有了异曲同工之妙:一位来自加南部的医生在一位因纽特导游的陪同下穿越北方冰原地带,途中突遇暴风雪,不得不夜宿冰原。寒风呼啸、孤寂无人,医生恐慌地大喊:"我们迷路了!(lost)"因纽特人看了看他,说:"我们没有迷路,我们就在这里。(here)"③加拿大人之所以在殖民时期流露出双重声音与精神分裂性主要是因为他们从未将自己与帝国文化割裂。也恰如阿特伍德自己在其专著《生存——加拿大文学主题指南》中对加拿大身份混乱问题的溯源:"你身居此处却不知身在何方,因为你划错了自己的疆域和界限。"④在她看来,重新划定自己的地理位置,修正自己的帝国中心意识,重构自己的历史身份才是加拿大民族创伤修通的方式。而她笔下的穆迪夫人也是在抛去帝国身份,与新的空间与文化进行二次认同,并在创造与奋斗之后,才找到了连贯统一的新身份。

　　从《苏珊娜·穆迪的日志》对《丛林中的艰苦岁月》的改写中可以看出,如果说加拿大民族创伤叙事是一种"无意识"的抒情形式,那么阿特伍德的创伤叙事就是对这种"无意识"的"意识",其中不仅展现了加拿大民族创伤叙事的整体风格,更凸显了其对这一民族创伤形成过程的追溯。在阿特伍德看来,加拿大民族创伤的"无意识"与"暗恐"是文明与蛮荒、理性与感性、他者与自我冲突的结果,也是加拿大现代性展开中的悖谬环节。也正是因为这种认识与批判、无意识与意识、继承与反思的辩证特质构成了阿特伍德民族创伤叙事的独特性。

　　事实上,阿特伍德对民族文化创伤的关注并非只是《苏珊娜·穆迪的

---

① Ronald B. Hatch. "Margaret Atwood, the Land, the Ecology," *Margaret Atwood Works and Impact*. Reingard M. Nischik (ed.) New York: Camden House, 2000, p. 189.
② 玛格丽特·阿特伍德:《苏珊娜·穆迪的日志》,《吃火》,第138页。
③ Northrop Frye. *The Canadian Imagination*. David Staines. (ed.) Massachusetts: Harvard University Press, 1977, p. 33.
④ 玛格丽特·阿特伍德:《生存——加拿大文学主题指南》,秦明利译,北京:中国文联出版公司,1991年,第11页。

日志》中的昙花一现,她的第二部小说《浮现》(1972)亦将民族文化作为一个焦点,并比《苏珊娜·穆迪的日志》更进一步地揭示了民族文化创伤在获得历史意识后由于修通方式的不当而产生的"二次创伤"。小说的表层叙事是一个无名的女叙事者带着几个朋友从都市回到魁北克的乡村,寻找失踪的父亲,但在深层叙事上,"她的意图是要找到她的自我(道德上的和心理上的),找到她的过去(个人的和性别的),找到她的特性(私人的和民族的)"[1]。但是显然,她越是想找到自己的身份,就越是远离自己的身份。这就使得整个叙事充斥着回忆与幻觉、精神与肉体、理智与情感的边界模糊。叙事者时而回到童年的家中(回到了曾经是现实的过去中),时而陷入幻觉之中(陷入虚构的当下)。可以说,时间的混乱与虚实的错位困扰着女主人公。正像前文所示,在加拿大民族文化之中,空间的变迁构成了对身份的威胁。或者说,在欧洲中心意识的思维模式下,寻找身份,回归自我的同一性是唯一的行动目标。与穆迪夫人一样,女主人公也进行了一次时光穿越,即借由一种神秘主义认识到了过去与当下。也正是在这种时间、空间的错位与错乱之中,她开始意识到那个处于寻找身份阶段中的无意识自我。

在回到老宅之后,女主人公发现自己一直寻找的并不是父亲,而是"父亲看到的东西,那是你独自一人长久滞留此地会看到的东西……它是反应物。它既不喜欢我也不讨厌我,它说它没什么可告诉我的,它就是它"[2]。换言之,那个象征着父姓文明的父亲并不是她真正的父亲。在意识到这一点后,她转而将寻找文化之父的目的投向寻找自然之母,并希望通过在异己的自然中获得情感创伤的修通。在与同伴共同旅行的过程中,她越发感到那种美国式的文明与作为非理性存在的荒野格格不入,并在越加深入荒野后,越发感到"只剩下我一个人了"(213)。在第三部的结尾,这个不知名的女主人公最终离开了同伴,褪去了结婚戒指,丢弃了那个犹如鬼魂一样萦绕在她意识深处的"反应物",潜入丛林,开始了茹毛饮血的原始生活。在与自然的紧密接触中,女主人公的主体意识也被丢弃了,她感到:"我是大地景物的一部分,我可以是任何东西,一棵树,一具鹿的骷髅,一块岩石。"与此同时,她亦拥有了一种超越主体的"超人类"感受:"我的眼睛看见了变化:我的双脚升腾,离地有好几英寸,它们交

---

[1] 琳达·哈切恩:《加拿大后现代主义——加拿大现代英语小说研究》,第198页。

[2] 玛格丽特·阿特伍德:《浮现》,蒋立珠译,南京:南京大学出版社,2008年,第234~235页。以后引用,在正文中随文标注页码。

替向前行进；我变得像冰一样清亮、透明……"获得改变的不只是她对自身的感觉，更是她对蛮荒的视野："树木也发生了同样的变化，它们微微发光，树心透过树干和树皮向外闪光。"（227）女主人公在与自然的融合之中寻找到了自己的身份，但这个身份却并不是文化结构中被理性建构出来的历史身份，而是断裂的自然身份、原始身份、生物身份。这在表面上看起来是对民族及集体无意识的摒弃，是对西方长久以来二元对立的主体意识的消解。但是，深入来看，也恰恰是这种民族文化结构对绝对差异的排斥，导致女主人公所看到的自然面容总是文化的、主体的。她也因此错误地以为自然与其自身具有同一性。换言之，与自然的融合在本质上并不是对绝对他者的接受，而是对自我的异化。这一点使得女主人公与《苏珊娜·穆迪的日志》中的穆迪夫人有着微妙的共同性与差异性。从共同性来看，她们都对自然进行了一次重新认同。从差异性来看，她们的时代身份不同。穆迪夫人是拓荒者，而无名的女主人公是当代人。正是由于这种历史差异，小说又在末尾倒转了穆迪夫人的叙事方式，即当女主人公在荒野中如鱼得水的时候，她又反过来受到了象征文明世界的男友的召唤："他又在呼唤我……他的声音带有恼怒：他不会等很长时间。但此时此刻，他在等待。"（242）女主人公的文化结构决定了这种自我异化行为从一开始起就是民族创伤在症候表达上的一种变体——记忆、真实、历史被颠倒了。也正是从这一层面上来看，二次创伤发生了。如果说早期拓荒者因受中心意识影响对自然进行否定是一种异他行为，当今的女主人公投向自然之举显然是在意识到文明与自然冲突之后的一种异己行为。这二者虽然均是民族文化整体创伤的根源，但后者是整个创伤历史中的一次"二次创伤"。

在完成《苏珊娜·穆迪的日志》与《浮现》之后，阿特伍德对民族文化创伤的关注点逐渐从文化结构的呈现方式转移至创伤的修通方式之上，并最终在《猫眼》中有了新的突破。《猫眼》一直以来被认为是阿特伍德极具自传色彩的作品。主人公伊莱恩的童年经历与阿特伍德非常相似，都曾在都市文明与蛮荒两者之间穿梭。伊莱恩是一位小有名气的画家，年逾五十重返故地多伦多，故地重游让她迷失在时间与空间的迷宫之中。故事的叙事手法与《浮现》有着异曲同工之妙，主人公时而回忆过去，时而身处当下，时而又虚构未来。然而，与《浮现》的女主人公不一样的是，伊莱恩对自己的处境有所体认。她用物理现象解释自己所经历的时间，说："时间不是一条直线而是一个维，就像空间之维一样……仿佛遗传透明的液态透明体，一个堆一个……有时这个浮出水面，有时那个浮出水面，有时什么也不见,没有一件事情是往而不返的。"①她也能清楚地认识到这种对时间的体验感来自自己童年的创伤。伊莱恩童年时期曾与科迪莉亚交好。伊莱恩一开始对科迪莉亚忠心耿耿,但是科迪莉亚却几次几乎置她于死地。这种背叛严重伤害了伊莱恩的精神,并让她产生了相应的创伤后遗症:重复与分离(isolation)。

重复与分离是一组创伤心理学上的用语。弗洛伊德认为创伤不能显现其身,而是在重复中再现,深受创伤折磨的人"更乐意把被压抑的经验当作一种当前的经验来重复,而不是把它当作一个过去的部分来回忆"②。伊莱恩也同样被这种强迫性所困扰。这种症候在她身上时而表现为"一个九岁儿童的声音"③,时而表现为连连噩梦。然而,与重复相比,分离有着更加深刻的心理机制。分离是指:"意识与记忆的正常联结过程的阻隔,即思想,感情,经历无法整合到意识流。"④弗洛伊德曾在《抑制、症状与焦虑》中谈到这种症状的原因,称:"当病人发生了某种令人不快的事情时……他便插入一段间歇时期……在此期间他必须什么也不去感知,什么事情也不做。"⑤在弗洛伊德看来,创伤会迫使人的心理发展出一套防御机制,隔离就是其中一种"既不为自我所默许,也不为自我所理解"的防御机制。⑥伊莱恩曾经险些在木桥上遇害,但是她却对自己的创伤视若无睹,仿佛是另一个人经历了此事:在木桥要被拆除之时,伊莱恩隐约觉得:"仿佛有某个无名然而至关重要的东西被埋在了那下面,或者是,桥上依然有个人,被错留在了上面,在那高高的半空中,无法落到地上来。"⑦可以看出,伊莱恩实际上已经发生了隔离的症状。但是,从叙述时间上来看,追忆往事的伊莱恩对自己的这种症状已经有所"意识"。值得注意的是,伊莱恩与《浮现》中的女主人公一样,在将创伤提升至意识层面之后都将"自我他者化"作为修通创伤的途径。这就说明了这种"意识"是一种虚假修通,是心理防御的一种虚假性设置。如此一来,这种所谓的"意识"反过来成为一种症候,其本质与浮于无意识层面的创伤无异。

---

① 玛格丽特·阿特伍德:《猫眼》,杨昊成译,南京:译林出版社,2002年,第1页。
② 弗洛伊德:《弗洛伊德文集》第四卷《超越快乐原则》,车文博编,杨韶刚译,长春:长春出版社,2004年,第13页。
③ 玛格丽特·阿特伍德:《猫眼》,第392页。
④ 赵冬梅:《心理创伤的理论与研究》,广州:暨南大学出版社,2011年,第18页。
⑤ 弗洛伊德:《弗洛伊德文集》第六卷《自我与本我》,车文博编,杨韶刚译,长春:长春出版社,2004年,第190页。
⑥ 弗洛伊德:《弗洛伊德全集》第八卷《摩西与一神教》,车文博编,杨韶刚译,长春:长春出版社,2004年,第325页。
⑦ 玛格丽特·阿特伍德:《猫眼》,第204页。

据此可见，阿特伍德在对创伤修通进行探索的道路上发现：自我他者化并不能真正修通创伤（如其在《苏珊娜·穆迪的日志》与《浮现》中表现的那样），因此，在这部小说中，她转而诉诸艺术。值得注意的是，伊莱恩早期的绘画只是她发泄压抑的一种方式。她将歧视过自己的史密斯夫人画得无比丑陋。这无疑是进入了"创伤—发泄—创伤"的恶性循环中。后来，在史密斯夫人的谴责中，伊莱恩意识到自己这个时期的绘画从本源上来说就是一种创伤性重复，她只不过在创作中无意识地重复了这个噩梦。在意识到这一点之后，伊莱恩重新审视了绘画的本质，最后宽恕了史密斯夫人，并意识到了自己对史密斯夫人的不公。从伊莱恩绘画动机的演变中，可以看出，真正发挥修通作用的并不是创伤性的艺术，而是创造性的艺术。前者以病理学为基础，而后者以伦理学为基础。借此，伊莱恩走出了创伤的阴影，了解到"以眼还眼只会导致更大的盲目"[1]。此后，她开始了真正的创作，将过去、现在与未来联系起来，在交汇的时空中慢慢整理出时间的顺序。她开始畅想自己与科迪莉亚的未来："这就是我怀念的，科迪莉亚：不是某种已经逝去的，而是那种再不会重来的东西——两个老太太，就着一杯茶，在那里开心地咯咯大笑。"[2]

从创伤修复的角度来说，正如《苏珊娜·穆迪的日志》与《浮现》中所表现的那样，第一步需要审视自身的"错置性"，意识到自身的"无意识"症候。无论是穆迪夫人，还是无名的主人公，她们均将创伤从无意识提升至意识层面，以一种历史时间的理性叙事回顾自己的无意识经历，以此寻求修通。但也不难从这两部作品中看出，早期北美拓荒者始终存在着两种极端，一种是将自我他者化，另一种是将他者自我化。事实上，与加拿大相比，殖民初期的美国拓荒者更倾向于后一种，因而采取了屠杀与驱赶土著这样的野蛮方式，将所谓的文明植入荒野内部，试图将荒野融入自己的帝国文化身份，并与荒野合二为一。加拿大与美国大不一样。恰如哈切恩所说，加拿大殖民者缺少一种"开化任务"的意识[3]。可以说，由于"参照着一种今天看来是英国的、白人的、中产阶级的、异性恋的、男性的价值体系"，加拿大将土著和荒野分别进行了对立式划分。这样一来，尽管能够意识到他们"划错了疆界"[4]，但是由于帝国身份的原因，他们

---

[1] 玛格丽特·阿特伍德：《猫眼》，第 422 页。

[2] 玛格丽特·阿特伍德：《猫眼》，第 438 页。

[3] Linda Hutcheon. *Splitting Images: Contemporary Canadian Ironies: Studies in Canadian Literature*. p. 76.

[4] 玛格丽特·阿特伍德：《生存——加拿大文学主题指南》，第 11 页。

在弥补创伤时采用了两种分裂式的方式,一种是帝国殖民的通用方式,即将他者自我化,另一种是像《浮现》中的女主人公那样将自我他者化。鉴于前文所述的女性书写传统与加拿大民族暗恐文化的关系,后者更具民族创伤叙事的代表性。从《苏珊娜·穆迪的日志》与《浮现》的创伤叙事中可以看出,阿特伍德虽然认为后一种方式较之前一种更具有"意识性"与"反思性",但也不乏问题与缺陷。因此,这种不全面的创伤修通形式反过来凸显出那种植根于加拿大创伤文化中的"精神分裂"在本质上仍旧是从主体意识出发的两种不同思路。另外,尽管在《猫眼》中,主体认同的两种方式从空间环境转移至内在的艺术创作,并在一定程度上体现了整个加拿大民族文学艺术的修通路径,但这一行为毕竟是个体修通的方式,不具有普遍性。因此,除了在文学作品中以抒情模式表现与探讨民族创伤,阿特伍德更在其论著《生存——加拿大文学主题指南》中给出了具体修通民族创伤的实践步骤与理论指导。

  整部论著讨论了加拿大文学民族创伤的一种主题异变——生存危机。她将这种危机的根源置于殖民史的发展脉络中,并在诸多文学作品中发现了这种存在问题上的惊人一致性。在早期穆迪女士的日志中,阿特伍德读到了那种在期盼与失望的对立中穆迪夫人产生的双重态度。在道格拉斯·拉班(Douglas Le Pan)的《一个没有神话的国家》中,她也看到了迁徙者面对未曾开化的人与大地时的恐慌。她更从这些早期作品中一路延伸至今,从当代小说家大卫·戈德弗雷(Dave Godfrey)的一些作品,如《可口可乐使死亡顺利》《世代狩猎者》中的动物身上找到了一种侵略文化。在这种症候阅读之中,她归纳出加拿大的许多作家都会选择生活中的消极一面,并加以展开。[①]也正是在这种时刻恐慌自己生存状态的心态中,加拿大获得了创伤学意义上的"神经质"文化。在此基础上,阿特伍德意识到这样的消极文化不仅导致了文学上"消极生存"的主题,还导致了加拿大文化上的自卑。她甚至十分专业地将这种情况用病理学的方式称之为"受害者情结",并指出十个加拿大作家中就有八个在作品中描绘受害者。

  在论证上,她将加拿大民族国家视为一个整体受害者,并举例说明加拿大并非一个自己收获殖民利益的殖民地国家。这一点和美国大不一样。后者因为与英国断绝了殖民关系而收获了所有殖民的利益,但加拿大却因为保留了与英国的殖民关系只能在殖民利益上获得"抽成"。这种特殊的

---

① 玛格丽特·阿特伍德:《生存——加拿大文学主题指南》,第27页。

殖民地境况与心理特质是造成他们始终将自己视为受害者的原因。而一旦产生这种想法,便会陷入一种心理情结之中,无法自拔。

据此,她列举了四个阶段的受害者心理。第一阶段是:否认你是受害者这一事实。①阿特伍德认为这是一种自欺欺人的形式,她甚至严厉地斥责这些人不是"精神病患者"就是"懒惰"。第二阶段是:承认你是受害者这一事实,但把它解释为命中注定、上帝的意愿、生理的支配、历史的必然、经济状况、潜意识或是其他别的更有力更普遍的原因。②第二阶段表面上要比第一阶段有所"意识",但是它所带来的负面效果就是让人丧失主动行动的能力。第三种态度是阿特伍德较为赞赏的态度,也是她认为的修通加拿大民族创伤叙事的主要方式,即"承认你是个受害者,但是拒绝接受这种角色是不可避免的假定"③。在这个阶段,人的意识发展比较全面,已经可以区分受害者和使人成为受害者的角色体验。对她来说,这一阶段也是修通整个加拿大民族文化创伤的主要治疗方式,因为如果成功,这个"受害者"将会升至第四个阶段,摆脱创伤并成为一个有创造性的非受害者。

从阿特伍德对受害者的阶段性分析中可以看出,她作为一个作家与理论家已经意识到了整个加拿大民族创伤的"无意识",并以一种现代者的眼光追溯了文化创伤形成的因素,预测了民族创伤继续发展的后果。在出版了《生存——加拿大文学主题指南》之后,她在一次与吉布森(Gibson)的谈话中完善了自己的思想体系。在谈及害与被害的关系时,她进一步指出,除了受害者自己将自己视为受害者,另有一种受害者文化还在悄然侵蚀着加拿大人,即伦理习俗的约束。她指出:加拿大人很多时候从道德上偏好被害者,甚至明显偏好从幸存者转为一个害人者的人。对此,她批判"这两类人都是无望的"④,因为前者会使人认定自己是无罪的,然后在物竞天择之中被杀死,而后者往往将自己视为一个杀手,最终由于犯罪得不偿失。为修通这种文化心理创伤,阿特伍德诉诸和平共处。在她看来,这些爱好和平之人:

> 既不认为自己是害人者也不认为自己是被害者。这种与世

---

① 玛格丽特·阿特伍德:《生存——加拿大文学主题指南》,第29页。
② 玛格丽特·阿特伍德:《生存——加拿大文学主题指南》,第29页。
③ 玛格丽特·阿特伍德:《生存——加拿大文学主题指南》,第29页。
④ Earl G. Ingersoll. *Waltzing Again: New and Selected Conversations with Margaret Atwood*, p. 15.

界的和谐关系是一种生产性的、创造性的,而非破坏性的关系。被害者情结容易让人失去对生命和生活的主动权,如果你总以为你是一个无辜的受害者,那一定是别人的过错伤害了你,而你则一直生活在别人对你创伤的影响之下,你将永远承受这个伤害。你要知道,是你对你的生活负责,而不是别人对你的生活负责。[①]

纵观阿特伍德的早期作品,可以发现,其创伤叙事的主题集中于民族与国家。进一步考察这些主题作品,可以看出殖民历史作为一个文化结构对阿特伍德创作的影响。然而,与一般民族创伤叙事不同的是,阿特伍德的作品中始终存在一种批判意识,这种批判意识不仅是对民族创伤文化溯源后的真知灼见,更是对自身"影响焦虑"的超越。这种批判性与反思特质逐渐成为一个认识论框架,成为阿特伍德日后创伤主题的基础。此后,其小说中涉及的个体、社会与精神三个文化样式都在这种超越性的认识论框架中展开,并在呈现它们各自的创伤特质与内容的同时,表现出与现代性文化批判相得益彰的特质来。

---

① 玛格丽特·阿特伍德:《生存——加拿大文学主题指南》,第15页。

第三章 玛格丽特·阿特伍德的身体创伤叙事与现代性批判

西方世界自柏拉图以来便进入了身心二元论的理路之中，认为身体与心灵是彼此迥异且相互分离的两个实体。心灵由于是理性与灵魂的承载场，较之机械、感性的身体具有优先地位。这一问题自现代性高度发展以来尤为甚之。由于启蒙理性中蕴含的二元对立思想，身体在理性社会中遭到了时间与空间的分裂，成为理智与理性的附庸品及边缘化情绪的体验场所。这种分裂的结果是当代本质主义、原教旨主义、极权主义的泛滥。20世纪以来，随着现象学、存在主义以及身体美学的发展，长久以来在西方受到分隔的身心二元论及其带来的负面影响受到了空前的重视。身体重新回到了现代人的视野之中。

20世纪后的西方现象学界指出身心二分法的根本误区在于将广延（身体）设置在一个主体的自我意识推理中。但事实上，主体的意识并不是凭空存在的，而是始终以存在者的存在经验为基础的"对某物的意识"。承袭了这一理论的梅洛·庞蒂更进一步认为身体就是对世界的观点。每个主体所知觉到的世界与其他主体知觉到的世界具有一致性。在此之前西方世界对主体理性的建构基础其实只有身体。这也就是说，时间与空间对立的会合场所恰恰是身体，经验与先验的思想理论对立也借由身体获得沟通。在一个社会共同体中生活着的人们正是依靠身体与其他人联系，与世界联系、与精神信仰联系，并借此获得社会身份和自我身份。

沿此理路观之，上一章所述的民族身份认同并不能局限于民族身份这个宏大的抽象概念之中，它必须详实地以个体生存经验为基础。从这一层面来看，这就正如大卫·勒布雷东（Davsd Le Breton）所说："身体是一个人身份认同的本源。"[①]正因为人的一切存在都必须以身体的形式展现出来（他正是通过自己的身体将外在世界转化为自己的体验，并将这种体验

[①] 大卫·勒布雷东：《人类身体史与现代性》，王园园译，上海：上海文艺出版社，2010年，第3页。

反过来投射于世界之中，参与构建世界的），而身份认同就其本质上来说是个体意识与群体之间实际生存经验与关系的总和，因此，作为连接主观意识与外在经验的关系本源，身体才是身份认同最需要考虑的条件。

本章正是从这一层面出发，通过探讨阿特伍德创伤叙事的审美表现，揭示身体与心灵的二元对立、身体的边缘化及自我异化的现状，并从现代医学、疾病与身体的关系中力透权力的知识谱系。本章所要做的是：首先，厘清身体创伤的古典含义与现代含义，指出后者来源于理性总体化。其次，通过分析《可以吃的女人》与《神谕女士》中嘴巴的两种创伤表现——饮食障碍与语言障碍，剖析创伤话语的可言说层面与不可言说层面，指出后者才是创伤本质意义所在。再次，通过分析《肉体伤害》中眼睛的两种文化功能——见证与凝视，考察殖民地解殖实践的语境差异，提出后殖民话语的当代范式转换。最后，通过分析《肉体伤害》等作品中的乳腺疾病及其隐喻，考察现代医学学科话语与女性身体规训之间的关系，揭示权力话语机制中的性别政治。

第一节　身体的创伤与现代性

一、身体的创伤史

身体的问题虽然并不是一个现代问题，但是就其创伤性而言却是一个现代以来独有的问题。这是因为身体的问题是与理性发展密切相关的。就理性来说，其发展始于古希腊时期。但是古希腊时期的理性思想范式是从超出主体界限（无限性）的路径出发，而现代的思想范式却是在主体的界限内（有限性）出发。这其中的区别在于，前者尽管以理性为主，但是却把感性作为理性的绝对对立面而将其置于"流放"的状态，例如当柏拉图在构建理想国的时候，就把艺术家作为一种感性创造者，宁可"洒上香水，戴上毛冠，请他到旁的城邦去"①。福柯也同样发现在中世纪以前，人们对待非理性的方式是将其请上愚人船，而后将其流放之。然而，当人类的思想范式不再是从无限性，而是从有限性展开时，人的认识不仅仅占据了人类存在的绝对优先地位，更是以其"总体化"的形式将所有处于存在中的"他者"进行理性化的规约。这样一来，本来基于古希腊之上的身

---

① 《理想国》，载《柏拉图文艺对话集》，朱光潜译，北京：外语教学与研究出版社，2018年，第51页。

体由于处于心理的对立面，就不是被流放，而是被强行进行理性化。而正如上文对人的认识的结构的剖析，理性认识占据了人的主体位置，成为大写的理性，而当大写的理性占据人类存在的主导地位时，那些本应该被包含进人类所有关系与存在中的其他事物便被消泯了。身体便是人类全部存在关系中的一员。从这一层次上来说，身体的创伤是随着现代性的展开而展开的。

以此为据，让我们先从古希腊看起。柏拉图提出了完整的灵魂说。在《理想国》中，他将身体与灵魂置于两个完全不同且独立的层面。对他来说，灵魂是一个理智、精神（spirit）与欲望的集合体，从上而下"下凡"至肉体，并先在于身体，充当着推动生命和运动的本体角色。身体则是灵魂中非理性部分被刺激后的产物。它通过欲望表现出来，并时刻准备颠覆理性的统治地位。作为柏拉图的弟子，亚里士多德继承了老师用质料和形式来区分肉体与灵魂的方法。但与老师不一样的是，在他看来，灵肉并不能被割裂。它们是相统一的。身体是质料，而灵魂则是形式。质料是存在的，但只有被制作成某个东西才具有形式。由此可见，身体的存在之所以被称为存在只能是因为灵魂的构建。正是因为灵魂的这种作用，可以说，在亚里士多德那里，灵魂仍旧是第一性的。他与老师一样，认为灵魂的高低是生物（质料）高低的决定性因素。亚里士多德之后，无论是斯多葛学派，还是普罗提诺都承接了柏拉图和亚里士多德这样的灵肉观，即认为作为质料的身体是向下运动的，它时刻想摆脱灵魂中理性的束缚。无独有偶的是，基督教在这一点上也沿用了相同的学说。基督教把人的灵魂与肉体做出了时空上的划分[①]。灵魂由上帝所造，承载着永恒的生命，属于彼岸的国度。肉体属于此生的国土，承载着原罪，必须通过此生的诸多禁忌才能获得拯救。中世纪，神学家奥古斯丁的学说与这种灵肉二分说一脉相承，即强调灵魂与肉体的绝对界限及灵魂对肉体的控制。

中世纪之后，尽管文艺复兴将人的地位提到了前所未有的高度，但是这地位却是理性的人的地位。肉体的人仍旧处于低劣的位置。人从神学中解放，却陷入物理学、医学与解剖学的桎梏之中。人的身体在医学那里不再与其灵魂紧密结合，而是成为被机械拆解和观察的对象。这一点我们在

---

① 在这一点上，犹太教与基督教有着明显的不同。犹太教之中，由于人是由耶和华的话语创生的，而话语只命名存在的事物，因此存在都是灵肉高度统一的，灵肉之间没有孰优孰劣的区分。而在基督教中，由于加入了彼岸说，因此灵魂与肉体、彼岸与现世发生了二元对立。灵魂的不朽不但能表现在天堂与地狱的彼岸世界上，更表现在耶稣基督对人之灵魂的拯救上。

《堂吉诃德》中就可看到。《堂吉诃德》一改中世纪文学那种对肉体谨小慎微的态度，将血肉横飞的细节刻画得淋漓尽致。突出肉体细节的确展现出对人重视的一面，但是这种重视却是建立在对灵与肉暴力分割的基础之上的。同样，在维萨留斯的《人体的构造》和达·芬奇的《笔记》中，这样的痕迹仍旧显而易见。这两部作品可谓插图版的解剖学笔记。两位作者通过绘画的方式来呈现身体与器官的构造。但是，值得注意的是，配给冰冷刻板的医学解释的插图却极具戏剧性。这些被绘画出来的人体无不神情悲伤、痛苦万分。可以说，这其中展现的不仅是医学与艺术的对比，更是肉体与灵魂的割裂。从此之后，"身体被置于游离状态，分离开来。它作为独立的实体，成为研究的对象"[1]。

从维萨留斯开始，身体的现代观念被确立起来。身体获得了自主，而这自主的代价是将肉体从宇宙的大一统中剥离出去。这一观念在其后不但没有衰微，反而得到了更大的发挥。笛卡儿的"我思"体系直接将身体吸纳进来。这样一来，身体不再与宇宙或者神明发生联系，而是沦为一种外延的残余形式。我们越是思考我们的身体，我们就离我们的身体越远。从17世纪开始，笛卡儿将人的主体性定为思维的主体性。由于客体与他者并不在这个思维的主体范围内，因此就被划为另一个世界。在笛卡儿二元论中，主体与客体的二元对立代替了灵魂与精神的对立统一。从此以后，现代知识谱系获得了确立。

福柯发现18世纪，尤其是第一次工业革命之后，身体发生了现代化转向。在18世纪之前，身体是服从于君主的身体，君主利用对身体的威胁来实行其统治，而18世纪之后，在民主改革的日益加深中，身体虽然属于每一个人，但是却被置于等级制的严密监视之下。沿着福柯的思路，我们可以知道，现代人的身体实际上正在遭受前所未有的压抑与控制。这种压抑和控制并非显示在具有时间性的因果关系之上，而是显示于散布在各个机构中的空间关系之上。

从笛卡儿到福柯，身体实际上完成了它的异化过程。当我们试图运用笛卡儿式的"思"来解决古希腊灵肉分离问题的时候，我们实际上在灵肉合一这个主旨上越走越远。更加有趣的是，尽管从福柯开始，我们高喊着解放身体的口号，但是在医学与技术手段发展迅速的今天，这种口号越发显示出其吊诡的一面。通过基因的筛查，我们可以预知自己的命运。通过机械装置，一个只拥有身体的植物人可以依旧存在于世。在一个个被手机

---

[1] 大卫·勒布雷东：《人类身体史与现代性》，第53页。

束缚的"低头族"身上,身体和精神被划分为完全不同的时空。身体的创造甚至可以超越两性繁殖,成为一种自我的繁衍。身体同样可以被仿生所代替,任凭电子芯片或者生化假肢占据身体本该占据的位置。从这一层面来看,科技实际上帮助我们加速了身体与精神的分离,甚至磨灭了在福柯那里仅剩的身体痕迹。身体在我们面前愈发显露出其难以捉摸的一面,而这种不可知性又在启蒙精神的热浪中被赋予了更激烈的冲突。我们越是不知道下一秒肉体会发生什么,就越试图通过理性精神把握下一秒的身体。用现代量子力学中的测不准定律来看,我们能够确定的事物越多,就越无法逾越肉体的藩篱。这是因为,在前现代,人们认为是上帝创造了人的肉体,因而人不用把握肉体,但现代则不一样,在现代性的科技浪潮之中,人们摆脱了上帝创世论,却不得不将自己的肉体对象化。这二者构成了一体两面的硬币,穿透了一面,就相当于穿透了另一面。前现代人对精神逾越的期待被科技以一种吊诡的方式实现了。或许,我们的口号不该是"解放身体",而是"我们的身体在哪里"?

二、身体的碎片——器官、解剖与隐喻

正像前文所述,在古希腊的时候,身体就曾被讨论过多次。公元前5世纪,古希腊医生希波克拉底就将人的整个身体分成四种类型,分别是血液质、黏稠质、黄胆汁质、黑胆汁质,每种体液所占比例的不同不仅决定了一个人的身体素质条件,还决定了他的气质,且这种气质并不是被囿范在个体的体内,而是与世界相通的气质。因此身体反映的并不是单个器官的问题,而是一个整体的人是否与其环境相处和谐的问题。尽管有关心灵与身体的讨论比比皆是,但是他们的整体性尚未被分开,身体自己就具有完整性。这一点开始随着医学的兴起而销声匿迹。到了中世纪,人们开始注重解剖学。但是,鉴于宗教信仰,一些医学家试图在不分割作为整体的身体的前提条件下对身体内部的各个器官进行检查、治疗。尽管彼时宗教强调人的完整性,但它仍旧抵挡不住现代性展开中的科学的需求。也正是从那个时候开始,那种类似于中医的整体性治疗方式逐渐被各个器官的治疗术所代替。15世纪,几次大的公开解剖课推动了这种医术的前进,也奠定了当代医学科学的基础。头痛医头、脚痛医脚的医学只是将人视为一个个的器官来加以诊治,而并非将人作为一个整体进行诊治。这一情况起初对文化建构来说大有裨益。这是因为,在解剖学并不盛行的年代,人们在得病之后更多倾向于看一些"江湖郎中"。这些江湖郎中有不少是当地"教士"。他们仍怀着一种偏见,即认为某些疾病与人之罪过有关,因此,

也就认为通过一些祷告或者其他诵经的行为可以驱散恶魔,相对"科学"的也就只有"放血"这种前医学治疗术。①因此,可以说,对于器官的重视改变了人们对古代医疗术的依赖。但是,这种对器官的重视到了17世纪在牛顿力学的跨世纪影响下开始走向了极端精细。如何精细地测定身体之中的每一个器官是彼时医学家的侧重点。作为整体的身体也就是在那个时候开始被分为几个部分。每个部分又组成一个完整的器械,成为一种固定不变的研究对象。伽利略、桑托里奥、弗里德希·伍尔夫、范·荷尔蒙特、盖伦、哈维都曾为现代解剖学起到过奠基性作用。

除了医学与哲学,刑法上也开始注重破碎的身体。福柯就曾在《规训与惩罚》中发现,笛卡儿的启蒙时期有一种展现君王权力的刑法(类似于中国的凌迟)。据说有一个女仆杀死了自己的女主人,在被吊死前,她被刑吏割下了右手。②还有一种刑法可以叫人身首异处。古代时期犯了重罪的罪犯在被断头后头与尸体可以一同下葬,而彼时的刑法是将罪犯的头割下后,悬挂在高杆上,并将尸体装入一个袋子,埋在这根杆子底部的10英尺深处。在对一位叫作莫锁拉的犯人进行公开行刑时,这位犯人被切割开肚子、掏出了心、肝、肺和脾,"每一块都被悬挂展览"③。在福柯看来,是这种刑法的展览性具有权力的象征作用,但值得注意的是,这些被碎片化的身体同样具有隐喻的效果。它似乎更加能够展现某种神圣的权威。④

除了医学与刑法学对人的器官的重视,文学艺术作品也在很大程度上展示了这一时代特征。最为显著的例子就是上文所举过的《堂吉诃德》。在诸多文艺作品中,人的肉体被四分五裂,尽管这种突出身体构架的描写是一种对人之肉体脱离禁锢、获得自由的高歌,但是,它同样也从侧面反映出那种碎片化过程的来临。而在艺术家达·芬奇的作品中,则处处展现着器官细节的美。达·芬奇的绘画簿上描绘的是形形色色的人体部位。他

---

① 人类通过用利器制造伤口来治疗疾病,这被称为放血疗法。这种治疗方法一直以来被中国和西方的医生所采用。据中国的《黄帝内经》记载:"刺络者,刺小络之血脉也";"菀陈则除之,出恶血也"。《素问·血气形志篇》则提及:"凡治病必先去其血。"《灵枢·热病篇》中说:"心疝暴痛,取足太阴、厥阴尽刺去其血络。"这种刺络放血疗法代代相传至今日。而在西方,基于古希腊医生希波克拉底的四体液学说,人们认为疾病就是这四种液体失去平衡所致,因此刺破躯体放出失衡的液体有助于人体恢复正常机能,这种方法在中世纪更加盛行,18、19世纪达到高峰。放血疗法在那个时期不仅被看为治疗方法,还被认为是一种保健方法。
② 福柯:《规训与惩罚》,刘北成译,北京:生活·读书·新知三联书店,2007年,第49页。
③ 福柯:《规训与惩罚》,第55页。
④ 从古希伯来开始,对肉体的整体性进行分割就是上帝的权力。在埃及,甚至有着阿努比斯负责称量死后的人的心灵之说。

早期的《怪异的头颅》让他名声大噪，而其传世之作《蒙娜丽莎的微笑》则特地突出了嘴这个器官与其他器官的美学联系。可见，这些器官也被赋予了神秘的色彩，具有超出其自身的隐喻性。这些对器官的注重开启了身体碎片化的模式，而到了阿特伍德所处的现代，碎片化的人体已经成为人的常态。在《浮现》中，女主人公这样解释："问题出在我们身体顶端的头颅里。我对身体和头颅并不反感，我讨厌的只是脖子，它给人以身体和头颅相分离的感觉……我们的身体一定意识到了这一点；一旦头颅与身子分家，它们两者都必死无疑。"（《浮现》，第91页）在女主人公的意识中，头颅、身体、脖子与意识并不是融为一体，而是各自独立的器官。可以说，20世纪以来，人的身体已经被高度发展的现代性割裂，成为创伤的身体。

第二节 嘴巴的创伤与女性话语

如果说蒙娜丽莎微微抿起的嘴在文艺复兴时期具有一种美学功能，那么当我们从蒙娜丽莎的嘴再回到当代的处境中，从勒布雷东的视角来看，在身体器官学中，没有哪个器官比嘴更具有现代性上的意义。这是因为作为一个生理器官，嘴与其他各个器官最大的不同就是它不仅是为身体摄取养分的器官，还是人的社会行为能力的表现，其"心理学含义不可或缺"[1]。一个能言善语的人不仅仅会被视为一位善于沟通的人，还常常是话语权的掌握者。因此，其背后显示的实则是整体社会范式的语言转向。

嘴，作为身体的一个重要器官，在人的一生中扮演了不同的角色。在人的幼年时期，嘴的主要功能是生物性上的功能，即通过获取食物满足机体的需要。弗洛伊德在《性学三论》中将嘴与性欲联系在一起。他认为："孩子的嘴唇像一个快感区。"[2]吮吸母乳或吮吸手指不仅仅是为了满足营养的需要，更是为了满足幼儿的性需求。[3]长大之后，嘴作为器官的功能产生了一定的变化。这是因为善吮者可能会发展出对嘴的欲求，他可能贪于接吻，或者对吸烟喝酒有强烈动机。一旦对这种吮吸的最初功能加以抑制，便会厌恶食物并发生呕吐等神经质反应。在弗洛伊德的女弟子梅兰

---

[1] 大卫·勒布雷东：《人类身体史与现代性》，第33页。
[2] 弗洛伊德：《弗洛伊德全集》第三卷《性学三论与论潜意识》，车文博编，杨韶刚译，长春：长春出版社，2004年，第34页。
[3] 这里需要指出的是，弗洛伊德的《幼儿性欲》一文发表于1905年，10年后，他对自己的"泛性论"做出了一定修正。在续版中他加注道："性活动的最初功能，旨在服务于自我保护，直到后来才变成独立的。"（《性学三论与论潜意识》，第35页）言言之间透露出他对不同时段"性"的概念的区分。本研究在此旨在说明嘴与本能欲望的关系。

妮·克莱因（Melanie Klein）看来，嘴则与母亲的乳房有着密切关系。她认为婴儿将母亲的乳房视为第一个客体，当婴儿从乳房那里获得满足的时候，它就被视为"好乳房"，反之则被视为"坏乳房"。对"好乳房"的幻想产生的"整合本能"，对"坏乳房"的幻想产生的"崩解本能"都附着在此。[1]这些冲动的体验最初都来自嘴。如果说生的本能最初被体验为口腔满足，那么"向外投射的破坏冲动最初被体验为口腔攻击"[2]。从这一层面来讲，嘴的功能就不仅仅是快感享受，口腔施虐与食人的欲望都会通过嘴来展现。然而，嘴的功能发展到此并没有结束。随着年龄的增长，嘴的另一个功能随之出现，那就是嘴的社会性功能——言语功能。精神分析学派的又一领军人——拉康发现嘴与乳房分离的事实预示着个体即将进入符号界。从弗洛伊德到克莱因再到拉康，近一百年来的精神分析学派为我们展示出建立在个体成长过程中的嘴的功能性变迁。从原初自我的性欲满足到因为创伤分离而对第一客体发生的破坏攻击，再到与客体沟通的语言的产生，相比五脏六腑对维持生命的重要性来说，嘴的重要性实际上比我们今天所认识到的要多之又多。也正是如此，长期以来嘴在主体与客体之间的尴尬让嘴的生物功能与嘴的社会功能产生了互相渗透。这就一如我们在精神分析病例中看到的那样，嘴的生理功能性障碍与社会性障碍时常联系在一起，而其中所展现的却不仅仅是本能与压抑、客体与主体之间的悖谬关系，更是嘴作为独立的创伤性个体在精神与社会的对抗中发展出的不可通约性。

一、饮食障碍——嘴的生理功能失调

文学上对与嘴有关的意象的描绘不在少数。早在《圣经》之中，上帝就是依靠嘴发出言语，通过言语造就了宇宙万物。嘴可以尖叫，可以大笑，可以沟通与交流。食欲、食物、消耗、吞咽、呕吐等均在它的功能范围之内，它的象征意义也同样丰富多彩：消费、权力、控制、性别、阶级均可囊括在内。在这其中，嘴最为常见的生理功能就是饮食，而其最常见的社会功能就是言语。然而，自从18世纪以来，嘴的这两种普遍功能逐渐失去了正常的一面。列维-斯特劳斯曾指出：不同的饮食方式体现着不同的文化模式。人的全部属性实际上都可以通过不同的食物及烹饪的方式

---

[1] 梅兰妮·克莱因：《嫉羡和感恩——梅兰妮·克莱因后期著作选》，姚峰、李新雨译，北京：中国轻工业出版社，2014年，第12页。

[2] 梅兰妮·克莱因：《嫉羡和感恩——梅兰妮·克莱因后期著作选》，第12页。

得到规定。[1]有秩序的饮食方式代表了秩序井然的社会生活，而无秩序的饮食方式喻示了文明的塌陷。或多或少，斯特劳斯都发现了从井然有序的嘴到共紊乱的嘴的这条文明塌陷路程。

19世纪的嘴逐渐失去了象征井然秩序的饮食功能，取而代之的是嘴的功能性扭曲。因此，戈雅在《撒旦食子》一画中描绘了吞食自己儿子的撒旦，以此表达现代性与人性之间不可调和的矛盾。卡夫卡在《饥饿艺术家》中将饥饿与绝食并置，暗示了"纯粹艺术"与意识形态的悖谬。海明威在《流动的盛宴》(*A Movable Feast*)中描绘了被形形色色食物包围着的巴黎，以食物的丰盛隐喻了物欲横流的现实与清高雅致的艺术的对立。除此之外，亦有一些如伊迪丝·华顿（Edith Wharton）、切瑞·奥尼尔（Cheery Bonne O'Neill）、珍妮弗·舒特（Jenefer Shute）等女作家在自己的作品中纷纷书写饮食与男权主义压迫的关系，呈现女性在一种特殊身体美学影响下的心理压抑。

作为一个关心女性的作家，玛格丽特·阿特伍德也在自己的作品中对饮食政治产生了极大的兴趣。她曾撰写过《加文学菜谱：从笔尖到味道——美味文学食物系列集》(*The Canlit Foodbook: From Pen to Palate—A Collection of Tasty Literary Fare*)，深入探讨加拿大文学作品中的食物意象及其关于文化与人物性格的隐喻。而她的小说也从多方面展现过这个问题。在她的第一部小说《可以吃的女人》中，女主人公就患上了饮食障碍。她一方面什么都想吃，另一方面又将自己所有吃下去的东西吐出来。在反思过程中，她发现自己的饮食障碍来源于与男友的情感危机，而在鼓足勇气离开男友后，她又奇迹般康复了。阿特伍德试图刻画的正是男权制度如何规训女性的身体，而女性又是如何在这场博弈之中以身体器官作为反抗的。正如莎拉·西兹（Sarah Sceats）所说："阿特伍德将食（'吃'或不吃）与性别、文化政治联系起来，通过食物及饮食行为提出了1950至1960年间加拿大城市性别角色存在的问题。"[2]要想阐明其笔下人物的饮食行为，仍需追溯到1965年的北美语境。

《可以吃的女人》一书的发表正是20世纪60年代。彼时，北美的女权主义运动进入了"第二阶段"。当这股发轫于美国、以"提高女性意识、深入女性于家于己于社会的从属地位"[1]为主要特色的思潮挺进邻国加拿

---

[1] 列维-斯特劳斯：《神话学：生食和熟食》，周昌忠译，北京：中国人民大学出版社，2007年，第219页。

[2] Sarah Sceats. *Food, Consumption and the Body in Contemporary Women's Fiction*. London: Cambridge University Press, 2000, p. 95.

大时,"女性意识"与加拿大特有的"堡垒意识"[2]发生了碰撞,产生了微妙的"化学反应"。在保守与激进的激烈对抗下,阿特伍德思索着创造出一个"具有象征意义的、可以吃的人的形象"[3]。主人公玛丽安也就这样应运而生。玛丽安受过高等教育,拥有一份"女性专属"的职业。然而,当她遇到职业与婚姻的冲突的时候,方才发现自我意识与现实生活格格不入。这是因为,一方面,很多加拿大女性得益于20世纪以来的女权主义运动,普遍进入了大学的殿堂,并于毕业后获得了工作岗位,另一方面,获得工作的她们发现所期盼的职业并没有给自己带来多少改变。正如玛丽安自己所说:"人总得吃饭啊,再说,如今拿个学士学位又能找到什么好活儿呢?"(62)玛丽安入职"西摩调研"所后发现,她与其他女性所处的地位颇为尴尬:"整个公司占三层楼,其结构就像是个冰激凌三明治;上面和下面都是脆皮子,我们这个部分便是松软的中间层……我们楼上是主管人员和心理学家,大家称他们为楼上先生,因为那里都是男子……我们楼下是机器……像工厂似的,机器嗡嗡直响操作人员……一脸疲惫的模样。我们的部门将这两者联系起来。"(14)

阿特伍德曾经在小说的再版引言中这样评论北美社会60年代的悖谬:"女主角所面临的选择在全书结尾与开始时并没有多大的不同:不是重新选择一个前途渺茫的职业,就是结婚嫁人,以此作为摆脱它的途径。但这些就是六十年代加拿大妇女的选择……女权主义的目标并没有实现,那些宣称后女权主义时代已经到来的人不是犯了个可悲的错误就是厌倦于对这一问题作全面思考。"(引言)可以说,《可以吃的女人》揭露了这样一个事实,即由于加拿大政治和文化上的保守性,以美国为主要战场和发起点的北美女权主义运动事实上只在美国起到了相应的效果。而对于加拿大来说,无论是政策还是文化都并没有获得根本性的变化。在这个基础之上,女权主义运动显示出的并不是它在美国所有的那种所向披靡、战无不胜的政治气魄,反而弄巧成拙,侧面加深了加拿大女性的性别创伤。尽管男权制度的压迫是不容忽视的事实,但是由于政治运动的盲目性,女权主义运动实际上忽略了它是否行之有效不仅有赖于女性意识的政治性觉醒,还有

---

[1] Stephanie Genz, Benjamin A. Brabon. *Postfeminism: Cultural Texts and Theories*. Edinburgh: Edinburgh UP, 2009, p. 20.

[2] Northrop Frye. *The Eternal Act of Creation Essays, 1979-1990*, Robert D. Denham (ed.), Indiana: Indiana UP, 1993, p. 141.

[3] 玛格丽特·阿特伍德:《可以吃的女人》,刘凯芳译,南京:南京大学出版社,2008年版,引言。以后引用,在正文中随文标注页码。

赖于这种意识与现实创伤的距离有多远。这样一来，这些女性的创伤就不仅仅来自男权制度的压抑，更来自女权主义的盲目。文本中，这一点通过玛丽安与情人邓肯的冲突表现出来。玛丽安是男权制度和女权主义塑造的对象，因而一开始并没有脱离幻象层面。邓肯的出现加速了她对这个问题的意识。当邓肯谈到一些女性之所以追求他是因为他能"唤起她们身上隐藏着的弗罗伦斯·南丁格尔的本能"时，他讽刺地说道："饥饿与爱情相比是更基本的需要。要知道弗罗伦斯·南丁格尔可是要吃人的呀。"(120)邓肯实际上正是提示了玛丽安现实与幻象之间的距离。

无独有偶的是，彼时的女权主义者贝蒂·弗里丹（Betty Friedan）也曾经在《女性的奥秘》中提到过关于饥饿的这样一个现象：那个时期的很多家庭主妇在面对丈夫创造出的丰厚物质财富时，并没有感到满足，反而"有一种饥饿感，但是这不是食物能满足的"[1]。弗里丹显然将这饥饿看成一种隐喻，喻示着"屋中天使"的"女权意识"正在逐渐觉醒。而阿特伍德却将这种隐喻归还给喻体本身，显示出了饥饿的原本含义。这一举动虽然可能不是与弗里丹针锋相对，但至少饥饿在被还以本色的时候显示出了其生产性的本质，也就是"欲望生产"的机制。在拉康看来，欲望不同于需要（need），也不同于要求（demand）。需要是基于生理功能的吃喝拉撒。要求出现在需要与象征性的媒介融合之后，也就是说当主体有了客体观念的时候，比如对母亲的呼唤和要求。需要和要求实际上都可以被满足或者部分满足，而欲望则是一个永远不能被满足的幻象。然而，这个欲望又不完全不是需要。它是要求中无法化为需求的剩余物。从这一点上来说，"经语言中介的要求已经是需要的异化，在要求之外，言下之意是说欲望从根本上已经不再是'我要'，一开始，欲望就是他人之要"[2]。在拉康的欲望机制的帮助之下，我们很容易就能理解想要吃食物的这种欲望实际上并不是出自主体本身的本真欲望，而是出于他人的欲求。在这一点上，正像波尔多（Susan Bordo）所说，饥饿实际上成了一种意识形态。[3]阿特伍德的言下之意是在质疑这种被政治话语催动的虚假欲望。在男性主流话语之下，家庭妇女的魅力为女性编织了一幅"完美女性"的幻象。而在女性主流话语下，"走向职场"却又同样为女性编织了另一幅幻象。拥

---

[1] 贝蒂·弗里丹：《女性的奥秘》，巫漪云等译，南京：江苏人民出版社，1988年，25页。
[2] 张一兵：《不可能的存在之真——拉康哲学映象》，北京：商务印书馆，2006年，第305页。
[3] Susan Bordo. *Unbearable Weight: Feminism, Western Culture, and the Body*. Berkeley: University of California Press, 1993, p. 99.

有话语权的主体生产出关于女性的不同定义,以至于女性对自己身份的确定必须借由他人的视域。正是从这一点来说,阿特伍德认为那些急于宣布胜利的"女权主义者"是"可悲的",而她想批判的不仅是男权制度的压抑,更是女权主义者们将幻象与现实混淆的这样一个普遍存在于彼时北美女权主义运动中的误区。

如果说贝蒂·弗里丹只是发现了饥饿这个发生在中产阶级女性家庭妇女中的"奥秘",那么,《可以吃的女人》试图展示的则是饥饿这个表象之下的复杂症候:与饥饿同时发生的,往往还有厌食这种症状。当婚期临近的时候,玛丽安逐渐产生了厌食的症状。她一方面觉得"饿得要命,心想就是半头牛也吃得下去"(208)。另一方面又"一点东西也吃不下,连橙子汁也不行"(318)。如果说饥饿是因为内心欲望的无法满足,那么反感无疑就是对这种无法满足的现实状态的体认。在弗洛伊德看来:"在非满足情境中,兴奋总量逐步增加到不快乐的程度,使它们无法在精神上加以控制或释放。"[①]这样的情况便形成了一种"原始创伤",而当这种原始创伤以及它"无法加以控制或释放"的状态被自我意识到之后,便会以神经症表现出来。从这一点上来说,真正称得上"症候"意义的并不是饥饿,而是伴随而来的厌食。

乔恩·雅各布斯(Joan Jacobs Brumberg)认为:"疾病本身是个文化制品,对它的定义与修订最终都是对历史文化变迁的阐释。"[②]对饮食障碍的阐释实际上也是对历史文化的阐释。饮食障碍(Eating Disorder)也叫饮食失调,它包括厌食症与暴食症,病患可以出现厌食、暴食、作为补偿性的清吐(purge)这三者中的任何一种症候,也可以同时或交替出现以上三种症状。厌食症(Anorexia Nervosa)距今已经有了三百年的历史。[③]最初报告此类病症的是一位内科医生,名叫理查德·莫尔顿(Richard Morton),后来,这类病症被一位名叫高尔(Sir William Withey Gull)的英国医生于1873年正式命名为"厌食症"。在精神分析学那里,厌食症并非与当下临床意义上的厌食症有着相同的意义。目前的疾病学认为厌食症

---

① 弗洛伊德:《自我与本我》,《弗洛伊德文集》第九卷,车文博编,杨韶刚译,长春:长春出版社,2004年,161页。

② Joan Jacobs Brumberg. "Fasting Girls: Reflections on Writing the History of Anorexia Nervosa," *Monographs of the Society for Research in Child Development*, Vol. 50, No. 4/5, (1985), p. 95.

③ Richard Dayringer. "Anorexia Nervosa: A Pastoral Update," *Journal of Religion and Health*. Vol. 20, No. 3 (Fall 1981), p. 221.

的主要症状表现在拒绝进食、节食、恐惧进食、过分担心体重与身型以及对自己形态与体重的错误估计等。它由"对食物的有意识地拒绝"①发展而来。而从精神分析角度来看，厌食症是被置于历史与文化境遇下的伴随着饥饿感、厌食感、暴食与呕吐等症状的复杂性癔症类疾病（Hysterical Eating Disorder）。②

但是，无论从哪个角度出发，有这样一个"权威声音"始终回环在人们耳边：这种疾病"在女性中的发病率是男性的6到4倍"③。要想揭开厌食症的"女性奥秘"，我们必须回溯至一种"节食文化"。当桑塔格在《疾病的隐喻》中呈现道：19世纪猖獗的肺结核不但没有被视为"工业危机"的表现，反倒被视为"能够激发人的意识"④的时候，她其实向我们展示的是19世纪在日渐衰落的贵族阶级以及试图模仿"贵族气质"的中产阶级之中，逐渐形成的这样一种文化：这种文化以男权话语为中心，向主体表明若想建立自己的身份、权力与地位，就需要遵从此种逻辑下的文化体态（manner）。在这样的氛围下，"节食"恰好能为保持这种体态提供某种方法方式上的便利。一个女性若想证明自己的"高贵出身"，就要通过节食来让自己弱柳扶风。然而，问题在于："消瘦的完美并非美的美学，而是美的政治。"⑤让人争先恐后模仿的主流文化实际上正是通过这种方式获得了它在等级上的操控权。正是在这个文化逻辑之中，节食的可控性逐渐降低，而取而代之的则是癔症意义上的不可控性。

在伊利格瑞（Irigaray）看来，癔症是男权话语逻辑下的女性对男性的一种"强制性模仿"⑥，而这种模仿给主体一种微妙的感觉，那就是："不在她的控制之下……有时似乎是在她控制之下。"事实上，癔症一方面重申了男权话语，另一方面呈现出男权话语逻辑下的女性反抗，成为"将性欲从整个压抑与破坏中解放出来"①的唯一方法。沿着伊利格瑞的思路

---

① American Psychiatric Association. *Diagnostic and Statistical Manual of Mental Disorders*, Fifth Edition（DSM-5）. Arlington：American Psychiatric Association, 2013, pp. 338-339.

② Susan Bordo. *Unbearable Weight*：*Feminism, Western Culture, and the Body*. Berkeley：University of California Press, 1993, p. 50.

③ American Psychiatric Association. "Practice Guideline for the Treatment of Patients with Eating Disorder（Revision），" *American Journal of Psychiatry*（Supplement）, 2003, p. 157.

④ Susan Sontag. *Illness as Metaphor*. New York：Farrar Straus and Giroux, 1978, p. 36.

⑤ Naomi Wolf. *The Beauty Myth*：*How Images of Beauty Are Used Against Women*. New York：Anchor Books, 1991, p. 196.

⑥ 露西·伊利格瑞：《他者女人的窥镜》，屈雅君等译，郑州：河南大学出版社，2013年版，第66页。

可以发现，与癔症同一范畴的厌食症也具有双重性。恰如伊利格瑞所说："厌食就是一种如此明显的女性症状，以至于可以将它与女孩无力接受她的'性'命运相联系，并且可以将它视为一种对她的命中注定的性萌动的一种拼死抵抗。"②一方面，它是一种"把节食视为荣耀而非痛苦"的"模仿性行为"③，另一方面更是一种女性身体话语及身份话语策略。

把"厌食"视为一种"拼死抵抗"无疑为不少女权主义激进分子提供了政治上的便利。事实上，虽然厌食症早在19世纪就已经有所记录，但是对它的研究和关注却是在20世纪北美女权主义运动兴起之时才逐渐展开。而其中的原因恰恰也是厌食症所提供的"政治便利"。在这种观点的左右下，不少学者简单地认为"玛丽安的厌食实际上是对加诸她身上的一切消费行为的反抗，是一种有意为之的吸收与内化行为，针对的是她周遭世界的观念、期望以及信念"④。甚至是文本中的邓肯也如是评价："也许你这是代表了现代青年对现存体制的一种反叛心理，尽管传统上没听说有谁对消化机制造反。"(236)然而，值得注意的是，将厌食症视为一种"抵抗符号"的女权主义者无疑犯了这样一个错误：她们将厌食与节食混为一谈，只注重了节食所带来的政治效果，往往忽视了厌食症的本质。恰如齐泽克所发现的那样，抵抗就是内在于符号系统(差异系统)的真实，因为这个创伤真实地存在。"符号系统永远不可能'成为自我'，获取它的自我身份。"⑤厌食症的真正问题并不是患者是否能够通过绝食或者进食来控制自己，而是"在她们感到自制力发挥到巅峰的时候，她们的身体明显地背叛了她们"⑥。吃或者不吃已经不再受器官与意志的控制，潜意识逐步取代自我意识。从这一点上来看，无法控制嘴巴的玛丽安远非女权主义运动的典范和胜利者。恰如莎拉在《当代女性小说中的食物、消费与身体》一书中对玛丽安的厌食问题提出的质疑那样："一个深陷消

---

① 露西·伊利格瑞:《他者女人的窥镜》，第83页。
② 露西·伊利格瑞:《他者女人的窥镜》，第80页。
③ Joan Jacobs Brumberg. "Fasting Girls: Reflections on Writing the History of Anorexia Nervosa," p. 95.
④ Jeffery M. Liburn. *Margaret Atwood's the Edible Woman*. New Jersey: Research & Education Association, 2000, p. 69.
⑤ 斯拉沃热·齐泽克:《欢迎来到实在界这个大荒漠》，季广茂译，南京:译林出版社，2012年，第269页。
⑥ Liz Eckermann. "Theorising Self-starvation-Beyond risk, govermentality and the normalizing gaze," *Critical Feminist Approaches to Eating Disorders*. Helen Malison and Marree Burns (eds.), New York: Routledge, 2009, p. 15.

费主义社会的女性把自我的否定性忿怒投向三明治的可能性有多大?"[1]如果不了解女权主义所勾勒的幻象与其现实处境的差距,不去弄明白厌食隐喻的本质,那么玛丽安这个形象不过是一个"悲观的角色"(pessimistic)[2]。

自从20世纪70年代以后,很多女性发现:"没了'厌食症'或者'厌食的身体',自我将是一具被剥夺了身份的空壳,一大团污秽。"[3]这就像桑塔格在研究肺结核与浪漫主义关系之时所得出的结论一样,一种疾病成为了一种"关于个性的现代观念"[4]。然而,值得注意的是,厌食症与生理疾病并不相同。桑塔格式的解读并非具有普遍性。19世纪的肺结核是一种由结核杆菌引起的生理性疾病,且与工业革命初期生态环境的恶劣有着密切的关系。如果从福柯的知识权力谱系来看,肺结核这种传染病对个体造成的最大伤害并不是它的致命性,而是在于它所面临的"边缘化"与"去社会性"命运。从心理分析角度来看,为了防止这种事情的发生,将一种疾病隐喻化就成了一种防御机制。这种防御机制在个体心理与群体社会两个维度均起着至关重要的作用。对个体来说,它能够在心理上遮掩疾病致死的恐怖真相,也能够对社会和其他人遮掩或者粉饰这个真相。若是从社会文化角度来看,将疾病隐喻化又恰恰是浪漫主义"视疯狂为正常"的核心理念之一。结合以上三重视角就会发现,肺结核一方面是工业革命的创伤性后果,另一方面又被用作抵抗工业革命的话语策略。作为一种"绝望中的抵抗",厌食症显然可以与肺结核等量齐观。但是,心理性疾病与生理性疾病毕竟有着本质的不同,相比于肺结核的有机体感染,厌食症是一种社会性心理疾病,更是一种权力化疾病。它从获得其名称的那天起,就已经被纳入性别权力的系谱之中。进一步来说,生理性疾病需要经过符号化的过程:它首先是个疾病,然后又因为社会与文化的关系被赋予含义。但是厌食症的获病过程与之相反,它直接产生于个体与社会的罅隙之中。这即是说厌食症根本不需要将生理疾病心理化、社会化的过程,它本身就是社会符号的一个疾病形式。正是基于这一点,我们才不禁问道:"一个产生于权力谱系内部的疾病又怎能成为赢得自由与

---

[1] Sarah Sceats. *Food, Consumption and the Body in Contemporary Women's Fiction*. p. 99.
[2] Earl G. Ingersoll. *Waltzing Again: New and Selected Conversations with Margaret Atwood*. Princeton: Ontario Review Press, 2006, P. 23.
[3] Helen Malson. "Woman under Erasure: Anorexic Bodies in Postmodern Context," *Journal of Community & Applied Social Psychology*, 9, 1999, p. 147.
[4] Susan Sontag. *Illness As Metaphor*. P. 30.

平等的筹码呢？"

　　这样的解释似乎将玛丽安的厌食明朗化了。与其说它是玛丽安对男权制度"吃人"的恐惧，倒不如说它是一场无意识的政治角逐。霍克海默在《启蒙辩证法》中谈到，在理性的同一性观念的支配下，要想让主体觉醒，就"必须以把权力确认为一切关系的原则为代价"[①]。当启蒙开启人类自我意识之门的时候，一扇全球政治化、个人政治化的大门也同时敞开了。无怪乎第二阶段女权主义的口号为"个人的就是政治的"。然而，恰如齐泽克所说："从中（现实）觉醒时，这种觉醒并不通向广阔的外部现实空间，而是恐怖地意识到这个封闭世界的存在。"[②]因此，与其说是压抑的体制诱发了玛丽安的厌食症，毋宁说正是女性启蒙意识的觉醒，及其对压抑这个创伤性现实的体认诱发了厌食症。这种情况之下，厌食症就不只是一把用于撕破男权制度面纱的利刃，还是一把双刃剑，反过来将这个持刀者置于创伤性的困境。

　　玛丽安的厌食症最后痊愈了，这倒不是因为玛丽安意识到自我受到的压抑，也不只是玛丽安意识到了自我与现实、身体与政治的差距。更重要的是，她意识到这个差距并非来自男权制度，而是男权制度的压抑现实与女性自我意识构建共同参与的结果。萨拉曾经认为："玛丽安的厌食与漂亮的外表并无关系，因为她并不在乎自己的胖瘦。它只是一种反抗。"[③]这样的观点倒像是说玛丽安是完全独立于男权制度大厦之外的一个"纯粹受害者"。尽管玛丽安对食物的厌恶并非主要来自节食，小说中也确实没有直接指出玛丽安曾为保持身材而节食过，但是玛丽安所穿的"紧身褡"（312）却从侧面反映了这种情况的存在。而当玛丽安最后发现自己一直所穿的紧身褡是一种"令人不快却必不可少的外科手术用的装置"的时候，她事实上发现了自己并不仅仅是一个纯粹的"受害者"，而是一个缔造了厌食症的共谋者。于是，她做了个自己的人形蛋糕，顺利与未婚夫彼得分手。随后，她自己也参与了这场"消费活动"，吃掉了"自己"的一大半。最后，她欣然邀请情人邓肯来分享，并在看到他饕餮的时候"感到特别满足"（348）。阿特伍德曾经提到《可以吃的女人》是一个"回环"（cycle）的故事。[①]玛丽安最终还是回到了原点。这个"原点"也并非通常意义下

[①] 马克斯·霍克海默、西奥多·阿道尔诺：《启蒙辩证法：哲学断片》，曹卫东译，上海：上海人民出版社，2006年，第6页。

[②] 斯拉沃热·齐泽克：《欢迎来到实在界这个大荒漠》，季广茂译，南京：译林出版社，2012年，第111页。

[③] Sarah Sceats. *Food, Consumption and the Body in Contemporary Women's Fiction*. p. 98.

的"依然如故的现实世界",而是玛丽安回到了幻象的缔造者这个身份上。正如小说中的邓肯对不再厌食的玛丽安的评判:"彼得并没有打算把你毁掉,这只是出于你自己的想象……也许彼得是想毁了你,也许是我想毁了你,或者我们俩都想把对方毁掉,那又怎么样呢?那又有什么关系呢?你已经回到所谓现实生活当中,你是个毁灭者。"(348)回到现实世界便是接受男权与女权辩证的同一性。玛丽安无可否认自己与彼得一样是个"毁灭者";而与彼得不同的是,或许玛丽安真正毁灭掉的是抵抗话语所固守的一种"原教旨主义意识"。

相比玛丽安选择用抵抗食物来抵抗男权话语,玛丽安的好友恩斯丽则选择了另一条路径来解决性别创伤对自己的影响。如果说贝蒂·弗里丹把消解差异引入政治话语之中,那么可以说玛格丽特·米德这样的女性主义者则把差异放置回一种政治话语中。小说中的这类女性与米德一样"对心理学与人类学"(43)颇感兴趣,并深受米德"性别差异女性主义"的影响。恩斯丽与玛丽安同样接受了女性启蒙教育,然而,两人对女性权力的本体意义却各持己见。在恩斯丽看来,女性应该遵从自己的性别特征、"扩大一点活动范围"(89)并"解放本我"(76)。不得不说,在一定程度上,玛丽安正是在她的影响下才逐渐意识到自己曾经深受男友彼得的控制,并开始策划逃离婚姻的。但是恩斯丽却在对待女性差异的问题上持有一种偏执态度。她认为生育是彰显女性权力的方式,称:"每个女人都至少应该生一个孩子。"(43)而至于父亲是谁则无关紧要。父亲在她那里似乎只是一个生理学上的概念,只是为女性自我乐趣服务的对象。至于对玛丽安的厌食,她起初并不关心,只有当玛丽安通过吃掉自己所做的人形蛋糕恢复食欲的时候,她才大惊失色地认为玛丽安实际上正在"否认自己的女性身份"(338)。从这一点上来看,恩斯丽无疑象征着彼时女权主义潮流中与厌食政治针锋相对的另一支女权主义。相比贝蒂·弗里丹那种消解差异式的女性主义,这种强调差异的女性主义从另一个方面证明了彼时女权运动的政治性,而女性身份的建构则被置于这场与男性进行政治角逐的战场中,并简化为一种被政治"他者化"的自我。

故事至此,阿特伍德关于饮食障碍的故事并没有被穷尽,十年后,《神谕女士》问世。小说通过暴食症承接了《可以吃的女人》中关于幻象与现实的拉康式追问:"一个生活在现实界(the real)的人将会怎样?'他者'

---

① Earl G. Ingersoll. *Waltzing Again: New and Selected Conversations with Margaret Atwood*. p. 23.

的世界是否才是真实的世界？"①

故事讲述了女主人公琼怎样从胖女孩到瘦女孩，又是怎样从多伦多逃到伦敦，如何在异乡成为一位"哥特作家"，又如何伪造多重身份，掩盖过去，最终借助假死，作为彻底的逃遁。琼的名字为其母亲所取，来自好莱坞性感女性"琼·克劳馥"。在琼看来，母亲期望自己要么"像克劳馥扮演的角色一样——美丽、野心勃勃、无情，对男人极具破坏力"，要么"有所成就"②。然而，琼意识到，对于过去的自己来说，无论克劳馥是否具有多面性，最重要的都是"琼·克劳馥很瘦"，而自己却很胖。起初，她只是减不掉"人们通常所谓的婴儿肥"（43）。但是之后，琼的增肥成为反抗母亲的手段。当从母亲那里获得的胜利感与"以瘦为美"的现实发生碰撞之后，这种胜利感反而被转化为一种强而有力的挫败感。在此悖谬的情况下，琼决定减肥。也正是在这个日渐向"男权现实"靠拢的过程中，在反抗与规训的冲突中，暴食症悄悄潜伏进她的体内："我开始吃母亲的神奇药方……一点黑麦包和一点黑咖啡……发病时我会如阴魂附体一般，狠狠地吃掉我能看到的所有东西……我会开始呕吐……"（135）

暴食症（bulimia）是一种以暴食与呕吐交互发作为症状（symptom）的"次类厌食症"（sub-type of anorexia）。表面上看起来，这是两种相反的症状，但是从心理机制上来讲，它们具有一致性。作为一种创伤性体验的后果，这二者中的任何一者的发生必定带来后者的紧随其后。在弗洛伊德看来，当自我与超我之间发生过分尖锐的冲突……以致自我无法履行其调停者的职责的时候，就会产生一种症候上的防御措施，即抵消（undoing）。抵消是一种类似于巫术般的行为。它的特点就是以一种活动抵消另一种活动，"这样就好像哪一种活动都没有发生过，而事实上两种活动都发生了"③。厌食与贪食的创伤性交替也正是这种心理作用的结果。患者经常是在饕餮之后又将饭食吐出，或者在对食物丧失兴趣一段时间后又突然食欲爆发。起初，它并非一种独立的神经症；1976年以后，它才逐渐进入人们的视野。与心理分析的相关内容显示：由于暴食症与被身体排泄的污秽有关，是"压抑的情绪"与"对自我过低的评价"①的体现；因此，与

---

① Earl G. Ingersoll. *Waltzing Again：New and Selected Conversations with Margaret Atwood*. p. 44.
② 玛格丽特·阿特伍德：《神谕女士》，甘铭译，南京：南京大学出版社，2009年，第42页。以后引用，在正文中随文标注页码。
③ 弗洛伊德：《抑制、症状与焦虑》，《弗洛伊德全集》第九卷，车文博编，杨韶刚译，长春：长春出版社，2004年，第189页。

代表"高贵意识"和"政治美学"的"厌食症"相比,它从获得其独立名称的那一天开始就被边缘化为"厌食症丑陋的姐妹"[②]。

如果说研究厌食症必须追溯到"节食",那么要想研究暴食症则必须追溯到"肥胖"(Obesity)。1960年以后,北美各个国家的政府开始推行一项关于标准体重的新政策。这项政策基于这样一个众所周知的健康研究,即肥胖能够引起诸如心脑血管方面的疾病,严重损害了国民的健康。与此同时,由于彼时正是厌食症发挥其政治隐喻、彰显女权主义思想的时候,因此肥胖自然而然被视为"缺乏控制力"的结果。"致胖环境学说"(theory of obesogenic environment)的提出又从社会、心理与经济等多重方面赋予肥胖族裔化、阶级化、性别化的隐喻。"权威声音"再次出现,证据确凿地指出:近二十年来,全球肥胖增加了82%[③],而这其中,女性的比例要比男性的比例高出25%[④]。WHO(世界卫生组织)甚至在2005年公开将肥胖称之为"瘟疫"[⑤]。有意思的是,如果说在疾病的隐喻中,像瘟疫这样的疾病常常被用来影射一种文化与道德,那么在肥胖的隐喻中,这个过程则恰恰相反:某种特定的文化和道德被隐喻成了一种疾病。

那么,为什么肥胖只是被"隐喻"为疾病,而并非被定义为某种疾病?从福柯的角度来看,把某项事物疾病化就是将其等同于危险,其核心并不是这个疾病的症状而是"顽固、反抗、不服从、反叛"[⑥]。我们可以从他的研究中得知,正是从19世纪开始,权力机制产生了巨大分化与聚合。所谓分化就是指那种围绕不同知识领域成立的不同权力机构,所谓聚合则是不同权力机构的相互配合、相互需求以及相互支持。定义一种疾病并非只是某个现代医学学科的特定知识权力,而是整个社会知识权力运作

[①] Bunmi Olatunji & Rebecca Cox. "Self Disgust Mediates the Associations between Shame and Symptoms of Bulimia and Obsessive-compulsive Disorder," *Journal of Social and Clinical Psychology* 34, 3, 2015, pp. 239-258.

[②] Sarah Squire. "Anorexia and Bulimia: Purity and Danger," *Australian Feminist Studies* 18, No. 40, 2003, p. 19.

[③] Allyn L. Taylor, Emily Whelan Parento and Laura A. Schmidt. "The Increasing Weight of Regulation: Countries Combat the Global Obesity Epidemic," *Indiana Law Journal* 90, 2015, p. 258.

[④] Flegal, Katherine M., Margaret D. Carroll, Cynthia L. Ogden, and Clifford L. Johnson. "Prevalence and Trends in Obesity among U. S. Adults, 1999-2000," *Journal of the American Medical Association*, 2002, 9, 14, pp. 1723-7.

[⑤] 参见 *Obesity, Preventing and Managing the Global Epidemic-Report of a WHO Consultation 1997*, Geneva: World Health Organization. 3-5 (June 1997), Geneva, WHO/NUT/NCD/98.1

[⑥] 米歇尔·福柯:《不正常的人——法兰西演讲系列1974-1975》,钱翰译,上海:上海人民出版社,2010年,第98页。

的结果。因此,当相关研究指出:"肥胖并不被 DSM-V(美国精神疾病诊断标准)列为心理疾病的原因是其病源学上比较复杂多样,以及证明它是由于精神失常的证据较少。"[1]实际上是否定了肥胖与某种权力机制相关的事实。"致胖环境说"指出不健康的饮食与作息习惯以及对烟酒的消费常常是导致肥胖的元凶。[2]这样便将导致肥胖的矛头指向了整个消费资本主义(consumer capitalism)。1880 年之后,食品产业的兴起为消费者提供了彰显身份与生活方式的路径。而在 20 世纪后半期,麦当劳式的消费产业[3]已经成了各国推动经济发展的关键力量。这从侧面说明了将肥胖盖棺定论为一种疾病,不仅意味着全球性的消费产业链的断裂,而且意味着资本主义的危险将浮现于水面。如果把肥胖隐喻化就大不相同了。当肥胖只具有隐喻效果的时候,通过一种由此及彼的修辞方式,喻本与喻体之间的距离避免了福柯所谓的权力的"麻风病模式"(二元对立的驱逐模式),维持了现代权力谱系内部的等级差异。这也就是为什么像 APA(美国精神病协会)这样的权力机构多次声明女性、族裔、第三世界的人更易肥胖,却未将肥胖定义为疾病的文化方面的原因。

反观《神谕女士》可以发现,起初,琼的肥胖"只是丰满而已"。她是一个"健康的婴儿,并不比大多数宝宝重多少",但是她的"唯一古怪之处就是……总是试图往自己嘴巴里塞东西:一件玩具,一只手,一个瓶子"(43)。琼塞进嘴巴里并不是婴儿赖以为生的养分,而是各种各样手到擒来的物品。在这里,阿特伍德早在《可以吃的女人》中就已经显露出来对消费主义的关注再次通过暴食回归了。琼不断吞噬着的身体就像消费需求不断增长的社会,其消费的对象也绝不局限在食物之上,而是扩充到各个领域。这样的扩充并非始终都是无意识的生产与消费,琼在六岁之后意识到自己的肥胖是招致母亲以及他人的厌恶的原因,于是,肥胖摇身一变,由无意识的消费话语转身转向了有意识的政治话语领域,从一种政治隐喻转向了政治话语。

从精神分析角度去看,任何一种神经症的获得都是因为"悖谬机制",

---

[1] Johannes Hebebrand, Cynthia M. Bulik. "Critical Appraisal of the Provisional DSM-5 Criteria for Anorexia Nervosa and an Alternative Proposal," *International Journal of Eating Disorders* 44: 8, 2011, p. 665.

[2] Allyn L. Taylor, Emily Whelan Parento and Laura A. Schmidt. "The Increasing Weight of Regulation: Countries Combat the Global Obesity Epidemic," p. 258.

[3] 麦当劳式的消费产业指的是形式理性化的,具有高效率、可预见性以及非人工的产业模式。详见乔治·里泽:《麦当劳梦魇:社会的麦当劳化》,容冰译,北京:中信出版社,2006年,第 12~15 页。

如果肥胖不能引起一个个体的心理悖谬,就不会导致精神的异常,也不会发展成神经症。肥胖的瘟疫隐喻告诉我们肥胖本身不会产生悖谬,但是当肥胖成为一个政治话语,且这个话语所编织的幻象与真实产生了巨大差距的时候,肥胖便会撕裂它温顺的外衣,转化为一种创伤性的神经症——暴食症。

如果说玛丽安的厌食症来自北美女权主义运动所编织的幻象与男权制度现实的悖谬,那么琼的暴食症则是肥胖政治与"男权美学政治""女权厌食政治"相互作用的结果。恰如娜奥米·伍尔夫发现的那样,20世纪80年代之后,当节食成为女权主义"自我掌控"的标志的时候,"暴食症意识到了饥饿时髦的疯狂、它根深蒂固的挫败感以及它对享乐的拒绝……"[①]。暴食症的目标不仅仅是指向男权政治美学,更是指向了老一代女权主义的"厌食政治"。

小说中,琼的母亲就是老一代女权主义者的代表。她是一位"战时女性"(wartime female)。由于战争的需要,20世纪40年代的北美社会将女性塑造为职场英雄、社会的拯救者。而当50年代男性从战场回归时,这种文化思潮又急剧转变为对女性回归家庭的宣扬。到了60年代,《女性的奥秘》又将家庭妇女带出了家庭。时隔数十年,却一变再变。这种不稳定性撕裂了女性的身份的同一性:一方面,琼的母亲具有老一代女性主义的气质。她年轻时与家规森严的父母决裂,在酒店打工自食其力,被琼描述为:"坚强如燧石,与众不同,从不意志摇摆或哭泣。"(61)另一方面,她又不是彻头彻尾的"坚定女性"。她以男性审美观来约束自己和琼。恰如琼所说:"她的所作所为和雄心还不足够。如果她真的决定自己确实要做什么,而且竭尽全力地去完成了这件事,那么她就不会把我当作她的耻辱,把我当作她自身的失败和沮丧的最佳体现了。"(73)如果说琼的母亲代表了老一代"陷入困境"的女权主义者,那么琼则代表了这样一代新女权主义者:她们通过反抗老一代女权主义的话语来建构自己的身份。而二者之间争议的"领土"就是琼的身体。

在母亲看来,肥胖如琼的人"不会有所成就"(92)。琼的肥胖可能会带来高血压(75),还可能嫁不出去。然而,琼的观点却与之相左。当她发现母亲的身材保持与浓妆艳抹"不但没有让她快乐,反而让她更忧伤"(71)之时,她无疑是察觉到了老一代女权主义者所信奉的"节食政治"的弊端。在琼看来,将节食视为"抵抗"的行为实际上与妥协无异。当她

---

① Naomi Wolf. *The Beauty Myth*:*How Images of Beauty Are Used Against Women*. p. 198.

体会到母亲"希望我出人头地,但同时希望那是她的功劳"之时(72),她亦挖掘出潜藏在老一代女权主义者原教旨式的权力欲望。恰如上文在分析厌食症时所指出的那样:在一种政治启蒙运动中,意识的觉醒乃是以权力为一切关系的原则。老一代女权主义无法逃脱的正是这种政治式启蒙的"命运":她们希望获得的并不是自由,而是权力。

如果说琼的母亲陷入女权主义发展的困境之中,那么当琼试图"以暴食来向她挑衅"(84)之时,她事实上也落入与母亲相同的困境之中。母亲期望琼能瘦下来,可是琼却"在她面前明显地让自己增肥,不留情面"(75)。琼在幼年虽然通过增肥从母亲那里获得了小小的"胜利",可是她却逐渐发现,通过反抗所带来的"胜利"只会加大自我与现实的差距。在一次幼儿园举办的文艺演出中,琼本想与其他瘦小的小朋友一起扮演美丽的蝴蝶,可是由于其硕大的体形,最终只能在幼儿园老师与母亲二人的"密谋"下扮演了一只巨型蚕蛹。虽然她收获了意想不到的注意力,但是她却发现"面对一个体重超标……的孩子,人们要报以纯粹的同情实在很难了"(54)。与能够代表"高贵意识"的厌食症相比,肥胖者就犹如马戏团的"怪人展出"(98),他们所获得的注意是对丑陋、怪诞甚至带有道德审判意味的注意。

在这场身体的争夺战中,一种创伤性的悖谬逐渐撕裂了琼完整的精神:一方面,在与母亲的争斗中,她"从自己的体重中获得一种病态的快感"(80)。另一方面,体重又使她痛苦不堪。对于老一代女权主义者来说,"没人把胖当作一种不幸,人们只把它当作缺乏意志力(98),然而对于年轻一代来说,肥胖又成为一种新的话语政治,从中可以汲取权力所带来的喜悦"。这事实上显示出,新、老一代的女权主义者对"掌控"这一权力核心概念的不同态度是使得"掌控"这一双方共同的目标逐渐滑向了"失控"的原因。

如果要反抗节食所带来的政治话语,暴食无疑是最好的方法,而如果要面对现实,又只能向节食妥协。玛丽安的厌食症在她回归现实后痊愈了,而琼却是在她回归现实后患上了暴食症。在琼的女英雄——卢姑妈死后,琼选择了减肥。她转身放弃了暴食这个长期以来得心应手的策略,却一头扎进母亲的"节食政治"中。当她开始拼命减肥之后,她猛然发现,自己的身体正在走向失控;节食、呕吐与暴食反复折磨着她的肉体。至于琼的母亲,起初她还为琼的消瘦而高兴,而当琼坚持下去的时候,母亲却"开始狂乱和喜怒无常"(137)。这是因为在拉康看来,象征的东西一旦变成实在的东西就会导致精神分裂,一旦厌食失去了政治隐喻效果而回到疾病本身的时候，便会导致运用这种话语策略的主体的"失控"。

如果说玛丽安的厌食症之所以痊愈是因为她对女权主义的话语幻想有所体认，那么琼最终摆脱暴食症也是因为这种"体认"。与玛丽安不同的是，琼体认到的是滋生于女权主义内部的"抵抗话语"的破坏性。恰如琼在怒斥加拿大新左翼与老左翼时所说的那样："你们只会坐在这儿，大声争吵，彼此攻击……你们关心的只是排除异己来捍卫自己的纯洁！"(297)

娜奥米·伍尔夫曾经站在一个后现代女性主义的视角上这样评价饮食障碍："饮食疾病常被解读为是一种神经质的控制需求（a neurotic need for control）。它具有症候性。但是，它当然也标志着一种对控制自我的事物展开控制的健康心理。"①——方面，饮食障碍是"悖谬机制"下产生的疾病，它所隐喻的是一种普遍存在的"压抑的现状"。另一方面它又是反抗压抑与创伤的"抵抗话语"。我们发现，同样的情况事实上也发生在左翼运动、精神病患者、同性恋等当下"抵抗话语团体"之中。然而，当它们都在抵抗某种"神秘的中央权力"，这些抵抗的话语本身已经构成了当今的"霸权话语"。恰如齐泽克所说的那样，抵抗话语之中可以产生出翻天覆地的新改变，同时亦"阻止真正质疑主流关系（dominant relations）的新兴话语的出现"②。或许阿特伍德借以启示我们的并不是抵抗话语解决创伤现实的万能作用，也不是片面的赞成或反对，而是人类的平等和自由的选择。③

二、啃食神经症——嘴的社会功能失调

权力与抵抗始终都是一个硬币的两面。一个权力的结构并不是由权力本身所建构起来的，而是依靠与之"对抗"的异己之力。作为一种反抗话语的厌食症，无论是模仿性的，还是抵抗性的，无论是主动生成的，还是被动制造的，由于其"话语"的本质，始终是处于语言与言语这个互为补充的权力架构之内。沿着这条思路，我们不难发现，当众多学者将"厌食症视为一种沟通上的努力、一个解决方式"④，并将其划入"沟通性疾病之列"①的时候，他们事实上已经先验地承认了"抵抗话语"与"权力本

---

① Naomi Wolf. *The Beauty Myth*: *How Images of Beauty Are Used Against Women*. p. 198.
② 斯拉沃热·齐泽克：《欢迎来到实在界这个大荒漠》，季广茂译，南京：译林出版社，2012 年，第 75 页。
③ Earl G. Ingersoll. *Waltzing Again*: *New and Selected Conversations with Margaret Atwood*. p. 81.
④ Anna Motz. *The Psychology of Female Violence*. New York: Routledge, 2010, p. 239.

体"所构成的整个现代权力谱系。这就引出了我们将在此章节需要解决的问题。研究发现,在《可以吃的女人》与《神谕女士》中,阿特伍德对嘴巴的叙述始终围绕着对食物的需求与厌恶这种生理功能。然而,在阿特伍德笔下,嘴巴的功能并不止于此。除了获取满足、提供生存所需以外,其笔下的"嘴巴"还有另一层与生理功能完全脱节的"功能"——啃。在阿特伍德所有的长篇小说中,至少有七部小说中的人物都有啃指甲的怪癖。这七部小说中的啃又可被细分为强迫症的啃与歇斯底里的啃。在精神分析学之中,每一种类型的啃实则是不同压抑系统的展现,更集中体现了在此压抑系统之下的言语功能失调。因此,有必要通过阿特伍德笔下不同类型的啃追问"言说系统之外是什么?""哪些能说?""哪些不能说?""如果要说,又如何说?"

(一)创伤的可言说性与不可言说性

在《癔症研究》之中,弗洛伊德指出很多神经症的发生多与"创伤经历"有关。但是,真正影响这些症状的并非具体的创伤性事件(traumatic-event),而是在此事件的影响下所产生的恐惧与焦虑,也就是"心理创伤"(psychical trauma)。谈到如何治疗这种心理创伤,传统的心理学者普遍认为最有效的方法就是"发泄治疗"。通过一些"行为发泄",被压抑的创伤找到了突破口。然而,很快,他们却发现这种发泄途径或多或少夹杂了"复仇"的情绪。创伤的修复总会和"复仇"联系在一起。而为了避免"复仇"这种负面情绪,语言"起到了替代行动的作用……借助于语言的作用,情感几乎能够有效地发泄"[②]。如果将这种治疗方式置于整个社会思想的大环境中加以审视,就可以发现,作为一种治疗方式的语言实际上与西方哲学文化领域中语言学的转向不谋而合。

20世纪的思维模式产生了一个转向,即语言不再只是一个工具,而是人用来反思自我的起点与基础。正如苏珊·朗格(Susanne K. Langer)所说,语言是理性思维的符号形式[③],以语言作为本质的世界的确立象征着传统形而上学的完结,亦表明理性主义发展到了一个高峰,现代性迎来了其全面展开。

事实上,纵观整个20世纪,语言问题都是哲学与批评(criticism)的

[①] Joan Jacobs Brumberg. *Fasting Girls: Reflections on Writing the History of Anorexia Nervosa.* p. 95.

[②] 弗洛伊德:《弗洛伊德全集》第一卷《癔症研究》,车文博编,张韶刚译,长春:长春出版社,2004年,第20页。

[③] 苏珊·朗格:《艺术问题》,腾守尧译,南京:南京出版社,2006年,第141页。

重中之重。语言被"抬升"至一个本体论的地位，被不同视域观察与研究。语言哲学最初的发源地乃是维特根斯坦。在某些层面上，可以说维特根斯坦发现了哲学的医学意义，即治疗。在他之前，那些反对形而上体系的哲学家们将形而上视为罪犯，人人避之而不及。而在维特根斯坦眼里，形而上体系却是应该获得修通和治疗的病人。维特根斯坦发现，哲学的问题在于过于追求非实际的形而上答案，从而脱离了日常生活。整个哲学体系围绕语言系统展开，超过语言系统之外的，既不能被纳入认知系统，亦无从经验（比如死亡）。他认为："在实际生活中，我们根本遇不上哲学问题，相反，只有在如下情形下，我们才会遇到它们：在构造我们的命题时，我们不是让实际的目的引领着，而是让语言中的某些相似性引导着。"[1] 语言规约了哲学应该解决的问题，哲学也因语言才凸显其意义。因此，对维特根斯坦来说，要想治疗哲学病，就要将能够用语言解释清楚的和不能解释的分门别类。哲学也就从形而上的追问中解救出来，开始关注于如何解释这个生活世界。

事实上，除了维特根斯坦，海德格尔也曾指出语言（Sprache）在20世纪成了一个有关存在的命题，它是"道说"出来的话语（Rede），一个言词整体，"是世内存在者，像上手事物那样摆在面前"[2]。而伽达默尔则在《解释学》一书中阐明他与海德格尔在将语言视为"存在"这个问题上的相同之处，并进一步做出深化，指出语言的本质存在并非一种工具性存在，而是作为"难言之隐"的存在。它的存在具有无我性。[3]语言的无我性是指，每个人生活的世界并不是一个"我"的领域，而是"我们"的领域。语言的精神现实能够统一起主体与客体，其"现实性在于对话"[4]。除海德格尔与伽达默尔之外，亦有弗洛伊德的追随者拉康认为语言是支配个体与社会的基本原则，有了语言才有了秩序。儿童通过语言这个符号进入象征界，从此开启了个体通往社会的大门。一旦迈入象征界就意味着人必须依赖于语言的交流才能获得本体的生存。

事实上，类似的观点也存在于巴赫金和哈贝马斯等人关于文学性、社

---

[1] 维特根斯坦:《哲学语法》，韩林合译，北京：商务印书馆，2012年，第297页。
[2] 马丁·海德格尔:《存在与时间》，陈嘉映、王庆节译，北京：生活·读书·新知三联书店，2012年，第188页。
[3] "无我性"是相对于语言存在的另一个特征。它是相对"自我遗忘性"而言的。"自我遗忘性"是说：语言的实际存在就在它所说的东西里面。详情参见汉斯·伽达默尔:《哲学解释学》，夏镇平、宋建平译，上海：上海译文出版社，2004年，第66页。
[4] 汉斯·伽达默尔:《哲学解释学》，第67页。

会性的论著之中。然而,无论是哈贝马斯的交往理性,还是巴赫金的对话理论,语言作为解决文学与社会问题的"存在"必须具备一个前提:同一性。即在对话者和听话者之间必须存在同一的社会文化。比如说在伽达默尔的文学理论那里,"视域的融合"虽然指的是主客体双方处于平等地位的互相理解,甚至是对二者原有理解范围的"超越",但是这个模式却必须奠基在一种逻辑形式之上,即能够进行一问一答的对话系统。巴赫金给定的一个条件则是:"必须让说话者和听话者属于同一个语言集体,属于一定的有组织的社会。"[1]哈贝马斯虽然在《交往理论》中勾勒出一幅世界公民的蓝图,但是却要求这些世界公民是"有言语和行为能力的主体"[2]。他们的社会交往必须建立在合理性的基础之上。在语言的大系统下,就算是独白,也可以被视为一种"发泄治疗",就算是争执与矛盾,也可以被视为一种"对话"。然而,事情却并非如此。伽达默尔也曾发现语言具有一种本性,即它也是"对(人类)自身深不可测的无意识",其实际出发点仍旧是逻各斯。[3]哈贝马斯也在评述解释学时说过交往也会受到阻碍。在他看来,"交往受阻必定意味着、(至少)两个互动参与者之间直接沟通的(一些)语言前提没有得到满足"。沟通的双方处在一个"反常的生活领域"[4]。从创伤学角度来看,这个反常领域就是逻各斯不能进入的地方,亦即创伤时刻(traumatic moment)。在这一时刻,任何符合语言系统的"意义"和"合理性"都烟消云散了。那么,随之而来的问题就是创伤是否可以言说?它是否存在于理性与语言之外?而这对我们的提示恰如斯皮瓦克在《底层人能说话吗?》一文中指出的那样:"让底层历史拥有发言权的努力可能加倍地暴露给弗洛伊德话语所经营的那些危险。"[5]

在创伤学领域,虽然有朱迪斯·赫尔曼这样的心理学家认为创伤的危害不仅仅是指向个体,还是指向社会,因此,恢复受害者与世界的联系是创伤修通的一个目标。[6]然而,也恰如茹斯(Leys Ruth)与库克(van de Kolk)等人所指出的那样,这层关系的建立并非易事,因为现代社会的基

---

[1] 巴赫金:《巴赫金全集》第二卷,钱中文译,石家庄:河北教育出版社,1998年,第388页。

[2] 尤尔根·哈贝马斯:《交往行为理论第一卷行为合理性和社会合理性》,曹卫东译,上海:上海人民出版社,2004年,第130页。

[3] 参见汉斯·伽达默尔:《哲学解释学》,第63页。

[4] 尤尔根·哈贝马斯:《交往行为理论第一卷行为合理性和社会合理性》,第130页。

[5] 佳亚特里· C. 斯皮瓦克:《底层人能说话吗?》,《从解构到全球化批判》,陈永国等编,北京:北京大学出版社,2007年,第116页。

[6] Judith Herman. *Trauma and Recovery*. New York: Basic Books, 1992, p. 133.

础是以理性知识为基础的，而在创伤的核心之处，"知识和现象在经历创伤的时候就已经被延迟了"[1]，"它与象征、意义及融合过程毫无联系……是一种不可声明的、模糊的、过程性的回忆"[2]。以语言来言说创伤无疑面临着以创伤学理遮蔽创伤本体、以代言者代替受害者的危险。那么，创伤到底能不能言说，又如何言说呢？

（二）阿特伍德创伤叙事中的啃食神经症

相对于创伤学界纠缠于不可言说性与可言说性之悖谬的问题中，阿特伍德以文学叙事的方式巧妙地解决了此问题。在阿特伍德迄今为止的所有长篇小说中，有七部小说中的人物都有啃指甲的怪癖。这七部小说中的啃与嘴之间的联系相较《可以吃的女人》《神谕女士》中被准确冠以疾病类型的显性叙事方式并不一致。换言之，由啃食组成的有关嘴的叙事是隐秘的症候群，而不是已经被医学确定的某种疾病。因而其背后隐喻的是更进一步被压抑的创伤，并只能依靠读者自己，而不是某种话语权威予以发现与阐释。这就避免了学界以代言名义言说创伤，从而暴露出某些"全能的腹语师，尽管心怀善意，却在提供声音时向那些无能为力的失语者施加自身权力"[3]。

在《可以吃的女人》中，女主人公玛丽安与情人邓肯都有啃指甲的癖好。随着婚期的临近，玛丽安开始对婚姻生活产生了恐惧："她害怕自己举止失当，举手投足不合礼节，害怕自己感情失控，话越说越多……"（270）在这些忧虑之中，她"把身上带流苏的晨衣上一条系带的顶端放在嘴里懒洋洋地嚼着……放下了晨衣的系带，又把手指塞到嘴里，咬起指甲来"（270）。在邓肯得知自己的好友费什决定与玛丽安的好友恩斯丽结婚，并搬出他们合租的公寓后，邓肯对未来产生了忧虑："'又给扔到了世界上'，邓肯若有所思地说。他一边咬着大拇指。'不知道我将来会怎样'。"（346）

在《神谕女士》之中，琼的朋友马琳出身于中产阶级，却在彼时女权主义与左翼运动的影响下嫁给了工人阶级出身的唐。马琳虽然与唐有共同的政治目标，却与他无法产生灵魂的共鸣。出轨后的马琳尝试向唐坦白，却遭到了唐的殴打。她与唐的矛盾逐渐加深，而她自己也逐渐认识到政治

---

[1] Ruth Leys. *Trauma: A Genealogy*. Chicago: University of Chicago Press, 2000, p. 231.
[2] Ruth Leys. *Trauma: A Genealogy*. p. 239.
[3] 黄瑞颖：《新维多利亚小说研究中的"古今之争"及其时间错位》，《国外文学》2021年第1期，第23页。

运动与情感的悖谬。在琼探望她时，见到"她的优雅体面已经不再：黑眼圈头发邋遢，指甲因为撕咬而参差不齐。她应该继续和山姆一起，还是回到唐的身边？"（282）

《盲刺客》中女主人公的妹妹劳拉在姐姐嫁给当地暴发户后，被姐夫送去了寄宿学校。在那里，"她经常咬手指甲"①。这样的啃咬现象同样也出现在《羚羊与秧鸡》与姐妹篇《洪荒年代》之中。两位主人公——秧鸡与吉米的母亲分别都有咬指甲的怪癖。秧鸡的母亲是名诊断医师，平日里，她不苟言笑，更不关心秧鸡的成长，只顾投身于科学研究之中，参与当权者的秘密研究，最终，死于一起"突发事件"。据吉米解释，秧鸡的母亲由于"爱咬指甲"②，可能死于手术时的细菌感染。吉米的母亲也是一位科学研究人员，不一样的是，她在为当权者进行科技研发的过程中逐渐认识到科学技术的弊端，随后，她逃离了当权者的研发团队，抛弃了吉米与丈夫，投身到激进的环保运动中，并投靠一个贫民教会——"园丁会"。当面临当权者的追杀时，处于园丁会中的她紧张不安，"一面踱步，一面咬指甲"③。

《猫眼》之中的伊莱恩也有啃食自己手指的习惯。少年时代的伊莱恩出生于一个"异端家庭"。家庭的科学氛围让她备受宗教、文化上的歧视。她曾经两度被所谓的"好友"置于死地而不顾，也因此患上了严重的创伤后遗症。啃食自己的手指一直是伊莱恩改不掉的习惯。对于这个从小就有的习惯，伊莱恩虽然有所体认，却无法掌控。这个动作时常伴随着她内心的焦虑与创伤感出现。当五十岁的伊莱恩回顾她与曾经的"友人"科迪莉亚时常出入的地方，回想科迪莉亚与她的恩怨情仇之时，她"又开始咬手指了，咬出了血"④。当少年伊莱恩面对宗教的博爱与歧视的悖谬之时，她"坐在黑暗中猛搞自己的手指"（185）。当青年的伊莱恩期望通过绘画宣泄创伤之时，她同样会"咬自己的手指"。在伊莱恩看来，通过啃咬使肉体疼痛已经成了联系自我与日常生活的唯一方式："我的身体已经脱离我成了另一样东西。它像只钟似的滴答滴答走着；时间就在里面。它已经

---

① 玛格丽特·阿特伍德：《盲刺客》，韩忠华译，上海：世纪出版社，2012 年，第 342 页。
② 玛格丽特·阿特伍德：《羚羊与秧鸡》，韦清琦、袁霞译，南京：译林出版社，2004 年，第 182 页。
③ 玛格丽特·阿特伍德：《洪荒年代》，吕玉婵译，台北：天培文化有限公司，2010 年，第 266 页。
④ 玛格丽特·阿特伍德：《猫眼》，杨昊成译，南京：译林出版社，2002 年，第 7 页。以后引用，在正文中随文标注页码。

背叛了我，我为此而感到恶心。"（350）

据弗洛伊德研究，在人类的行为中，有一些行为漫无目的且没有意义，当潜意识层面涌动的暗流不断发展，"早晚会引起意识的注意，如果这些心理过程受阻，仍被封存在潜意识中，就会诱发症状"[①]。这些行为就不再是正常的人类活动表现，而是症状的表现。这些症状有一个统一的学名，叫作神经症（神经官能症）。虽然阿特伍德并没有为其笔下的啃食现象给出一个明确的医学诊断，但是从文本内容与主人公们的个体经历来看，他们的行为并不是单纯的人类的共性反映，恰如精神分析将神经症视为与个人特殊经历相关的非正常行为，阿特伍德笔下的主人公们的啃咬行为也是与个体经历相关的特殊病症。从叙事角度来看，当某种无意义的非正常行为成为一种时常出现的普遍叙事表现时，这种行为就并非作者无意为之，而是作者意图传达的某种隐喻与象征意义。同样，出现在阿特伍德几部小说中的啃咬行为已经不是疾病本体，而是其创伤叙事中的一组症候群，亦是一种有关特定疾病的叙事丛，其不被命名的原因也是一种叙事策略，即不仅表达了现代性对个体进行无意识规训的梯度性，更呈现了医学命名的"代言式"话语生产。

事实上，沿着伊莱恩所提供的这条思路可以发现，啃食是身体对意识的反叛，这种反叛建立在身体的"自动化"基础之上。如果说厌食的嘴尚是听之任之的身体器官，那么在啃食之中，它则摇身一变，变成了自动化的生命体。前者是主体意识中的冗余部分，而后者则是主体意识的对立面。

进一步论之，在弗洛伊德看来，人的心里生活可以分为意识与潜意识。潜意识有两种，一种是前意识（foreconscious），即"一旦变得强大就会成为有意识的"，另一种是被压抑的，即"不能进入意识"[②]。在他看来，不是所有潜意识都是被压抑的，因此，那部分没有被压抑的潜意识可以通过沟通与治疗被提升为"前意识的"，而未被意识到的那部分被压抑的潜意识就成了最难跨越的鸿沟。弗洛伊德认为前意识的压抑可以重回沟通世界，而这个过程必须借助语言表象（word-presentation）层面的回忆。只有这样，那些被压抑的创伤才能得到整合，并获得意识层面的治愈。厌食症所处的位置恰恰就是这一层面。神经性厌食的一个明显诱因就是权力

[①] 弗洛伊德：《精神分析引论》，徐胤译，杭州：浙江文艺出版社，2016年，第222页。
[②] 弗洛伊德：《性学三论与论潜意识》，车文博编，高峰强等译，长春：长春出版社，2004年，第459页。

意志的冲突。当外部的权力与自身的抵抗相互冲突时,厌食症便有了其心理机制。观察《可以吃的女人》,可以发现,女主人公玛丽安的厌食症实际上是"前意识层面"冲突的结果。一方面,北美女权主义运动将女性觉醒的种子根植于玛丽安的"前意识层面",另一方面,现实处境又将前者的不可能性同样植根于她的"前意识层面"。恰如笔者在前文中揭示的那样,玛丽安的真正"意识"是对这两个"前意识"之争的"意识"。换言之,是玛丽安自身的抵抗话语与女权主义、男权制度产生了权力-意志层面的冲突导致了厌食症的发生。这样的解释也从侧面说明了厌食症的符号效果,传达了它"话语策略"的功能和潜力。至于囿于厌食症谱系中的嘴,无论是从抵抗话语角度,还是从模仿话语角度来看,都始终围绕在"语言"层面上展开。它的角色只是一个"言语器官",服务于"意识"这个权威。

　　因而从创伤角度来看,厌食症虽然传达了嘴的社会功能失调,但是这种失调的原因依旧指向一个处于金字塔上层的社会压抑机制。至于金字塔的底层,即创伤的核心部分却被遗漏了。在阿特伍德的创伤叙事中,啃食神经症却与厌食症的叙事意义大不相同。如果说《可以吃的女人》与《神谕女士》中女主人公有关饮食的症候被作者全知全能的视角以医学话语命名为厌食症,那么啃食就是一种隐而不显的症候。这也为读者创造出一个有关症候阅读的解析方式,即如弗洛伊德对神经症所表现出的症候的医学审视那样:"我们的任务就是要找到那些无聊的想法,以及漫无目的的行为背后对应的经历。"①读者也应该从发生学与目的论角度分析这些症候,而不仅仅是将其视为一个简单的非常态行为。以精神分析本身为例,它在实证医学之中是相对弱势的学科,但其发生的原因则是现代理性社会对个体本能的压抑,其科学目的则是以症候阅读的方式探索那些被传统医学话语压抑的"隐形疾病",更好地揭示现代性历程中包括精神分析本身在内的知识话语的生产、接受、影响及其背后更为广阔的文明进程与人之本性的对抗。同样,将啃食的叙事丛予以精神分析式的解读不仅是阿特伍德的创伤叙事留给读者的阐释空间,更是其用来暗示社会压抑的金字塔式结构,揭示创伤之不可言说性与不可代言性的叙事策略。

(三)强迫性啃食神经症与歇斯底里性啃食神经症

　　事实上,从精神分析角度解析啃食行为恰恰是创伤叙事的一个特色。也正如弗洛伊德所言:如果某种神经症固执于过去的现象,那么它就是创

---

①　弗洛伊德:《精神分析引论》,第214页。

伤性的神经症。①在阿特伍德的创伤叙事中,嘴产生了功能性障碍,其背后隐蔽的创伤性因素与社会功能密切相关,也恰如弗洛伊德所言,"症状的形成是为了替换某些涌动的暗流"②,嘴的功能障碍是精神障碍的表现,而精神障碍背后体现的则是被阻滞的潜意识。换言之,在某种结合个体、社会、环境因素的境况下,本我与自我无法达成一致。一旦这种认同机制无法顺利运转,病症随即而来。需要注意的是,依照精神医学分类,神经症有两种,一种是实性神经症(actual neuroses),即焦虑性神经症与神经衰弱症,一种是癔症与强迫症性质(obsessional neuroses)的神经症。前者主要是化学性因素起作用,而后者主要是心理性因素起作用。③鉴于小说中几位"啃咬者"并未被阿特伍德以全知全能视角命名为生理性神经症,而所有症结的矛头则指向社会压抑机制,因此作为症候的啃食在其隐喻意义上可以被归为后者。在后者的范畴内,强迫型的啃发生在意识层面,而歇斯底里型的啃则是发生在"潜意识"层面。二者病理机制的不同反映了社会压抑机制的一种"梯度性"以及在这种结构中产生的创伤的"层次性"。

从前者来看,强迫型的啃实际上是一种作为强迫症的啃。强迫症是发生于意识层面的一种不合理现象,患者往往对此有所体认,却又不能克制这种情况的反复出现。弗洛伊德曾经从文化角度指出人的强迫症是文明对自然进行压抑的结果:如果一些精神历程"被阻碍成为潜意识,那么症候便随之而起"④。在文明与自然的冲突中,压抑首先发挥着作用,且几乎每次都能收到良好的效果。然而压抑虽然一开始能够起到一定作用,但随着时间的进展,它逐渐显示出其失败的一面,因此,矛盾的反向形成导致了压抑,而被压抑了的矛盾又将矛盾复归。这种复归的感情会被转移到其他无关紧要的事情上去,于是,一些微小的强迫性神经症便会显示出来。啃咬便是这种微小的神经症。其背后起推动作用的是一系列被压抑的事物。

从叙事学角度加以考察,相比阿特伍德其他几部有关啃食神经症的小说,《猫眼》的第一人称有限视角所呈现的是主人公对自己啃咬行为的"意识"性表述。换言之,女主人公是以作家"有意识"的眼光故意为之。她并非只专注于自我经历、内在感受、故事情节与事件的发生,而是从一个

---

① 弗洛伊德:《精神分析引论》,第218页。
② 弗洛伊德:《精神分析引论》,第222页。
③ 弗洛伊德:《癔症研究》,导言11页。
④ 弗洛伊德:《精神分析引论》,第223页。

精神分析者的视角从内部对自身加以考察。这一点是与强迫症性的啮一致的。从伊莱恩描述啮食的叙事时刻来看,啮食总是发生在她自我专注的时候,而每一次叙事上的自我专注又是她意识行为发生的时候。当老年伊莱恩回到故居,想起科迪莉亚时,她将发生在身体层面的啮食症候与心理意识联系在一起,极为细致地描述道:"我感到喉头紧绷,下巴一阵一阵疼痛。我又开始咬手指了,咬出了血,那味道我记忆犹新。那味道是橙汁冰棍儿,是一分钱一颗的泡泡糖,是红红的甘草糖,是被咬啮的头发,是肮脏的冰。"(《猫眼》第7页)这种身体-精神相互交融的叙事方式一方面呈现其童年创伤的影响,另一方面又折射出伊莱恩对这种"创伤性影响"的"意识"。进一步论之,创伤性神经质的一个特质就是"固执于过去的现象"①,即对时间的模糊。在伊莱恩的叙事中,时间并不是完全缺失的,而是在身体与精神上"分裂"为共时性与历时性两个维度。她虽然故地重游,陷入创伤性回忆之中,却能够对过去、当下与未来有着统一的认识。前者是"去辖域""解构""块茎"式的"身体思维模式",亦是一种现代创伤碎片化的普遍呈现,后者则是对前者的重构与"再辖域化",是创伤的无意识回归有意识的过程。在小说开篇,伊莱恩就指出:"时间是有形的,看得见,仿佛一串液态的透明体,一个堆一个。我们并非顺着时间回顾往昔,而是像低头看水那样直透下去。有时这个浮出水面,有时那个浮出水面,有时什么也不见。没有一件事情是往而不返的。"(1)文中她也多次否定时间的直线论,并指出:"人的记忆力会出现几种毛病。比方说,忘记一些名词,或者数字。有时还会出现复杂的遗忘症。患上这样的遗忘症,人可能对自己的整个过去失去记忆。"(265)这也能够说明伊莱恩对传统时间观的颠覆实际上不仅仅是其创伤性神经症的体现,更是她对这种神经症作为一种现代人的普遍反映的体认。也正是从这种反思性精神层面来看,伊莱恩的啮食神经症并非绝对不可言说的"潜意识",而是可以言说的"前意识"。然而,也恰如前文提及的那样:本质上来看,发生在"前意识"层面的强迫型啮咬虽然是一定社会压抑机制的展现,但却因为意识层次不够深入而并没有详尽压抑的本质,也就没有探及创伤的不可言说之处。在这样的情况下,我们的任务就不只是挖掘表层创伤,更要进行层层剥离,直到创伤显现出内核。歇斯底里型的啮就为此提供了依据。

相比《猫眼》在叙事技巧上呈现的"前意识"啮咬,《神谕女士》等

---

① 弗洛伊德:《精神分析引论》,第218页。

其他作品中的啃食者并没有意识到自己的啃食症候。这种未被自身意识所体认的啃食也就与创伤不可言说的核心症结联系起来，更加接近歇斯底里意义上的神经症。以《神谕女士》为例，《神谕女士》虽然与《猫眼》一样是第一人称有限视角，但是啃食的症状却并没有发生在女主人公身上，女主人公只是一个啃食症候的隐性叙事者。因而在这一叙事层面上，她并不比《猫眼》中的女主人公可靠。但也正是因为这种不可靠性，使得啃食从意识层面隐退，而只是成为推动叙事情节前进的一个歇斯底里症候。女主人公琼在见到啃食者马琳后首先对她进行了一番伦理上的否定："我对此深深怀恨，让自己都有点吃惊。但她竟然认不出我，这让我更加愤恨。让我如此蒙羞的往事居然没给她留下任何印象，这太不公平了。"①在此之后的情节中，琼对马琳的叙述都充满负面情感，她感到"嫉妒"马琳（262）。这种自卑、嫉妒的负面感情一直持续到她注意到对方的啃咬神经症，她突然发现马琳"优雅体面已经不再"（281）。可以说，她对啃食的描述只限于她对马琳焦虑状况的认识，而这一认识则让她首次脱离了叙事的自我中心意识，看到了马琳真正的身份困境：一方面她是处于底层阶级的左翼激进分子，另一方面她又是一个受到丈夫暴力行为威胁的女性。她在出轨后向琼坦白："关键不在于爱，关键是他们俩中谁值得保持真正平等的关系。关键是，谁对我的剥削最少。"（282）换言之，马琳的啃食神经症是其作为男权主义与资本主义双重压迫下的女性工人身份焦虑的体现。在这一点上，她受到的社会压抑显然要比女作家琼以及女作家伊莱恩更加严重，从而进一步显示出社会压抑体系的"梯度性"。

齐泽克曾经这样谈及"歇斯底里症"："在这种病症下，主体借助于一个歇斯底里症结，一部分躯体或者躯体功能的不正常来'具体化'其僵局，具体化其不能用语言表达的核心症结。我们在这个严格意义上谈论歇斯底里的转换（conversion）——被阻止的创伤核心被'转换'为一种身体的症状；不能借助于普通语言来表达的精神内容，以一种扭曲的'身体语言'表达了出来。"②这段话涉及两个啃的形式，一个是歇斯底里症，另一个是歇斯底里症结。歇斯底里症是一种疾病，它的出现正如上文对厌食症的分析那样，是权力谱系的赘生物。而歇斯底里症结在这里则是这种疾病的表现形式，即症状（symptom）。齐泽克采用症状这一概念并非只是

---

① 玛格丽特·阿特伍德：《神谕女士》，甘铭译，南京：南京大学出版社，2004 年，第 260 页。以后引用，在正文中随文标注页码。
② 斯拉沃热·齐泽克：《因为他们并不知道他们所做的——政治因素的享乐》，南京：江苏人民出版社，2007 年，第 172 页。

一时兴起之物，它实际上可以追溯至拉康的"症状"（symptom）①。可以说，歇斯底里并不是所有症候的重点，不可言说性才是重心之所在。处于不同社会压抑体系内的创伤在其最受压抑的层次上亦是不可言说的。但是，这却并不表明它将被压抑在潜意识的最深处而永远不被表达。相反，它最终将通过身体疾患来"言说"自身。这也就是不可言说之创伤的"言说之处"。在这种情况下，嘴便是阿特伍德用以表现创伤可言说性与不可言说性之界的身体器官。

总结来看，如果说《可以吃的女人》和《神谕女士》中的厌食症与暴食症是女权话语系统的政治产物，是疾病的中心，那么在其他作品之中的啃就不仅仅是疾病的中心，更是症状的中心。这个症状的中心，我们把它称之为"不可言说之处"。在啃的过程中，嘴巴的功能发生了变化，它不再控制食物，不再是"意识语言"，它只能诉诸一种"转换"，以"扭曲的身体语言"表述自我。嘴巴的功能性失调背后体现的正是现代性历程中人与历史、个体与社会在自然生命的冲突与融合、矛盾与纠缠。而随着现代性全球化进程的加快，阶级分化、资本剥削、种族歧视、性别压抑、战争对抗等问题逐渐凸显，现代压抑体系的梯度性愈发显现。这也同时造成了创伤的层级性递进。这种梯度性与层次性反拨了当代创伤学以言说治愈创伤的代言式话语，并进一步暴露出创伤可言说性与不可言说性的界限。阿特伍德对嘴的疾病叙事丛展开命名性（厌食症、暴食症）与非命名性（啃食神经症）的描述，其目的正是揭示这种现代压抑体系的梯度性以及创伤在社会文化与个体心理之间的丰富层次。而这种叙事策略也正是创伤不可言说性的"可言说之处"。

第三节　眼睛的创伤与后殖民话语

通常认为，嘴巴在社会活动中往往扮演主动的角色。它主动发声、主动交流，是人参与世界活动的重要器官，其功能主要是相对于社会性而言的。与嘴这一功能相对的器官是眼睛。相比嘴巴，眼睛则只能被动接受，而缺少参与性。这一看法源自启蒙运动，并具体可分为以笛卡儿为代表的数学学说与经院派的生理学说。数学派认为天生的盲者虽然不能见物，但是却能了解光学的原理，而生理学派则倾向于生理触觉。概言之，这两派

---

① 许多国内翻译将"symptom""syndrome"统一翻译成症候或者症结，但是严格来说，这两个单词是有区别的，前者是表现形式，后者是疾病本身，尤其是指与精神相关的、被定义了的疾病。

的观点更倾向于将视觉视为一种被动因素,因而也就间接地将眼睛视为情感生活中的主观展演、社会活动中的被动器官。这一问题到了18世纪被贝克莱进行了扭转。贝克莱认为,存在就是被感知。而在这个过程中,眼睛是最具有效性的器官。如果一个人不是盲人,他的基本感知和经验首先都要靠眼睛来获得。然而,针对贝克莱的这一"扭转",20世纪的萨特曾表示如果有人像贝克莱、柏格森一样认为"存在就是被感知",那么就是说"被感知的方式就是被动"[①]。如此便与17世纪的数学派与生理派并无二致,人只能依仗眼睛的张合,被动地与这个世界互动。因此,他认为,当我们通过眼睛"经验"了某物,即使我们闭上眼睛,或者在过了很久,我们的眼睛看不到这个物的时候,这种经验的感觉实际上还在。这种感觉的存在侧面说明了我们的意识活动的存在并不是依靠眼睛对外部世界的直接经验,而是具有向眼睛发号施令、让眼睛这个具有机械性质的器官去获取经验的"主动性"。这样一来,"对某物的意识,就是面对着一个具体、非意识的充实的在场……一个人也能对不在场有意识"[②]。眼睛获取的有关某个事物的图像是"印象",是"主观的充实物"[③],在眼睛接触物体之后,这个印象不是通过物理学上的方式作用于意识,而是在意识活动中存在着。简言之,我们去看某物,不是我们被看,而是我们要看。而当人们把通过眼睛接收到的外在情况经过情感和认知系统的加工再通过眼睛投射出去的时候,眼睛就已经参与到社交活动之中了。当然,这一过程又包含着一个双向的否定内容,即我们既是被看的人,也是看人的人。我们既被动地接受意识形态上的内容,又会把这些意识形态上的内容主动地反映出去。从这一层面上来说,眼睛实际上是具有两种功能的,一种是被动的视觉,另一种是主动的参与。沿着这条思路,本节从眼睛的两个文化功能——凝视与见证出发,探寻前者如何构建了一个被动的创伤性社会,而后者如何冲破意识形态的阻滞,发挥能动性,并对这个"被凝视"的社会进行主动修复。

一、凝视——《浮现》中权力谱系的当代建构方式

文学中有关眼睛的意象不在少数,经仔细审查可见,当它作为主体意象的时候往往是嘴巴失去功能的时候。爱伦·坡曾在短篇小说《眼镜》中

---

① 萨特:《存在于虚无》,陈宣良等译,北京:生活·读书·新知三联书店,2014年,第16页。
② 萨特:《存在与虚无》,第19页。
③ 萨特:《存在与虚无》,第19页。

描述了一个因患高度近视而拒绝戴眼镜的男青年令人啼笑皆非的"错视"。而佐拉·赫斯顿的《他们眼望上苍》则以眼睛隐喻了女主人公珍妮被前三任丈夫剥夺了话语权，彻底对婚姻的平等失去了信心。在《最蓝的眼睛》中，莫里森同样刻画了一个渴望自己能够通过蓝色的眼睛而被社会关注、回归社会活动的黑人女孩。换言之，眼睛对社会活动的欲望背后彰显的是社会交往功能的剥夺。通过对眼睛的隐喻，社会与个体产生了密切的关系，主观与客观获得了张力。

玛格丽特·阿特伍德的小说《浮现》也描述了一位用眼睛来参与社会活动的女主人公。女主人公是一位画家。她的职业让她处于观看者的地位。然而，此观看者与彼观看者并不相同。在现代社会权力知识的框架内，绘画的观看是知性、理性以及感性的个体性行为，并结合了欲望、权力以及幻想。这也因此使得人因为看与被看的关系同时在不同的社会网络中参与着权力的展演。但是《浮现》中的女主人公却并不是在知识话语框架内观看，她通过绘画展现出修通现代社会权力谱系的路径，即唯有通过将观望的客体主体化，才能走出权力窒息的大厦。

小说以女主人公的第一人称叙事展开。这种全知视角肯定了女主人公在视觉权力谱系中的位置。除此之外，女主人公在叙述中多次提到自己的"观察者"身份，因而进一步说明了她作为"有意识"的观察者的地位。例如，她画过"正在注视着从起火的鸟巢里飞出来的一只小鸟"的公主，并时而停下画笔对"我的公主审视一番"[①]。她也曾观察自己的男友乔，审视他的每一个器官："我看着他露出脸部、眼帘和一侧的鼻子。他的皮肤苍白，好像一直睡在地窖里，不过我们确实在那种地方居住。他的胡须深褐，近乎黑色，一直延伸到脖子的周围。"(47) 事实上，这种有意识的"看"在萨特那里具有重要意义。萨特认为，我们观看"草"的行为与观看人的行为并不相同。也就是说我们"看"的程度和方式不一样。当我们观察一个人或者物的时候，我们参与了这幅画与其观察者的主体构建。而我们"看了眼表"，或者"瞥了眼窗外的草地"，这只是从视网膜成像的物理原理上来说的"看"，并没有意识的参与，也并没有对对象的意象或者欲望。因此前者是"凝视"（gaze），而后者则是普通的生理现象。这种凝视颠覆了绝对的主体性，使得主体产生了内在的分裂，并将自己的另一半主体借助凝视投射到了这个外在的、被凝视的世界。在这里，那种"看"

[①] 玛格丽特·阿特伍德：《浮现》，蒋立珠译，南京：南京大学出版社，2008年，第61页。以后引用，在正文中随文标注页码。

与观察的分裂,就被拉康称之为"眼睛与凝视的分裂"①。当眼睛与凝视分开,社会的构建活动方才展开。

眼睛对这个世界的参与活动可以分为两种,一种是萨特和拉康意义上的积极建构,另一种则是福柯意义上的消极建构,即权力的观察谱系。福柯发现了一种现代的观看艺术,这种观看的艺术不仅将主体与客体分割开来,更确立了一种等级化的观看体制。现代的观看与古代的观看最大的不同在于:前者不参与意识形态的构建,而后者成了一种构建意识形态的无形工具。从福柯的视角来看,文艺复兴之后,在人们开始对人的器官有所认识的时候,大规模的囚禁运动开始了。以疾病为例,以往的麻风病患者是被当作异类驱逐的,而当代的麻风病患者则是被囚禁的。这些被囚禁的患者受到了新诞生的科学——医学的"监视",成为第一批被看的对象。这种监视机构在18世纪迅速得到了扩张。学校、医院、工厂逐一成型。学校用来观看学生的发展,医院用来观看病人的康复,工厂用来观看工人们的效率,而这其中最完美的规训机构,最能体现监视体制的当属监狱。讽刺地说,前三个场所几乎就是一个具有监视制度的"监狱"。

17世纪开始,一个个的"监视站"矗立起来。这些建筑不是供人观赏的美学产品,也并非观看外界的堡垒,而是用来监视内部的规训场所。为了将一切都一目了然,建筑师们设计出了一种只对监视者透明、却对被监视者隐蔽的建筑。边沁汲取了罗马斗兽场的灵感,发明了全景敞视建筑。这种建筑四周是一个环形建筑,中心是一座瞭望塔。瞭望塔内设有一圈用透明玻璃制成的窗户,并面向外部。这样一来,处于环形建筑内的所有囚犯都可以被彻底地观察,而由于光线的效果,这些囚犯又不能"反观"观察者。除此之外,囚室两边的墙壁阻止了囚犯们之间的"互视",这又更进一步在"隐蔽"与"观察"之间塑造了凝视的权力谱系。"被观察者"对"观察者"被迫公开一切私有事物,而观看到最多隐私的"观察者"则拥有最大的权力。换言之,正是将本属于私人的事物予以公开的能力决定了一个人权力的大小。

小说中,这一权力的谱系在女主人公和她的三个伙伴中被层层展现出来。大卫和乔是女主人公的两个伙伴。乔是女主人公的男友,而大卫是女主人公的朋友安娜的男友。为了寻找女主人公的父亲,四人结伴回到魁北克。然而,大卫和乔却是醉翁之意不在酒。两人随身携带着摄影机,似乎

---

① Jacqwes Lacan. *The Four Fundamental Concepts of Psychoanalysis*. Trans. Alan Sheridan. New York: W. W. Norton Company, 1978, p. 73.

这趟旅行是眼睛的饕餮之行。他们希望能够拍摄更多有趣的图片，以供日后仔细观察。大卫不仅热衷于记录那些神秘的印第安绘画，还热衷于拍摄女性的肉体。相对于拿着摄影机的大卫和乔，女主人公和安娜则处于了被观看的地位。安娜活在男友的注视之下。大卫给安娜制定了很多条规则，其中一条是必须化妆。按照安娜的说法，"他让我时时刻刻看上去都像只雏鸡，否则的话，他就会怒气冲天"（151）。虽然视觉上的美并不是惹怒大卫的根本原因，但是，大卫却会因此借题发挥。借用拉康对福柯的回应来稍加解释：凝视的世界是一个欲望的世界。①眼睛的观看象征着欲望的意图。这个意图从大卫的身上发出，终结于安娜的身体，其背后呈现的不仅是男性对女性肉体的性欲望，更是男性对女性的规训欲望。

　　大卫对安娜的规训不仅仅显示在自己对她的观察上，还显示在与其他人分享他所观察的"安娜"上，从而剥夺了安娜作为女性主体的身份。为了取到"随意样片"（166），大卫和乔想将安娜的裸体拍下来。在大卫看来，他这样做都是为了安娜。"我把你编排在死鸟旁边，这会使你成为明星的，你不总是想要出名吗？"（166）当他的提议遭到安娜的拒绝后，大卫更提出将她的身体与他人分享。这一想法伤害了安娜，但是安娜却没有任何赢得这场战争的胜算。因为她不在体力上占据优势。安娜身体上的抗拒也惹恼了乔，他一边大喊："她是我的妻子"，一边在与安娜的搏斗中让大卫拍摄。乔与大卫对女性的观看行为使得二人缔结了一种男权关系。在这层关系中，安娜不是作为具有个体性的乔的伴侣，而是所有男性的"规训物品"。

　　微妙的是，乔与大卫对安娜的观看式规训又落入了女主人公的眼帘。女主人公以其个体视角这样描述："乔的摄影机对准他俩，就像把发射筒或奇怪的刑具对准了他俩，然后按下快门，扭动着控制杆，摄影机发出邪恶的嗡嗡声。"（168）在此之后，"我看她被分成了两半"（168）。在这里，摄影行使了一种特殊的凝视权力，它不仅仅切割了作为整体性的身体，而且剥夺了身体的私有性，使其公开化。在拉康看来，眼睛是用来隐喻一种观看者的"观看"（shoot）。②"shoot"一词本身还有照相、摄像的意思，就是将物体置于被观察者的被凝视的角度。拉康在《图像是什么？》一文中指出，外在的凝视视界决定了我的身份。通过凝视，我进入到光线之中，也正是通过凝视我获得了反映。从这个角度来说，正是因为凝视，光

---

① Jacques Lacan. *The Four Fundamental Concepts of Psychoanalysis*. p. 85.
② Jacques Lacan. *The Four Fundamental Concepts of Psychoanalysis*. p. 72.

线才被具象化，通过凝视，我被取相了（photographed）。[1]就此来说，安娜在被取相的过程中呈现了自己在权力谱系中的地位。她是被摄影的，被凝视的，被男性所渴望着的。然而，阿特伍德却没有停留在权力的配置问题之上，而是更加深入地揭示出安娜是如何在被取相的过程中生产出对自身的规训。以拉康的凝视理论来看，在一个被凝视的过程中，我意识到自己在被别人注视着，这让我感到有失面子。但是，事实上，这个我认为极具控制力的凝视并不是一个"被看到的凝视，而是在他者领域中的我想象出来的凝视"。[2]因此，安娜并不是完全处于凝视的权力谱系之外，而是在权力谱系的内部。换言之，权力谱系本身并不是像全场蔽视所揭示的那样是二元对立的（尽管其在本质上如此），而是一种呈现流动状态的总体结构。正像女主人公所说："当人们问起她的职业时，她会大谈什么是流动，谈她是什么而不是做什么。要是她不喜欢问话的人，她就说'我是大卫的妻子'。"（66）安娜对自己的身份有明确的认知，但这种认知并不是自发于其内在主体，而是由大卫规定的。当女主人公将两人相机中的胶片扔进湖里时，安娜表现出模棱两可的态度。她一方面说："你最好别那样，他们会杀了你"（208），又一面静静地看着女主人公摧毁一切。当乔和大卫回来时，她唯恐自己被当成同谋，就主动将此事告诉了他们。换句话说，安娜的女性意识是被男性意识所规定的意识，而她被摄影、被凝视的过程只是体现了女性意识觉醒这一概念在现实层面所处的二律背反位置。在本质上，她还是通过男权制度的"他者凝视"和自身的"自我凝视"规训了自己。

如果说安娜因为被观看的行为而生产出其在权力谱系中的相应地位，女主人公则表现出与安娜相反的"反权力"一面。她回忆起自己被拍摄的时候："我那时讨厌一动不动地站着，等待着相机的咔嚓声。"（80）从其对凝视的拒斥来看，女主人公的主动性是大于安娜的。也正是因为对凝视机制的深刻意识使得女主人公在建构自身、修通性别创伤这个问题上不断寻找突破口，而其中一个路径就是"反凝视"。

女主人公追寻自己父亲的旅程也被阿特伍德描述为一个追逐印第安绘画的过程、一个从被动到主动、看到观察的过程。父亲给女主人公留下的标记并不是象征现代文明世界的语言，而是一幅幅印第安人留下的神秘画作。在女主人公眼里，这些画作无法从文明人的视角加以理解，她首先必

---

[1] Jacques Lacan. *The Four Fundamental Concepts of Psychoanalysis*. p. 106.
[2] Jacques Lacan. *The Four Fundamental Concepts of Psychoanalysis*. p. 84

须进入到印第安的文明体系中才能发现那些图画的确切含义。为了寻找这些神秘的壁画，女主人公数次潜入水下，试图观看这些画作。在经历了几次失败后，她还是坚持不懈地去追寻。事实上，结合拉康的凝视理论来看，尽管观察者与对象有所分离，但是他却知道如何与置于这幅画作之上的凝视展开游戏的过程。①这也就是说，她不仅对自己的观察有"意识"，更参与到这种"意识"运动中。在这种参与过程中，与其说观察者获得了一个对象的"概念"，还不如说获得了自身身份的一个概念。从这一方面来看，女主人公坚持潜水观看绘画也可以被理解为是自己身份确立的过程。

进一步论之，女主人公在上一段恋情中受到了创伤，因此，她寄希望于通过寻找失踪的父亲来找回过去的自己。最终，她找到了那些藏在水下的壁画，并猛然发现这些壁画像活体一般向她游来。借鉴拉康和萨特反对笛卡儿的一个理论来解释：在笛卡儿"我思，故我在"的思想范式之中，我与对象是一分为二的。这使得我们在观看对象时，总是把它视为不具有主动性的"他者"。然而，他们两人均认为，我们的凝视实际上发生在"看"这一过程之前。这个世界就是一个全视（all-seeing）的世界。我们被看见的同时也在看见别人。那个注视着我的和正在注视他的我都是主体。最能说明这个问题的例子就是"如果这不是对一个主体而言，我怎么会是对象呢？"②只有在主体的意识之中才会产生对象。如此便证明了其他主体的存在，并进一步证明了"主体间性"的存在。事实上，女主人公也发现了主体与客体的这种共存性。因而，那些刻在岩壁上的古老画作都复活了。它们不再是被固定了的对象，只供被观察，而是早就存在于被凝视之前的主体。在认识到这一问题之后，女主人公看见水底的古老壁画成为一个"肢体拖曳着的椭圆体。它看起来朦朦胧胧，可它有眼睛，而且是睁开的"（176）。随着女主人公自我意识的完善，她逐渐认出那个神秘绘画是自己流产的孩子。这个孩子虽然有着碎片化的身体，却有着一双完整的眼睛。这双眼睛也在回望着她。正是这种回望使得这个没有出生的孩子获得了完整的生命，并成为萦绕在女主人公心头的幽灵。值得注意的是，正如朱迪斯·赫尔曼所说，创伤修通的第二个阶段就是重新"发现创伤记忆"③，因此，在这个幽灵公开亮相后，女主人公开始正视自己的创伤。最终，她在下定决心抛去自己的主客体意识、重归自然这个整体的时候感

---

① Jacques Lacan. *The Four Fundamental Concepts of Psychoanalysis*.p. 107.
② 海德格尔：《存在与时间》，陈嘉映、王庆节译，北京：生活·读书·新知三联书店，2012年，第340页。
③ Judith Herman. *Trauma and Recovery*. p. 156.

觉到被孩子原谅了:"我感到我失去的孩子在我的体内出现,它从监禁它如此之久的湖里升浮起来,它原谅了我,它的眼睛和牙齿闪着磷光……"(203)当女主人公经历了将绘画视为绝对的客体与将绘画视为回望自己的主体的整体过程后,女主人公找到了修通过去创伤的途径。概言之,唯有打破凝视与被凝视的二元对立结构,在一种主体间性的认识状态中,权力机制才能被"击溃"。

然而,值得注意的是,女主人公的"主体间性"意识虽然是一种变形的"反凝视"策略,但这种策略又难免使其回到权力的大厦之中,因为这种意识并不是由规训一方自主发出的,而是由被规训一方发出的。阿特伍德巧妙地将这种"主体间性"意识只置于女主人公的主体意识中,这便显示出"主体间性"的妥协一面。主体间性意识需要的不仅仅是处于权力制度边缘的女性自觉,更需要处于男权制度顶端的男性自觉。它的生发是一种双向过程,而不是单向的。从这一层面来看,女主人公的女性意识觉醒程度与身份构建的"主体—主体"模式相较于安娜的意识与其"主体—客体"模式有所深入,但却略显主观,而她最后试图通过回归自然来解决问题也更进一步说明了其内在的乌托邦构想。显然,正如前文所说,女主人公的结局暴露了其自我修通意识与文明现实处境之间的内在矛盾。

二、语言与见证——《肉体伤害》中的后殖民问题

在人体器官中,眼睛与嘴是建构个体世界、连通自我和他者、连通个体与世界最为重要的两个器官。它们构成了人与社会的互补结构。尤其是在20世纪后期,语言与凝视更成为诸多学者争相探析的问题。在肉体战争偃旗息鼓的近代,凝视无疑成为建立新权力秩序的工具,而话语权则代替了真枪实弹,成为维护权力的武器。然而,面对种族创伤、后殖民创伤、女性创伤等20世纪的重大创伤问题时,沉溺于语言的理性思想范式却遭到了质疑。斯皮瓦克曾经在《底层人能说话吗?》一文中指出:"让底层人拥有发言权的努力可能加倍地暴露给弗洛伊德话语所经营的那些危险。"[1]在她看来,创伤无法用某种强权语言来表达,而一切试图通过代言来解决此问题的方式都是西方理论知识界与权力的共谋。它看似在为受害者代言,实际上却存在着中心化的危险,剥夺了受害者的话语权,亦成为一个新的权力武器。因此,这里的问题是,如果语言没有办法创造真实世

---

[1] 佳亚特里·C. 斯皮瓦克:《底层人能说话吗?》,《从解构到全球化批判》,陈永国等编,第116页。

界的表象,那么有何其他方式可以代替语言或弥补语言所造成的创伤? 对于这一问题,阿特伍德诉诸见证。见证作为一种眼睛的视觉形式,与嘴巴的语言形式构成一对身体与外界沟通的互补方式。因此,可以说,眼睛通过其"见证"这一与语言相交的特殊功能,"言说"了创伤的不可言说之处,修通了创伤本体。

阿特伍德对这一问题的探讨最早呈现在她的《肉体伤害》之中。小说通过描述加勒比语境下后殖民理论(殖民维度)与解殖实践(受殖维度)的悖谬创伤,不仅揭示了特定解殖语境下的强权话语再生产,呈现了当代后殖民范式中有关革命与文化杂糅主义的语境有效性问题,更探寻了后殖民理论的范式转向,揭露了国际势力对第三世界的剥削方式,提出了以视觉与语言相结合的"见证"解决如上问题的观点。

小说中的岛国的原型是前英属殖民地圣文森特和格林纳丁斯群岛。该国由哥伦布发现,并在17、18世纪先后沦为法国、英国的殖民地。1969年,在全世界高涨的反殖民浪潮中,该岛国获得了独立,但是国防与外交的大权仍由英国掌控。1979年,经过多年的磋商,圣文森特和格林纳丁斯群岛获得了"内部自治"。故事的背景时间与写作时间也恰恰设立在这个时间段。这一契合使得《肉体伤害》中的圣万托安多少具有了政治象征含义。也正是从这一点上说,阿特伍德对《肉体伤害》的描绘基本上代表了其对圣文森特地域后殖民现状的认识与批判,而其中的肉体伤害也不仅仅是主人公自身的身体遭遇,更是"加勒比这个发展中国家的'身体'遭遇"[1]。

如前文所述,20世纪是语言的天下。这不仅发生在哲学领域,还发生在文化、政治等领域。语言转向预示了西方世界的思维范式从考察认识的能力与获得知识的依据发展至考察认识的可传达性与知识表达的意义。也正是这种语言与真实世界的关系,使得理论话语比任何一个历史时期都具有构建世界结构的作用。因而,在反帝反封建反殖民运动方兴未艾之时,语言似乎成了解决很多历史遗留问题的手段之一。鉴于这种西方思维范式的影响,很多加勒比的岛国在解放独立斗争中也相继接纳了西式民主协商的政治体制。这就使得独立后的圣万托安很大程度上仍依赖于帝国。在政治权力上,圣万托安形成了三大势力三足鼎立的格局。这三大势力分别是:以强权政治为主的执政党领袖——埃利斯,以亲美政策为主的在野

---

[1] Gina Wisker. *Margaret Atwood*: *An introduction to Critical Views of Her Fiction*. New York: Palgrave Macmillan, 2012, p. 78.

党领袖——和平之王,还有本土混血儿明诺博士。他们三个分别代表了三种不同的话语权力,也代表了三种不同的解殖策略。

埃利斯是执政党的领导人,他将近二十年足不出户,因此,没人见过埃利斯。经常暴露在大众眼前的是他的代理人司法部部长。司法部部长利用外国援助买通国际与国内的重要人物,与美国中情局有密切联系,并将本该用于重建灾区的金钱与物资用来拉票,以强权逼迫人民投他一票。司法部部长身上所展现的正是拉丁美洲解放运动的一个后果,即强权统治。在夺取政权的方式上,司法部部长采取了威逼与利诱两种手段。在他的统治下,行政权力大于宪法权力,警察可以随意逮捕人,也可以随意殴打人。只要在政治上与其产生分歧,暗杀与清除就必不可少。在对待政治体制的问题上,由于选择了西方民主制度,司法部部长又表示出一种支持民主、自由选举的态度。然而,事实上,司法部部长的"意愿"并不是民主的意愿,相反,却是鹬蚌相争渔翁得利的"第三方势力"。这一点,恰如我国学者王旭峰所说,在解殖过程之中,这种从殖民政权到后殖民政权的转移进程实质上是空洞的。①因此,在司法部部长统治之下,人民往往是这个过程中的牺牲品而并非权力最后的获得者。他们成了司法部部长的"诈骗对象"。司法部部长通过设置一个虚幻的领导人"埃利斯",从精神与肉体上奴役了人民。乍一看,他似乎也诉诸用语言结构来解决权力的问题,但是,实际推敲起来,他是通过借助"埃利斯"的符号系统实行自己的话语权。语言在这里不再是一个解决问题的理性方法,而是制造与掩盖问题的根源。

同样问题也出现在和平之王身上。和平之王是圣万托安的另一方势力。他本人是一个宗教狂热分子,因此将所有政事都委托于自己的竞选经纪人马思东,并对此人深信不疑。马思东是个革命狂热分子,觉得"人人都要为革命去死"②。相比语言范式,他宁可选择暴力革命。对于这一支势力来说,他们并不是无产阶级革命意义上的真正革命者,而是宗教信仰与20世纪革命理论结合的怪胎。这也是诸多后殖民国家和国际政局存在的问题之一。而马思东正是利用了这一特点,实行其"革命恐怖主义"的。有意思的是,民众对他的暴力革命并不买账,在并不理解"共产主义"真正含义的前提下,反而以"共产党人"(69)的称呼表达对他的反对。民

---

① 王旭峰:《论〈河湾〉对后殖民政治的反思》,《当代外国文学》2012年第2期,第16页。
② 玛格丽特·阿特伍德:《肉体伤害》,刘玉红译,上海:上海译文出版社,2010年,第221页。以后引用,在正文中随文标注页码。

众与马思东的对立显示出圣万托安这样的东部加勒比群岛在 80 年代的解殖过程中的两种非理性态度：一是对暴力革命的支持，二是对暴力革命的恐慌。前者忽视了暴力合法性的时效与语境，后者则忽视了暴力作为革命的本质所起到的"去阶级化"作用。

从以革命代替符号体系这个问题上来看，马思东的这套理论承袭了以法农（Frantz Fanon）为主的后殖民学者和左派激进主义者的观点。对于法农这样的人来说，殖民问题的根结在于奴役与反奴役的二元对立逻辑关系之中。在《全世界受苦的人》一书中，法农义愤填膺地论证了暴力在殖民地的可行性和有效性。在法农看来，殖民地世界始终是个"一分为二的世界"。[①]一方是宪法、士兵、枪托和凝固汽油，另一方是饥饿、困苦、死亡与屈从。依照法农的逻辑，当压迫者本身就是一种暴力的时候，被压迫者就只有通过暴力才能解放自己。从这个角度来看，暴力往往发生在一个语言受阻的社会氛围中。就像罗洛·梅（Rollo May）所举的一个例子："如果用语言可以解决问题的话，我就不会动手打他了。"[②]法农的角度亦是如此。在他看来，暴力与沟通基本上是互相排斥的。前者属于行动与实践的范畴，而后者属于话语与理论的范畴。这就是说，只要是敌人，就具有言语上的不可通约性，就必须用暴力来解决这种不可通约性。这样就生成了一种先在的观念，即正是因为这种不可通约性，选择暴力就成了某种必然。

这种理论从 20 世纪 40 年代开始就成为了解决后殖民问题的基本理论，而革命暴力则成为解殖实践最行之有效的方法。对于圣万托安来说亦是如此。对于追随暴力革命理论的马思东来说，和平选举并不能解决问题，因而他试图渲染一种革命氛围，把革命暴力的种子撒在圣万托安的土壤上。然而，深受马思东影响的革命暴力者们并没有发现暴力革命的危害，即它能够衍生出一种无可奈何的先在伦理观。比如，法农就认为在殖民的背景下，没有诚实的品行，一切伦理价值都可以被视为殖民者对受殖者进行迫害的工具，他们利用"善良"这个伦理标准做出的实际上是"伤害"受殖者的事。无怪乎雷妮发现圣万托安实际上被一种暴力情愫所控制，甚至代表了"正义"的警察与政府也可以随意殴打人。在圣万托安，暴力被"正义化""合法化"了。这表现在雷妮对当地底层居民的观察上。

---

① 弗朗兹·法农：《全世界受苦的人》，万冰译，南京：译林出版社，2005 年，第 5 页。
② 罗洛·梅：《权力与无知》，郭本禹、方红译，北京：中国人民大学出版社，2013 年，第 49 页。

雷妮初来乍到时碰上了一个当地居民——哑巴。他曾经在雷妮初来乍到时追着雷妮想与她握手。雷妮见他"下巴的胡茬泛白,牙齿大多缺失……又聋又哑……"(65),以为他是在向她行乞。后来经保罗解释才知道原来他只是希望通过与白人妇女握手来带给自己好运。雷妮第二次遇到哑巴的时候是她为洛拉运送军火的时候,她发现:"在楼梯脚蜷缩着那个聋哑人。睡着了,打着鼾,很可能喝醉了。他衣襟敞开,露出扯烂的发灰的布料,脸上一道新伤……"(113)正是这一道新伤使得雷妮开始关注这样一个无声的下层人的生活。再一次见到哑巴时,雷妮发现他正在遭受警察的毒打。雷妮"从没见过有人挨揍挨得这样惨"。然而,雷妮发现,在圣万托安,警察无故打人的事情似乎异乎寻常。平民们要么被打,要么就当过客:"他们看了,然后移开目光……绕开那人……"(137)就是在这次与哑巴的偶遇中,她逐渐意识到了一种超越语言、超越沉默的"创伤之核":"他不可能全哑,还能发出一点声音,一种呻吟,拼命要说话,这比纯粹的沉默还令人难受。"(137)雷妮最后一次遇上哑巴是在她与洛拉被捕之后。她从监狱的窗户发现外面的空地上正在进行枪决。警察们享受着玩弄犯人的游戏。那个犯人正是之前要与她握手的哑巴。他在遭到毒打时发出了"不像人发出的尖叫"。接着,雷妮发现了这样一个细节,那就是:"那个聋哑人,只会发声,不会说话。"(283)借助这种生理性的语言缺失,阿特伍德也由此揭露了圣万托安在暴力执政下的社会状态。也由此可以看出,阿特伍德并不赞成法农的革命暴力理论。事实上,法农在颠覆前一种伦理价值的同时形成了另一种与之相反的伦理价值。而这种伦理价值是以暴力革命为基础的。虽然,不得不承认法农发现了那种存在于殖民者和被殖民者之间的不可通约性,但是当暴力革命成为一种价值观的时候,[①]这样一个问题就被忽略了,即这两种暴力可以成为政治实践,却绝对不能被赋予终极合法性,因为一旦如此,暴力革命就会沦为无休无止的工具。这也就是为什么在法农这样的革命者看来,如果没有继续革命,独立了的殖民国就始终没有获得真正独立。用法农的话来说就是:"在殖民时期,人们鼓动人民为反对压迫而斗争。民族解放后,人们鼓励人民为反对贫困、文盲、不发达而斗争。人们断言斗争在继续。人民证实生活就是无

[①] 比如罗伯茨(Neil Roberts)将暴力分为工具性暴力(instrumental violence)与具有内在价值的暴力(intrinsic violence),并认为工具性暴力服务于目的,具有内在价值的暴力显然是具有伦理价值维度的;斯皮瓦克也在承认帝国的积极作用时用过"有益的暴力"(enabling violence)一词;本雅明则用过"神圣的暴力"一词。

休止的战斗。"①在这样一种革命理论中,解殖运动始终都在进行。但是,如此一来,暴力合法性就始终存在于这套逻辑之中,它不仅会沦为统治者的意识形态工具,而且也会沦为民众自己的意识形态工具。

事实上,在阿特伍德看来,暴力合法性并非一成不变,它随着时间与空间、历史与语境的不同而变化,即是说,诸如法农、本雅明等人所述的暴力价值只是在具体时间和地点发挥着效用,而超出这个限度,暴力的合法性就失效了。也正是从这一点上来看,我们才说暴力并不具有终极合法价值。在小说中,这一点被革命恐怖主义体现出来。革命恐怖主义与暴力之间的关系向来微妙。正如托洛茨基所说:"革命在逻辑上并不要求进行武装暴动,它在逻辑上也同样不要求实行恐怖主义,然而革命却需要革命阶级在必要的情况下通过武装起义,通过运用它能支配的一切手段来达到目的。"②脱离了逻辑囿范与必要条件的革命不是反对压迫的合理权利,而是革命的恐怖主义。从马思东这个角色来看,暴力合法性在解殖过程中往往会带来恐怖主义。这是因为,暴力的合法性与正当性并不是正义本身,因为其原则基于一套特定的体制。这就恰如施特劳斯所说:"任何政治社会的品格都来源于一套特定的公共道德或政治道德,源于它认为公众支持的东西。这也意味着,任何政治社会的品格源于社会的首要部分认为正义的东西。"③马思东的革命恐怖主义正是受命于西方民主社会的意识形态。他在美国参军,而回到国内后虽然投身于左翼革命派,但却与美国始终有着军火交易。在选举进行之前,马思东用其语言来煽动群众、引发暴力。他当众抨击明诺博士,并如此煽动民众情绪:"你们就让那些混蛋赢吗?你们让他糊弄你们吗?这么多年来,他一直出卖人民,你们也要出卖人民吗?"(237)在明诺赢得选举并被杀害之后,他又将矛头指向"埃利斯",煽动群众推翻他的政权。

> 有人把一张椅子拿到门廊栏杆前,一个人爬了上去。往下看看一张张仰视的脸,是马思东。人们安静了下来。
> "是谁杀了这个人?"他说。
> "埃利斯,"有人叫道,人群齐声附和,"埃利斯,埃利斯。"
> "叛徒!"马思东几乎吼起来。

---

① 弗朗兹·法农:《全世界受苦的人》,万冰译,南京:译林出版社,2005年,第46页。
② 列夫·托洛茨基:为"红色恐怖"而辩,《恐怖主义研究——哲学上的争议》,依高·普里莫拉兹编,周展等译,杭州:浙江大学出版社,2010年,第67页。
③ 列奥·施特劳斯:《西方民主与文明危机》,刘小枫选编,李永晶等译,北京:华夏出版社,2018年,第36页。

"叛徒，叛徒。"

马思东举起双手，合唱停下。

"还有多少次？"他说。"还有多少次，还有多少人要死？明诺是个好人。我们要等到他杀完我们所有人，杀完每个人吗？我们一直请求，很多次，可一无所获，现在我们要强攻。"（244）

当马思东这样用语言煽动后，民众也迅速开始行动，一场轰轰烈烈的暴力革命随即在圣万托安展开。事实上，在语言之中，革命恐怖主义也汲取了强大的力量。当代恐怖主义兴起于20世纪60年代，这恰恰符合了民族运动的高潮。彼时，在众多像圣文森特和格林纳丁斯群岛这样的受殖国内，民族情绪高涨，反抗运动此起彼伏。对于急于获得民族自治权的受殖国来说，暴力革命往往被视为快速结束殖民统治的最佳方式，加之恰逢这种暴力革命成果的收获之际，因此语言层面上的暴力理论迅速诞生。很多受殖国往往并不考虑其自身的历史问题而轻易接受了这种暴力合法性，接受反帝、反封建运动具有内在的崇高价值这种观点。而在这种伦理价值内部滋生的正是恐怖活动的种子。从巴勒斯坦的阿拉伯和犹太民族的矛盾，到爱尔兰民族主义者与英国当局政府的恐怖冲突，再到"9·11"恐怖袭击，很多恐怖活动就都可以在这种冲破主仆关系、殖民与受殖关系的语言逻辑中找到根据，并借助语言结构中的话语权力煽动民愤。虽然我们并不能否认在民族运动中，像阿尔及利亚这样的民族解放阵线游击战确实行之有效，但是我们也应该看到，之后的恐怖主义活动几乎将此视为了一种"圣战"，并竞相效仿。由此可见，当暴力革命被笼罩在一层光辉之中的时候，当其具有内在价值的时候，恐怖主义便悄然诞生了。也是在这一点上，阿特伍德实际上通过马思东的革命恐怖主义提出了这样的质疑，即暴力在什么语境之下具有合法性和正当性？在其内在价值失效的时候又有何种方案可以代替？它与语言之间又是否有通约之处？

反观之，如果不是因为无法逾越合理语言系统中的鸿沟，让受殖者与殖民者在一个语言系统内进行沟通，这些受殖者又何必诉诸暴力呢？暴力无法实行的话，强权话语也同样就被阻滞了。也许，阿特伍德真正想启示我们的并不是在具有内在价值的暴力和工具性暴力之间做出区分，而是应该在暴力实践与终极价值性之间做出区分。暴力始终是一个工具，无论它的目的是自由和独立，还是政治权力。尽管它在政治实践上具有一定的有效性，但是却不是一个长治久安的普世伦理价值。本身就具有绝对合法性的只能是自由与独立，而暴力不过是实现这些目的的手段。这样一来，阿特伍德自然将希望寄托在了合理的语言范畴体系内。这一点则表现在明诺博士身上。

如果说马思东代表了革命恐怖主义者，那么明诺博士则是一个文化杂糅主义者。明诺博士的身份正如他所推崇的解殖进程一样具有杂糅性。他是一个混血儿，也是当地最为普遍的人种。这种杂糅的身份让明诺博士敏锐地洞察到在解殖过程中加勒比岛国所面对的一个悖谬，即历史文化的杂糅性。同霍米巴巴（Homik Bhabha）、斯图尔特·霍尔（Stuart Hall）一样，他所关心的问题既不像赛义德那样强调殖民话语内部的同一性和整体性，也不像法农那样关注殖民者/受殖者的二元对立。相反，他所采取的是一种折中态度，即一方面承认殖民历史，另一方面又必须摆脱殖民历史的影响。然而，不同于巴巴或霍尔的是，他犀利地洞察到，这种杂糅并非原发于本土，而是英帝国殖民的产物，因此他的杂糅又是悖谬性的杂糅。从雷妮的朋友保罗对明诺的评价"实用主义者……不过他不像大多数人那样实用"（239）来看，明诺博士实际上就是文化杂糅的悖谬本身。在明诺的解读下，加勒比海域岛国众多，19世纪的英国殖民当局为了便于统治，把不同岛屿"都放在了一个国家里"。因此，明诺博士认为"也正是从那个时候开始，我们就有了麻烦"（119）。在政治上，这个麻烦表现为制度的滥用。他表示："英国的议会体制在这里行不通，它只在英国行得通，因为他们有这样的传统。"（125）在文化上，这个麻烦则表现在整个国家对英国历史与文化的漠视上。当明诺博士想办个关于英法战争地图的展览时，文化部部长的回答是："文化又不能当饭吃。"（120）在社会问题上，这个麻烦又表现为百分之七十的失业率，而这其中大多数是二十岁以下的年轻人（124）。在经济上，它则表现为国内政治实力与国际资本主义的权钱交易。明诺谈道："现在英国人甩掉了我们，他们不用管理我们就能得到便宜的香蕉，我们的麻烦更大了。"（119）

事实上，明诺博士对本土境况的体察建立在对加勒比岛国族裔散居身份的独特性认识之上。族裔散居与难民、移民不同，它指的是在与血统国（country of origin）关系问题上尚未解决的一群人。他们希望保持双重身份，并同时保持血统国的文化、政治与宗教兴趣。[①]但是与那些定居在美国与英国的族裔散居者不同，由于圣文森特和格林纳丁斯群岛的受殖性特征，这些"圣文森特和格林纳丁斯人"被夹杂在受殖的母国人民、定居国人民和帝国人民三重身份之间，形成了非洲文化、欧洲文化和新世界文化的三位一体。

[①] Amanda Roth. "The Role of Diasporas in Conflict," *Journal of International Affairs*. Spring/Summer 2015, Vol. 68, No. 2, Spring/Summer 2015, p. 290.

恰如我国学者陶家俊所说，在加勒比，"英国文化同化、新的移民或黑人族裔散居认同构成了文化同化与差异化交错的动态过程"。①这样一来，对于圣文森特和格林纳丁斯群岛来说，他们在解殖过程中遇到的难题就不再是与疆域、身份相关的民族-国家性问题，而是历史的延续和经验的断裂问题。②因此，他们的文化身份也生成于怀旧与创新这二者之间。然而，从阿特伍德的视角来看，在一个权力配置型社会之中，这种悖谬性的杂糅却只能是个理论性问题，而不能付诸政治实践。小说中的保罗曾经嘲笑明诺博士这种人，认为他们过于天真，他一针见血地指出，世界上只有两种人："有权的和没权的。有时他们交换位置，如此而已。"（231）在他看来，权力问题就是一个二元对立的问题，并不存在一种"中介"或者"通约之处"，明诺用杂糅的文化心态从事政治必然导致政治主张的失败。从这一点来看，巴巴这样的杂糅主义者便受到了质疑。巴巴在其著作的前期阶段"设想各种'非直接'（intransitive）抵抗模式，来探询一种步出通过赛义德和法农确立的相互对立的主体性模式"。③然而，正像吉尔伯特（Bart Moore-Gilbert）所发现的那样，尽管巴巴提倡一种"仿真"（mimicry）方法，即认为受殖者运用脱离殖民者意愿的方法来解释原文本是对原文本的破坏与讽刺，但是由于这种仿真抵抗是无意识的，在一个精心策划的权力网络中，它并不能形成一种深思熟虑的抵抗话语，因此也就失去了效用。这一点在圣安托万的大选之中就已见分晓，大选之后，明诺博士的票数胜过了和平之王与"埃利斯"，然而，就在得胜前夜，他被暗杀了。明诺之死影射了阿特伍德极力甄别的一个事实："政治就是谁对谁做了什么。"④解殖问题的悖谬就在于后殖民理论与后殖民政治实践的不可通约性。从福柯的权力知识那里我们可以看出，理论性的解殖往往只是帝国内部话语权力的再分配。⑤在真正涉及解殖的内核时，政治上的二元对立、经济上的配置不均才是刻不容缓的问题。

---

① 陶家俊：《思想认同的焦虑：旅行后殖民理论的对话与超越精神》，北京：中国社会科学出版社，2008年，第391~393页。

② 在这个问题上需要对族裔和民族/国族做出区别。按照沃勒斯坦的话来说，民族和国族是一个社会政治范畴，而族裔则是一个文化范畴。具体参见沃勒斯坦（Immanuel Wallerstein）：《族群身份的建构——种族主义、国族主义、族裔身份》，黄燕堃、刘键芝译，《解殖与民族主义》，徐宝强编，2004年，第111页。

③ 巴特·穆尔-吉尔伯特：《后殖民理论——语境、实践、政治》，南京：南京大学出版社，2007年，第118页。

④ Margaret Atwood. *Waltzing Again. New and Selected Conversation with Margaret Atwood*. Earl G. Ingersoll（eds）. p. 87.

⑤ 包括法农的暴力理论，其有效性实际上发生在话语内部，其意义是从内部构成了对帝国的威胁。

20世纪80年代后,追赶后现代浪潮的后殖民话语将矛头对准了帝国主义霸权,形成了从理论到批评的跨度,而其提出的各种解决方式大多数都是针对清算历史问题的。阿特伍德对此有着深刻的洞见,她通过小说展现了这样一个被我们忽视的问题:当我们忙于与过去清算的时候,到底是谁掌握了我们的今天?在她看来,当人们急欲与帝国清算的时候,只是看到了新旧关系的矛盾,却忽视了以美国为主的新殖民主义与由此滋生的反殖民话语的影响。

早在她的第一部小说《浮现》中,阿特伍德就暗示了美国目前在国际上的影响。在《肉体伤害》中,她同样揭露了加勒比这个所谓的"异国他乡"在这个问题上与加拿大的相似性。像琳达·哈切恩这样的加拿大学者曾经指出加拿大处于这样一种窘境之中,即它并非传统意义上的后殖民国家,因为它的主要居民和经济状况都与传统意义上的后殖民国家大不相同,然而,它又不属于殖民国家,因为它已经脱离了英国宗主国获得了独立。① 加拿大在圣安托万的角色也一如阿特伍德所描述的那样:天真幼稚。作为一个加拿大人,雷妮亦是如此。因为加拿大在殖民问题上的特殊性,她将圣安托万视为一个疗养身心的"异国他乡",直到卷入了圣安托万的政治斗争后,她才发现"她之所在和她之所想有天壤之别"(185),"这里和那边不再有什么不同"(283)。可以看出,在政治权力方面,具有不同殖民性质的国家和民族可以在一个问题上达成一致,那就是以美国为首的新殖民主义正在控制着第三世界的政治实践。司法部部长的强权政治是建立在美国的经济利益基础之上的。他之所以能获得美国官方的支持是因为美国与其的权钱交易。他甚至暗地里勾结马思东,因为在他看来:"没有什么比革命更能让美国人舍得花钱。"(269) 马思东在美国参过军,按照雷妮的好友洛拉的说法:"他从美国回来后就当自己是上帝送给我们的礼物。"(221) 而关于其真实身份,保罗则曾经猜测他是"新来的特工"(251)。除此之外,美国也曾联合加拿大通过媒体、援助等手段向加勒比施加影响。据特奥托尼奥·多斯桑托斯(Dos Santos)在《帝国主义与依附》一书中的描述,20世纪60年代虽然是国际援助的鼎盛时期,但它服务的对象并不是受助国,而是"保持资本主义国际经济关系体制"。这是因为,"如果没有这种支援,资本流通和国际贸易将遭受巨大的损害"。其本质是"一种实行统治和政治控制的工具"。②

---

① Linda Hutcheon. *Splitting Images*:*Contemporary Canadian Ironies*:*Studies in Canadian Literature*. p. 74.

② 特奥托尼奥·多斯桑托斯:《帝国主义与依附》,白凤森译,北京:社会科学文献出版社,1999年2月版,第29页。

可以看出，独立了的加勒比实际上被一张由经济殖民织成的大网再次笼罩。成为英联邦的成员国后，圣文森特和格林纳丁斯群岛在经济制度上始终保持着与帝国的统一。随着大英帝国的日薄西山和美国的逐渐强大，这股影响加勒比的力量也发生了变化：20世纪60年代之前，拉丁美洲的大部分地方仍旧处在自主的民族主义阶段。20世纪60年代之后，随着美国垄断资本主义的渗透，拉丁美洲众国过渡到了以外资为动力的依附性发展阶段，并在经济上形成了对美国的依赖。尽管在全球化的逻辑中，处于"帝国—依附"这一环节里的每一环都获得了一定的资本利益，但由于其垄断性的实质，这种逻辑最终服务于一个中心，那就是帝国的资本积累。据此，一个新的问题浮出水面：当代解殖运动到底是民族内部意识的觉醒，还是新殖民主义发展自我的另一种需要？阿特伍德显然将矛头指向了后者。然而，随之而来的是对这种新殖民主义的定义。通常，新殖民主义指的是解放运动时期第一世界对第三世界进行的政治与经济上的双重剥削以及社会文化上的输出影响。那么，是否正是这种"政治—经济—文化模式"的新殖民主义最终影响了加勒比身份的构建呢？绝非如此。在阿特伍德看来，由新殖民话语带来的反抗话语也同样左右着圣文森特和格林纳丁斯群岛的发展。阿特伍德借明诺博士之口说明了这样一个问题："古巴人在格林纳达建了一座很大的飞机场……中央情报局也在这里，想把历史掐断在萌芽阶段……圣安托万的南边是圣阿加莎，圣阿加莎的南边是格林纳达，格林纳达的南边是盛产石油的委内瑞拉，美国的第三大石油进口国。我们的北边有古巴，我们是链条中的一个缺口，谁控制了我们，就可以控制输往美国的石油。"（126）正如洛拉所说："美国和古巴都想控制这里。"（206）换言之，所谓新殖民主义不仅仅是国际右翼势力，左翼意识形态也同样参与其中。二者都试图通过强权话语、政治实践以及文化输入控制解殖过渡时期的第三世界国家。小说中的卡斯特罗正是后者的代表。卡斯特罗的名字成了圣万托安人皆惧怕的名字。而他之所以恐怖就是因为其与国际共产党人的密切关系。卡斯特罗的名字也因此被马思东和司法部部长这两派势力用来攻击彼此以及他们的共同政敌——明诺。在选举进行的时候，报纸上刊登着如下内容："明诺博士似乎和卡斯特罗一样坏。"（128）明诺本人也深受这种气氛的影响，他曾经表态，参加竞选的目的是"不能让正义党朝卡斯特罗的方向发展"（237）。从群众对卡斯特罗与共产党的妖魔化描述中可以看出，阿特伍德不仅借此批判了那些深受美国影响的右翼保守力量，而且也揭露了彼时国际社会对共产党与共产主义的严重误解。从古巴革命可以看出，一股以彻底消灭资本主义为目的的浪潮席卷了加勒比地区,并从另一个方向对加勒比其他岛国施加压力。作为国际共产主义的追随者,古巴掌控了拉美地区的意识形态,对美国的政治经济制度造成了极大的威胁。值得注意的是,阿特伍德力图展现的不仅仅是这股抵抗话语对美国构成的威胁,更是它为提升自己的国际地位对其他小国施加的"权威",其批判的矛头俨然指向了一种"左翼霸权主义"。这种左翼霸权主义往往曲解马克思主义的人权内涵,在反对权威的同时建构自身的霸权地位,忽视人类命运的共同体本质,因而在政治本体上与右翼霸权主义并无二致。

综上所述,在阿特伍德看来,整个拉丁美洲的解殖过程始终都不是完全自主意识发展的结果,而是左右两派、国家内外政治经济力量博弈的后果。通过描述《肉体伤害》中的三个政治维度——暴力革命、文化杂糅与新殖民主义,阿特伍德不仅揭示了殖民理论话语与解殖实践之间的本质性悖论,更呈现了世界霸权体系在国际格局重塑时期的意识形态新用与策略更迭,即"为了使世界不再威胁西方民主制,人们必须让全球民主化,让每个国家内部民主化,也让各民族组成的社会民主化"[1]。阿特伍德巧妙地避开了理论话语的说教,而以文学呈现方式避免了理论话语"可能加倍地暴露给弗洛伊德话语所经营的那些危险"[2],诚实地再现了处于解殖过程中的人民的深度创伤,体现了文学语言的生命关怀。

鉴于第三世界在解殖过程中遇到的上述问题,阿特伍德深入创伤修通的各种方式之中,并最终锚定了见证。这首先是因为见证结合了眼睛与语言的双重力量,能够"打破创伤的无助与沉默"[3]。在创伤心理学中,"复述创伤"是见证创伤的一种常见方式。正如前文所述,创伤具有这样一种特性,即它并不是身体或者心理上的一次性灾难,而是回环萦绕在受害者心头的幽灵性存在。对于创伤的历史性这一特征,西方创伤心理学派一贯认为,唯有将不可言说的经历言说出来才能重新回到这个世界。虽然从权力—知识角度来看,这种治疗方式更像是巩固了一种话语权力结构,即认为"正常"就是能够用语言向某些人"复述创伤"。但是,从创伤的发生机制来看,它的病症之一就是语言功能的受阻。因此,走向

---

[1] 列奥·施特劳斯:《西方民主与文明危机》,刘小枫选编,李永晶等译,北京:华夏出版社,2018年,第8页。

[2] 佳亚特里·C. 斯皮瓦克:《从解构到全球化批判》,陈永国等编译,北京:北京大学出版社,2007年,第116页。

[3] Nancy R. Goodman. *The Power of Witnessing: Reflections, Reverberations, and Traces of the Holocaust*. Nang. R. Goodman and Marilgn B. Meyers (eds.). New York: Routledge, 2012, p. 11.

语言修通存在一个矛盾,即一方面,语言具有的象征文明世界的社会功能是修通创伤、重建社会与个体联系的必经之路,另一方面,创伤的世界又不是话语权力能触及的世界,而语言修通又必然存在着权力话语的重建。这一矛盾也从侧面促进阿特伍德将创伤修通基建于凝视功能的语言上,也就是见证上。

小说中的雷妮第一次见到明诺博士的时候,明诺就希望她做一个见证者。明诺要比和平之王、马思东等人更具洞见力。他认为虽然殖民者已经被推翻,但是他们的幽灵还笼罩在后殖民社会上空。三权分立的势态还在持续伤害着这个岛国。因此,当他看到来自异域的雷妮时,他带着雷妮四处参观,希望她记录下这里的一切,并在"那边发表"(125)。除了明诺,那些最为底层的受害者也同样希望如此。当小说中的哑巴乞丐惨遭殴打时,雷妮感觉到哑巴向她发出的求救信号:"希望她做点什么。"(283)受到政治压迫与威胁的加拿大女性洛拉也曾对雷妮说:"告诉别人我在这里……告诉别人这里发生的一切。"(275)

雷妮成了岛国底层人民的希望。虽然她对此表示难当重任,但是却在与洛拉相处的过程中慢慢感觉到自己的责任。从理论上说,创伤的见证者也并非谁都可以胜任。创伤的见证要求见证者同时具有社会身份与幸存者的身份。社会身份代表了责任与话语权,幸存者身份代表了创伤的生命体验。因为,见证虽然也是一种言说,它却不同于权力中心的言说。恰如费修珊(Shoshana Felman)和劳德瑞(Dori Laub)在《见证的危机》一文中所说的那样:"在见证中,语言经过不断地行进与审判,永远无法掌握决断的结论、无法达到透明了然的知识,它与权力言说的区别就在于'见证是一种迂回的实践过程……'其目的并非在于理论层面的真理探讨,而在于一种'言说行动'(speech act)。"[①]对圣万托安来说,雷妮是一位来自异域的记者。这种非本土性使得她具有了"迂回"的性质。雷妮发现,在本土报纸上,意识形态内容几乎占据了所有新闻的头版头条。新闻所载内容无非是对某某政客的攻击或者支持,鲜少有人从本土语境出发思考岛国最需要的政治治理是什么。维持与操控本土出版业的是既得利益的"第一世界":"加拿大资助圣安托万为捕龙虾的渔民开办潜水培训班","美国额外资助五十万美元作为飓风救援款"(129)。政治意识形态控制下的言说显然并不切合实际,更无法"见证"圣万托安正经历着的创伤。明诺之所以希望雷妮将此类情况作为见证文献拿到海峡对岸去发表,正是为了躲

---

① 费修珊、劳德瑞:《见证的危机》,台北:麦田出版社,1997年,第35页。

避意识形态的追击。但是,值得注意的是,这种行为也极容易成为意识形态的一部分。从小说内容来看,我们并没有办法判断明诺是否也怀有个人政治目的,也不知道雷妮是否只是他政治计划的一个部分。因此,这种迂回性的效果仍然值得商榷。针对这一问题,阿特伍德采取了另一种解决方式,即将雷妮设计为亲身经历创伤的受害者。雷妮深受乳腺癌的折磨。从手术中恢复后,她始终认为自己已经失去了女性的身份,更因为癌症的隐喻使得自己饱受心理伤害。因此,为了满足自身的精神需要,雷妮利用采风的机会来到了圣万托安。然而,雷妮在这里不但没有修复创伤,反而卷入了当地政治风波之中,她甚至和洛拉两人锒铛入狱,在狱中受尽折磨。这一经历使得雷妮从话语者身份转向了受害者身份。

之后,雷妮在与洛拉的狱中生活中逐渐认识到见证的重要性。洛拉开始与雷妮促膝长谈,并向雷妮倾诉了自己的创伤史。雷妮则与洛拉产生了共情,并借助共情走出了自身的创伤困境。为了使二人幸存下来,洛拉不惜出卖自己的肉身换取两人需要的生活用品。这一点更加触动了雷妮。在洛拉被狱警毒打之后,雷妮第一次握起了洛拉的手:"她双手握着洛拉的手,一动都不动,不过她知道她在使劲地拉住这只手,空气中有一个无形的洞,洛拉在另一边,她得把她拉回来,她使出全力,牙齿咬得咯咯响,她听到了,是呻吟,肯定是她自己的声音……如果她够努力,某些东西肯定会动起来,活过来,会重生。"(292)正如前文所述,洛拉有啃食手指的习惯,被啃的手正是嘴巴社会功能失调的一个症候表现。因此,当雷妮主动握起那双被洛拉啃得"乱七八糟"的手时,雷妮恢复的是嘴巴失调后的社会功能。她开始意识到自己应该作为一个行动的见证者担起重任。在她意识到见证的重要性与责任之后,她仿佛听见奄奄一息的洛拉有了心跳,而洛拉从那个"不可言说"的世界回到了言语的世界:"洛拉……这个名字降落,进入那个躯体,有了,有动静。"(292)

如果说阿特伍德通过雷妮的认识与洛拉的"重生"暗示了见证修通创伤的可能性,那么问题是:当这种作为"言说行动"的见证在法律失效的境况下又怎么成为可能?换言之,当代权力话语结构之中潜藏着使语言行动面临着落入意识形态圈套的危机。因此,采取何种语言形式尤为重要。鉴于此,阿特伍德诉诸见证的文学性效果。这在小说中通过雷妮的成长经历与道德伦理表现了出来。雷妮在大学时代就是一个安于本分的学生。她那个时候就把"诚实"视为"自己的原则"(55)。毕业后,她从事编辑出版行业,编辑们曾经暗示她从事这一行想写什么就写什么,没有法律与道德可言。然而,雷妮却拒不同流合污。在一些编辑争先恐后地追赶时髦话题而一再触及道德底线的时候，雷妮还是遵守着自己的职业操守。她称之为"职业的责任心"（56）。

事实上，从卡鲁斯到茹斯再到哈切恩都曾认为修通的方式之一就是书写作为见证的文学历史（literary as testimonio），并让其上升为一种伦理的政治计划。[1]之所以用文学语言作为见证的文献，是因为在最惨痛的创伤之中，一切概念性的描述都相形见绌，一切理论性的话语都毫无力度。理论话语和呈堂供词不过是理性世界抽象了所有人性因素的思维范式。正如前文所述，对受害者来说，理性的言说是不可能的。这一点是由创伤的个人情感体验所决定的。因此，文学性的语言是直接针对个体创伤的情感语言。文学的语言，尤其是"隐喻"性的文学语言并非直面创伤之核，而是"迂回接近"，因此可以说是"唯一接近创伤世界的途径"[2]。然而，值得注意的是，又恰如阿多诺振聋发聩的言论：大屠杀之后没有诗，创伤的核心在于一切审美感性语言的如鲠在喉。从柏拉图以来至古典主义的美学对文学艺术的期待与认识围绕其文学的审美感性展开，而创伤却将这种建立在感性经验基础上的理性话语彻底切断。这背后显示的不仅仅是创伤本身的不可言说性，更显示了现代性在全面展开后所面临的虚无主义危机。

鉴于这种"言说悖谬"，阿特伍德召唤一种责任与道德实践范畴内的文学，即报道文学。报道文学与传统文学并不一样。恰如茹斯与库克等人所认为的那样，通过创伤理论的书写来修通创伤并非易事，因为在创伤的核心之处，"知识和现象已经被延迟了"[3]，它可以被记录，却很难被"阐明"。然而，通过创伤传统文学的书写来修通创伤也并非易事，这是因为创伤"与象征、意义及融合过程毫无联系……是一种不可声明的、模糊的、过程性的回忆"[4]。创伤虽然能够经由文学呈现，但却很难依靠传统文学形式来获得修通。因为修通所需要的不仅仅是创伤的情感呈现，更需要一种策略与实践行为。另外，创伤记忆就其文学性来讲，不仅不会与理性意识产生联系，而且还与理性意识之间有着很深的沟壑。因此，要修通创伤需要对"无意识创伤"进行"有意识"的超越。在阿特伍德看来，报道文学与普通审美感性文学并不一样，它的纪实性使其具有一种解构普通

---

[1] Linda Hucheon. "Postcolonial Witnessing-and Beyond: Rethinking Literary History Today," *Neohelicon* 30（2003）1, pp. 13-30.

[2] Nancy R. Goodman. *The Power of Witnessing: Reflections, Reverberations, and Traces of the Holocaust*. p. 7.

[3] Ruth Leys. *Trauma: A Genealogy*. Chicago: University of Chicago Press, 2000, p. 231.

[4] Ruth Leys. *Trauma: A Genealogy*. p. 239.

文学的意义,可以长驱直入霸权的中心,是一种不诉诸泪水的哲学关照。这反映在小说中则是雷妮在直面自身创伤与他者创伤之后决定将眼睛所见所视付诸文字。她决定做一个记者,一个见证者,她要挑好时间,然后作报道。(294)虽然鉴于创伤的绝对个体性,雷妮并不能代表所有"不可言说"的创伤主体,但是她的生命经验和记者身份却赋予她作为一个"见证者"的基本素质。她也由此诉诸见证,并开始传达由个体创伤集合而成的普遍创伤,并试图从社会政治的实践角度予以修通。可见,见证的修通意义不只在于心理学的个体性,更在于社会责任与法律制度的集体性与伦理性。尽管从创伤的不可言说性层面来看,必须承认"在语言与经历中存在着不可弥补的缝隙"①,但通过见证的视野,亦必须认识到:见证的目的"不在于界定真理的稳定,而是暴露我们的无知"。②

第四节 乳房的创伤与医学话语

把患病的身体作为隐喻并不是现代文学的特征。然而,把疾病与现代性问题联系起来的隐喻则只能是现代文学的特征。前者通常是宗教性质的,关乎的是人忤逆神之后的肉体惩罚,而后者则是世俗性质的,关乎的是人在作为主体之后的自身的异化。前者的身体创伤是多方面的,亦是随机的,而后者则是梯度性的,有秩序的。这是因为,随着现代知识权力制度日渐理性化、精准化,作为知识对象的疾病在人体上的表现也被制度化、秩序化。文学作品中的疾病叙事也因此显示出一种与医学学科并行不悖的特质。换句话说,正是在现代医学的学科分化之中,知识谱系将人体器官与疾病的隐喻联系在一起,构成了一张以理性总体性为基础的文学权力图谱。

从疾病与身体的隐喻关系层面上来看,如果说前两部分以嘴巴与眼睛这两种具有主动性的器官为载体,那这一部分则将深入被动性器官——乳房之中,目的在于寻找处于话语系统之外的"绝对他者",审视真正的"创伤之核"。嘴巴直接参与社会交往,是话语谱系的中心部分,而眼睛则是间接参与社会交往,是话语谱系的边缘。相较于这两者的话语共性,乳房是话语权力谱系之外的"绝对他者",它不参与构建社会与主体,而是主

---

① Kali Tal. *Worlds of Hurts: Reading the Literature of Trauma*. London: Cambridge University Press, 1996, p. 2.

② 刘裘蒂:没有一具尸体的现代启示录——一段与真理摩擦的历史,《见证的危机》,台北:麦田出版社,1997年,导言11页。

体构建同一性身份时的"异质物"。本部分从阿特伍德"癌症叙事丛"与性别政治的历史关系切入，通过分析乳腺癌的话语生成机制揭示阿特伍德如何一方面借助"癌症隐喻"，呈现医学知识话语对女性的"微观"规训，另一方面通过"自我指涉"对"癌症隐喻"的文化现象进行批判，剥离附着于疾病之上的意识形态。这两个方面构成了一种"双向性"，既是阿特伍德创伤叙事的审美呈现，也是其政治批判的文学策略。

一、癌症叙事中的性别政治与实证医学话语

正如苏珊·桑塔格女士的发现，从 18 世纪末至 19 世纪初，文学叙事就开始描述一些当代病症。彼时正巧是结核病肆虐的时期，因此肺与肺结核成为文学关注的对象。《茶花女》中的维欧莱特因结核病而死。《董贝父子》中的小保罗，《汤姆叔叔的小屋》中的小爱娃都是这种疾病的感染者。除了文学本身，彼时的作家们自身也被这种疾病所扰。拜伦、济慈、尼采、卡夫卡、劳伦斯都曾是受这种疾病之苦的人。内部的病痛经验与外部的社会情感使得这种疾病对其本质产生了僭越。肺结核脱离了临床医学的学科范畴，游弋在各个知识话语之间。它时而披上文化的外衣，时而戴上阶级的帽子，或者被视为能够激起人的幻想和激情，或者被认为代表了贵族的阶级疾病。

当肺结核在临床医学上获得了突破之后，这种疾病逐渐销声匿迹，而它的文学话语也日渐偃旗息鼓。20 世纪，癌症取代了肺结核。如果说由肺结核带来的政治隐喻效果只是阶级上的，那么可以说，癌症的政治效果则更加广泛。60 年代的俄罗斯作家索尔仁尼琴出版了《癌症楼》。小说揭示了当代医疗机构对癌症患者的规训机制。在这个整体规训机制下，无论是昔日的战士、狡猾的高官、贫苦的学生，还是政府的杀人工具、坚定的共产主义者都无时无刻不受到隐瞒与监视。他们或不知道自己将死，或错误地认为自己已经好转。癌症成为社会规训制度的隐喻，也象征着那些被边缘化的人们。70 年代，埃里奇·西格尔著名的《爱情故事》顶着激进主义与保守主义的激流出版。小说中的男女主人公分别代表了社会上此起彼伏的左翼与右翼思想。两人在社会的水火不容中结合，却又因女主人公患了血癌而告终。这种血癌同时也被视为一种夺取年轻人生命的"浪漫病"[1]，其隐喻性似乎直指彼时的左翼激进派。

然而，值得注意的是，现代文学中的疾病隐喻也并不全然是权力谱系

---

[1] Susan Songtag. *Illness as Metaphor*. New York: Farrar, Straus and Giroux, 1978, p. 18.

的反映，其批判视野与反思洞察力使得疾病与权力制度的关系被揭示出来，同时亦使得疾病的隐喻性显示出一种双重特质：一方面，疾病是现代社会的文学隐喻，其背后呈现的是现代文学对现代性"总体筹划"的批判；另一方面，疾病的文化隐喻性又被文本以"自我消解"的方式揭露出来，其作用是剥离植根于文化结构中的疾病意识形态。作为批判现代性的作家，玛格丽特·阿特伍德的创伤叙事亦具有这种双重力量。她一方面深入疾病隐喻的社会结构之中，以文学特殊的修辞策略指涉现代社会压抑体系借助医学对女性施加的微观式规训；另一方面又借助主人公对由疾病隐喻构成的社会压抑体系的意识来批判疾病隐喻的危害。

  整体来看，在阿特伍德的长篇小说中，有三部小说均对癌症有所刻画。20世纪80年代《肉体伤害》的主人公雷妮曾深受乳腺癌折磨，90年代《强盗新娘》中的赞妮雅也以子宫类的癌症来招摇撞骗，2000年《盲刺客》中的阿黛利亚死于不知名的妇科癌症。三人又具有同一种身份——女性。这些特质构成了一个有关癌症的"疾病叙事丛"，以叙事内部的时间顺序呈现了癌症作为一种性别政治话语的历史所指。也正是因为阿特伍德的"癌症书写"展现出癌症这一疾病有别于肺结核的性别政治效果，可以说，她比桑塔格更进一步地揭示了癌症在当代社会的政治隐喻性。需要进一步注意的是，与桑塔格、福柯等理论家、文化批评者不一样的是，阿特伍德将其洞见与思想植入虚构小说之中，而非直接加入理论的论战之中。这就展现出一种非比寻常的批评文学特征。这种文学作品并非对现代意识形态的纯粹反映，却也并不似批判现实主义文学是对意识形态的反抗，而是内含一种理论逻辑，以一种文学身姿参与到对历史思想的总体建构之中。①进一步来说，癌症在阿特伍德的笔下既成为一种需要被剥去隐喻色彩的疾病，又是一种认识世界的方式和态度。对于癌症隐喻的"无意识"运用展现出作家本人的意识形态局限，而对癌症话语的"有意识"祛魅，又展现出其对疾病文化隐喻的辨析。

  在小说《盲刺客》中，阿特伍德将癌症书写的对象锚定为女主人公的祖母。女主人公是一位家道中落后嫁给当地暴发户的贵族千金。她的祖母阿黛利亚曾经操持着家族产业，经营着阿维龙庄园，创造了家族辉煌，但是1913年，她死于癌症，随后庄园产业也逐渐衰落。据主人公回忆，那

---

  ① 20世纪后半叶，很多文学家同时也是批评家、思想家。他们不仅仅从"文学性"角度出发，更致力于用文学来展现"理论性"。他们的作品中往往包含了对如何建构世界和解读世界的"元视角"。

个时候的这种疾病还没有正式名字，很有可能是某种"妇科病变"。[1]虽然这种妇科癌症在彼时并没有过于厚重的性别政治色彩，但是它与女性的关系却是通过癌症这类疾病施加在女性肉体上的痛苦来表现的。据女主人公回忆，阿黛利亚是一个坚强的女性。她出身高贵，是彼时没落贵族的代表。但是，19世纪末，资产阶级作为一个新兴的阶级逐渐取代了贵族的地位。这些贵族逐渐淡出社会阶级的视线。而在他们之中，也有不少家族委曲求全，将女儿嫁给彼时的资本家。阿黛利亚就是其中的一个"牺牲品"。阿黛利亚身边的仆人都认为她是一个"温柔如丝，遇事冷静，但意志坚定"的女人，"她注重文化修养，而且在道德上具有一定的权威"。（58）不难看出，阿特伍德借这位女性不仅隐喻了19世纪末期走向衰亡的贵族阶级价值观，更揭示了没落贵族女性对这种价值观的保守态度。阿黛利亚保留了贵族阶级的很多作风和习惯。她穿着考究，总是保持着19世纪的衣着风格。她喜欢读王尔德的诗，梦想"组织一个沙龙，把艺术家、诗人、作曲家、科学家、思想家这些人都聚集起来"（61）。她对女性的要求也是符合了19世纪贵族阶级的作风，例如时刻保持漂亮的妆容，在公共场合小口地吃饭。（60）甚至是在自己病重的时候，她都将自己打扮得漂漂亮亮，"穿着淡色的衣裙，戴着有面纱的大帽子……姿势优美，腰挺得比大多数男人都要直"（64）。阿黛利亚对于这种形象的维持本无特殊之处，但若将此与桑塔格的一项历史文化研究联系在一起，便显示出了其微妙之所在。

正如桑塔格观察到的那样，19世纪，当肺结核肆虐的时候，它往往被人视为是一种"经过修饰的、优雅的病"，而那个时候的癌症则被认为是"卑鄙的"。[2]相比肺结核能够用来隐喻贵族的精神面貌和作风，癌症就只能被用来象征与这些精神风貌相反的一些东西。它一方面是医学学科领域中的一种难以攻克的疾病，另一方面也开始被视为一种缺乏性欲、没有道德感、深沉负面的文化疾病。这二者甚至煞有其事地成为一种科学话语上的对偶，而不只是语言上的隐喻关系。至今都可以看到医学学科内的专业人士将癌症与现代性联系起来，将其视为一种"现代病"[3]，亦可以看到当代政治界人物将肆虐的恐怖主义活动称之为

---

[1] 玛格丽特·阿特伍德：《盲刺客》，韩忠华译，上海：上海译文出版社，2022年，第64页。后文出自同一著作的引文将随文标出该引文出处页码，不再另注。
[2] Susan Songtag. *Illness as Metaphor*. p. 16.
[3] 悉达多·穆克吉：《众病之王：癌症传》，北京：中信出版社，2013年，第43页。

癌瘤。①这二者之间勾连起一整套以主体认识为核心的话语谱系，正是从这一层面出发来看，阿黛利亚的妇科癌症更具隐喻效果。癌症既然象征着衰败，那么它也自然与落寞的贵族联系在了一起。然而，如果说处于肺结核时代的作家对肺结核的美化是一种心理上的无意识，或者说是一种文化上的"绝望抵抗"，那么阿特伍德则是用"有意识"的目光回看了衰败的癌症与老一辈女性主义的政治联系。换言之，阿特伍德不仅巧妙地将癌症的衰败隐喻放回了男权制度的大厦内部，同时用身体呈现了对妇科癌症丑陋隐喻的抵抗。对于阿黛利亚来说，这位坚强的女性扭转了癌症附加在其身上的病痛，她努力使得自己看起来死得不像是因为癌症。这使得她的形象与彼时以纤弱为风的上层阶级女性形成了鲜明的对比，凸显了她作为老一辈女性主义者的形象。然而，阿特伍德并没有将对女性的本质定义停留在一个时代。在她的历史视角观照下，女性是一个流动着的形象。这体现在阿黛利亚与其孙辈的对比上。阿黛利亚的孙辈认为阿黛利亚将自己塑造出来的形象强加于其他女性身上无疑也是某种"封建残余"作风，因而拒绝成为阿黛利亚"要求的那种人"（62）。女性形象的改变也使得癌症这个处于话语谱系内部的疾病的隐喻发生了改变。这便从侧面说明女性自身的觉醒并不是一成不变，而是随着历史变化而变化。早期"女性主义者"与后期"女性主义者"、早期女性独立与后期女性独立在概念与意义上均存在着差异。关于"女性本质"的讨论只是形而上学内部的先验假设，它与女性的具体历史境遇仍有一段距离。

如果说《盲刺客》由于内部的时代背景限制，并没有说明阿黛利亚所患癌症的种类，那么《强盗新娘》《肉体伤害》也因叙事历史背景而有了具体类型。这些癌症虽然指涉的都是权力话语制度，但是却又有各自的针对性。《强盗新娘》中，三位女主人公均具有一种被桑塔格批判过的文化隐喻视野。她们身处性别意识形态激战尤酣的70年代，所识识的友人赞妮雅以"穿越者"②身份一方面展现出少数族裔女性对现有男权制度的反击，另一方面又借助男权制度构建的"女性气质"来获取个体存在权力。

---

① Barry R. Meisenberg & Samuel Meisenberg W. "The Political Use of the Cancer Metaphor: Negative Consequences for the Public and the Cancer," *Community Journal of Cancer Education*, 2015（30），pp. 398-399.

② Hilde Staels. "Parodic Border Crossing in the Robber Bride," *Margaret Atwood, the Robber Bride, the Blind Assassin, Oryx and Crake*. Brooks Bouson（ed.）. New York: Continuum, 2010, p. 44.

这种"在现有结构中获取权力"[①]的方式与白人女性主义者的道德观念大相径庭。当赞妮雅告诉她们自己患了癌症后,她们竟深信不疑。而这其中的原因并不是她们看到了诊断书或者某种更加客观的证明,而是在主观意识中把癌症视为一种邪恶的体质,一种道德的衰败。主人公查丽丝就确信:"那种苍白,那种病弱的颤动,不会有错,是灵魂的不平衡。"(247)在她看来,赞妮雅"充满疾病和腐烂"(490),因而,赞妮娅也一定如其所言,遭受着癌症的折磨。如果说18~19世纪那些善于运用肺结核隐喻的作家们至少意识到肺结核与所喻的事物并不具有客观一致性,那么可以说查丽丝并不是把疾病当作隐喻来使用,而是索性把赞妮雅的民族、癌症,以及道德三者之间进行了等位替换,其中昭示的是种族女性主义者根深蒂固的中心意识与本质主义。

相较癌症在《盲刺客》中的含混不清与在《强盗新娘》中的若有似无,《肉体伤害》中的癌症非常明确——乳腺癌。这本小说的历史背景是北美女性主义此起彼伏的20世纪80年代。正如娜奥米·伍尔夫的研究所示,步入80年代的北美被一股"女性色情文化"(pornography)所包围,女性的美与女性的性感联系起来,乳房与乳头都是美丽女性的象征。[②]乳房对女性来说不仅仅是一个性器官,更是一个"展示自己身份的器官"[③]。这也正与豪威尔斯对《肉体伤害》的一则评论相映生辉:"这部作品通过一个经受乳腺癌与乳腺切除术的女性审视了女性气质的社会神话、医学上的乳房话语以及女性色情修辞。"[④]小说起始,雷妮对自己的乳房非常重视。她也曾配合自己的情人杰克模仿色情文化中的女性形象,比如穿上"快乐寡妇装,到臀部但不到腰部的红内裤,上面缀着亮晶晶的小金片,带铁圈的胸罩,把乳房勒得紧紧的,顶得鼓鼓的……"[⑤]。然而,在得知自己患了癌症后,她和杰克的性爱随即发生了障碍。她看着自己的身体首先想到的是"它的某些部分可能消失"(13);继而,在等待杰克洗澡的过

[①] Kuhn Cynthia. *Self-Fashioning in Margaret Atwood's Fiction: Dress, Culture, and Identity.* New York: Peter Lang Publishing, 2005, p. 69.

[②] Naomi Wolf. *The Beauty Myth: How Images of Beauty are Used Against Women.* New York: Anchor Books, 1991, p. 152.

[③] Shelly Cobb & Susan Starr. "Breast Cancer, Beauty Surgery and the Makeover Metaphor," *Social Semiotics* 22, 2012, p. 87.

[④] Coral Ann Howells. *Margaret Atwood (Second Edition).* New York: Palgrave, 2005, p. 80.

[⑤] 玛格丽特·阿特伍德:《肉体伤害》,刘玉红译,上海:上海译文出版社,2010年,第19页。后文出自同一著作的引文将随文标出该著名称首字和引文出处页码,不再另注。

程中，丧失了以往的期待，感觉"似乎是在牙医的诊所里，等着别人在自己身上做什么……"（13）；再而，雷妮就把自己失去的乳房视为性别身份的缺失，她甚至认为自己丧失了性爱功能。可以说，此处的乳腺癌不仅仅是一种身体疾病，它的器官特殊性让它与性别身份密切相连。乳房的疾病不仅指涉着社会身份问题，更指涉着生理身份问题。

从这三个疾病隐喻层面可以看出，随着历史的发展，性别政治的问题各有不同；而与具体女性结合起来后，不同病人的不同情况又是导致癌症的性别政治呈现差异化的原因。从这一面上来说，阿特伍德的疾病叙事在其批判性上，超越了桑塔格的文化哲学批判，呈现的不仅仅是癌症政治隐喻的普遍性与总体性，更是患病者的社会境遇与个体差异。

如果说三部小说构成的"癌症叙事丛"以"错层式"隐喻呈现了阿特伍德对性别政治的历史所指，那么可以说《肉体伤害》通过乳腺癌这一独立叙事呈现了女性器官、性别政治与知识话语谱系的密切关系。雷妮在切除乳腺之后，借新闻工作之名，前往加勒比海的一个岛国采风。在这段旅行之中，雷妮通过自我反思，完成了对癌症的认识论跨越，从现代微观权力制度中解放出来。也正是这种认识论的超越使得《肉体伤害》相较于《盲刺客》与《强盗新娘》更具有批判意识。

在患病之初，雷妮与《强盗新娘》中的女主人公们一样，都在认识癌症上采取了隐喻式思维，即用一种大众视野，将癌症视为一种"环境与生活方式（lifestyle）上的疾病"[1]。雷妮无法接受她患病的事实，因为她觉得自己"每星期游两次泳，不让身体贮藏垃圾食品和烟雾，允许它得到适量的性放松。既然她相信它，那么它为什么还要和她对着干呢？"（73）当雷妮无法从生活方式等外在因素找到原因时，她发现周围的人开始用内在的原因来解释癌症，"癌症是人们在前厅里讨论的话题，但它和腿断或心脏病，甚至和死亡不是一类的，它就像丑闻，与众不同，令人厌恶，是你自找的"（73），她的母亲也认为患病是"雷妮的错"（73）。如果说《强盗新娘》中的女主人公们将内在道德与疾病等同起来，那么可以说雷妮则将癌症与死亡等同起来，前者是一种隐喻性的，后者则是一种认知性的。她在得知自己患癌后的第一反应是"人之将死"。在她做了手术，并从乳腺癌中恢复之后，她仍然"认为自己离死不远"（33）。甚至是在她与朋友在一起的时候，她都觉得自己有必要告诉朋友："她要死了"（153）。这一

---

[1] Nicholas G. "Metaphors and Malignancy: Making Sense of Cancer," *Current Oncology* 20, 2013, p.e608.

点同样发生在雷妮的男友杰克身上："他害怕她，她带着死亡之吻，那标记清晰可见。死亡已经寄生在她身上，她是载体，它会传染。"（190）癌症对雷妮与杰克来说不是一种疾病，而是"死亡"本身。比起将癌症与道德或者政治勾连起来，今天的癌症是在知识层面与死亡勾连在一起的。换言之，虽然并不能否认有为数不少的患者会在患病后离世，但是问题的关键却并不仅仅是死亡本身，而是对这一疾病的认知。举例来说，美国一项国民调查显示，2010 年以来，在所有致死疾病中，心脏病名列第一。[1]但是，心脏病似乎很少被用来指涉一些与其自身不相关的事物。可见，在一种由"目视"与观察决定一切知识的社会认识体系中，雷妮将癌症与死亡等同起来是因为她对癌症产生了错误的认知。这种错误的认知反过来影响了癌症在社会大众中的隐喻性，从侧面催生了癌症更为丰富与神秘的隐喻。这便将矛头从癌症作为一种自然疾病本身的难以攻克转向了作为一种话语的生成机制，即知识话语谱系。

让我们先从癌症的疾病史看起。癌症（cancer）这个词起源于一个古老的拉丁文——"蟹"（cancrum），用来形容癌细胞在扩散时，像蟹一样"横行霸道"，侵袭周围健康的组织。最早关于这种疾病的记载可以追溯至公元前 3500～1500 年左右。古埃及的名医印和阗（Imhotep 2667 BC～2648 BC）曾在莎草纸上描述过："乳房上鼓起的肿块，又硬又凉，且密实如河曼果，潜伏在皮肤下并蔓延。"[2]从现代医学视角来看，那便是乳腺癌。据存放于德国莱比锡大学的一本古埃及医学手稿《爱柏氏纸草纪事》（*Ebers Papyrus*）（公元前 1500 年）记载：金字塔时代（即石器时代）的人们将此疾病称为"血管上的突起物"。[3]而艾德温·史密斯手术纸草则更为详细地记录了八例乳腺癌病例。[4]

当代医学通过与考古学的结合发现，从古埃及开始，癌症就不是一种稀有的疾病。[5]值得注意的是，与之相对应的相关研究却并没有比其他同一时期的疾病更多，甚至一度沉寂下来。直到公元前 450 年左右，癌症才

---

[1] Melonie Heron. "Deaths: Leading Causes for 2012," *National Vital Statistics Reports*, 64 (2015) p. 1-94.

[2] 悉达多·穆克吉:《众病之王：癌症传》，李虎译，北京：中信出版社，2013 年，第 46 页。

[3] Kiven Erique Lukong. "Understanding Breast Cancer-The Long and Winding Road," *BBA Clinical*, 7 (2017), p. 66.

[4] Akram M, Siddiqui SA. "Breast cancer management: Past, Present and Evolving," *Indian Journal of Cancer*, 49 (2012), p. 277.

[5] Eugen Strouhal. "Tumors in the remains of Ancient Egyptians," *American Journal of Physical Anthropology*, 1976 (45), pp. 613-620.

被名医希波克拉底（Hippocrates）再次置于研究范畴之下。他将癌症分为两类，一种是无危害的肿瘤（karkinoma），一种是恶性肿瘤（karkinos）。[1]至此，癌症这个疾病随着医学研究再次回到了人们的视野。在希波克拉底之后，癌症研究再度沉寂，偶见 2 世纪的盖伦（Claudius Galenus 129~210AD）在希波克拉底的分类基础之上，进一步对癌症进行了细致的分类。[2]盖伦之后，癌症又再次"神秘地"从科学视界中消失。反复几次之后，癌症突然间在文艺复兴之后以迅雷不及掩耳之势回归，并一直以显性姿态持续至今。尽管普遍来看，癌症历史断代的形成或多或少与癌症的难以攻克有关，[3]但是，如果将其置于历史背景之下就可以发现，癌症并不是作为一种身体经验而出现的，而是一种话语。这种话语的产生首先与现代医学的学科诞生密切相关。

现代医学起源于 16 世纪的解剖学。对真理的求知精神催促着瓦尔萨尔瓦与莫尔加尼冒着被教会处以极刑的风险掘开了坟墓。在他们切开尸体的那一刹那，一个整体医学的时代就结束了。映入眼帘的是各个组织，各个部分。人们发现，哪些组织是构成器官的要素，又是哪些器官因这些组织而被串联起来，构成了更为宏大的人体系统。但是，这种对器官组织的重视开始走向了极端精细。如何精细地测定身体之中的每一个器官是彼时医学家的侧重点。伽利略的朋友桑托里奥发明了一台专门用来测量脉搏频率的钟摆，弗里德希·伍尔夫开始研究人的生殖器官，范·荷尔蒙特主攻消化器官，就连笛卡儿也对肌肉纤维组织心醉神迷。在这些器官研究中，以哈维的发现最富影响力。之所以说他具有影响力，并不完全是从科学角度来说，而是说他将器官地理与帝国政治联系在一起。在《心血运动论》的开篇中，哈维提道："动物的心脏是动物生命的基础，是动物体内的国王。是动物体内小宇宙的太阳，体内和其他部分都依赖心脏而生长，所有的力量都来自心脏。同样，国王是其王国的基础，是其周围世界的太阳，是共和国的心脏，是一切力量和一切恩典涌畅的源泉。"[4]

哈维的比喻不仅开启了解剖学与政治学的通融，更开启了器官权力话语的大门。器官的意义也不再局限于其本学科内部，而与文化社会学发生

---

[1] Faguet B. Guy. *The War on Cancer: An Anatomy of Failure, A Blueprint for the Future.* Netherlans: Springer, 2005, p. 26.

[2] Faguet B. Guy. *The War on Cancer: An Anatomy of Failure, A Blueprint for the Future.* p. 27.

[3] Faguet B. Guy. *The War on Cancer: An Anatomy of Failure, A Blueprint for the Future.* P. 28.

[4] 威廉·哈维：《心血运动论》，田洺译，武汉：武汉出版社，1992 年，第 XV 页。

关系，融入了一种知识话语的建构之中。值得注意的是，这并不是说器官话语的根基就此深入到文化生活的方方面面。哈维的解释不过是种语言上的修辞方式，它充其量只能够说明在那个时期，语言的修辞术成为勾连科学与政治的普遍工具，比如器官的地理位置与英国地图总能在语言中找到与帝国政治的结合之处。按照福柯的说法，解剖学（尤其是病理解剖学）真正的意义在于它的学科内部。它通过对人体器官的空间性划分展露出了一个秩序的世界，①将人类对表面的关注视线转移至其深层结构之中，并最终确立了器官的功能性结构（organic structure based on the existence of functions）。②换句话说，对某些器官着重关注，认为它们是生命之源，对某些器官不予重视，认为它们在构成整体生命时没那么重要，某些器官具有特殊功能，某些器官则可有可无，这无形中把某种器官上的疾病与某种秩序话语联系在了一起。

在这种话语结构之中，乳腺作为一个器官产生了与其他器官不同的政治意味。如果说哈维的时代将心脏与国王画上等号是因为国家、君主的权力，那么18世纪后乳房与女性生殖力的对等则是基于一种性别权力。反观《肉体伤害》，癌症的性别政治正是发生在乳房这一器官的知识话语秩序之上。正如前文所述，20世纪80年代的器官美学从一种知识话语秩序中找到了审美契机。女性的某些器官是其美学的表达，而这些器官的优美与否直接与女性身份画上了等号。雷妮的情人杰克对女性的欣赏就在于此。他房间墙上挂着的海报是"一个棕色皮肤的女人穿着一样紧绷绷的东西，双臂在身侧不能动弹，露出胸脯、大腿和臀部"（96）。当他知道雷妮患了乳腺癌之后，"他的手几次拂过她的乳房，生病的左乳房，哭了起来"（13）。他所哀的似乎并不是情人，而是情人的乳房。

然而，毕竟对器官的解剖学秩序与器官的美学秩序的关注由来已久，且解剖学这一学科对于医学知识结构日渐深化的时代来说，影响力大不如前。随着科学与各学科的发展，到底哪个学科在总体医学的知识谱系中起到了主要规训作用呢？这一点在《肉体伤害》中是通过雷妮患病之后的治疗过程表现出来的。罹患乳腺癌的雷妮只有手术这么一个选择。手术过后，仍处于麻醉中的雷妮想到，在那个时代，常有"性与手术刀这样的伟大故事。这种故事经常以《手术室》为题目，护士丰胸隆乳……"（25）

---

① 米歇尔·福柯：《临床医学的诞生》，刘北成译，南京：译林出版社，2011年，第145页。
② Michel Foucault. The Orders of Things: An Archaeology of the Human Sciences, A Translation of Les Mots et les choses. New York: Random House, Inc, 1970, p. 227-228.

这不经意的叙述却暗示了如下一层关系，丰乳是女人性与活力的象征，而在此之上的则是医生的手术刀。一把锐利的柳叶刀可以割掉女性的性表现，也可以通过填充一些假体来增加这种性表现。如果说解剖学构建了器官的次序，突出了性器官的特殊性，那么可以说，另一种学科则掌握了改变这种特殊次序的力量。这就是外科学。

解剖学衍生出来的权力话语无疑在外科学兴起的时候达到了其最大的规训程度。在此之前，外科学一直次于内科学。外科医生的主要工作是拔牙、放血或者修补。这些鲜血淋淋的行为时常让他们被视为屠夫或者虐待狂。[1]在《肉体伤害》中，雷妮这样描述过外科医生：雷妮认为丹尼尔的谋生方式"的确是割下别人身上的器官，一旦他们要死了，就拍拍他们的肩膀"（186）。而雷妮的外公也是一位"受人尊敬"的外科医生，据他回忆，"那时的专业医生和雄猫一样拥有自己的地盘。他切开女人的肚子，把婴儿扯出来，然后缝上。他用普通的锯子为一个男人做截腿手术，那人狂躁不已，没人制得住，又没人有足够的威士忌，他便揍昏他"（47）。即便是外科医生也认为自己的职业或多或少与暴力有联系。然而，毕竟外科学与解剖学不一样，如果说解剖学的对象是死尸，那么外科学的对象则是活体。柳叶刀下是完全不同的两个世界。正如雷妮对医生丹尼尔洞见的那样，"他那双手具有双重功能"（186），一边是拯救生命，另一边则是与死亡接轨。解剖学上对待死尸的那种暴力破坏如今却被用在了活体之上。概言之，当人们从文艺复兴开始认为个体的生命获得了至高无上的地位时，这种被人文精神驱散至死亡领域的暴力规训悄悄地借助学科话语构建始终与我们并行不悖。

事实上，在这一从死到生的转变过程中，变化的不仅仅是暴力的形式，而且还是暴力实施的对象。据《医学史》记载，1810年，外科医生拉里（Dominigue Larrey）为法国女作家柏丽（Fanng Burney）实施了一次成功的乳腺癌手术。随后，更有了"经会阴正中切开取石术"。1872年，在病理解剖学的激励之下，巴蒂（Robert Batty）在女性身上普及了一种手术——"正常卵巢切除术"。据他的研究所述，切除正常卵巢可以缓解某些女性文化层面的疾病，比如慕男狂症状或者癔症。[2]纵观19世纪外科学的发展，可以发现，多数手术都是在女性的性器官上实施的，而这种切

---

[1] 罗伊·波特：《剑桥医学史》，张大庆等译，吉林：吉林人民出版社，2000年，第139页。
[2] 罗伊·波特：《剑桥医学史》，第147页。之所以将癔症之类与精神科相关的疾病归入社会文化疾病，是因为这种疾病的来源并非只是身体性的，而是人体精神与外在社会的冲突。

割又往往与女性的内在特质相关。这背后显示的是男权制度对女性的肉体规训从直观的暴力行为转移到微观的生命科学之上。

反观《肉体伤害》，当雷妮罹患乳腺癌后，医生丹尼尔试图对其进行的第一治疗方案就是手术。虽然从外科这个学科来看，乳腺癌的治疗方式是在 90 年代之后才得到改进的。过去的做法就是将乳腺切除，其后就是内科学的化疗与放疗，但是雷妮却道出了这种治疗方式背后的暴力科学。手术对于她来说就是"受损，切除"（187）。在她眼里，手术并不只是手术，它还被赋予了更多政治文化上的含义："她害怕有人，或者说任何人，把刀插到她身体里，把她的什么东西切掉，不管他们把那东西叫做什么。她不喜欢一次被埋葬一个器官，这太像他们经常看到的那些女人，她们的尸身被这一块那一块地丢到沟壑里，或装在绿色的蔬菜袋子里到处乱扔，死了但没受到性侵犯。"（15）显然，雷妮发现了医学权力话语的秘密：当器官解剖学被用来治疗疾病的时候，它便已经进入到以多学科融合为主的话语谱系建构的进程之中。对女性的侵犯也并不局限于法律领域的强奸，而是包括在所谓的科学之内。通过解剖学，女性的性器官被第一次以空间地理的划分形式远远地抛在所有器官的边缘。而通过外科学，对女性的暴力则悄悄地从犯罪的领域转移至医学。

再看癌症这种疾病的治疗史，可以发现，从来就没有一种温和的方式被用于治疗癌症。在 19 世纪肺结核肆虐的时期，在人们还没有针对结核杆菌做出单一且有效的治疗的时候，那种让身体与精神获得放松的治疗方式就是医学权威。而癌症的治疗方式却是破坏性的。最为普遍的就是外科切除。放射治疗则是 20 世纪 40 年代之后兴起的，但是即便如此，这种方式也是对细胞的无差别攻击。在这种暴力治疗方式之中，人往往会成为一个"绝望的人"。雷妮一想到"再次遭受医院无用的折磨、疼痛、难受的恶心、细胞的粒子辐射、皮肤消毒、头发脱落，她就无法忍受"（51）。可见，在癌症面前，无论是外科还是内科，无论是手术还是化疗、放疗，人的正常身体组织都要获得尽可能大的破坏与消除。需要厘清的是，这并不是说癌症或医学与暴力相关，而是说这种暴力拆解身体背后所呈现的性别、制度、知识、话语、科学等多维度问题。这些问题相互交织，纠缠在一起成为现代性中的最大危机。

在这种隐蔽的暴力治疗之后，回诊便接替了外科医生们，成为癌症治疗的最后一个阶段。通常，手术成功的病人需要定期进行体检，以确保癌症没有复发。而这无疑将这个病人永远地放置在"全景敞视"的制度之中。丹尼尔对雷妮说，"我们得盯着你，一直得这样"（51）。这种被医学制度密切监视的感觉始终徘徊在雷妮的记忆中,以至在圣万托安的这段旅行中,她仍然"无法摆脱被监视的感觉"(32)。从器官解剖,到外科手术,再到最后的回诊观察,癌症与实证医学知识完美地接驳在一起,对女性及其身体实施着生命的政治。

二、癌症叙事的性别政治与精神医学话语

如果说雷妮早期的癌症叙事是一种"自我陷入"式的,那么随着她自我反思意识的加强,这种叙事逐渐成为"自我指涉"式的,而其认识论模式也从"隐喻式"的逐渐转向"批判式"的。在这一转变过程中,另一种更为隐秘的知识话语——精神医学被揭露出来。这也同时显示出阿特伍德对现代知识权力"微观"特质的洞见与批判,及其剥离疾病意识形态的策略与意图。

文本之中,比较隐蔽的一点是,雷妮对癌症性别话语的意识恰恰起始于丹尼尔对疾病隐喻的自我指涉。雷妮在患病后曾一度认为"身体是险恶的孪生子,无论心灵犯下什么罪过,身体便进行报复",并认为自己患上的并不是作为客观疾病的癌症,而是"心灵的癌症"(74)。对于这种隐喻式的思维,丹尼尔从知识角度进行了分析。在与雷妮的谈话过程中,他指出了她混淆疾病客观性与主观性的思维错误,并告诉她"心灵与肉体不可分"(73),但是癌症"不是象征,是疾病"(74)。丹尼尔的告知颇带"自我指涉性",但有意思的是,他虽然在这一层面看似对癌症的意识形态进行了剥离,但实际上却是将这种"象征"偷梁换柱为另一种更为隐秘的话语维度,即与男性制度相关联的心理知识话语。至此,阿特伍德通过作为患者的雷妮与作为医生的丹尼尔的双重视角不仅暗示了当代癌症的一个认知困境——肉体疾病的精神化现象(这种精神化现象对癌症隐喻话语的扩散起到了至关重要的作用),更暗示了这种精神现象与男权制度的联系(这种制度化现象使得癌症的隐喻更多是指向女性的)。

从前者来看,肉体疾病的精神化现象事实上与医学学科的分化与深化不无关系。疾病,曾经一度被认为是一种生理过程。但是尽管如此,人们就从未割断过精神健康与身体健康的联系。17世纪就有笛卡儿于《论灵魂的激情》中指出爱、恨、恐惧、惊奇等知觉情感会对人体的机能造成何种影响。[1]18世纪也有威廉·布臣(William Buchan)试图从精神方面探析癌症的起因。这些便是最早的精神医学范畴内的身体疾患。19世纪发

---

[1] 笛卡儿:《论灵魂的激情》,贾江鸿译,北京:商务印书馆,2016年,第62~72页。

生了一些微妙的变化，恰如福柯所见，19世纪之前，让病人服药，这并不只是生理治疗，而是治疗病人的灵与肉。让抑郁症患者过劳动的生活，也不是一种心理干预，而是考虑到神经运动、体液浓度的问题。[1]19世纪之后，身体的医学与精神的医学在学科领域上也产生了分离。不仅肉体疾患是主体审视的对象，精神本身也成为主体审视的对象。精神医学学科独立建立起一套自己的诊断标准，其核心内容并不是病理的，而是社会的。正如精神医学认为"语言失调是精神病的主要症状"[2]，对精神疾病的诊断不再依赖于自然科学的研究方式或者身体疾患等客观物质的辅助，而是依靠患者的主观阐述和其行为表现（对行为表现来说，正常社会交往行为是参考标准）。从实际上来看，后者比前者更需要一个知识的话语谱系，而不是一个客观真理。因此，在这一层面上，话语谱系先于疾病本身，且并不以单纯的某个器官和组织为研究对象，而是一个作为整体的人在其社会环境中的理性表现。由此可见，当精神学科从医学中独立出去，以精神为研究对象时，这背后体现的是一种更为现代的知识谱系与社会梯度。换言之，当患病的肉体在解剖学与外科学中被作为目视对象的时候，器官与身体就已经被确立了次于精神与心灵的地位，而当患病的精神与心灵也被纳入知识谱系的目视之中后，是一个作为整体的人（非理性）被排除在主体性（理性）之外，而不只是抽象的肉体、器官抑或精神本身。

循着福柯对精神医学的理路来看，精神医学内部学科的分化与交叉使得知识谱系更为精细化与梯度化，而在这其中，又以心理学最为突出。1874年，德国的生理学家威廉·冯特（Wilhelm Wundt）发表了《生理心理学的原理》（*Principles of Physiological Psychology*），奠定了心理学的学科独立性基础。冯特认为笛卡儿的精神主义者们倾向于把身体和意识分开而谈。生理心理学就是要重新确立这些联系，既要从身体出发联系意识，也要反过来从意识出发观照身体。在这一理念与学科运动的基础之上，弗洛伊德也创立了非实验心理学，即精神分析学派，并将心理学的方向扩展至哲学、美学、社会科学方面。这也就是说，在生理心理学发展出其特有的话语体系之后，非实验心理学的分析话语就不仅仅只是用来研究身体疾患的辅助方式，而是以其学科的"内在科学性"反过来影响身体疾患的研究。对某一种器质性疾病的研究范围也就不仅仅是身体医学的、实

---

[1] 福柯：《疯癫与文明》，刘北成、杨远婴译. 北京：生活·读书·新知三联书店，2007年，第181页。
[2] 伊恩·帕克等：《解构疯癫》，魏瑄慧译，北京：北京师范大学出版社，2016年，第132页。

验的，而且还是精神医学的、分析的。由此带来的一个问题是，疾病本身也被从客观范畴转移至主观范畴。

事实上，在精神医学确立其学科之始，它的话语性不仅仅见于内在于这门学科的诊断模式，而且还在于它在与其他学科的关系中显现出来的话语性。福柯曾经撰文批判过这种精神医学。他指出，从19世纪开始，医生经常会说的一句话就是："作为医生我在司法上也是有管辖权的。"[①]精神医学的诞生是与司法制度结合在一起的。司法的对象范畴是罪与罚。刑法学对精神医学的渗透使得精神医学的研究对象也被囊括至罪孽、道德以及惩罚的体系之中。甚至可以说，19世纪的精神医学几乎一头扎进了刑罚与伦理的领域。例如，在审判罪犯的时候通常还要附上精神科医生的诊断书。这种诊断书通常都会对病人的人格进行一番描绘，例如，犯人从小性格怪异，有暴力倾向，喜好奇异的玩意儿，曾经与自己的弟兄反目成仇等。这样一来，精神医学不仅用另一种"科学"语言弥补了刑法学上的"不科学性"，还填补了刑法学上的空白，从而形成一种影响力较大的学科话语。

从精神医学的内在话语模式和外在话语关系两个方面可以看出：一方面由于一种新生的"科学"语言，另一方面由于学科之间的综合统一，精神医学在逐渐形成自己的科学话语的同时反过来影响了整个知识谱系的构成方式。而这也是学科运动必然会产生的一个后果，即处于现代知识谱系中的科学本质不是恒定不变的，而是变动不居的，它不再只是一个自然过程，也是一个社会文化过程。自此，知识话语结构更为坚固，其内部的组织梯度更为精细。而这背后又讽刺地折射出现代性展开后，理性与非理性、主体与他者、器官与心理、精神与身体之间日渐加深的距离。

反观《肉体伤害》中，雷妮在患癌之前也曾与其他人一样认为将癌症视为一种与精神疾病相联系的肉体疾患。它是一种"性压抑"，或者说"愤怒无处发泄"（73）的疾病。患癌后，她也曾想过："她是不是也能熬过这些古怪的检查，杏仁核提取液，思考太阳和月亮，科罗拉多的咖啡灌肠剂……药瓶里的希望，有些人说他们能看见自己的手指传出震波，那是神圣的红光，让他们把手放到你身上……"（51），而她的医生丹尼尔也同样在治疗上运用了精神医学。他推荐雷妮去看"让人高兴的电影"，让她在情绪上更积极一些（74），也曾试图向雷妮灌输"她是正常的"（75）这种精神理念，给雷妮创造一个虚拟的健康世界，来抚慰雷妮的情绪问

---

① 福柯：《不正常的人》，钱翰译，上海：上海人民出版社，2010年，第30页。

题。他要么告诉雷妮她正在"好转",要么安慰雷妮"你还没死,你比很多人更像活着"(51)。丹尼尔在解释癌症这一问题时更是用了"态度"这一模糊的概念。他告诉雷妮,态度很重要,而他的理由就是:"态度是神秘的","我们不知道这是为什么,但它有用,或者似乎如此"(73)。态度似乎成了左右癌症的关键因素,因为既然有一种科学话语——"积极的态度可以阻止失控的细胞分裂,进而产生奇迹"(157)来支撑,又为何考虑它是否真的是疾病的真实表达呢? 在丹尼尔的逻辑下,当雷妮问及"如果复发,那是我的错?"时,他反而告诉雷妮,癌症"不是象征,是疾病"(74)。但当雷妮进一步追寻的时候,他又转向了象征的科学话语。丹尼尔的解释无疑暗示了存在于精神医学中的模糊性,也同时暗示了这种模糊性反过来对话语谱系建构的影响。丹尼尔将科学与不科学、身体与精神的混杂都集中在他一人的解释权之上,这也进一步说明了丹尼尔凭借自身主体架构出的科学图谱是一张与权力话语知识相关的图谱。而其对雷妮所实施的权力规训正是生成于一种知识谱系的张力之中:一方面他否定疾病的象征关系,并试图剥离附着于疾病上的意识形态,另一方面又从精神医学中汲取力量,用一种本质上就带有象征特质的话语实现了其自我权力的转换与凝固。但是,不得不说,丹尼尔的"知识狡计"或多或少揭示了当下社会对于癌症的定义并不是固定于身体医学的领域,各种精神层面的解释方式也掺杂其中。换言之,癌症自此不仅仅是身体领域的疾病,而是成为超越了身体的意识形态。

如果说丹尼尔通过医学对雷妮实施精神统治,这一点使其自身获得了一种心理上的满足,达成了其对雷妮规训的目的,那么可以说雷妮自身的意识则使得她认识到丹尼尔的"知识狡计",从而成为其逃离知识话语体系的修通之道。雷妮发现丹尼尔并不只与她一个人有暧昧关系,几乎所有的女患者都与他有所暧昧。她后来回忆道:"他救了我们所有人的命,他挨个儿和我们共进午餐,他告诉我们所有人,他爱我们。他认为这是他的职责……他很享受这样,就像伊斯兰教徒妻妾成群。"(133)雷妮虽然也爱上了丹尼尔,但是却认识到其中的问题。她能够意识到丹尼尔的知识话语,同样也能意识到自己的心理问题之所在。小说这样描述了雷妮的内心:"我希望你拯救我的生命,雷妮心想,你已经做了一次,还可以再做一次。她希望他告诉她,她没事,她愿意相信他。"(134)但她同时亦颇具"自我指涉"地提道:自己之所以爱上丹尼尔是因为"在自己的生命获得拯救后第一个看到的就是他"(25)。这也是她用自身认识论反思知识话语的开始。弗洛伊德在《精神分析引论》中指出,在医生帮助病人抵消压抑与抗力、获得痊愈的过程中，发生了一种"奇特的行为"："病人把一种强烈的友爱感情转移到了医生身上。"①反过来，医生也会对病人产生一种好感。这种好感多出自医生对病人和治疗方式见效的情感。而病人的这种情感则是因为在爱上医生之前就已经形成了。②然而，诚如德勒兹对弗洛伊德精神分析的批判所示那样：弗洛伊德"用过度想象的相似物指代它们（马＝我的爹爹）或过度象征关系的类比（顶撞＝做爱）"。对德勒兹来说，这样的思维模式对当代临床医学的影响十分深远，因为这几乎就是"剥夺了真实表达的全部条件"③。雷妮对丹尼尔的爱的确证实了弗洛伊德的知识话语，即对自己的主治大夫产生了感情，但其对这一理论本身的体认却显示出她选择了德勒兹的理路，即认识到弗洛伊德精神分析的知识话语权力，并对此展开批判。这是她展开自我救赎的起始，也是她剥离附着在自身疾病之上的意识形态的第一步。也正如小说欲加讽刺的那样：雷妮希望得到某种肯定的东西、真正的事实（51），而丹尼尔能够给予的却是悬而未决、吊在虚空中的半死不活状态（52）。从某种程度上来说，事实并不总是随着科学的发展而趋于透明，相反，它也可能像量子力学中的"测不准原理"一样偏离事物本身。丹尼尔的科学实证对于雷妮来说只是并不具科学效应的安慰剂，而不是与真相和本质相背离的混淆不清。

随着雷妮对其情感的反思，她逐渐认识到，不仅仅是丹尼尔，甚至是杰克也在使用心理知识话语。雷妮曾经想象过如果自己拿杰克开玩笑会怎样："如果杰克看到自己出于玩笑而臆想出来的幻想变成了现实，在光天化日之下游荡、咆哮、爬来爬去，他会怎么想呢？他说他知道游戏和真相的区别，一种是欲望，一种是需要，他却混淆二者。"（227）且不论这一段描述只是雷妮的主观臆想，从杰克对欲望与需要的说辞出发，就能看出这种知识话语的渗透。20世纪60年代，拉康等精神分析学家的理论深入到了大众话语之中。在以知识谱系为主要表现形式的文明社会中，人人似乎都懂得些"理论"，无须说那些流行、前沿的"知识理论"。拉康的精神分析勾勒出一个普遍大众话语：欲望并不是一个经验着的实体，而是一个实体缺乏的在场（比如，一个人在饥饿的时候并没有获得真正的食物，但是却是因为这个食物引起了他的饥饿。这里，饥饿就是一种欲望），需求则是一种本能行为。欲望不能像需求一样被满足，而是在无限的能指循环

---

① 弗洛伊德：《精神分析引论》，第149页。
② 弗洛伊德：《精神分析引论》，第150页。
③ 吉尔·德勒兹：《精神分析与欲望》，陈永国译，载陈永国、尹晶主编，《哲学的客体：德勒兹读本》，北京：北京大学出版社，2010年，第192页。

中呈现出来。①杰克认为雷妮的玩笑是一种游戏，是一种欲望的变体。他笃定雷妮是"带着伤痛在玩游戏，没有乐趣，不仅没有乐趣，而且不公"（227）。换句话说，他认为雷妮在患病后仍与他维持关系并不是出于客观的感情，而是一种情感缺乏的表现。尽管雷妮对杰克的判断带有主观意味，但这却表明了她自身对知识话语的认识与使用，而之后的事实也表明，杰克最终还是以这种情感的不公平性为由离开了雷妮。换言之，杰克自身行为合法性的建立则是以牺牲雷妮的合法性为代价的。

从杰克到丹尼尔，二人都以心理知识话语作为达到目的的手段，在纠正雷妮混淆主观与客观的同时构建自己的主观知识话语，以此排除了雷妮言说的合法性。也正是从两人的主观话语知识构建中可以发现，他们的行为不仅仅是医学科学对雷妮的生命政治，更是一种与性别相关的性别政治。事实上，从历史角度来看，随着癌症这项本属于生理病理学的研究也被转嫁到了属于精神医学的心理学研究范畴内，其中与女性情绪相关的疾病研究也多了起来。18世纪的盖伊（Guy）将精神心理上的知识与性别联系起来，认为那些本身患有精神类疾病的、歇斯底里的女性更容易得癌症。维多利亚时期的斯诺（Herbert Snow）通过对140个妇女的取样调查得出焦虑与心理疾病是罹患乳腺癌的一大原因的结论。与其产生呼应的是，同一时期的怀特从身体-性别角度解读了歇斯底里，认为："女性的肌体空间永远包含着歇斯底里的可能性。"②精神分析学者则是围绕作为象征意义存在的阳具，即围绕"在场与不在场"这种解剖学上的差异展开的，并最大限度地将性别的解剖学特征与精神疾病、身体疾病联系起来。弗洛伊德也认为，女孩以男孩的解剖特征作为基本参考，解剖学上的不同带给女孩的心理感觉是低人一等，而男孩在发现这种解剖学上的差异之后则表现出对阉割后变为女孩的恐惧。这样一来，器官在这里并不具有普遍在场的秩序，而是有与没有、高与低、中心与边缘的象征秩序，因而当这些生理特质与心理特质联系在一起时，性别就变成了规训制度首当其冲的对象。继弗洛伊德之后，20世纪更有科学调查报告显示：与男性相比，女性更容易抑郁与焦虑。③而性格上的抑郁能够降低机体免疫系统，从而发

---

① Jacques Lacan. *The Four Fundamental Concepts of Psychoanalysis*. Trans. Alan Sheridan. New York: W. W. Norton & Company, 1978, pp. 151-154.

② 福柯：《疯癫与文明》，第141页。

③ Jane M, Ussher, Janette Per Z. "Gender Differences in Self-Silencing and Psychological Distress in Informal Cancer Carers," *Psychology of Women Quarterly*, v34 n2, Jun 2010, pp. 228-242.

生自身免疫问题，导致癌症，等等。①这也无疑巧妙地将性别问题拉进了"科学话语"之中。且不论这种设论及其相关实验与研究有多少客观现实性，诚如一些批判家所说："现在的医学科学已经没有了束缚，它的研究范围与方法已经从实验室转向社会性调查。"②对癌症与某种性别、性格之间的联系的证明不是探寻一种科学的必然关系，而是探寻相似性与象征性。这种象征关系又进一步为知识谱系设置了一种梯度：在这个谱系的这一端是科学、学科、知识、权力、话语，而它的另一端则站着作为规训对象的女性。无怪乎雷妮在患癌之后，认为自己是得了"心灵的癌症"（74）。不难看出，把精神疾病从其学科领域移至外科领域，把与社会境遇有关的疾病禁锢在患者的肉体之内，并试图通过切除性器官来治愈被话语规定了的"女性精神疾病"，这一行为本身具有一种隐秘的梯度性。

综上所述，疾病因其与人类的关系，在西方世界中始终具有客观与主观两层意义。其客观性来源于实证知识与身体的关系，而其主观性则往往来源于话语知识与主体意识的关系。疾病的隐喻背后体现的是西方世界的二元割裂视野，而长久存在于西方思维中的"灵肉二分"又将那些不断产生的疑难杂症隐喻化、话语化。从着重器官地理分类的解剖学到注重暴力秩序的外科学，再从整个身体医学进入精神医学，一直到专注话语分析的精神分析，现代医学学科的发展经历了从实体到话语的转变。在这个谱系的构架之中，整个学科研究的对象——科学，也从恒久不变的本质真理转向了稍纵即逝的现代性表象。作为一种目前还未被揭示其真实病因的疾病，癌症从疾病经验到疾病话语的转变正好向我们展示了话语是如何通过学科跨越解构了具有客观实在性的科学、建构了其知识—权力的结构。然而，尽管从20世纪60年代开始，西方的文化阵营就陆陆续续出现了对这一问题的真知灼见，但是却鲜少有人像阿特伍德一样，从文学角度切入文化论战之中，用个体经验呈现出癌症的性别政治谱系。而阿特伍德有关女性器官的创伤叙事亦不仅呈现了与这些理论话语一样的真知灼见，更超越了理论，以感性经验的方式揭示了理论由于其自身的先验中心位置而忽视了的边缘与绝对他者。

---

① Suzanne C. Segerstrom. "Individual differences, immunity, and cancer: Lessons from personality," *Brain Behavior & Immunity*. Feb 2003 Supplement, Vol. 17, pp. 92-98.

② 罗伊·波特：《剑桥医学史》，张大庆等译，济南：山东画报出版社，2007年，第129页。

第四章　玛格丽特·阿特伍德的社会创伤叙事与现代性批判

早在启蒙运动如火如荼之际，卢梭就在《论人类不平等的起源》中提出："遵循文明社会的历史，我们能够写出人类疾病的历史。"[1]作为启蒙运动时期重要的思想家，卢梭实际上已经发现了现代历史书写的并不只是现代社会的文明辉煌，更是它的疾病与创伤。启蒙理性之中隐藏着的弊病很快便带来了灾难。由理性的大他者所造就的主体在与他者相遇的时候不再秉持顺其自然的态度，而是采取了总体化的实践行为。至此，所有被归于他者领域的事物都被纳入理性化的总体进程之中。这一进程以殖民运动的实践行为作为向外扩张的代表，为殖民地人民带去文化、宗教、经济各方面的创伤，以先验认识论的理论行为作为向内反噬的代表，为启蒙影响下的人们带去盲目的乐观精神与根深蒂固的中心意识。这内外两层矛盾使得从 19 世纪末开始，虚无主义的精神气质席卷欧洲现代社会，而就其在社会层面的表现来看，战争危机、政治制度、社会矛盾不断滋生。进步的现代文明史在 20 世纪遇到了前所未有的危机，两次世界大战、大屠杀与极权主义犹如晴天霹雳挑战了理性世界构架下的国家制度与人伦道德。尼采、萨特、福柯这样的思想家则宣布了上帝已死、虚无主义的来临以及人的消亡，并揭露了形而上根基的幻灭与理性主义的弊端，而弗洛伊德、弗洛姆这样的心理学家亦从潜意识与非理性角度对理性主体发动了讨伐，揭示了现代社会与人的疾病之间的联系。正是从这几个不同层面来看，现代性可以被称为一种精神创伤性质的展开。

对于现代性创伤问题，弗洛伊德曾在《文明及其不满》中指出，人性与文明从一开始就处于对立的状态，而此状态也将随着文明的进程日渐严重，并首次将这样的状况以一种正式的疾病命名——"社会神经症（social neurosis）"。自此，现代性不再只是在负面意义上具有与医学创伤类似的

---

[1] 让·雅克·卢梭：《论人类不平等的起源》，吕卓译，北京：中国社会科学出版社，2009年，第 8 页。

性质，而是一个时代的创伤表现。在创伤的社会结构中，人们发展出个体性症候，创伤也由此成为一种医学上用来表现时代病的名称。值得注意的是，弗洛伊德虽然发现了时代的症候，但对于这一病症的研判显然是从个体的欲望结构出发，再达至社会的，而他在修通这些疾病的方式上更倾向于医学上的个体治疗与精神疗愈。事实上，从个体着手从而改变社会的构想依旧是建立在西方个体主义基础之上的，其弊端是无法形成一个优良的社会制度用以规约个体无法掌控的社会活动内容。针对这一问题提出反向治疗方式的是马克思。马克思也将社会问题视为人的创伤问题的起源。但是，在马克思看来，作为个体的人首先应该是社会的人、历史的人。决定人之存在的是与其相互联系的他者。一个人的意义在于其社会性，而非其个体性，因此他主张从社会制度出发，希望通过根本性变革达至个人。然而，值得注意的是，个体与社会事实上是一个双向维度，社会是个体的社会，个体是社会的个体，它们二者之间呈现出一种结构张力，是人类的基本生存状态。因此，个体的自我拯救显现在社会的健康发展之中，同样，历史的救赎也以个体的自救为基础。创伤的修通有待于这二者之间的通融。正是基于这种双向性，本章承接上一章的个体创伤与身体表现，从社会维度出发，探讨政治制度、经济模式、社会治理在现代性展开过程中的演变与表现，并将重点置于极权主义这种20世纪独有的制度上，解析现代性展开过程中非理性社会成型的历史原因。在这一章中，我们选取了反乌托邦小说《使女的故事》（1985），通过对文中"前美国"的自由主义与"后美国"——"基列国"[1]的宗教极权主义的对比分析，勾勒出社会上的创伤维度，进而追问极权主义是否有其历史基础？它会在什么条件下卷土重来？又将以什么样的形式呈现出来？它会对社会与个人造成什么样的伤害？在一种历史必然性和个体能动性之间，我们又能采取怎样的预防措施与修通方式？也正是在这层对未来极权主义社会创伤的推测与溯源的张力结构中，阿特伍德显示出其奠基于过去、着眼未来、校准当下的整体历史视野。

---

[1] 基列（Gilead），位于今约旦河东。据《圣经》记载，基列是以色列人祖先雅各与其舅父断交的地方，亦是大屠杀的发源地。基列人自称是以色列的优秀儿子，在与同为以色列儿子的以法莲人开战后，对其展开了屠杀行动。当时约有四万两千以法莲人在那儿倒下（士师记12：6）。

第一节 极权主义与现代性

极权主义这个概念兴起于20世纪20年代,指的是一种具有绝对权威的国家政治制度,亦是一种反人类的社会形态。它以其有别于传统专制与独裁的崭新意识形态对人种、性别、阶级展开无差别的压迫与统治,并从绝对历史目的论的角度,试图抹杀人与人之间的一切差异,且其统治并不是政治意义上的统治,而是肃清意义上的统治,其抹杀的行为方式是"毁灭""消灭"而不是"文明""教化"。通过反人类的手段,极权主义希冀将人的多元性压榨为简单的同一性,但同时,它亦将某一种人、阶级、民族、国家推至历史目的最高点,展现出与同一性相悖的差异性。正是从民族、国家、阶级等这些现代因素来看,极权主义并不是一个古来有之的问题,而是伴随着现代性展开,于现代性本身悖论内涵的一个问题,确切地可以说是理性主义发展之中的一个负面后果。正如鲍曼、吉登斯等人对极权主义与现代社会的比较分析所呈现的那样,随着20世纪通信技术的发展,区域依赖性与联系性日渐加强,到了20世纪后半叶,全球现代性的阶段全面展开,而现代性最阴暗的后果也逐渐突出,核武器的发明、世界性战争、灭绝性屠杀都是20世纪之前不曾有过的历史性事件,而伴随这些事件诞生,或者说推动这些事件发展的则是"政治权力的强化行使"。当这种政治权力通过法西斯主义、屠犹主义、斯大林主义而展现出来时,"人们才恍然醒悟,极权的可能性就包含在现代性的制度特性之中,而不是取代了"[1]。在德国、苏联等国纷纷遭遇极权主义统治之后,极权主义已经成为一个制度性灾难,影响着现代社会的政治文明建设。这种影响亦成为20世纪以来的一种焦虑,以其幽灵般的姿态笼罩在世界各国的政治体制建设之中。

一、极权主义的起源说

在探讨极权主义的起源方面,20世纪50年代后的学界呈现出本质论与建构论两个溯源维度,本质论者认为极权主义是一种不可避免的"人的天性",而建构论者则认为极权主义是经由文化与文明构建起来的社会制度。这二者一个"向前"追溯,另一个"向后"追溯;一个倾向于将极权主义视为一种个体主义与历史决定论的极端化呈现,另一个倾向于将极权

---

[1] 吉登斯:《现代性的后果》,田禾译,南京:译林出版社,2011年,第7页。

主义视为社会文化的后果。事实上，这二者的辩论折射出人的个体性与社会性之间日益突出的矛盾与冲突。因而，从广义上来说，极权主义是历史进程的现代性的后果之一。

　　本质论者承袭了自 17 世纪以来的一种思想模式，即从人本主义角度探讨当代政治制度。人本学家弗洛姆就曾试着将极权主义制度追溯至人的天性这个层面。他采取了一种创伤学式的看法，认为人在认识到自己从自然性中慢慢脱离之后，其内在的驱力会驱使他寻找一种新的和谐，以此替代与母亲、与自然的必然分离。正像海德格尔对人"存在的本质"的解释："人是被抛到世界上的存在。"① 这种否定性的诞生使人意识到了自己的孤独、无力以及生死的偶然性。这个时候"如果他找不到把他与他的同胞连接在一起的新的纽带，以取代受制于本能的旧的纽带，他就一刻也不能忍受这种存在状态"②，从而无法保持自己的精神健全。为了弥补这种出生创伤带来的缺陷，人必须构造社会，而这通常由两个途径来实现：一种是"顺从一个人、一个团体、一个组织，或者顺从于上帝"，另一种就是"用控制世界的方法使自己和世界相结合"。③ 正是在这种缔结团体的过程中，产生了"奴役与顺从"④ 这个社会模式的基本动力。从这个层面上说，人类之所以诉诸一种社会制度，实际上恰恰根源于这种回归自然的需求，而人类在构建一种社会制度的时候必然是以"顺从—统治"的自然模式为基础的。而当这种自然属性被发挥至极限的时候，就是极权主义。反之，作为一种社会制度的极权主义并不是一次偶然现象，而是被偶然表现出来的必然天性而已。

　　然而，"人的天性（human nature）"与"人的本质（human essence）"并不相同。人的天性包含了人作为动物的一种属性，而人的本质则是人在社会之中，经过文明化后获得的区别于动物的一种属性。对于前者来说，由于存在一套可观察的生理构造，人类能够更好地认识自己的这一属性，而至于人的本质，由于它是人类所追求的关于其内在含义的最终目标，因此它只能是世俗历史过程中不断被探讨的问题。汉娜·阿伦特形象地说："如果我们确有一种本性或本质，那么只有上帝才能知道它或

---

① 马丁·海德格尔：《存在与时间》（第六版），陈嘉映译，北京：生活·读书·新知三联书店，2012 年，第 222 页。
② 艾里希. 弗洛姆：《健全的社会》，孙恺祥译，上海：上海译文出版社，2011 年，第 23 页。
③ 艾里希. 弗洛姆：《健全的社会》，第 23 页。
④ 让·雅克·卢梭：《论人类不平等的起源》，第 42 页。

定义它。"①显而易见,她通过重新界定天性与本质否定了极权主义的人性起源说,并进一步指出虽然极权主义有其天性的根基,但是却并不是不可改变的、幽灵般的必然存在。值得注意的是,阿伦特对天性与本质的重新界定并不是说本质论与建构论应该泾渭分明,而是说它们之间有一条不可割断的链条,有其相连接的部分,且仍在发展的过程中。真正的建构说恰恰是以"天性说"为基础的观点,认为极权主义虽然有其历史根基,却是可以通过在追求天性和谐这个目的的过程中被认识,并被预防的。而建构说的目的也并不是试图改变这个天性,而是如何让这个天性不被表现出来。

从建构主义的视角来看,社会制度的本质实际上取决于顺从与统治之间相互作用的张力。举例来说,在奴隶制度中,那些力量大的人会发现一条迅速获得和谐的便捷之道,那就是绝对统治。绝对统治不仅能够维持一个"和谐"的社会,并且能帮助他们自己实现人的其他社会本质,比如自由。②资本主义制度也大致如此:资本家靠占有他人的剩余价值来解放自己的社会束缚,从而达到社会自由。但是,由于顺从与统治之间的张力不仅仅存在于统治者身上,还同样存在于顺从者身上,因此,顺从者往往能够意识到其生存条件的恶劣,并迫于统治者的绝对权力对统治者和统治阶级表示顺从。但是这种顺从却不是长久的,因为当"统治—顺从"的模式不再能够维持追求和谐自然的这个目的的时候,革命就会从那些同样希望获得某种程度上的和谐平等的阶级中爆发。概言之,正如阿特伍德所说:政治就是"谁对谁做出什么"③,以政治为基础的社会结构也必然不能避免"统治—顺从"的模式。因为这是权力生产与流动的基本结构。即便在当今的民主政治制度之中,这一模式也不曾消失,只不过二者处于相对公开和多元的相互作用之中。因此,对于建构主义者来说,关键问题不是消灭统治者和顺从者中的任何一方,而是如何重新确立这二者之间的关系,并在其中生成一种可以兼顾二者利益的政治制度。换言之,就是"如何找到一个能把法律置于一切人之上的政府形式"④。

---

① 汉娜·阿伦特:《人的境况》,上海:上海世纪出版社,2009年,第4页。
② 自由是社会本质,但是自由却并非与自然本性泾渭分明,这是因为,从精神分析的角度出发,自由是一种可以满足快乐原则的人的本质,而快乐原则就是人的本性的一种。
③ Earl G. Ingersoll. *Waltzing Again: New and Selected Conversation with Margaret Atwood.* p. 87.
④ 卢梭:《卢梭全集第四卷之社会契约论及其他》,李平沤译,北京:商务印书馆,2013年,"译者前言",第7页。

二、极权主义的结构特征

极权主义虽然也诞生于"统治—顺从"的自然模式中,但有意思的是,它并没有将统治与顺从这两端完全分开,走上极端主义的道路,也没有将二者统一起来,走上和谐社会的道路。它似乎恰恰就是这二者之间的赘生物。换言之,它在自身拥有的逻辑中把自身想象为后者,却展现给外部世界前者的形象。阿伦特生动地将这种制度形容为洋葱[①]。我们知道,苹果可以分为三个截然不同的部分——苹果皮、苹果肉和苹果核,它们每一层之间都与其临近层有着绝对的区分。但是洋葱却不一样,洋葱每一层都是皮,而这一层层皮有着对外和对内两个面。这就让每一个面都觉得自己和其临近的层面是一样的,但是却意识不到它们之间的沟壑和另外一面。它们是对立的,同时又是"两面一体"的。它们也参照民主制和共和制的那种契约论,但是却又在层级之中进行这种契约,以至每一层都不明白这契约是什么。[②]它们同样参照奴隶制和专制暴政的统治手法,威吓需要进行统治的对象,但是却又不像一个专制暴君那样明确地区分敌我。按照阿伦特的说法:"一个暴君绝不会将自己与下属等同,更不用说包揽他们的行为了;他也许会利用他们做替罪羔羊,为了使自己摆脱民众的愤怒,他会很乐于见到他们受人批评,他总是与他所有下属和臣民保持一段绝对距离,相反,极权主义领袖不能容忍别人批评他的下属,因为他们总是以他的名义行动;如果他要纠正自己的错误,他就必须清除犯下这些错误的人。"[③]在纽伦堡审判之中,奥伦多夫实际上也运用了这样的证词,当被问及为何不从自己所厌恶的职位上退下来时,他回答:如果自己退缩,就会导致自己的属下被冤枉。有意思的是,他也坚信自己的上级会与自己持有同样的态度,并以同样的方式保护自己。可见,他们的紧密团结并不是建立在个体独立的人格团结之上,而是建立在一种扭曲的链条之上。他们是一个"洋葱",层层围绕在处于中空位置的元首之外。元首也不是核心,而是这个洋葱的一个组织、这个链条上的一个环节,因而它并不像专制制度那样具备一种显而易见的二元对立性,也不具备共和国的那种契约性。这个链条之中的每一环节都因其自身与其他环节联系,但是又可以因其自身

---

① 汉娜·阿伦特:《过去与未来之间》,王寅丽、张立立译,南京:译林出版社,2011年,第93页。

② 汉娜·阿伦特:《极权主义的起源》,林骧华译,北京:生活·读书·新知三联书店,2008年,第467~493页。

③ 汉娜·阿伦特:《极权主义的起源》,第479页。

而破坏这个关系。这种反复无常加速了极权主义内部的剧烈运动。但是奇怪的是，这种剧烈的运动却不会导致这个制度的颠覆，反而维持其稳定。

三、极权主义的内在逻辑

事实上，极权主义之所以能够维持这种内在的稳定性是因为其自身的逻辑。一个二元对立的制度更容易因其社会内部的革命被颠覆，这是因为它们实际上并没有形成一个拥有连续逻辑关系的整体，一旦人民再也无法忍受暴君的苛刻与剥削，就会爆发革命。但是在一个具有严密逻辑联系的制度中，这种逻辑成为所有人恪守的道德律令，因而也就没有二元对立，更没有来自内部的革命。所有人都是被其内在逻辑"道德化"的一员。因而正如阿伦特所说，即便被颠覆，那也一定是出于政变，而不是革命。①

读过阿伦特作品的细心读者一定会发现一个有意思的现象：阿伦特虽然在《极权主义的起源》一书中揭露了极权主义的本质，却又在艾希曼的审判中将这个"罪大恶极"划归为一种平庸的恶。起初，她还将全面恐怖看成极权主义统治的本质，之后，这种看法又发生了转变。尽管阿伦特并没有对这种描述上的变化给出细致的解释，但是正是这种伦理观的变化让我们窥视到了极权主义的真正特点：真正在极权主义之中发挥作用的是其内部的道德逻辑，至于"罪大恶极"和"平庸的恶"都不过是这种道德逻辑呈现给世界的外在形式。

在阿伦特的《艾希曼的审判报告》中，艾希曼仅仅被描绘为缺乏心灵的深度。②他有责任心，忠心耿耿地为希特勒服务，同时又是一个好丈夫、好父亲。如果用一般道德来衡量他，他甚至可以被称为善人。艾希曼也曾在受审时提出希望自己能够真的成为一只替罪羊，被施以绞刑。按照阿伦特的描述："这是他最后一次使自己感情兴奋的机会。"③不仅如此，艾希曼也曾认为自己一直以来都按照康德的道德律令行事。但是，阿伦特认为问题恰恰在于艾希曼的平铺直叙，即这种为自己的辩护并没有体现出任何思想的深度，反而体现出他是一个"不能思考的人物"④。相较于她曾经

---

① 汉娜·阿伦特：《反抗"平庸之恶"》，杰罗姆·科恩编，陈联营译，上海：上海人民出版社，2014年，第61页。
② 汉娜·阿伦特：《耶路撒冷的艾希曼：伦理的现代困境》，孙传钊译，长春：吉林人民出版社，2003年，第54～55页。
③ 汉娜·阿伦特：《反抗"平庸之恶"》，第59页。
④ 杨布鲁厄：《耶路撒冷的艾希曼：1961—1965》，载《耶路撒冷的艾希曼：伦理的现代困境》，孙传钊译，长春：吉林人民出版社，2003年，第69页。

用过的"穷凶极恶","平庸的恶"展现的正是缺乏对善恶有所认识的肤浅,尽管"平庸之恶"的说法使得阿伦特本人陷入其反对者的攻击之中。但是经仔细考察可见,阿伦特提出的道德问题本身是一个 19~20 世纪的现代性问题,即道德的两个样式及它们内在的矛盾:道德的第一个样式是自由意志。它起源于奥古斯丁,在卢梭那里获得了主体化,大成于康德,并最终成为一切现代道德的基础。这种以自由意志为核心的道德关注的并不是对古代、前辈、传统的支持,而是以个体为单位的自我统一。这个后果就是现代主义的个体化、平等化运动。道德的另一个样式是尼采提出的贵族道德,即尊重老年和传统,拒斥启蒙式的进步论与未来观,因而其结果并不是绝对的平等化,而恰恰是一种基于个体品德的高低贵贱之分。然而,前者的问题诚如阿伦特发现的那样:康德的道德,即自由、自律"并不基于对法则的服从,因为这种服从本身就否决了自由,而是基于体现着法则的有道德的人格或人格性在世界中的显像……"因此,当在现代性个体化结构下的任何一个道德主体在其同伴中出现时,这种只对自己负责的态度使其自身与他们疏离[1],这就容易导致道德行为的极端内在化以及对公义与他者的忽视。而后者的问题在于:尽管贵族道德是为他人负责的,但是却难免只限于某些种族群体或者组织,其强有力的逻辑依旧是极端内在化的。所以,若将后者与极权主义结合起来可见,艾希曼的道德问题正是反映了贵族道德的种族主义性质及其在遭遇现代性个体化、平等化运动后所生成的一种小团体伦理逻辑。让我们再看一个例子,我们知道,极权主义的目标非常明显,它就是要将全世界变成一个如它自身的团体,一个具有单一性的洋葱头。这本身就是一种历史总体化的构想。在这个理念之中,道德伦理也必然是单一的。在极权主义的道德逻辑中,个体必须放弃其自我个体的同一性,而去认同一种集体道德。然而,康德式的自我同一性又同时要求一种对自我与他者关系的反思,因此,一旦抛弃这种存在于自我之中的他者意识,那么这种道德认同就构成了一种坚固的群体道德逻辑。比如希特勒本人就曾"出于道德的考虑"[2],在战争开始之前下令屠杀精神病人。可见,横跨在个体道德与贵族道德之上的极权主义伦理逻辑依旧处在认同这种道德性的一个集体之中,而不存在任何对其他民族、阶级、国家、个体的认同。

循着上述思路来到判断这一问题上,极权主义内在逻辑为我们带来的

---

[1] 汉娜·阿伦特:《反抗"平庸之恶"》,"编者导言",第 24 页。
[2] 汉娜·阿伦特:《耶路撒冷的艾希曼:伦理的现代困境》,第 447 页。

挑战是如何研判两种不同的道德逻辑（个体道德与集体道德）在现代社会中的冲突、纠缠与融合的问题。这两种道德相对于法律来说也就是不同责任的评判。换言之，这里的问题并不在于对艾希曼的道德审判结果，而在于"耶路撒冷的艾希曼"并不是一个法律上的简单问题，而是一个沟壑问题，所反映的是现代社会共同性的缺失、统一性的断裂以及二元对立的本质。换言之，极权主义制度具有一种不可审判性，这种不可审判性不是指它应该逃避法律的制裁，而是说它的组织逻辑已经超出了现代法律能够完全解决的范畴。因为现代法律的基点不是古典道德，而恰恰是个体、平等、自由等内涵于现代性之中的资本主义概念。而极权主义制度的道德虽然是个体道德的组织化呈现，但其结构并不是将他人纳入考量之中的"人格化"有机体，而是完全专注于自身逻辑的"去人格化"道德机器。这就导致，当现代法律试图从集体角度予以判断时，艾希曼可以从"非人格"的道德机器这种解释中逃脱，而当现代法律试图从个体责任角度判断他的过失和责任时，法律就必然面对个体责任与集体责任的矛盾问题。援引阿伦特对这一问题的看法，"法律问题和道德问题绝非同一个问题，但它们在这一点上是相同的：它们都关乎具体的人，而不是各种制度或组织"[①]。因此法律与道德必须在具体的人身上与对方相遇。极权主义与大屠杀表面上是一个群体对另一个群体的犯罪行为，但其体现的是具体的人的创伤，因此，对大屠杀的法律审判与道德责任的判定既有联系又有区别。

对于如何厘清法律与道德之间的关系的问题，20世纪50年代以来的做法通常是诉诸政治的行动场域。就政治的本意来说，从马基雅维利开始，就有这样一种定义，即"政治从人与人之间产生，并且是作为关系被建立起来的"[②]。换句话说，艾希曼的问题不是个体法律责任的问题，而是集体法律责任的问题。这就倒逼法律必须将政治纳入其审判原则之中，从政治正义与"复数的人"（plurality）的角度去实施法律制裁，而不只是从个体道德或单一性上（如人权）去研判一个人的责任。依旧以艾希曼的审判为例，正如上文所述，如果说要寻找一种开脱，相信没有哪些托词会比"制度决定一切"这种说法更有效。艾希曼在为极权主义这个制度服务，由于极权主义制度是个自动机器，因此作为齿轮的个体应受到的惩罚也该相应"打个折扣"。若沿着这个逻辑出发，得出的结论必然是从不存

[①] 汉娜·阿伦特：《耶路撒冷的艾希曼：伦理的现代困境》，第79页。
[②] 汉娜·阿伦特：《政治的应许》，杰罗姆·科恩编，张琳译，上海：上海人民出版，2018年，第93页。

在集体责任。这也无疑把所有的个体责任与共同体责任割裂了,换句话说,这种结论预设了这样一个问题,即个体不为其赖以生存的共同体负责。这也相当于在抽象地谈社会与个人,而不是从两者的关系上去看问题。如果缺乏这一认识维度,那么审判的结果,不论艾希曼是否获得了绞刑,意义都不大。因为,就绞刑这个结果来说,它可能平息的只是某些对大屠杀与极权主义深恶痛绝的情感,而不是真正地对道德伦理与政治正义场域做出了甄别。前者"关注的是个人自我的完整性与一致性(包括行为动机的纯正性)",后者"关注的是我生活的世界",即一个人"必须承担此共同体的一切作为"①。因此,对艾希曼进行政治审判并不是从其反人类罪行或者杀人罪层面将其绳之以法,而是抛去复仇等情感,从具体的个体、民族及由它们所组成的世界的整体层面呈现人与人之间的联系与散布在他们之间的公义。因此,在这样一种体现人与人关系的政治行动场域中,鉴于共同体与个体的相互责任关系,"服从就是支持"②,服从了官僚命令的艾希曼等同于支持大屠杀,亦等同于参与集体罪行。因此,对他个人的判决,虽然仍旧是由理性主义世界所构成的法律逻辑决定的,但是,需要注意的是,要想获得最大的公义,不仅要从个体、民族、世界的共同性着眼,更要返回到这同一体之外的另一层个体、民族、国家(通常是第三世界、受害者与民族),因为所谓的统一共同体总是带着同质化、总体化的霸权逻辑。为了避免这种抽象为普遍人权的霸权式共同体,有必要在确立这一共同体之前首选确立政治公义的复数性原则。

从创伤视角来看,创伤一定是个体的生命体验,但它又是一个与集体环境相关的问题。因此,可以说,对极权主义所犯的罪行做出审判是基于现代司法秩序要求的"可言说之处"。而极权主义制度恰恰处于现代司法体系的"不可言说之处",因而极权主义在 20 世纪理性至盛期的出现实际上暴露了理性总体化进程中个体与社会在道德、责任、制度、判断层面上的种种问题。因此,揭露极权主义内在逻辑的生产机制,揭示它为何具有"不可审判性"与"不可言说之处"远远比简单的法律制裁要重要得多。

从时间上来看,极权主义似乎已经变成了历史,但正是现代性这一历史节点使得极权主义作为一个现代性后果始终与我们并行不悖。审视现实的极权主义逻辑,揭示其背后的现代性悖论实际上是为校准我们当下行为

---

① 汉娜·阿伦特:《反抗"平庸之恶"》,编者导言 6 页。
② 汉娜·阿伦特:《耶路撒冷的艾希曼:伦理的现代困境》,第 47 页。

做出的一种政治哲学上的尝试。正如汉斯·摩根索所说,从历史事件中寻找极权主义的目的是:"是否可能凭借对极权主义的了解,在未来的极权主义兴起之初便做出准确的判断?"[1]然而,需要注意的是,如何防止极权主义在未来卷土重来,如何从历史脉络中推测未来极权主义的形式这样的任务却无法只在政治哲学的理论探讨之中得到解决。也正是在这一关键问题上,反乌托邦小说以其将过去、当下与未来结合的整体历史以及更为具体的创伤叙事模式在宏观与微观、现实与虚构两个层面担起了重任。

第二节 社会创伤叙事的时空形式与极权主义

1948年,英国左翼作家乔治·奥威尔出版了小说《1984》,这部小说与赫胥黎的《美丽新世界》(1932)、扎米亚京的《我们》(1924)并称20世纪反乌托邦小说三部曲,全面揭示了在现代性至盛时期人性、制度、科学、文明、自由的虚幻与堕落,开拓了文学史上审视现代性历史进程的先河。1984年,正值创作生涯中期的玛格丽特·阿特伍德奔赴德国,参观了象征着二战创伤与冷战创伤的柏林墙。这一趟旅行让她对20世纪的重大社会问题产生了深思,并将这些由此产生的思想诉诸文学写作,来年,她发表了与《1984》同属一类的反乌托邦小说《使女的故事》。至此,两个"1984"产生了对接。尽管多数学者认为这部小说的主题是"女性与生态"[2],但是阿特伍德始终坚持"极权主义"是其"最感兴趣的主题"。[3]这一兴趣并非一时兴起,若将小说置于彼时的社会环境去看,可以说,《使女的故事》就是对彼时欧洲世界仍处于极权焦虑中的一个回应。时隔三十五年,当极权主义的声音在特朗普时代再次成为一个热议话题的时候,阿特伍德出版了《使女的故事》的续集——《证言》来回应美国右翼极权主义的危机。至此,从两个不同视角所描述的宗教极权主义世界产生了对接。曾经在《使女的故事》中出现的未来被特朗普时代的现实历史取代的,而如今出现在《证言》中的证言却成为极权主义何以构架、运转以及倒塌的历史记录。以此看来,如果说奥威尔、扎米亚京这样的反乌托邦作

---

[1] 摩根索:《国家间政治:权力斗争与和平》,徐昕等译,北京:北京大学出版社,2012年,第123页。

[2] Nathalie Cooke. *Margaret Atwood: A Critical Companion*. London: Greenwood Press, 2004, p. 114.

[3] Earl G. Ingersoll. *Waltzing Again: New and Selected Conversations with Margaret Atwood*. New York: Ontario Review Press, 2006, p. 144.

家关心的是历史上存在过的极权主义制度,其写作目的在于隐喻已经发生过或正在发生的社会现实,那么阿特伍德则更关注当下与过去的历史现实在何种情况下造成未来的极权主义。这种极权主义的未来并不是架空的历史,而是现代性的风险本质所致。让我们引用吉登斯的一段话来作为分析小说叙事、内涵与意图的开篇:

> 我们今天生活于其中的世界是一个可怕而危险的世界。这足以使我们去做更多的事情,而不是麻木不仁,更不是一定要去证明这样一种假设:现代性将会导向一种更幸福更安全的社会秩序。当然,在"进步"中失去信仰是导致历史"宏大叙事体"终结的主要因素之一。①

一、历史现实主义与历史相对主义

《使女的故事》描述了距今 200 年后的未来世界,众位史学家围绕一份关于 21 世纪的宗教右翼极权社会——基列国的史料展开纷争。这份史料出自基列国的使女之口,是一份经过史学家整理后的录音带。叙事者奥芙弗雷德(Offred)以第一人称叙述视角展开追忆。一方面,使女奥芙弗雷德描述了其所处基列国的现状:彼时的基列共和国是美国原教旨主义者夺权后的国家。在宗教极权主义的统治下,基列国废除了平等自由的概念,取而代之的是严苛的阶级制度。在这个阶级制度中,《圣经》代替了宪法,神权替代了世俗权力,整个社会从政治、权力和性别等各个方面都被严格的结构与制度所把持。奥芙弗雷德便是这森严等级制度下的受害者。奥芙弗雷德是当权者——大主教的"使女",其名字的喻义为"属于(of)大主教弗雷德(Fred)的"使女。彼时的社会在生育上由于受到科技发展的负面影响,已经失去了均衡,很多妇女或不能生育或生育畸胎。使女则是一些尚拥有生育能力的平民女性,她们被转送至主教的家中,主要任务就是与主教生育。基列国"批量生产"使女,并试图将这些女性之间的差异抹去。他们将使女们囚禁起来,并让她统一着装,用"白色的双翼头巾"遮住脸庞。她们的身份是"国家财产",她们的作用是"圣洁的容器""长着两条腿的子宫""能行走的圣餐杯"。②生育能力的高低决定了她们价值的大小。不育者与产下畸形儿者都将被送往"隔离营"。至于

---

① 吉登斯:《现代性的后果》,田禾译,南京:译林出版社,2000 年,第 9 页。
② 玛格丽特·阿特伍德:《可以吃的女人》,刘凯芳译,南京:南京大学出版社,2008 年,第 141 页。以后引用,在正文中随文标注页码。

其他女性，则也按级别被分为主教夫人、仆人马大、教管员嬷嬷以及不为人知的妓女。她们中的任何一位都面临着被遣送至"隔离营"的风险。人类的族群未来可谓危在旦夕。另一方面，奥芙弗雷德从政治情况、人民生活以及自我感受等方面追忆基列国前身——美国。在这个"曾号称是世界上最'自由放任'的国家"①中，女权主义激进分子、同性恋运动以及各式各样的政治运动都打着自由的旗号风起云涌，然而"自由"的力量几乎让这个国家不堪重荷，因此，在这一切表象的背后是难以掩盖的人口比例失调、生育率低下、民间暴力猖獗、生物科技泛滥等一系列现代性危机。正是在保守与激进的两极化中，奥芙弗雷德通过追忆的叙述方式逐渐揭示出美国的自由主义如何滑向了宗教极权主义。

从叙事时间结构来看，如果把上述两方面联系起来看，可以发现奥芙弗雷德的叙事被一个时间结构所规范：一端指向前基列国（小说中指涉的是20世纪七八十年代的美国），另一端指向后基列国（小说中指涉的是美国右翼原教旨主义者夺权之后的极权主义国家）。在这个结构内，极权主义政治事件是弥合分裂的时间的核心部分。事实上，"事件"本身并不是一个瞬时概念，而是一个历时性概念。它指涉一个历史过程的发生、存在与结果。与此同时，它又是一个编年史学上的概念，即一个造成历史断裂的突发事件。前者是一种结构，是对未来全球性事件的风险预示与对人类生存样态与社会发展形态之终结状态的推论，后者是一种序列，是对历史上某一朝代更迭的记录，以及对全球性、世界性问题的曝光。换言之，事件是以编年史层面上的事件作为事实基础、以终结层面上的事件作为存在过程的宏观历史展现。只有二者的结合才是事件的时间意义展开。《使女的故事》中的事件是作为社会创伤事件的宗教革命。这场革命爆发于自由主义猖獗的年代，并很快遍及整个美国，成为终结美国历史的政治事件。美国也因为这一事件从现代国家中消失，取而代之的是一个复兴了宗教原教旨主义的极权主义国家——基列。正是这个终结性政治事件成为推动整个叙事情节的关键点，也正是事件本身的历史性与叙事性才使得基列事件不再是朝代更迭的编年事件，而是与原因、结果相联系的历史叙事。

然而，值得注意的是，文本的叙事并不止于奥芙弗雷德对前基列世界与后基列世界的描述。奥芙弗雷德的叙事被镶嵌在一个更深远的历史结构之中。换言之，她的叙事是作为百年后的史料被考古学家们挖掘，并被作为极权主义的历史证词来审视的。海登·怀特（Hayden White）将叙事时

---

① 路易斯·哈茨：《美国的自由主义传统》，张敏谦译，北京：中国社会科学出版社，2003年，第47页。

间分为三个层次：历史性（historicality）、内时性（within-time-ness）和深时性（deep temporary），它们又依次反映在意识内部对时间的三种经验或再现中，第一种偏重于过去的影响力，第二种是事件在其中发生，最后一种将未来、过去与现在联系在一起。①如果从小说中的史学大会的视野出发，将奥芙弗雷德的叙事视为史料，那么其意义就只局限于历史的过去之上。但如果从奥芙弗雷德的叙事出发，那么整个小说的意义就在于内时性上。如果进一步超出奥芙弗雷德的内时性视角，而从文本的整体性出发，意义则在于深时性。后两层时间特质超越了陈述性事件与编年史，突出了历史的叙事性，赋予事件与历史深远的意义。事实上，后两层时间意识也是文学历史叙事的独特一面。这也正如海登·怀特所认为的那样：没有叙事性的历史只是个编年序列，有叙事性的历史则是"一种意义顺序"。奥芙弗雷德的创伤叙事是站在后者的立场上说明着"实在的世界"，生产着有意义的历史。②而阿特伍德借助文本的整体叙事所做的则是一种未来的历史编纂工作，同历史编纂一样在其自身的"文学性"上生产意义。《使女的故事》是阿特伍德在《别名格雷斯》完成后转而投向的"未来历史编纂小说"，其目的是站在历史与虚构的边境上预言未来、启示当下。这就进一步超越了时间的前两个层次，连接起历史的未来、过去与当下三个维度。阿特伍德曾在其论著《另一个世界》中指出，她所谓的"反乌托邦小说"既不是乌托邦性质的，亦不是反乌托邦性质的，而是包含了这两方面任何一方可能性的小说。阿特伍德创造出"ustopia"（乌反托邦）来指涉她的这一类小说，但实际上，这便是深时性的意义，即将历史的过去扭转至未来，将必然性置于可能性之中，从而把当下解释为一种具有存在论意义的"预备"。在此基础之上，她的叙事方式又进一步超越了时间的三重性，以一种后现代不确定的叙事风格终结自身的时间，创造新的时间实践。这种如俄罗斯套娃一般的叙事结构逆世俗时间顺序，将自身永远视为"终结之前"，而不是将自身视为"顺序之前"。这便使得整个文本将过去与未来的因果联系内嵌于不断努力的当下，将意义定格于当下的自我救赎精神。

然而，值得注意的是，被叙事的历史是被编纂过的历史，同样，被回忆的事件也是经过人为编纂的事件。一旦时间与事件在奥芙弗雷德的叙事中被重新塑型，产生了超出历史的主体能动性，那么历史与虚构之间的界

---

① 海登·怀特：《形式的内容：叙事话语与历史再现》，北京：文津出版社，2005年，第71页。

② 海登·怀特：《形式的内容：叙事话语与历史再现》，第227页。

限就变得模糊了。因为具有主体能动性的历史叙事必然与叙述者的心理意识以及生物局限性相关。因而,当叙述者的心理出现创伤时,她的叙事也往往"打扰、分离、颠倒、冲撞、重复了常规小说范例"①。奥芙弗雷德叙述的极权主义是其自身的创伤经验,因而其历史叙事也成为一种创伤性叙事。这就使得历史又被剥夺了真实性以及实在性的一面,并反过来成为历史意义创造以及叙事意义重塑中值得怀疑的一部分。

事实上,阿特伍德针对的并不是历史真实本身,而是历史本质主义。在一次采访中,阿特伍德说到自己既不赞同传统历史观的决定论模式,也不赞同后现代历史学家的一种反本质主义态度。她不认为在话语表述之前并没有任何被指涉之物,更不认为我们正是在这其中遭遇了历史。在她看来,历史始终有其真相,但是历史的呈现方式又极具不确定性,用她的话来说:"真理是存在的,却不被人所知"②,因为这是由真理的自我明证性决定的。反对历史的本质无疑会走向彻底的虚无主义与怀疑主义,而秉持绝对进步的历史观又会导致中心主义。因此,绝对的"相对性",或者绝对的"不确定性"都是当下历史学的误区。

阿特伍德这种绝对与相对、不确定与确定双向互动的历史整体观尤为深刻地体现在《使女的故事》与续作《证言》中。首先,这种双向互动的历史叙事模式在文本中表现为历史事实与未来虚构的统合性。故事的背景虽然被设置为未来,但是这个未来并不是无本之木,而是建立在历史真实上的未来。阿特伍德的历史观非常明确,即历史呈现出线性的维度,同时包含了过去、现在与未来三个状态。其次,这个预言建立在历史的基础之上,即它是一个关于过去的未来,亦是一个关于未来的过去。这就是为什么小说中基列国的所有故事是被更远的未来的历史学家所考察的史料。正是从这样的套叠式叙事层来看,《使女的故事》的未来性并非建立在未来本身之上(建立在未来本身之上的小说具有乌托邦性),而是深埋于现实的历史进程之中,这就使得《使女的故事》与其他关于未来的小说有了区分。普通的未来小说致力于未来内部的逻辑,而往往忽视了其历史事实的根基。建立在历史之上的未来小说则站在一种超越性的反思立场上对未来展开历史性回溯。再次,在此基础上,《使女的故事》的历史结论具有一种终结与肇始相继展开的不确定性。小说的未来是一个开放性的未来。奥

---

① 保罗·利科:《时间与叙事》,王文融译,北京:生活·读书·新知三联书店,2003年,第37页。

② Alan Robinson. "Alias Laura: Representation of the Past in Margaret Atwood's the Blind Assassin," *The Modern Language Review* 101, No. 2 (Apr. 2006), p. 347.

芙弗雷德曾在其叙述的过程中补充："倘若这是一个由我讲述的故事，我就能随意控制它的结局。那样，就会有个结局，故事的结局。真实生活将尾随其后。我可以在终端的赌坊重新拾起接续。可它并非我正在讲述的故事。也可以说它是我正在讲述的故事，随着我的生活，在我的脑海里进行着。"①可以说，奥芙弗雷德意识到自己叙述的内容只是个体生命体验的呈现，而并非基列的全部历史。但更进一步的是，奥芙弗雷德并未将自己的未来以宿命论形式表现出来，她的故事也并不完整。正如奥芙弗雷德在录音的结尾所记录的："于是，我登上车子，踏进黑暗也许光明之中。"（307）她所叙述的个体经验自身也是不确定的。

也正是从这种不确定性上可以看出，阿特伍德并没有将创伤的修通寄托在遥不可及的未来上，而是当下处境。换言之，阿特伍德将笔锋一转，从虚构叙事的未来社会转移至当下人们做出的努力。这也是虚构历史叙事与非虚构历史叙事的不同之处。前者编纂未来，强调当下人们的努力，而后者编纂历史，强调过去对现在的影响。因此，可以说，阿特伍德又借助奥芙弗雷德的叙事从历史层面"推理"出极权主义未来的实存可能性，分析了其中历史必然性和人的主观能动性的界限，把从个体创伤抽象出来的经验观念批判性地转化为政治、制度等人的历史进程，并指出了社会变革的具体方式。

在《使女的故事》出版三十五年之后，阿特伍德创作了其续集——《证言》。作为《使女的故事》的补足文本。《证言》依旧沿用了《使女的故事》的叙事时间模式，即以极权主义事件为叙事核心，以"未来之未来"的史学大会为宏伟时间，在其中套叠着相关人物的微观叙事。但是，如果说，《使女的故事》的微观叙事集中于奥芙弗雷德自己，那么可以说，《证言》的微观叙事集中于不同人物身上。《证言》采取了另外三个视角，即在《使女的故事》中负责教育奥芙弗雷德的丽迪亚嬷嬷、成长在基列国历史范围内的艾格尼丝、作为叛军成长在加拿大的妮可。三人从不同空间与时间聚焦于极权主义政治事件，使得此事件被置入一个更为宏大的国际背景与权力谱系之中。从这一结构上来看，可以发现，极权主义的政治事件是历史真实的基础，但是围绕其展开的价值与意义生成则各有不同，前者显示出阿特伍德对历史确定性的肯定，而后者则显示出其历史相对主义态度的一面。

---

① 玛格丽特·阿特伍德：《使女的故事》，陈小慰译，南京：译林出版社，2004年，第42页。以后引用，在正文中随文标注页码。

先从三人微观历史看起。《证言》中的主要时间轴是极权主义国家灭亡后的十五年。丽迪亚嬷嬷作为主要叙事者，以第一人称视角叙述了这个极权主义国家的存在、矛盾以及灭亡。这就将原本只是发生在《使女的故事》中的整体叙事拆解为"前基列—基列—后基列"三个时间域，更为宏观地展演了极权主义国家从生到灭的过程。在基列国，女性被剥夺了读书写字的教育权，她们所受到的教育只限于对男性、婚姻以及宗教的认识，但是，在她们其中，唯一享有读书写字权力的就是嬷嬷。因而，在包括《使女的故事》中的奥芙弗雷德在内的四位叙述者中，只有丽迪亚嬷嬷的文献是笔述的，其余三位均是口述。相较于口述这种广泛型叙事方式，书写语言是规则、权力、知识、制度的象征。[1]也正是因为笔述这种叙事方式使得丽迪亚嬷嬷的文献呈现出有条不紊的叙事节奏以及历时性的时间表述方式。相比奥芙弗雷德单一的视角，丽迪亚的"阿杜瓦堂手记"则呈现出更为多元的叙事层次。丽迪亚承认自己"埋葬了许多尸骨"[2]，也坦诚"我这么多年来积攒的这沓罪行记录不仅能揭示我本人的罪行——也揭露了其他很多人的罪行"(65)。因此，她的笔述不仅仅是对自我行为的一种反思，更是隐秘地书写了极权主义政府不被受害者个体所见的结构性罪行。丽迪亚嬷嬷原本是前基列国的法官，在基列国建立初期，她与其他女性一样都曾被当局规训过。然而，凭借她自身的理智、冷静以及锐利，她最终在男权社会之中获得认可。更为微妙的是，她所揭示出来的基列国反映的不只是宗教的极权主义制度，更是一个男女分立的政治制度。丽迪亚按照当权的要求建立了一个"女性的领域"，目的是"打造出最理想的和谐感：城邦内部和家庭内部要和谐，并带来最大数量的后代繁衍"(182)。然而，丽迪亚却利用这一为男性打造"后宫"的机会建立起一个女性的独立王国，并悄无声息地将自己构建成这个女性王国真正的掌权者。这也正如福柯对权力本质的揭示："社会不是一个其中只有一种权力运作的单一体，事实上它是各有特性的不同权力的并置、联系、调和以及等级化。"[3]丽迪亚嬷嬷的阿杜瓦堂正是基列极权主义秘而不见的权力系统之一。在阿杜瓦堂任职期间，丽迪亚嬷嬷利用自己能够读写的能力记录了基列国的极权主义行径，

---

[1] James Dingley and Pippa Catterall. "Language, Religion and Ethno-national Identity: the Role of Knowledge, Culture and Communication," *Ethnic and Racial Studies*, Mar 2019, p. 4

[2] 玛格丽特·阿特伍德：《证言》，于是译，上海：上海译文出版社，2020年，第434页。以后引用，在正文中随文标注页码。

[3] 福柯："权力的网络"，杰里米·克莱普顿、斯图亚特·埃尔顿编著《空间、知识与权力》，莫民伟、周轩宇译，北京：商务印书馆，2021年，第191页。

扮演起"专司记录"的角色。然而，与普通专司不一样的是，丽迪亚嬷嬷采取的不是史书的撰写方式，而是日记的撰写方式。前者遵循的是编年的顺序，对事件的描述以及对原因与结果的分析"都将此作为不可逾越的底线"，而后者不仅"被展现得像有一个结构，有一种意义顺序"①，更被呈现为一个内在认知历程，这一历程既与个体心理相关，亦与时代生活相关。正是从这一层面上来说，丽迪亚嬷嬷的阿杜瓦堂手记以更为私密的方式书写了极权主义的历史。它一改史书书写的宏观视角与客观形式，将主观态度与客观事实结合起来，呈现的是极权主义事件本身的事实性与叙事性，揭示的是历史的客观性与人之主体性相通的本质，体现的是阿特伍德本人处于历史现实主义与历史相对主义之间的历史人本主义视野。

在以丽迪亚嬷嬷的阿杜瓦堂手记为主要时间轴的叙事中还穿插了两个证人证言副本，一是由从小生活在基列的艾格尼丝叙述，一是由从小生活在加拿大的妮可叙述。两人的情节互作补充，显示出基列极权主义由内向外腐坏的整个过程。艾格尼丝由一个主教家庭收养，养母在她年幼时过世。在自己养父与其他女性结婚之后，艾格尼丝对自己曾经深信不疑的基列极权主义体制开始了认识与思考。她记录了整个基列国在女性教育上的宗教原教旨主义意识形态，控诉了男权主义制度对女性身体的无情规训。从夫人到马大再到使女与准新娘，基列的所有女性都被置于极权主义的生命政治之中。其中，生育是国家机器管控女性的核心策略。一切教育方针亦围绕在优生优育这一目标周围。基列国出生的女孩从小受到的性别教育只限于男性身体与女性身体在生理上的区别，而他们的伦理教育则只限于如何守护自己对男性主人的忠贞。由于《圣经》是基列国一切知识的可溯源头，因此嬷嬷们的释经内容则成为贯穿基列女性一生的唯一行为准则与知识来源。然而，艾格尼丝对经嬷嬷们阐释过的《圣经》表示怀疑，这激起了她探寻《圣经》真相的求知冲动。她主动请缨进入阿杜瓦堂修行，准备成为嬷嬷。在阿杜瓦堂中，她接触到了经书。在学习读写的过程中，她逐渐开始自己的释经过程，并在这一过程中发现极权主义社会的阐释学意识形态，从而在管窥到极权主义真相的同时洞见到了自我意识。她记录道："在那之前，我并没有严肃地怀疑过基列神学的正确性，更别说怀疑其真实性了。如果我做不到尽善尽美，我只会得出一个结论：错的是我自己。但当我发现基列更改了什么、添加了什么、省略了什么之后，我担心我可能彻底失去信念。"（316）艾格尼丝在认识到历史真相的可编纂性后自身落入虚无

---

① 海登·怀特：《形式的内容：叙事话语与历史再现》，第7页。

主义的泥沼之中,然而,也正如阿特伍德自身对相对历史主义的批判那样,艾格尼丝虽然因此甚至开始质疑《圣经》的历史传统,但却指出:"我依旧想有信念;真的渴盼有所信仰;可到头来,有多少信念是源自渴盼的呢?"(317)这便显示出其对事物终极价值的认可。也正是因为艾格尼丝的相对主义与实证主义双重世界观,她被丽迪亚嬷嬷选定为秘密实施推翻基列极权主义计划的最佳人选。艾格尼丝逐渐接触到各类事件的"真相",并重新整合这些资料,为阿杜瓦堂记录了另一份基列历史。这一历史虽然是结合了艾格尼丝自我成长经验的个人史,但也正是在个人史的具体经验中,极权主义制度潜伏在抽象概念之中的对具体人的绝对控制被呈现出来。极权主义从一个编年性的历史事件转而成为一个具有叙事性的历史经验,而历史真相也从不变的宏观结构中进入到流动的微观意义生产中。

作为另一个见证人,妮可虽然在基列出生,却在左翼组织"五月天"的帮助下被遣送到加拿大。在这一时期被送出基列国的女性被称为"妮可宝宝",她们是"世人公认的圣人、烈士"(344)。对于妮可宝宝的历史记载无非分为两种:一是从基列内部的视角出发,将她们视为"国际社会不公正对待基列的象征"(344),一是从基列外部的视角出发,将她们视为被国际社会拯救的基列难民。但也正如艾格尼丝所说,妮可宝宝"是一个符号"(344),是各种意识形态生产自身意义的载体。妮可宝宝也如其所承载的符号学意义一样——从出生开始就被规定了其人生的意义。但是对于妮可来说,尽管她的名字是一个具有统一意义的符号,但她的人生却打破了这种宿命论式的同一性,生产出具有个体意义的独立符号。妮可一直生活在加拿大。在阿特伍德笔下,彼时的加拿大要比基列自由许多,因为它还处于女性主义、自由主义、左翼浪潮的影响下,但阿特伍德显然并没有美化自己的母国,因为在她看来,加拿大与美国同属北美文化圈。而20世纪末兴起的自由主义浪潮显然是以北美整个文化地域作为发源地,而不仅仅是美国。在邻国美国被极权主义政府颠覆以后,加拿大虽然仍处于自由社会之中,但两个社会本质上的危机却是一致的。这从妮可的生存状态中可以得知。妮可描述了妮可宝宝在加拿大如何作为一个自由的象征在左翼运动中发挥作用,而从基列来到加拿大境内"传教"的"珍珠女孩"又是如何将妮可宝宝宣传为"基列的圣徒"(47)。这两种政治力量分别占据了加拿大的主要政治生活,并愈演愈烈,时不时爆发互不相让的游行示威。妮可正是在一次游行示威之后与"五月天"组织发生了接触,从而重新认识到了基列社会的本质。然而,微妙的是,从妮可的叙事上来看,妮可自始至终以仇恨的目光对待基列,而不是以更为温和或客观的视野对待。这一方面是因为她的身世与基列国之间的关系，另一方面则是因为意识形态的影响。而后者也是彼时加拿大的普遍政治氛围。更为微妙的是，最后，她潜入基列，从阿杜瓦堂取走了丽迪亚嬷嬷准备好的控诉史料，并与艾格尼丝将这份绝密的历史档案送出基列，为国际法庭审判基列极权主义提供了证据。而她自己的证言则作为一份私人史料保留了下来。比起奥芙弗雷德、丽迪亚嬷嬷以及艾格尼丝的基列内部视野，妮可以外部视野记录了彼时加拿大与美国、基列与国际、"五月天"与阿杜瓦堂之间的政治关系，呈现出基列极权主义存在时的国际社会状态。

值得注意的是，尽管这三份史料构成了一个完整的叙事。然而，由史学大会代表的宏伟时间却显示出这三个人的叙事性与历史性之间的矛盾。对于史学家们来说，最重要的是考证这一历史事件的真相，但是由于历史学与考古学学科之间的不同，后者的对象多是客观存在的物质，而前者则是人类活动本身。人的历史活动本身就带有主观架构性，对历史事件的叙事也因此与权力博弈相关。这一点虽然被未来的史学家们所认识，但是这些未来的史学家却表现出过度的历史相对主义一面。在他们看来，这三人的叙事可能各有其不可信任之处。有学者发言："我们历史学家都知道要反复质疑自己的第一个假设。这种双人互补的叙述会不会是巧妙的虚构手法。"他们展开对三人身份的实证探讨，却陷入侦探小说情节般的怀疑论中。他们也因此对证词以及证词背后的极权主义社会产生了怀疑。这便显示出这样一个困境：历史学在与叙事学发生碰撞的时候脱离了历史实证主义对真相本身的探求，从而导致了历史的叙事化以及情节化。小说中的一个史学家将三份证言以叙述次序整合起来，并希望将这一读物扩展至历史学之外的广泛读者群，甚至扬言："你可以把历史学家赶出作家圈，但你不能把讲故事的人赶出历史学界！"（436）之后，他更是把自己的推测加进史学探讨中，以理论性叙事取代文献考证的方式希望赢得更多史学家的支持。这种做法的背后显然隐含着学术权力的分配。需要注意的是，叙事与历史之间毕竟有着不可逾越的界限。叙事杂糅了叙事者的个体体验，尤其在创伤体验中，叙事往往不具有顺序性，时间也并非历史的时间，而是心理的时间。因此，史学家重整文献的行为相当于重新编纂了宏伟历史。微妙的是，阿特伍德呈现给读者的《证言》顺序也恰恰是经这位史学家整理后的叙事时间顺序。这就动摇了小说本身的可靠性，呈现出小说本身的虚构性与可编纂性。在这种被逐一剥离出来的不确定性中可见阿特伍德对极权主义事件真相的严肃态度、对历史相对主义者与新历史主义者的戏讽，以及对当代历史研究危机的揭示。

从以上分析可看出，在历史层面上，这两部小说以史实为基础；在叙事上，它们则将时间对准了未来，其社会隐喻不仅仅是当下或过去发生过的极权主义事件，而是造成未来极权主义风险的当下因素。这种时间上的指向将过去与未来统一于当下，不仅呈现出一种历史发展的进程，更将这种进程向未来敞开。这就有别于历史预定论或历史目的论的闭合视角，而将未来从历史的创伤中拉拔出来，还于当下。这种兼具实证主义与相对主义的历史发展观成为统领《使女的故事》与《证言》的总体视野，并将这两个跨时间的文本连接起来，合成一个由碎片化叙事构成的统一叙事。

二、创伤叙事的空间形式

海登·怀特认为：叙事就是一个事件被叙述，且其并不是作为一个序列，而是作为一个有意义的顺序、一个结构而叙述。[1]换言之，叙事的本质是有时间秩序的语言结构。但对于创伤叙事来说，时间却并不是唯一的基准。正如上文对创伤的不可言说性的阐述，创伤获得语言结构的一个条件不是其顺序性，而是错序。从心理学角度来看，这种叙事行为并不是以时间作为参考标准的，而是与之并列的空间。这就提示我们必须将空间与时间并置在一起考察创伤叙事才能完整展现创伤叙事的特质。甚至可以进一步说，创伤叙事的特质并不是其时间性，而是空间性。

如果说时间是一种理性主体的认识与归纳，那么可以说空间是一种感情主体的形式与体验。空间的最初概念衍生于物理学，古希腊时期的亚里士多德就曾认为空间具有绝对性，经典物理学之父牛顿则从水桶实验中得出空间与外界事物无关且永远不动的结论。[2]然而笛卡儿、莱布尼兹和爱因斯坦却对这种一无所有"虚空的空间"进行了驳斥。[3]他们认为不存在绝对空间，亦不存在绝对的时间，这二者无法在对方不存在的情况下构成本体，因为它们都是相互作用并统一在物质之上的。而对于这一物质的感

---

[1] 海登·怀特：《形式的内容：叙事话语与历史再现》，第7页。
[2] 牛顿认为："如果用长绳吊一水桶，让它旋转至绳扭紧，然后将水注入，水与桶都暂处于静止之中。再以另一力突然使桶沿反方向旋转，当绳子完全放松时，桶的运动还会维持一段时间；水的表面起初是平的，和桶开始旋转时一样。但是后来，当桶逐渐把运动传递给水，使水也开始旋转。于是可以看到水渐渐地脱离其中心而沿桶壁上升形成凹状。运动越快，水升得越高。直到最后，水与桶的转速一致，水面即呈相对静止状态。"从水桶实验中，他得出这样一个结论：空间具有绝对性，它与外界事物无关且永远不动。
[3] 笛卡儿：《哲学原理》，关文运译，北京：商务印书馆，1959年，第42页。笛卡儿指的物质并不是物质的重量、颜色或者硬度，而是具有长、宽、高三量向的实体，是个空间概念。笛卡儿将其称为"广袤""广延"。

知与测量在人类的心灵中形成一个印象。依靠这种心理知觉能力，物质所占据的空间被转化为心理的空间。如果将叙事学纳入其中，可以发现，叙事不仅仅是有序的语言结构，更是一种承载文化的话语容器。前者是社会的理性表象，是时间的表征，而后者则是社会的真实内容，是空间的表征。前者的形式具有同一性，而后者的形式具有多样性。换言之，如果叙事的时间性是非时序性的、共时性或瞬间性的，那么可以说这种叙事时间并非传统意义上的时间，而是具备了空间的形式。

循着这一思路深入《使女的故事》可见，《使女的故事》一方面通过奥芙弗雷德具体的创伤性叙事（即回忆性叙事）展现了叙事的空间性与多元性，另一方面又通过奥芙弗雷德的官方叙事（即对基列生活状态的描述）展现了叙事的时间性与统一性。后者的真实性与确定性因前者的存在而受到挑战变得模糊，也正是这两种不同维度的叙事展现了《使女的故事》创伤叙事的特质与意义。

在所有证人中，唯独奥芙弗雷德使女的身份最为特殊。她是处于基列国金字塔式极权制度最下层的女性，亦是宗教原教旨主义事变中的受害者。从上文的分析可以看出，相较其他三位证人有条不紊的叙事节奏，奥芙弗雷德的叙事并非线性的，而是充满了回溯与混乱。这就使得其叙事更具有创伤的特质。奥芙弗雷德的叙述分为十五个部分，尽管从文本视角来看每一部分都有其明确的主题，但从奥芙弗雷德自身的视角来看，就可以发现这十五个主题的叙事时间顺序是混乱的。从文本整体来看，井然有序的陈述与触景生情的追忆并置在一起。前者多为对极权主义制度的社会性控诉，后者多为个体创伤的呈现。在所有章节中，以"夜"为标题的部分多达七处。而每一个"夜"的部分都是奥芙弗雷德叙述时间最为混乱的部分，也是意识流汇集之处。也正是在"意识"与"无意识"、"秩序"与"混乱"两两结合的叙事之流中，极权主义体制对社会与人的压抑与扭曲获得了最全面的呈现。

从广义层面来看，奥芙弗雷德控诉了基列国的官僚结构。在这一结构之中，"一切都不可动摇"（25），大学、律师事务所纷纷关闭，有的是"红色感化中心"。处于上层的是主教与主教夫人，但他们二人同床异梦。保卫上层官僚的天使军则由男性构成，但这些男性却是"被阉割的"，因为他们不允许自由恋爱。处于最底层的是普通女性，使女便是其中最能体现极权主义制度特质的女性。使女的地位高低受其生育能力影响，能够生育的使女会留在主教家里，不能生育的使女则不是沦为"荡妇"就是被送去"红色感化中心"。由于岌岌可危的生命处境以及失去夫女的伤痛，奥芙弗雷德陷入创伤后遗症中，并对时间失去了感知力，因此，从狭义层面来看，意识流式的叙事实际上是她对创伤的一种表述方式。在此之中，时间实际是隐退的，有的是创伤空间的不断叠加。这也就是为什么"夜"占据了小说大部分章节的标题。"夜"没有随着时间的流逝而消退，而是形成了一个个重复的空间容纳着奥芙弗雷德的创伤。在"夜"里，创伤多次毫无声息地以"闪回"或者"鬼魂"的形式插入到奥芙弗雷德的线性叙事中。她曾叙述过，"旧日的回忆不断侵袭"（54）着她。据她回忆，在前基列国发生政变的时候，奥芙弗雷德与丈夫携女儿出逃，但在逃跑的过程中，丈夫与女儿都与她失散。在她被逮捕、并作为使女被送去弗雷德大主教宅邸之后，她更进一步怀疑自己的女儿与丈夫已经遇害，由此加重了自身的创伤。她"闭上眼睛，猛然间，没有任何先兆地，女儿一下出现在我面前"（67），"她消失了，我无法将她留住，无法将她留在身边。她走了。也许我的确把她当作一个鬼魂，一个五岁时就死去的小姑娘的鬼魂。"（67）在她与大主教相处的一段时间内，被捕的创伤时刻又在夜里不断"闪回"："被出卖的那一刻是最可怕的。当你确信自己遭人背叛，确信你的同类对你满怀恶意的那一刻。这就好比乘在一台顶端钢缆被人砍断的电梯里。下坠，下坠，不知何时会撞击地面。"（201）正是创伤切断了奥芙弗雷德的记忆链条，使得她的叙事不再顺理成章，而是错乱无序。

可见，通过回忆、幻觉、拼贴、蒙太奇等多种"后现代"手法，奥芙弗雷德的创伤叙事一改经典叙事的时间秩序，而呈现出极大的空间展现效果。值得注意的是，由于奥芙弗雷德的叙述并非全然是"碎片化叙事"，她依旧能够统摄"前基列世界"和"后基列世界"，因此又具有时间上的连续性与统一性。换言之，创伤性的回忆空间只是与线性叙事时间并存的一个维度。奥芙弗雷德的叙述始终面向未来，体现出极大的线性叙事特征，与此同时，这个"面向未来"的线性叙事又始终被创伤空间所囿范。这种互为囿范的叙事方式也体现在她对自己叙述行为的判断上。比如对丈夫卢克的命运，她始终抱有一种"真实的幻想"。一方面，她可以凭借很多蛛丝马迹来证实卢克的死亡，并为此陷入创伤的空间之中。另一方面，那种统摄线性时间的权威又让她时刻处于修通创伤的不确定性中。在她看来，如果没有亲身经历卢克的死亡事件，任何蛛丝马迹的推测只能是增大或者减少了"幸存的可能性"，因此，可以说这种"不确定性""可能性"对奥芙弗雷德来说具有一种救赎效果，是其修通自身创伤的一种认识论方式。值得注意的是，也恰如精神分析的研究显示："心智的不确定性"能够带来暗恐（uncanny）①，自奥芙弗雷德创伤空间中衍生出来的"不确定认识论"又可能反过来对她造成二次创伤。因而，这一部分内容被阿特伍德设计为开放性结局，其目的不仅仅是将阐释空间留给读者，更是揭示创伤的空间叙事本质、呈现创伤修通的时空方式。

事实上，奥芙弗雷德的创伤与修通犹如一个硬币的两面存在于同一个未来空间之中。它们互为囿范，又互相角力。《使女的故事》的创伤叙事特质也正是体现在对时间与空间的融合之上。通过这种形式上的融合，阿特伍德不仅隐喻了极权主义制度对社会与人的重大伤害，更影射了人与现代社会之间的内在本质性矛盾。也正是通过对叙事时间的创伤空间展现，阿特伍德将叙事意义从历史事件本身转向了事件的因果论上。换言之，她借助《使女的故事》独特的创伤叙事视角锚定了极权主义的形成、存在与灭亡，而她所试图回答的问题则是：极权主义的未来建立在哪些历史事实的基础之上，我们的当下时代离极权主义究竟有多远？

第三节　自由主义、保守主义与美国极权主义

冷战期间，极权主义的研究范围从历史扩大至未来，从德国、苏联延伸至美国。政治哲学家汉斯·摩根索认为，美国在20世纪的后25年里，很可能因为国内挫折不断、国际动荡不堪被卷入苏联和德国那样的极权主义之中。②伊丽莎白·扬-布鲁尔在探讨汉娜·阿伦特的《极权主义的起源》一书时也曾指出，阿伦特在书中讨论了"20世纪60年代末期的美国是否在向法西斯演变"③。然而，随着苏联的解体，学界对这一研究的热情逐渐褪去。直到2016年，这个话题随着美国总统换届选举才再次浮出水面。美国哲学家、民主社会主义者克奈尔·韦斯特在《卫报》上批判特朗普关于"构建一个强盛美国的欲望是一种怀旧主义

---

① 所谓理性认知的窘境是指人无法接近确实存在的"事实"，而只能借助其理性认知或者推测来无限接近"事实"。奥芙弗雷德并没有亲眼看见卢克的死亡，因此，她只是推测到卢克在极权世界中的遇难。从这一层面来说，她的心理创伤并非对卢克之死这个事实的确定，而是卢克之死的逻辑理性与其幸存偶然性之间的冲突。这种情绪在创伤心理学上被称为暗恐，即"心智的不确定性"（intellectual uncertainty），详情可参见王素英：《恐惑理论的发展与当代意义》，《当代外国文学》2014年第1期，第132页。
② 详见汉斯·摩根索：《国家间政治：权力斗争与和平》，徐昕等译，北京：北京大学出版社，2012年，第123页。
③ 伊丽莎白·扬-布鲁尔《阿伦特为什么重要》，刘北成、刘小鸥译，北京：译林出版社，2008年，第25页。

的故态复萌"①。美国文化批评家亨利·基洛克斯更是在《全球研究》中批判道:"特朗普的话语与政治策略为美国埋下了极权主义的种子。"②政治论坛作家乔希·德伏嘉在《沙龙》上谴责:"特朗普所代表的美国右翼正在拉大美国左右两极的差距。美国正在走上极权主义。"③

这一"预言"热潮不只在美国发酵,还蔓延至其他国度。2016年7月,在一次媒体采访中,加拿大作家、评论家玛格丽特·阿特伍德便点明了特朗普对待女性问题上的保守主义态度。④2016年10月,她又在《主妇日报》上表明了自己对特朗普强权政治的担忧:"特朗普时代将是一个墨索里尼的强权时代。美国将在此步入一个新法西斯时代。"⑤2017年,当特朗普当选之后,《使女的故事》更在销售量上突然有大幅度提升。⑥2019年,随着特朗普政府遭到越来越多的非议与责难,《使女的故事》被改编为电视剧在全美上映,电视剧公映后,不仅一举获得艾美奖、金球奖和评论家选择奖,更有美国女权主义者穿着使女的红衣白帽举牌抗议游行。可见,《使女的故事》不仅仅是一部讽喻极权主义的小说,更是一种文化符号,其指涉对象就是美利坚合众国。事实上,阿特伍德对特朗普政府的"预言"并不是一种追逐批评潮流的行为,也非一种意识形态策略,而是其20世纪80年代文学批判的变体,更是她三十多年来对美国社会文化问题的观察与洞见。从《使女的故事》开始,她的矛头就已经指向美国意识形态的非左即右。而她每一次的"预言"之中都贯穿着如下观点:真正引起极权主义的因素并不是某个固定的政治派别,而是潜藏在这些政治派别中的非此即彼思想,以及由此引发的意识形态斗争。

一、为什么是美国?

细心的读者会发现一个问题,《使女的故事》《证言》的社会背景并未

---

① Cornel West. "Goodbye, American neo-liberalism. A new era is here," in *The Guardian 17*, November 2016.

② Henry A. Giroux. "Donald Trump and the Ghosts of Totalitarianism," in *Global Research*, September 20, 2015.

③ Chauncey Devega. "Donald Trump's 'inverted totalitarianism': Too bad we didn't heed Sheldon Wolin's warnings," in *Salon*, Nov. 23, 2016.

④ See Grant Munroe. "Margaret Atwood on Donald Trump, Witches, and Flying Cats," in *Literary Hub*, July 21, 2016.

⑤ Sadiya Ansari. "5 awesome things Margaret Atwood said about Donald Trump," in *Chatelaine*, Oct 19, 2016.

⑥ Sarah Marsh. "Margaret Atwood says Trump win boosted sales of her dystopian classic," in *Reuters*, February 11, 2017.

以阿特伍德母国加拿大为背景,而是选取了美国。如果通观阿特伍德迄今为止所有长篇小说,美国实际上始终都是阿特伍德最为关注的一个问题。1985年以前,她的作品重点在于美国消费主义对加拿大的影响。在《可以吃的女人》中,她展现了美国女权主义对加拿大女性生活的影响。而在《浮现》中,她则揭露了美国消费主义对加拿大消费理念的影响。此后,《神谕女士》承袭了前两部作品的主题,借助女主人公的"肥胖"对消费主义再次发起批评。总的来说,这一时期内,阿特伍德的观察视角主要从加拿大本土出发,展现的是加拿大与美国之间的"恩怨情仇"。1985年的《使女的故事》成为其"美国情结"的一个分水岭。自此之后,她的观察重点逐渐从"地方"(local)转移到"国际"(international),观察的角度从美国对加拿大的影响转移至美国对世界的影响(为此,她还曾专门写信批判美国对伊拉克发动的"石油战争")。在近十年的"反乌托邦三部曲"中,她继续以美国作为背景国,描绘了美国的"反乌托邦"未来。值得注意的是,阿特伍德这种对美国的关注并非建立在狭隘的民族主义思想之上,而是基于对美国的国际地位与社会影响的关注。她曾多次声明:"《使女的故事》从未有过未曾发生过的事情。"[1]可以看出,《使女的故事》中有关未来的猜想都有着其严肃的社会根基。

  对于阿特伍德小说中的美国问题,阿特伍德的研究者瓦莱里曾从内部视角出发,认为阿特伍德的"生活经历"决定了其"美国情结"。[2]林格特则从外部视角看待这个问题,认为北美的地理位置、殖民历史以及全球化现象是造成阿特伍德"越界书写"的原因。[3]将这两种视角结合来看,阿特伍德对美国的关注是其个体经验与社会客观经验的对接。在一次访谈中,当阿特伍德被问及为何将《使女的故事》的背景设定为美国而不是其母国加拿大时,她答道:"比起加拿大,美国在很多事情上更为极端化。加拿大则与之不同,并不会在左右两翼之间摇摆不定,更为真实的是,现在世界上的每个人都在关注美国正在做什么,或者十年、五十年后会做些什么。"[4]她认为美国国家实力的攀升使得美国极具世界影响力,也正因如

---

[1] Margaret Atwood. *In Other Worlds—SF and the Human Imagination*. Toronto: Virago Press Ltd, 2012, p. 88.

[2] Valerie Borege. "Margaret Atwood's Americans and Canadians," *Essays of Canadian Writing*, 22 (1981), p. 111.

[3] Reingard Nischik. *Transnational Approaches to American and Canadian Literature and Culture*, New York: Palgrave Macmillan, 2016, p. 94.

[4] Coral Ann Howells. *Margaret Atwood (Second Edition)*. New York: Palgrave, 2005, p. 96.

此，美国自身需担负起大国的责任。美国左翼与右翼的失衡不仅影响了美国社会，还影响了国际社会。她的这些观点也被置入《使女的故事》中，并通过文学幻想与客观现实的通融而呈现出来。

如果说《1984》中的极权主义取材于左翼党派斗争，那么，《使女的故事》中的极权主义则取材于美国宗教右翼原教旨主义者的政治狂热。从全球政治来讲，《1984》中的左翼暗指苏联这样的社会主义意识形态。但是在美国，情况却有所不同。美国的左翼与社会主义、共产主义并无多大关系。它关注的是社会底层人民的自由、平等与民主问题。美国的右翼比起左翼更加保守，因此也称为保守主义。《使女的故事》中的极权主义正是诞生于宗教右翼的背景之中。小说一经出版便触发了学界（尤其是美国左右两翼）褒贬不一的声音。有人认为《使女的故事》中"超级圣经清教主义"（super-biblical Puritanism）与美国右翼保守主义之间的关系并不真实。[1] 也有人认为这在美国足够引起"强烈的反映与警觉"[2]。虽然《使女的故事》中并没有指明这些问题，但小说的续集《证言》却明确指出这两部反乌托邦小说的政治隐喻正是美国右翼保守主义。

如果说美国左翼势力的主力军是工人阶级，那么美国右翼势力的领头羊则是宗教右翼势力。宗教右翼势力属于美国宗教的保守势力，也被称为基督教新右翼（New Christian Right），或者"福音派"。鉴于美国的宗教历史问题，宗教右翼对美国政治体制有着深远的影响。有调查数据显示：步入21世纪，"（美国）自由主义的主流派（mainline）占基督——犹太教各教派的21%，福音派占27%"[3]。亦有最新调查显示，2016年的美国大选中，多于三分之一的福音派（宗教右翼的主体）白人都投了特朗普的票。这无形间成为特朗普胜出的一大原因。[4] 可见美国右翼在美国主流宗教中所占的比例与社会影响。美国的"福音派"起源于清教主义，得益于19世纪到20世纪的清教复兴运动。他们虽然奉《圣经》为权威，却又没有将自己排除在现实生活之外。20世纪40年代之后，这一宗派曾在北美

---

[1] Mary Adams. "Reading Atwood After Taliban," *World Literature Today* 76, No. 3/4, Summer Autumn 2002, p. 75.

[2] Gorman Beauchamp. "The Politics of Handmaid's Tale," *The Midwest Quarterly* 51, Issue 1, Autumn 2009, p. 11.

[3] 冯春风：《美国宗教与政治关系现状》，《世界宗教研究》2000年第3期，第105页。

[4] See Joseph Loconte. "Before Donald Trump, the sad history of when Christians anointed another political bully," *the Washington Post*, February 22, 2016.https://www.washingtonpost.com/news/acts-of-faith/wp/2016/02/22/before-donald-trump-the-sad-history-of-when-christians-anointed-another-political-bully/ [2017-06-08]

基督新教中以"新福音派"为名,但又迅速被"福音派"这一名称所取代。应当注意的是,我们现在所说的福音派是一种后原教旨主义(post-fundamentalism)。这里的原教旨主义并不像今天那样充满贬低的意味,而是"针对美国文化中一种世俗文化的出现所做出的宗教的反应"[①]。以一种辩证的视野观之,宗教右翼势力成型是对原教旨主义失败后的一种回应,亦是对世俗自由主义泛滥的一种抵抗,因此更具保守性。小说中的宗教右翼原教旨主义的原型正是来源于此。

二、清教徒与自由主义者的身份悖谬

在阿特伍德的笔下,未来的美国沦为了一个宗教右翼极权统治之下的社会。《圣经》代替了宪法,而每个人都似乎回到了清教主义时期,生活得战战兢兢。正如豪威尔斯曾指出的那样,这部小说"从十七世纪横跨至二十一世纪"[②]。阿特伍德将这部属于21世纪的小说追溯至17世纪,而清教徒的身份构建轨迹正是小说中极端宗教右翼的起源与现实基础。

从历史上来看,清教徒一直以来都是美国功不可没的建国者。但在阿特伍德看来,他们独特的历史身份却是宗教右翼极权社会的构成因素之一。阿特伍德曾经在《另一个世界》中这样评价初来北美的建国者们:"十七世纪的新英格兰人就是一批清教徒式的乌托邦分子……新英格兰殖民地将自己视为实践上的上帝之城——与很多乌托邦一样,它将重新再建,这次一定建好。然而,恰如霍桑所示,殖民地所建的首批公共项目就是监狱与牢笼,用来承载其背后潜伏的反乌托邦社会。"[③]这段对美国建国早期的评述显示了她的一个重要看法,即"清教徒"与"自由主义者"双重身份的背后是乌托邦式自信与现实状况的悖谬。

从历史上来看,这些建国者大部分来自欧洲。他们不仅是躲避宗教迫害的虔诚教徒,还是实践政治理想的欧洲自由主义者[④]。前者意味着他们

---

① 阿里斯特·麦格拉斯:《福音派与基督教的未来》,董江阳译,北京:中央编译出版社,2004年,第14页。
② Coral Ann Howells. *Margaret Atwood*(Second Edition). p. 97.
③ Margaret Atwood. *In Other Worlds—SF and the Human Imagination*. pp. 82-83.
④ "自由主义"这个概念至今分歧较大,它在每个历史时期都被赋予不同的时代意义。这里的"自由主义"主要是指17世纪兴起的、以寻求个人与公共关系为主的政治哲学思想。后文所指的自由主义主要是跟个人自由相关的概念。

秉承了加尔文"政教合一"①的政治体制及集权统治②，是宗教革命的自由战士，后者则意味着他们秉持经济上的自由放任政策，是新兴的自由主义者。由于这种双重身份，这些建国者们自认为是受过清教教义训练的自由派，因而更能理解自由与权威的相得益彰，而他们的政治实践性则更符合新英格兰建国的历史需求。正像托克维尔所说，在新英格兰，"自由认为宗教是自己的战友和胜利伙伴，是自己婴儿时期的摇篮和后来的各项权利的神赐依据。自由视宗教为民情③的保卫者，而民情则是法律的保障和使自由持久的保证。"④有意思的是，正是这与众不同的"政教统一"身份却成了日后这二者势不两立的基础。

细心的读者会发现，《使女的故事》的扉页印着一段献词："谨献给玛丽·韦伯斯特。"玛丽·韦伯斯特（Mary Webster）是阿特伍德的女祖先，亦是一名美国清教历史上的知名人物。韦伯斯特在马萨诸塞州被指控行巫术，并获绞刑。不可思议的是，第二天当人们把她从树上解下来时却发现她大难不死。依照当地"不能两次处死一个犯人"的法律，韦伯斯特被释放回家。这一事件还牵扯出另一桩发生在1692年的马萨诸塞州塞勒姆村的真实案件。某日，村庄牧师的女儿突然间变得"歇斯底里"，她发狂尖叫，并大声念诵一些奇怪的咒语。同一时期，也有不少女性（这其中包括一些贵族的妻子与女仆）都陆续出现了这种"症状"。这迅速引起了民众的恐慌。他们认为这些女性都是受了撒旦影响的"女巫"。在恐惧之中，他们开始随意指控与迫害自己的邻居，整个村庄由此陷入极权式的恐怖中。韦伯斯特就是塞勒姆巫术案中的受害者之一，亦是《使女的故事》中女主人公奥芙弗雷德的原型。需要注意的是，阿特伍德并非只是借奥芙弗雷德影射了韦伯斯特，《使女的故事》的价值也并非只是对历史上的"清教主义制度"的呼应。她的一切用意在于揭示彼时清教徒的历史身份演进与未来极权主义的关系。韦伯斯特的获救与自由主义推崇的世俗化进程息

---

① 加尔文提倡的"政教合一"是政教的相互制约，旨在用信仰制约政治权力的泛滥，用政治契约制约牧师权力的扩张，因此，确切地说，是一种既"合一"又"分裂"的关系，详情请参阅加尔文所著的《基督教要义》，本研究不做详述。

② "加尔文希望支配一切……他的计划是要号召灭绝天主教徒、路德教徒、茨温利教徒、再洗礼教徒以及其他人……"详情见拉塞尔·雅各比：《杀戮欲——西方文化中的暴力根源》，姚建彬译，北京：商务印书馆，2011年，第29页。

③ 民情指的是一个民族的整体道德和精神面貌或人在一定的社会情况下拥有的理智资质和道德资质的总和。引自张splie：《从美国民主到法国革命——托克维尔及其著作》，上海：上海社会科学院出版社，2006年，第44页。

④ 托克维尔：《论美国民主》上卷，董果良译，北京：商务印书馆，1991年，第49页。

息相关，若不是因为世俗法，韦伯斯特难逃厄运。回观《使女的故事》，奥芙弗雷德也是如此，她深受未来宗教右翼极权主义的压迫，却因"五月天"而获救。"五月天"是在加拿大建立的一个自由主义组织，它所指涉的正是北美20世纪60年代左右的第二波女权主义运动。这样的契合背后是现代性、世俗主义对宗教社会的影响与变革，而这一线索的未来指向正是宗教右翼极权主义。

事实上，在"塞勒姆巫术运动"之后，拥有"政教合一"身份的新英格兰人逐渐显露出其内部的不协调性。那些巫术运动的发起者和支持者都是饱受清教制度压抑的女性和世俗自由主义者（或者称第二代清教徒），循规蹈矩的保守主义稀释了他们从欧洲大陆带来的自由主义气质，而那些巫术运动的反对者和迫害者则是男性元老（或称第一代清教徒）。他们大多墨守成规，维护清教主义严谨的教规。矛盾虽然发生在他们身上，但他们又彼此依靠，相互知晓对方是他们整体身份认同中的另一个部分。援引精神分析对人类同一性身份危机的揭露："在两个人之间持续很长的几乎每一种亲密的情感关系中——如婚姻、友谊以及父母和孩子间的关系，都沉积着嫌恶和敌意的感情。"[1]如果说正是这种亲密的认同维持着自由与宗教之间的纽带，那么也可以说，引起它们分开的并非有着天壤之别的差异，而是拥有相似身份认同的细微差别以及长时间的联系。恰如拉塞尔·雅各比曾经在《杀戮欲》一书中以种族灭绝为例说明了的问题一样，极权主义永远不可能发生在"他者"身上，它发生在身份一致的单一社会之中。而其所施暴的对象并非陌生人，而是自己的亲戚、邻居和同胞。[2]在一个身份相同的社会中，悖谬往往容易被放大至数倍，持异见者更容易成为被这种嫌恶所攻击的目标。弗洛伊德与雅各比无疑揭示了彼时清教徒"政教合一"身份所面临的巨大挑战，即在高度同一性的社会之中隐藏着极权主义的危机。"塞勒姆事件"便充分显示了这点。身份一致的清教社会因为微小的差异蕴含着最为极端的冲突。这种冲突以邻里之间、夫妻之间、主仆之间的互相指控表现出来。恰如阿特伍德的恩师，美国清教徒问题研究者帕利·米勒（Perry Miller）所描述的那样，那个时期的新英格兰，"每个人的性命都掌握在任何一个控诉者手中，兄弟相互猜忌，至交

---

[1] 弗洛伊德：《弗洛伊德文集》第六卷，熊哲宏、匡春英译，车文博编，长春：长春出版社，2004年，第74页。

[2] 详见拉塞尔·雅各比：《杀戮欲——西方文化中的暴力根源》，第三章。

不可信任。"①当年共同反抗天主教迫害的日子已经远去，他们所遭受过的迫害手段如今可以反过来用在别人身上。对于这一段历史，阿特伍德在《使女的故事》中回应了老师的观点，并含沙射影地指出了彼时清教主义的极权性质：在宗教右翼掌权之后，他们的敌人并非那些与自己有着天壤之别的他者，而是来自宗教内部的同胞。"天主教徒和贵格教徒从基列的内部与外部向其开仗。以曾经的美国南部为基地的洗礼派则从外部向基列开火。"②他们旨在消灭的并不是异教徒或者异乡人，而是与他们只有细微差别的"同胞们"。同胞相斥的"塞勒姆心态"也同样被小说反映出来。奥芙弗雷德与奥芙格伦同为使女，同病相怜的她们发展出一段微妙的友情。正是奥芙格伦向她讲述了自由主义组织"五月天"的拯救计划。然而，当得知奥芙格伦被抓时，奥芙弗雷德与她的亲密关系受到了极权主义恐怖的考验，她头脑混乱地想："我会什么都说出来的，要我说什么就说什么，血口喷人，瞎说一气，把谁都可以牵连上。不错，我先是会惊声叫唤，甚至哭哭啼啼，然后就会吓成一摊烂泥，随便什么罪行都供认不讳，最后被吊死在围墙上。"③而当她得知奥芙格伦在受到审讯之前已经自杀后，她又产生了如释重负的感觉，甚至甘愿在极权统治下度日：

> 亲爱的上帝，我心想，你让我绝处逢生，现在你要我做什么我都在所不辞。我愿意消灭自我，倘若你真的希望如此。我愿意掏空自己，成为一个名副其实的圣餐杯。我愿意放弃尼克，（奥芙弗雷德的秘密情夫，大主教的下属——笔者注），忘掉其他人，不再抱怨。我愿意接受命运的安排。愿意作出牺牲。愿意忏悔。愿意放弃原有信念。愿意公开声明放弃。（297）

用历史目光看，"塞勒姆巫术运动"之后，"政教合一"的身份再也承载不住美国内部的摇摇欲坠而被一分为二。到了 19 世纪，那些曾经的宗教自由主义者成了维护清教统治的保守派，并把重点置于道德习俗上，却甚少关注经济调控。而那些被清教徒排挤的贵格派教徒连同饱受清教父权制度欺压的女性则摇身一变，成为从清教内部分离出来的自由派，并把重

---

① Perry Miller. *The New England Mind*: *from Colony to Province*. Boston: Beacon Press, second printing, 1966, p. 195.
② Theodore F. Sheckels. *The Political in Margaret Atwood's Fiction—the Writing on the Tent*. England: Ashgate, 2012, p. 82.
③ 玛格丽特·阿特伍德：《使女的故事》，陈小慰译，南京：译林出版社，2008 年，第 296 页。以后引用，在正文中随文标注页码。

点置于道德与经济上的双重放任自由,这种分裂成为贯穿美国建国以来直至今日的根本性社会矛盾,并由此塑造了无法通过内部进行调和的左、右两极意识形态。

三、启蒙乐观精神与社会现实的悖论

然而,值得注意的是,如果说高度统一的"政教一体"身份是极权主义一个至关重要的内部根源,那么导致这个身份产生断裂,并由此引出未来极权主义风险的原因则是这种内部意识与外在现实的冲突,亦即建立在启蒙精神上的"既济观"与"未济现实"的二律背反。进一步论之,当这些建国者来到北美时,他们认为这片土地是"实践上的上帝之城"而且"一定能够建好"。可以说,新英格兰人是怀着一种"业已完成"的"既济观"来到新英格兰的。从社会理念上来说,恰如托克维尔所说,新英格兰人认为"他们生下来就平等而不是后来变成平等的"[1]。所谓"生来平等"是指一种自然的社会状态,而"人人平等"则是一种政治诉求。"生来平等"意味着乌托邦已经在此时此地得到了实现,它已经成为一种业已成型的"自然状态",[2]因此,在欧洲大陆存在的社会层面的政治运动在这里并不存在。这亦如托克维尔发现的那样:欧洲的自由主义者力求"人人平等",这是一个"乌托邦未至"的观念。正是这种"未济性"反过来推动欧洲左派自由主义者的政治实践。然而,在新英格兰却不一样。他们认为"革命已经完成了",这就导致他们并没有真正经历一场民主革命。[3]与此同时,清教徒关于"上帝已经选定其子民"的"既济观"也在宗教上影响着新英格兰人。这就更进一步使他们认为在社会上(尤其是在平等、自由的政治问题上)无须革命,在宗教上也无须革命,因为"宗教已经是革命的了"[4]。 诚然,这种既济观带着启蒙主义的盲目乐观精神,而忽视了"生来平等(All men are created equal.)"背后存在着严重的现实悖谬。恰如雅各比所说:"人类平等的这一原则以及它在社会中的具体表现并非一回事。"[5]每一个人都可以根据"生来平等"的原则相信自己是个体与国家事务的主宰者。但是每一个人却又有这样一个问题:如果人人生来平等,

---

[1] 阿历克西·德·托克维尔:《论美国的民主》下卷,董果良译,北京:商务印书馆,1989年,第686页。

[2] 皮埃尔·莫内:《自由主义思想文化史》,曹海军译,吉林:吉林人民出版社,2004年,第143页。

[3] 阿历克西·德·托克维尔:《论美国的民主》,绪论16页。

[4] 路易斯·哈茨:《美国的自由主义传统》,第36页。

[5] 拉塞尔·雅各比:《乌托邦之死》,姚建彬译,北京:新星出版社,2007年,第105页。

那么为什么他人要比我富有？事实上，人人生来平等指的是人被上帝以平等的形式创造（created）出来，而不是在现实层面的平等。就社会现实来说，生来平等的概念并非真正用来指民族、阶级、信仰之间的平等，更多时候，它是指一种机会的平等。因此，当新英格兰人怀着"乌托邦已至"的启蒙乐观精神实行其政治实践时，往往忽视了"不平等"的现实性。

在阿特伍德看来，一旦有人宣称他们已经身处乌托邦，或者乌托邦已经来临了，那么这个所谓的乌托邦便悄无声息地在时间上与空间上与反乌托邦连接在了一起。这便是启蒙乐观精神与现实之间相互冲突的后果。这里不妨借助哈耶克的一句话来深入解释："在我们竭尽全力自觉地根据一些崇高的理想缔造我们的未来时，我们却在实际上不知不觉地创造出与我们一直为之奋斗的东西截然相反的结果。"[1]概言之，极权主义的危机就深深地植根于"生来平等""乌托邦已至"的"既济观"中。

作为一部反乌托邦作品，《使女的故事》对这种理想与现实之悖论同样有所表现。负责教育使女的丽迪亚嬷嬷就是一个深受"既济观"之害的人。丽迪亚嬷嬷的身份并不像大主教与主教夫人那样显赫，她只不过是右翼宗教极权主义的一个普通"帮凶"。但是她高度的理性思维却使其在教育使女时秉持一种"既济观"，即将一切被视为不正常的社会行为归因于不习惯。她告诉使女们："所谓正常就是习惯成自然的东西"，只要过上一段时间就"多见不怪了"（36）。从丽迪亚嬷嬷将极权主义"正常化"的思想行为来看，其中作祟的就是"生活已经是好的了""人们已经是自由的了"诸如此类的"既济观"。因为没有这种观念，权力就不会得到巩固，没有这种内在催眠术，极权主义的恐怖将会暴露无遗。换言之，"既济观"不仅仅是启蒙主义乐观精神的表现，更是理性主义用来麻痹自身的工具。它使得"现代人将极权主义视为一种'正常'的表现"[2]，并可以将社会中存在的巨大现实沟壑通过观念填平。恰如塔尔蒙所说："在极权主义国家中，尽管所有的国民都致力于国家的意识并且都表现出一种兴高采烈的情绪来实现这种意志，但是，事实上他们是把被指示为惟一的真理作为自己自由选择的，认可了的东西。"[3]反观小说内容，当奥芙弗雷德被来自日

---

[1] 弗里德里希·奥古斯特·冯·哈耶克：《通往奴役之路》，王明毅、冯兴元等译，北京：中国社会科学出版社，1997年，第33页。

[2] Versluis Arthur. *New Inquisitions: Heretic-Hunting and the Intellectual Origins of Modern Totalitarianism*. Oxford: Oxford University Press, 2006, p. 167.

[3] J. F. 塔尔蒙：《极权主义民主的起源》，孙传钊译，长春：吉林人民出版社，2004年，第53页。

本的游客问及"你们快乐吗？"时，她策略性地回答"不错，我们很快乐"（31）。这无疑是用讽刺修辞提醒我们，当越来越多的人像丽迪亚嬷嬷那样被极权"同化"，深感自由、平等、博爱的基督世界已经来临之时，才是极权主义到来的时候。正如齐泽克对某些持乐观态度的民主人士的批判："一旦民主不再'即将到来'，而只是假装完全实现了，我们就进入了集权主义（totalitarianism——笔者注）。"①

进一步论之，一旦"生来平等"的"既济观"与不平等的现实之间产生了矛盾，那么必然会影响现代性的筹划方式，并由此导致经济与政治的不协调发展。阿特伍德曾经洞见到，对于新一代的清教徒来说，"重心并不是宗教结构，而是物质发展"②。如果说欧洲的乌托邦分子大多数对革命怀有极高的热情，那么在美国，这些乌托邦分子却不以为然，援引托克维尔的观点："生来平等"的自由主义在政治制度上缺乏激情。他们不是像其欧洲大陆的同胞们那样投身于联系紧密的团体运动之中。③由于宗教中天职精神的作祟，对于政治上的激情"都被用去发明致富之道和满足公众需要的良方上去了"④。然而，正如前文所示，宗教、道德等政治生活上的保守与市场、贸易等经济生活上的自由在美国的特殊历史背景下是矛盾的。对于第一代清教徒来说，人所要出生的世界、生活的地方、国家、乡镇、家庭，甚至死亡都是被决定好了的。⑤人的平等只能是在恩赐的平等上被表现出来，而在社会生活中，这种平等无法得到保证。为协调这种内在矛盾，他们唯有诉诸"有限的平等"。但是，也正如前文所述，这些建国者们的另一个身份是受到启蒙理性主义熏陶的自由主义者，因此，如果遵循新一代清教徒的逻辑，保守的"得救预定论"就暗含了救恩的任意性与非理性。以加尔文对"预定论"的解释为据，可以看出上帝的自由与人的自由产生了矛盾：

> 万物从永远到永远都在神眼前，所以对他的知识而言，没有未来也没有过去，反而万事都是现在进行式。且这意思是神不但用意念思考万事，就如我们思考我们所记住的事一般，他也看万

---

① 斯拉沃热·齐泽克：《有人说过集权主义吗？》，宋文伟、侯萍译，南京：江苏人民出版社，2005年，第118页。
② Margaret Atwood. *In Other Worlds—SF and the Human Imagination*. p. 83.
③ 阿历克西·德·托克维尔：《论美国的民主》下卷，董果良译，第682～684页。
④ 阿历克西·德·托克维尔：《论美国的民主》下卷，第690页。
⑤ Perry Miller. *The New England Mind: from Colony to Province*. Boston: Beacon Press, 1968, p. 15.

事就如这一切正在他眼前,且预知包括全宇宙的每一个受造物。我们称"预定论"为神自己决定各人一生将如何的永恒预旨,因神不是以同样的目的创造万人,他预定一些人得永生,且预定其他的人永远灭亡。因为,既然每一个人都是为了这两种目的其中之一被创造,所以我们说他被预订得到生命或受死。①

由此看来,如果"神总是有自由将自己的救恩赏赐他所喜悦的人"②,那么人就无法自由。在这样的情况下,建国者们就只有进一步诉诸经济上的资本主义,因为资本主义不仅仅是一种实践"被上帝揭示的意愿"(revealed will)③的方式,而且能与天道酬勤的"理性规律"(尽管这是人的理性规律)所匹配,缩减了"生来平等"的理念与现实的差距。与此同时,将上帝的"秘密意愿"(secret will,即不可被人类理性把握的那部分)与"显现意愿"两两结合,也并不妨碍政治运动上对平等的追求,因而,这些建国者们在经历了几代反思演进后,摇身变为新一代的"自由主义者"④。然而,悖谬的是,在资本主义的逻辑中,实现平等是一个方面,但拉开差距(尤其是贫富差距)是另一个方面。平等的理念催生了经济上的自由政策,而自由政策的后果又是贫富差距的与日俱增,这又反过来阻碍了平等在现实中的展现,加速了右翼资本主义的发展。这些逻辑上的悖谬在小说中被那些试图回到过去的宗教右翼分子表现出来:他们一方面希望回到过去,因为回到过去严格的道德和虔诚中至少能够重新获得因资本主义发展而失去的安全感。另一方面,他们又无法"叫停"那个催动他们寻找回到过去的本质动因——资本主义。当右翼的原教旨主义者夺权后,掌权者却又进一步表现出矛盾的状态:一方面,当权的主教与达官贵人们将《圣经》视为他们行动的最高准则,妄图回归一种政治上的专制传统。他们设立了苛刻的科层制以及迫害女性的父权制度。另一方面,在这些清教化的体制的背后,这些所谓的"教徒"却对自由主义的享乐精神极为迷恋。他们白天虔诚恭敬,夜里却在"荡妇俱乐部"歌舞升平。可以说,阿特伍德借此表现的正是如下含义:这些复兴了"右翼极权"的清教徒实际上在政治上害怕自由主义,却在经济上热爱自由主义。而他们清教徒祖先拥有的"乌托邦"想象最终不过是一个同时拥有自由主义物质享受与清教

---

① 约翰·加尔文:《基督教教义》中册,钱耀诚等译,北京:生活·读书·新知三联书店,2010年,第934~935页。
② 约翰·加尔文:《基督教教义》中册,第942页。
③ Perry Miller. *The New England Mind: from Colony to Province*. p. 21.
④ Perry Miller. *The New England Mind: from Colony to Province*. p. 21.

主义森严科层制的怪物。

四、意识形态的"左右"博弈

在以上观点的佐证下,不少学者认为《使女的故事》批判的矛头是指向美国右翼势力的。但是,事实上,阿特伍德对左翼势力的关注并不少于右翼势力。小说中的不少情节都披露了阿特伍德对现代自由主义的批判。作为极权主义的卫道士,丽迪亚嬷嬷认为自由主义就是极权主义。她曾告诉使女们,"自由有两种……一种是随心所欲,另一种是无忧无虑。在无政府的动乱年代,人们随心所欲、任意妄为"(27)。更甚的是,她主张"可别小看这种自由",并坚定地相信"从前那个社会毁就毁在有太多选择"(27)。身处基列共和国的她认为极权主义让人"免受危险,再也不用担惊受怕",堪称一种自由。可以说,丽迪亚嬷嬷道破了建国以来保守主义与自由主义在美国历史进程中的特殊矛盾,并暗示了后者的问题之所在。小说中的另一个伏笔是:奥芙弗雷德一直以来与秘密组织"五月天"有着密切的接触。从这个秘密组织的名称、成员和活动情况来看,它显然是以20世纪60年代后的新自由派为原型。奥芙弗雷德起初寄希望于"五月天",并不时向"五月天"提供当权者的情报。但当奥芙弗雷德公开了自己与大主教之间被禁止的"爱情"后,"五月天"及时出现,欲将奥芙弗雷德从主教家中带走之时,奥芙弗雷德猛然发现这个所谓抗衡宗教右翼势力、解放女性的秘密组织对她的一举一动都了如指掌。如果说宗教右翼分子的极权主义诉诸一种"可见的暴力",那么"五月天"就在不可见之处操纵着奥芙弗雷德。这样无处不在的掌控让她在潜意识中感觉到这个组织与宗教右翼势力相似的极权主义特征,她仿佛看到:"一位黑色的天使告诫我远离他们。"(306)可以看出,小说中的自由主义并非阿特伍德选择的救赎之路,反而是极权主义的另一个面目。

要想揭示自由主义的真面目,我们还需回到它的历史演进中。"塞勒姆事件"中,倡导"人人平等"的"自由主义者"充当了前锋兵的角色,加速了政教之间的分离,从内部推动了新英格兰从"政教合一"的清教专制走向了"平等自由"的民主制。17世纪末,清教制度彻底垮台,现代自由派逐渐成形。南北战争后,美国彻底摆脱了奴隶制,步入了自由经济的时代。然而,自由经济与权威政府的分离加快了金融垄断的进程。金融垄断又加速了贫富分化。几个大托拉斯几乎掌握了国家经济命脉,而中产阶级与底层阶级却只能在自由放任的经济中被逐渐榨干血汗。自由与平等的矛盾愈演愈烈。再自由的制度在根本无法平等的社会现实中不仅毫无用武之地，反而还加深了这种不平等的社会差距。经历了罗斯福"新国家主义"和威尔逊"新自由主义"之后，美国现代自由主义者开始与支持自由主义经济却害怕民主制度的人士划清了界限，把他们归入了右翼阵营。在这样的历史情况下，这些新生的自由派从中产阶级和工人阶级中汲取了强大的养分，迅速成型。阿特伍德敏锐地把握了这一点，在一次访谈中，她指出当代美国的极端自由主义运动与中产阶级有着密切的关系："中产阶级本来只是读读理论，并不诉诸实践运动，然而当他们与工人阶级的不平等与憎恨联系起来的时候就会一路左倾。"①而这样左倾的结果就是20世纪60年代达到极致的新左派（新自由派）运动。彼时，新自由主义者摇身成为新左派，与女权主义者、民权运动参与者以及学生在美国此起彼伏地上演着有关颠覆的"戏剧"。阿特伍德借小说人物奥芙弗雷德这样叙述道：在自由主义运动猖獗的时期"女人不受保护……个个女人都心知肚明……不要给陌生人开门，哪怕他自称是警察"（26）；那时的杂志给人承诺"永恒与不朽"……"一个又一个的衣橱，一种又一种的美容术，一个又一个的男人。它们让人看到青春可以再来，美貌可以永驻"（163）；"报纸上不乏各种报道，水沟里或树林中的尸体，被大头棒连击致死、碎尸，或像从前常说的遭到奸污"（59）。可以说，《使女的故事》中的"自由乱象"就是20世纪70年代美国政治解放，经济放任，道德堕落，思想虚无，社会动乱的真实情况。

然而，值得注意的是，中产阶级的新左派运动风起云涌，但是却不足以颠覆政治制度。在阿特伍德看来，真正起到决定性作用的是整个社会制度右倾路线与左派运动的激烈碰撞。她曾谈道："在美国，上当受骗的人都是些中产阶级病患，而他们又占据了社会结构的大多数。这些病人并不能接受低保，除非哪天他们破产了。如果这些问题日积月累，他们将不惜余力'颠覆制度'。所有问题当归之为'日积月累'。然而，人们并没有那么疯狂，除非被逼急了，否则谁也不会想去诉诸极端左翼运动或理论。"②在阿特伍德看来，新左派运动并非自然而发，而是右倾路线下的社会问题"日积月累"的结果。政治上的不作为和政治上的大作为都会导致社会平衡的崩溃。

按照阿特伍德的看法，面对崩溃，占国民人口大多数的普通中产阶级

---

① Earl G. Ingersoll. *Waltzing Again*: *New and Selected Conversations with Margaret Atwood*. p. 131.
② Earl G. Ingersoll. *Waltzing Again*: *New and Selected Conversations with Margaret Atwood*. p. 132.

容易选择两种解决方式：一是完全放弃制衡双方关系的努力和权力，以"视而不见"的方式解决，二是直接投入左翼运动，以极端政治行为解决一切。对于前一种方式，奥芙弗雷德已经有了体认："我们生活着，一如既往，视而不见。只是不见不同于无知，你得劳神费力才能做到视而不见……一切都不是瞬间改变的：就像躺在逐渐加热的浴缸里，你就是被煮死了，自己也不会察觉。"（59）而对于后一种，奥芙弗雷德母亲则更能说明问题。她年轻的时候正值20世纪70年代左右。彼时，社会上形成了一派延续了19世纪"平等权利"的新自由女性主义。①三十七岁时生了奥芙弗雷德之后，她就成了一名单亲妈妈。就如"塞勒姆事件"的发起者一样，她具有"女性""自由派"两大身份特征。奥芙弗雷德描述她为："刚硬勇猛、斗气十足。"她倡导女权主义运动，信奉"选择自由，想要（孩子）才生""夺回我们的身体""还我夜晚行动自由""你相信女人的位置是在厨房案桌上吗？"诸如此类的女权主义理念（123），甚至声称奥芙弗雷德并非自己意愿所生，而是"这场冲突下产生的反应"（126）。

事实上，当这两种简单粗暴的解决方式互相冲突之时，问题不但没有真正地得到解决，反而造成了社会内部结构的摇摇欲坠。一方面，左翼越来越倾向于"专制主义""极权主义"。另一方面，又有一大批"视而不见者"对这种冲突抱以怨恨的态度。用哈茨的话来讲，这样的自由派有一种要求"全体一致的危险"②。奥芙弗雷德的母亲希望通过对奥芙弗雷德方方面面的掌控来证明"她的生活和选择都无比正确"。她希望奥芙弗雷德是"体现她生活观念的模范后代"（126），从而来证明她自己的生存方式。这些都能说明，"全体一致的危险"就是一种容不下任何差异的专制性。恰如约翰·格雷发现的那样："美国人口中很大一部分人为了原教旨主义的目标而策略性地运用的自由话语并非在自由主义价值观念上的共识。"③这些自由派虽然崇尚一种自由的理念，但是，由于秉持了相同的历史身份与历史理念，他们往往在消解差异这个问题上抱有一种原教旨式的态度。反观奥芙弗雷德的母亲，她有着一群"穿工装裤……满口粗言秽语"的女性朋友。在奥芙弗雷德眼里，这些女人毫无成年女性的性别特征，"好像自己还是小姑娘"（188）。阿特伍德借奥芙弗雷德的视角所要表达的正是这种"消解差异"观念中潜在的极权主义特性。恰如齐泽克所说，虽然这

---

① 凡·戈斯：《反思新左派》，侯艳、李燕译，北京：首都师范大学出版社，2015年，第79页。
② 路易斯·哈茨：《美国的自由主义传统》，第10页。
③ 约翰·格雷：《自由主义的两张面孔》，顾爱彬、李瑞华译，南京：江苏人民出版社，2008年，第14页。

些作为政治主体的现代自由派倡导"解构性差别的'二元对立论'",但是"这些多重性别的真相是不分男女,是差别在乏味的、重复的、变态的同一性中的消失"①。

阿特伍德在一次访谈中推测,如果平衡持续被打破,如果这种混乱持续存在,"一旦出现不能掌控的事情,而这又发生在为数不少的人身上,就会引起恐慌,这个时候,人们就会说:为了'将一切拉回原样',是时候出现一位君王或者一个军事独裁政府了。而这就是极权主义的危险之所在"②。她的这种推测也恰如其分地被小说所传达:像奥芙弗雷德母亲这样的新自由派虽然看到了社会的"不平等本质",却因为"他们努力应与我们自己一样"③的原教旨主义式自由观招致了一场新的社会对抗。作为中立者的奥芙弗雷德在这场对抗中期盼:"把她拉回来,我想把一切都拉回来,过去的一切。"(126)正是从这一刻起,极权主义种子便有了其最肥沃的土壤。

这里,阿特伍德看到的是20世纪后期自由主义传统在为个人利益保驾护航的同时激起的极权主义的潜在性。然而,需要进一步探讨的问题是,如果真像奥芙弗雷德主张的"将一切拉回原样",问题是否会被解决?通过将"极权主义观念"转变为"文本现实",阿特伍德辩证地呈现了这一问题的答案。事实上,在极权主义的制度下,无论是宗教右翼还是自由派,无论是上层权力还是下层民众都是社会制度的牺牲品。象征右翼权力的大主教在极权制度中并没有获得要风得风、要雨得雨的权利和地位。他同样被严苛的制度压迫。他必须为"生育"做出个人情感上的牺牲,也必须遵从"制度"而与早已不再相爱的夫人保持"同床异梦"的关系(164)。至于主教夫人,她也难以摆脱极权主义制度的桎梏。恰如小说在引语部分借《圣经·创世纪》第30章第1~3节④的内容所讽喻的那样,在严苛的宗教制度下,"生育"的重要性要大于个人的尊严与情感。不能生育的主教夫人们唯有通过"受精仪式",以一种符号关系才能维持自己的权力地位。她们被剥夺的正是享受性与爱的"女性快乐"。从这一角度来说,文

---

① 斯拉沃热·齐泽克:《有人说过集权主义吗?》,第184~186页。
② Earl G. Ingersoll. *Waltzing Again: New and Selected Conversations with Margaret Atwood*. p. 133.
③ 路易斯·哈茨:《美国的自由主义传统》,引言第4页。
④ 原文如下:拉结见自己无法给雅各生子,就嫉妒她姐姐,对雅各说:"你给我孩子,不然我就去死。"雅各向拉结生气,说:"叫你不生育的是上帝,我岂能代替他做主呢?"拉结说:"有我的使女比拉在这里,你可以与她同房,使她生子在我膝下,我便靠她也得孩子('得孩子'原文作'被建立'——笔者注)。"

本中的伤害者摇身一变,在社会创伤的面前与受害者成为一列。这也恰如琳达·哈切恩所说:"创伤的确对受害者产生了莫大的影响,但是它对施害者、同谋者、旁观者以及反抗者同样影响深远。它甚至影响到下一代。"[①]可以说,创伤不仅仅会影响创伤个体的心理状况,更会造成一种社会关系的全体失衡状态。这是由现代理性社会的基本构架决定的。

反观与极权主义者采取对立立场的自由派,他们将自由视为现代社会的必要组成部分,并要求他者与自己在思想观念和行为上达成一致,这相当于创造出一种"自由的专制",因其本质仍旧是原教旨主义。小说中,奥芙弗雷德的母亲多次表露出这样的绝望:"有时她(母亲)会放声大哭。我好寂寞,她会边哭边诉。我有多寂寞你们是想不到的。我是有朋友,还算走运,但我就是感到孤单寂寞。"(126)而代表中产阶级中立派的奥芙弗雷德则因为母亲的"自由专制""居无定所,成天处于动荡之中"(188)。可见,无论人们身份如何,无论他是否属于当权阶级,在极权主义观念或制度之下的人们根本无法获得真正的自由,而这种极权主义的概念也不仅仅限于右翼或者左翼一方。换言之,极权主义灾难的源头正是左右两翼政权越来越极端的分化与普通民众在思想观念上的"左右两极化"。

30年后的今天,再读《使女的故事》之时,我们已经身处文本中的"21世纪"。当下的我们虽然并没有遭遇小说中的极权主义,但是当看到"9·11"事件后世界格局的风云变幻,近期伊斯兰国恐怖袭击的愈演愈烈,以及特朗普政府不顾后果的军事行动,也似乎看到了《使女的故事》中极权主义临近的步伐。更为巧合的是,美国大选之后,特朗普因其极端右翼政策被视为未来极权主义的奠基人,而许多民众选他为总统的原因也是因为忍受不了民主党的左翼意识形态控制。然而,值得注意的是,当在接受采访时,被问及《使女的故事》是否与特朗普政府的现状有关时,阿特伍德说自己并非一个预言家[②],《使女的故事》最大的意义也并不在于它具有多少预言性,而是它对当下的警醒。它揭示了我们这个世界是如何在从左翼滑到右翼,又从右翼滑回左翼的过程中埋伏下了非此即彼的思维模式,这样的来回摇摆和由极端思想引发的斗争是怎样破坏了社会稳定与政治结构,并为未来的极权主义打下了基础。

[①] Linda Hutcheon. "Postcolonial Witnessing and Beyond: Rethinking Literary History Today," *Neohelicon* 30, No. 1, 2003, p. 20.

[②] Laura Bradley. "Margaret Atwood's Guide to Resistance in the Age of Trump," in *Vanity Fair*, April 26, 2017.

第四节 重建两种自由的关系与社会创伤修通

自由问题是与极权主义相对的一个问题，也正如《使女的故事》所暗示的，未来极权主义的根基不仅仅扎根于今天的威权主义，亦扎根于今天的自由主义。对于威权来说，它在古代与现代的含义并没有多大改变，但是对于自由来说，却并不是如此。正如海勒（Agnes Heller）所说，"现代的一大特征就是自由问题的凸显"。①自由是现代性展开过程中的重要一环，亦是有关现代人的本质定义、行动原则、存在价值的重要参考标准。然而也正如丽迪亚嬷嬷发人深省的一句话所示："自由有两种……一种是随心所欲，另一种是无忧无虑。"（《使女的故事》，第 27 页）现代以来的自由发生了断裂，一种是以"心"与"意识"为主体的自由观念，即作为哲学的自由（freedom），另一种是以行为为主体的政治自由，即作为一种政治问题的自由（liberty）。②前者是基督教道德主义的产物，是人之主体意识的发展与表象，后者是前者在具体的社会关系之中的实现，是有关平等、权力与解放的实践活动。两者在西方思想史上时而有明确的界限，时而又具同等意义。③在此之中，两者的异质性关系导出了两个关键性区分：一是将人视为一种完全独立的个体存在，还是将人视为完全由社会关系决定的群体存在。二是把自由作为一种政治实体，还是把自由作为一种思想意识。在现代性展开的历史过程中，自由通常被经验为"某种在我和我自身之间发生的事情"④，这种自由也通常是在哲学思想的含义内被定义，然而，这必然又导致了在现实世界中，自由成为一种"孤独的经验"⑤被封闭在主体的内部，而与外界割裂关系。然而，如果将自由完全置于积极的政治行动之中，那么，自由又不再是每个人为自己所保留的观点，而是全体一致的社会诉求。这两者中的任何一种自由在走向极端时都会导致

---

① Agnes Heller. *Aesthetics and Modernity*: *Essays by Agnes Heller*, John Rundell (eds), Lexington Books, 2011, p. 141.
② Liberty 来自拉丁语，而 freedom 来自北欧语。前者意为"分离"，而后者意为"联合"。现代以来的西方学者在运用这两个概念时通常是混淆的，但也正是这种混淆显示出二者之间与现代性展开的微妙关系。本研究选择用 freedom-liberty 来凸显自由从哲学性概念出发并通达政治性概念的历史转型。
③ Ringen, S. "Liberty, freedom and real freedom," *Society* 42.3（2005）: 36~39.
④ 汉娜·阿伦特：《过去与未来之间》，王寅丽、张立立译，南京：译林出版社，2011 年，第 149 页。
⑤ 汉娜·阿伦特：《过去与未来之间》，第 150 页。

极权主义，而如何弥合二者之间的裂隙则是对现代性展开合理批判、修通现代性社会创伤、避免极权主义、通达真正自由的必经之路。

作为文学家、评论家、政治运动者的阿特伍德一直以来都把自由视为自己写作生涯的一个认识目标。她也敏锐地发现了在现代性大背景下，自由在其政治性与哲学性上的分裂。在一次采访中，她针对美国新自由主义的"为所欲为"，指出："自由（freedom）是你被赋予的最大使用能力（power）。它并不意味着你什么都能干，你不能，谁也不能。"①这一对自由的定义实际上隐含着她对解决当代自由分裂问题的洞见，即将观念与意识视为自由起锚的所在，又将其还置于人与人的具体社会关系之中。本节尝试将阿特伍德的文学视为一种主体认识论，结合其政治话语与文学话语，在比较视域的跨学科基础上将其自由观与现代自由观念史三个转型期的代表人物进行比较，探讨阿特伍德与他们之间的共性表现与差异表现，指出阿特伍德的自由观是对卢梭、康德的自由意志，对尼采的权力自由，对阿伦特的自由行动的继承与批判，其普遍特质是将自由视为一种内在道德观念的表征化过程，本质上还是现代主体认识论，然而，在此基础之上，阿特伍德的自由观也有特殊之处，即其将自由最深刻的含义定位于观念（freedom）与行动（liberty）的结合之中，从而弥合了政治与哲学、解放与观念、公共与私人、自由主义与群体主义之间的关系，进而还原被现代性撕裂的主体，修通了极权主义的历史创伤，防止了极权主义在未来的卷土重来。

一、自由意志框架下的阿特伍德自由观

让我们沿着上述思路来首先考察自由的历史根基。自由可以追溯至古希腊时期。古希腊早期的自由（libertas）多指城邦中的自由生活，即"一种集体性自由"②。它关乎如何从生存的必需状态之中解放出来，涉及集体权力的分享与使用，以及人与人的共存与联合，因而首先是一个公共政治问题。这一概念在古希腊后期，即哲学发展至一个巅峰时，发生了向内的转化。对哲学家来说，"自由始于人们离开多数人居住的政治生活领域，自由不是在与他人的交往中经验到的，而是在与自我的交往

---

① Ingersoll, G. Earl. *Waltzing Again: New and Selected Conversation with Margaret Atwood*. p. 89.

② 贡斯当：《古代人的自由与现代人的自由》，阎克文、刘满贵、李强译，上海：上海人民出版社，2005年，第34页。

中经验到的"。①到了古罗马后期，由于基督教的神权统治，自由被推回至私人的领域，彻底成为"我和我自身之间发生的事情"②。如果说古希腊的自由状况预设了除公共领域之外的私人领域，并由此衍生出政治与哲学、个人与集体的两个不同层次，那么毋宁说基督教的自由状况则取消了这种区分。因为在基督教思想中，"邻人"与"我"不分彼此，人类事物统一于神圣事物之中。就实际状况而言，宗教统治虽然也为信徒构建公共空间，但这一空间的"公共性一直含糊不清"③，因而它在本质上并不是政治的。中世纪末期，随着经济向社会层面的渗透、私有化过程的加快、市民社会的出现以及基督教内部的革命，再次产生了一种私人与公共的分裂。这一次的分裂象征着现代性的诞生，亦喻示了现代自由在其形而上意义上的历史逻辑形成。现代人借由其主体性原则将自由的基础奠定在个体之上，将自由纳入个体（individual）生活方式的认识论框架之中。这就意味着，自由首先不是被政治化的自由，而是冥想的自由，它的逻辑起点不是公共的政治，而是私人的理念，亦即一种沉思的生活。但是由于希腊—罗马文化与基督教文化的延续、碰撞与融合，以及公共与私人的再次分裂，现代自由的哲学理念事实上又总是与一种政治预设并行不悖。换言之，正是在现代性的一种二元论框架内，以"个体性主体"为总体的公共、私人之分殊导致自由产生了两个维度，即一方面从政治实践上确定社会中的权利，另一方面在哲学理念中通过对自由的形而上定义来提供政治上的条件。这种分殊同样造就了马基雅维利、霍布斯与卢梭、康德的区别，即把自由作为一种政治实体和把自由作为一种思想意识的本体论区分开来。

以此来看，现代自由首发于基督教道德主义，是一种"给自己下命令却不被自己服从"④的内在品格，即意志。⑤正如阿伦特所言："自由观念在奥古斯丁之前的哲学中根本就不占地位。"⑥按照这一观念的代表者奥古斯丁的解释，人的特殊性在于主体原则与道德意志的结合，人的主体原则决定了人既可以选择向善也可以选择作恶。这无疑在森严的神权

---

① 汉娜·阿伦特：《过去与未来之间》，杰罗姆·科恩编，张琳译，上海：上海人民出版社，2018年，第149页。
② 汉娜·阿伦特：《过去与未来之间》，第149页。
③ 汉娜·阿伦特：《政治的应许》，第126页。
④ 汉娜·阿伦特：《过去与未来之间》，第151页。
⑤ 汉娜·阿伦特：《过去与未来之间》，第149页。
⑥ 汉娜·阿伦特：《过去与未来之间》，第149页。

统治中为人类的主体确定了一席之地,然而,鉴于彼时启示神学的影响,人的这种主体自由并不是主体理性的自由,而是上帝的赐予,上帝赐予的好的事物是"为了我们行为正当"①,而不是让我们作恶,因而在这一层意义上的自由虽然被冠以"自由意志"之名,却是与上帝直接相关,而不是人之主体。然而,正是这种具有内省性质的自由意志构成了现代自由观念的基本框架,并最终在启蒙运动时期的卢梭与康德那里获得阐发与确定。

之所以将卢梭视为自由本体的首要界定者,主要是因为他是现代性展开后第一个在论及自由问题时以自由的形而上存在作为逻辑起点的人。而同一时期的霍布斯、孟德斯鸠等自由主义者虽然也论及自由,但却是把自由作为一个不言自明的存在来讨论的。②后者通常认为,自由是人在自然状态下获得的权力,为了实现这种权力,就需要诉诸政治。因而,自由是一个纯粹政治问题。卢梭一眼看破了这种旧形而上学式的逻辑错误,即绕过了自由的"本质假象"而直接奔向其"外化"形式。卢梭的理由是:政治是"人的堕落的制度化"③。也就是说,政治是一种手段。但是自由是人的本质内容,所以如果将自由化归为政治,无疑就是"通过非直接的、迂回的自然状态的方式达到其自身的原则,即个人"。这样一来,自由"就根本不是自由"④。沿着卢梭的思路可以发现,卢梭的自由比起霍布斯等人的自由显然有着接近自由本体的界定,即自由是一种"自决自由"(self-determining freedom),即"藏于内心深处且直接的感觉,通过这种感觉,个人意识到了自我,个人感到或试图使自我成为个人"⑤。

卢梭通过将自由与人的本质进行了直接的联系而确定了自由的本质。这一点无疑是继承了奥古斯丁。但是,与奥古斯丁不同,他认为"当我自己决定什么东西与我有关,而不是被外部影响所左右的时候,我才是自由的"⑥。这也就是说,人就其本质而言,是其自身的主体意识,而不

---

① 奥古斯丁:《论自由意志:奥古斯丁对话录二篇》,成官泯译,上海:世纪出版社,2010年,第132~134页。
② 汉娜·阿伦特:《过去与未来之间》,第136页。
③ 皮埃尔·莫内:《自由主义思想文化史》,曹海军译,吉林:吉林人民出版社,2011年,第79页。
④ 皮埃尔·莫内:《自由主义思想文化史》,第86页。
⑤ 皮埃尔·莫内:《自由主义思想文化史》,第86~87页。
⑥ 尔斯·泰勒:《现代性之隐忧》,程炼译,北京:中央编译出版社,2001年,第32页。

是上帝的绝对意识。正因如此,他才说:"人是一个自由的主体,他可以把受自然支配的行为与自己主动的行为结合起来。"①然而,需要注意的是,仔细考察这段话,可以发现这实际上隐含着一个现代性的悖论:尽管启蒙运动驱逐了上帝的精神,但基督教作为一种文化始终渗透在现代西方社会之中。因此,卢梭的自由观也就存在着一个与奥古斯丁不谋而合的悖论:一方面,"人有自有主动的资质。……人虽然受到大自然的支配,但他认为自己是自由的,可以接受也可以拒绝自然的支配"②;另一方面,"自由是人得自上天的礼物"③,人的自由虽然显示在其对自然的拒绝之上,但人亦是自然的一分子,因此其选择权是由上天来决定的。这一悖论真实地再现了现代以来,人的内在与外在、公共与私有、行动与理念、政治与哲学之间的巨大鸿沟以及人作为主体后的一种二元对立。当然,对于这种对立,卢梭不是没有发现,他也试图弥合,但是正是因为自由的内在本质及其展开逻辑,他首先诉诸的是上帝,而不是政体。他的理由是:上帝赐予人另一种特殊性——"可完善性"(perfectibility)④。这种"可完善性"是人通过道德选择对自我的完善,本质上是一种奥古斯丁式的"自由意志"。但与奥古斯丁不一致的是,此自由意志以人的自律为逻辑基础。这就恰如卡西勒(Cassirer)发现的那样,在卢梭那里,意志世界的建构极为重要,在探寻这个世界的法则之前,人类必须首先在自身之中找到明确的法则。正是在这个法则下的政治世界与社会秩序之中,人类才获得了精神的自由。⑤沿着这一逻辑可以看出,对卢梭来说,自由的本体论含义首先是人之本体的道德自律,在此基础上,它才能进一步被推至社会政治层面,展开实现的可能性。

另需注意的是,卡西勒还发现了卢梭的一个秘密,即作为反理性主义者的卢梭实际上是"理性最为坚定的守护者"⑥。卢梭的自由意志暗藏着另一层极为隐秘的逻辑,即自由人必须深刻地理解到自己想要什么,又怎样能与自己和解,了解到自己所要的能够得到,且并不会与他人的要求

---

① 卢梭:《卢梭全集》之《论人与人之间不平等的起因和基础》,李平沤译,北京:商务出版社,2013年,第241页。
② 卢梭:《论人与人之间不平等的起因和基础》,第242页。
③ 卢梭:《论人与人之间不平等的起因和基础》,第233页。
④ 马斯特:《卢梭的政治哲学》,黄兴建等译,上海:华东师范大学,2013年,第207页。
⑤ 恩斯特·卡西勒:《卢梭问题》,彼得·盖伊编,王春华译,南京:译林出版社,2009年,第47页。
⑥ 恩斯特·卡西勒:《卢梭问题》,第82页。

有太大冲突，归根结底乃是理性与内在道德律的相遇。①换言之，正是卢梭宣告了理性将成为自由在现代性展开过程中的基本要素。

事实上，主体理性原则与自由之间的关系最终在康德那里获得了充分灌注。康德指出："理性先验地制定了道德完满性的理念，并和自由意志的概念不可分割地联系在一起。"②在这个结构之中，理性是道德完善与自由意志可追溯的唯一源头，自由是先验理性的实践化（即道德化）。就这一点而论，康德的理由与卢梭不同。卢梭自由观的背后是自然因以及创造这个自然因的上帝。康德自由观的背后是内在于这一结构中的理性，其理由是"理性具有因果性"，这种因果性"是一种自行开始一个状态的能力"③，因而它事实上不能被自然因所规定，而是由纯然内在的自由因规定。换言之，康德的自由是因理性而自由，而不是因自然或上帝而自由。这种自由才是真正内在于人的自由。在此逻辑内，既然先验理性借由实践理性（道德）而实现，自由也就是借由内在道德而实现的。这一点无疑与奥古斯丁和卢梭的观点是高度一致的。唯独需要注意的是，道德在康德那里实现了一次飞跃，即道德不是宗教意义上的"善行"，而是一种内在于人之理性主体的意志。正如他所说："意志不是别的，而正是实践的理性……它只选择那种理性在不受偏好影响的情况下，认为在实践上是必然的东西，即善的东西。"④可以被称为善的东西不是与结果紧密联系的"行为"，而是一种完全自律的责任与义务。从这一层面来看，将理性人的道德义务"概念化"为自由，这是对自由最深层次的界定。事实上，正如康德哲学中本质与现象的分殊所示，自由只有作为可被经验到的道德责任时才是真正的自由。如果它是一个不能被经验到的本质，那么它便存在一个存在论上的二律背反，如此一来，到底有没有自由就不得而知了。当然，这只是康德对自由之二律背反的一个调节方式。概言之，他将自由进一步推至"意志的内在场所，在那里接受自我省察"⑤。

作为启蒙运动时期自由意志的阐发者，卢梭与康德代表了现代性展开以来，自由观念的一次"内在"转向。依循这二人建构起来的理性框

---

① 详情见《社会契约论》中"论人民""论民主制"等章节，第55～62、83～86页。
② 伊曼努尔·康德：《道德形而上学基础》，孙少伟译，北京：中国社会科学出版社，2009年，第27页。
③ 伊曼努尔·康德：《纯粹理性批判》，李秋零译，北京：中国人民大学出版社，2004年，第431～439页。
④ 伊曼努尔·康德：《道德形而上学基础》，第33页。
⑤ 汉娜·阿伦特：《过去与未来之间》，第138页。

架,自由第一次找到了其作为人之本质的历史逻辑。但也正如以赛亚·伯林、阿伦特等当代自由观念论者所见,抛去"自由意志应当是自由起锚的所在"这一事实①,自由退居于一个无他人可及的私人领域,也就成为一种传统的形而上学的抚慰,要求的是一种理性在先的普遍性,而不是关涉到人的具体存在。只依靠理性主义就建立起来的自由大厦显然在根基上就不稳定。概言之,对于自由的实质性重估不能从马基雅维利、霍布斯等人的政治实体上出发,而必须从卢梭与康德的内在逻辑出发,但也绝不应该局限在这一内在范畴内,这就正如康德暗示的那样,如果自由不被经验到,它的存在就变成了一个二元悖论。在与道德、理性的共存中,自由的确是个悬设问题,但它必须走向实践,才能获得一种完满的形而上审视。

如果沿着上述哲学领域,进入作为一种实践的现代文学中,需要注意的是,按照历史主义的解读方式来看,作品与思想的解读应该发生在相应的历史文化语境中。这无疑暗示着如果超出作者的生存时代背景,便不存在与文本内涵相符的意识形态。然而,这种解读通常用于现实主义作品,却难以在现代主义与后现代主义的作品上发挥效用。这是因为,19世纪末以后的现代文学从审美现代性的层面开始反思整个以启蒙理性为界的现代性问题,这是一个文学的普遍现象。与此同时,这也是因为,当从广泛的结构主义如弗莱的神话结构或精神分析如荣格的无意识观点出发考察文学时,就会发现作者的"影响焦虑"并不只产生于其对其同时代作家、思想家的阅读上,更在于跨时代的代际阅读上,即现代性的整体背景。从文学实践与文学理论的两重视角可以看出,对于现代作品,需要另做时代的历史主义解读,即将狭义的历史概念扩大至现代的宏观历史概念,既无必要将文学内涵追溯至人类集体无意识或者初民神话,亦无必要只着眼于作者本人的历史背景,而是从一个具有代表性的时代的整体上考察作者对现代性展开历程中自由问题的继承与批判。

正是在这一逻辑场之中,我们再次转向了阿特伍德。阿特伍德曾师从加拿大结构主义思想家诺思洛普·弗莱,也曾在美国读书期间师从历史学家佩里·米勒。除了文学,她亦有丰富的思想著述出版。有批判家指出其作品一直以来具有政治特色②,是一种文学上的政治认识论。但

---

① 汉娜·阿伦特:《过去与未来之间》,第138页。
② Theodore F. Sheckels. *The Political in Margaret Atwood's Fiction—the Writing on the Tent*. England: Ashgate, p. 1.

这些外在因素并不是最关键的问题，关键在于：作为一个当代自由观念论者，其理念的生成始终与现代自由观念史具有一种同构性张力，即她一方面以"无意识"的形式继承着既定历史结构中的自由意志，另一方面以"有意识"的方式批判着这种结构中的既存问题，而其表现对象与批判对象并不只是自身所处的历史语境，而是整个现代。前者是由现代性本身的知识结构决定的，而后者是由作家本人的认识论决定的。这二者之间的张力一部分反映在《使女的故事》中，另一部分反映在"反乌托邦三部曲"中。而这两个系列、四部小说构成了阿特伍德最为关键的"政治文学"部分，塑造了她包含"自由"在内的政治哲学思想体系。

先从其反乌托邦三部曲看起。三部曲由《羚羊与秧鸡》《洪荒年代》与《疯癫亚当》组成。三部小说以不同的叙事角度构成一个完整的末日事件——全球瘟疫。如果说《羚羊与秧鸡》主要描述的是前瘟疫时代，那么可以说，后两部则是后瘟疫时代人类生存状况的写照。后瘟疫时代，自由意志与理性主义的冲突尤为明显。而阿特伍德对这一冲突的文学表现则贯穿于《洪荒年代》的多元叙事形式中。小说将整个叙事分为三个声部——赞美诗、主题演讲与情节，它们分别以不同的叙事形式与文体构建了故事的主要内容，表达了作者对现代性的认识维度与批判特质。《洪荒年代》的故事背景发生在全球瘟疫之后，两个女主人公逃脱了大瘟疫，并被当时的一支被称为"园丁会"的宗教组织拯救。园丁会的创始人代号为"亚当一"。他的主题演说是小说中的一个独立部分，并早在其作为小说人物被情节勾画之前就出现在小说叙事展开之初。小说一开篇就通过"亚当一"的演讲指出："上帝给予亚当自由意志，因此亚当能做出上帝无法提早预料的事。"(28)这就此奠定了小说投射的核心自由观念——自由意志。有评论家指出，三部曲"从现实已经存在的事物跳跃到充满幻想的未来世界。从当今社会文化、政治和科学发展推理出未来的灾难。"①换句话说，《洪荒年代》亦不是无中生有，而是却有其历史所指。从园丁会的基本宗教形式——理性宗教来看，这一宗教组织实际上就是以主体理性为核心的一种现代宗教形式，其背后体现的是现代性进程之中经验与先验、行为与思辨、启示与理性等诸二元对立的实质。正是鉴于这一历史背景，园丁会的自由观也是现代性展开后宗教道德主义与人

---

① Katherine V. Snyder. "'Time to Go': The post-apocalyptic and the post-traumatic in Margaret Atwood's Oryx and Crake," *Studies in the Novel* 43, NO. 4, winter 2011, p. 470.

第四章 玛格丽特·阿特伍德的社会创伤叙事与现代性批判

之主体理性碰撞、交融后的结果。阿特伍德在小说开篇就借"亚当一"之口阐明了这一时代特质：正是人的自主自由与主体理性造成了"上帝事先不知道亚当会选择什么名字……也可能无法永远预知你的下一步。"(28)换言之，上帝不再是超历史的全知全能存在，而成为人主体思想的一个组成部分，这是一个整体现时代的特点。但是耐人寻味的是：一方面，"亚当一"批判理性化与现代性进程是人类骄傲的文明呈现，并依照形式主义的释经内容，将以人类为中心的历史的展开视为一种堕落(208)；另一方面，他又承认理性化与现代性进程是不可避免的历史过程，并为此隐晦地提出过解决方式："阻挡不了浪潮，那就航行吧。"(296)在对理性的双重态度上，"亚当一"无疑与卢梭产生了高度的一致性，但与卢梭不一致的是，他们寻求的解决方式有所区别。无论是卢梭，还是康德，都将理性与道德的结合作为人类获得自由，建构其乌托邦式主体的诉求，但这二者的道德都是宗教革命后的"善的信念"（因信称义）。亚当一则回归了奥古斯丁时期的传统，即"善的行为"（因行称义）。正如其所言："有些宗教里，先有信仰才有行动，而我们是先有行动才有信仰……继续照着这样的方式生活，信仰最后会随之而来。"(186)既然在启蒙理性的光照之下，宗教启示失去了效力，那么唯有依靠人自身的习惯去重新建立信仰。需要注意的是，"亚当一"只是在道德的表现方式上与奥古斯丁一致，但就道德的本质来说，"亚当一"依旧认为人是自由意志的主体，而不是上帝，这是他与奥古斯丁不同的地方。继《洪荒年代》之后，《疯癫亚当》更进一步体现出阿特伍德对卢梭与康德的继承。《疯癫亚当》的叙事呈现出多重化特质，其中的一层叙事就是"亚当一"的弟弟泽伯从另一个角度揭示了其组建园丁会的初衷——报复他们贪图利益的父亲。这就揭开园丁会与"亚当一"背后的隐藏意图。然而，随着剧情的发展，当"亚当一"的虔诚因其弟弟的叙事而被质疑的时候，"亚当一"被恶人掳走，当泽伯来营救他时，"亚当一"为保全弟弟和其营救者的性命，以自我牺牲这种终极"善行"将自由定格在人之主体理性与道德主义之中。这便将阿特伍德的自由观的出发点定格在主体、理性、道德的三位一体中。

然而，阿特伍德显然并没有将自由限定于这种与哲学相关的理解中。在《使女的故事》中，她对此种自由展开了批判与超越。比起反乌托邦三部曲，《使女的故事》有着明确的政治所指，即右翼宗教极权主义，但也正如前文所示，右翼极权制度背后掩盖的是前基列国的"自由主义专制"。加之阿特伍德也曾多次声明："《使女的故事》从未有过未曾发生过的事情"①，因而这一所指又与历史上的诸多问题有着类似的特质。例如发生在法国大革命后期的雅各宾主义就与书中所指的自由主义专制有着微妙的一致性。为了确立"平等与自由的王国"，雅各宾主义将道德、理性推至极端，而自由、道德与理性则反过来成为专制的工具。这就恰如自由观念论者以赛亚·伯林的历史判断，如果沿着卢梭的自由意志一路走下去，"我们逐渐看到绝对专制主义的观念"②。《使女的故事》的意思也同样如此。小说中的极权主义者虽然是一个集父权、道德、理性、自由为一体的现代右翼国家，但也正如前文所分析的那样，这一右翼极端势力的成因恰恰来自自由主义的"专制"。小说中的极权主义分子表面上恪守清规戒律，仁慈正义，行善积德，但却在夜总会中歌舞升平，抢夺女性，剥夺其他男性的情感权。这种两面性不仅证实了右翼极权式"自由主义"在现代社会的悖论，更充分显示了阿特伍德对卢梭以降的自由意志的反思与对康德以降的理性自由王国的批判。

以此可见，阿特伍德试图表述如下一个事实：启蒙主义者将自由规定在人的内在领域，规划为一个乌托邦式的实现，但却没有预设自由作为一个现代性问题在历史展开过程中的两个维度。与主体、理性、道德相关的自由意志只是自由的内在方面，以自由意志取代自由本体，并将其作为现代社会构型的标准本身就是对自由在人这一层面上的限制，其后果很可能是（事实上也已经是）一种反乌托邦结果。

事实上，对自由的理性与道德专政批判不仅体现在阿特伍德文学话语之中，亦体现在她的政治话语之中。在一次访谈中，阿特伍德提道：很多人认为美国的两党制彰显出选择自由的一面。人们可以运用自己的理性来决定到底哪个政党当选后能够切实解决自身利益的问题，从而达到一个与卢梭的"公意"相同，又不至于沦为暴民统治工具的共同体。这样的设想本身没有问题，但在实际操作中却大不相同。在她看来，美国的民主党和共和党除了在代表哪个利益集团的形式上有所差别，就执政这个本质来言，二者是没有差别的。而这样的弊端就是可能有一大批人的利益根本没人代表。他们也只能在民主党和共和党之间做出选择，在这样的情况下，他们不是选择自由，而是没有其他选择。③可见，阿特伍

---

① Margaret Atwood. *In Other Worlds—SF and the Human Imagination*. Toronto：Virago Press Ltd，2012，p. 88.
② 以赛亚·伯林：《自由及其背叛》，第45页。
③ Earl G. Ingersoll. *Waltzing Again：New and Selected Conversations with Margaret Atwood*. p. 132.

德在批判美国民主自由的虚像的同时暗示了自由发展至今已经被视为一种民主的政治实现，然而，关键问题是：人民可以自由地选择什么是理念问题，具体在实践中如何实施展开是个政治问题。就后者来说，当选项是被决定的，无论这种决定是来自内在意志，还是来自外在条件，它都是对自由本身及其行动能力的最大限制。这也正如阿伦特所言，所谓选择自由（liberum arbitrium）是"被动机预先决定了的，我们不过是给出让它实现的理由"[①]，而与政治相关的自由"一方面必须不受动机的束缚，一方面不受可预测结果的意向目标的束缚"[②]。对阿特伍德来说，她的见解与阿伦特基本一致，即自由不能是一种理念上的自由，"自由意志"虽然由人之主体意识内部产生，它必然面对外在的政治世界，以一种公平、公正、公意的方式展现出来。

二、权力意志框架内的阿特伍德自由观

让我们再次回到自由的现代史中，启蒙运动之后的很长一段时期，自由都被定义在一个乌托邦式的启蒙规划之中。它存在于个体的道德意志之中，并在某种程度上与宗教信仰相关联。然而，有个问题始终存在，正如康德自己所承认的那样"自由与自律之间本身就是一个矛盾"[③]。换句话说，自由或许没有任何理由，不具任何规律，也就是无法用先验认识论或者理性的原则去规约。从这一点看，它不仅仅是纯然内在的意识，更可能是感觉的、非理性的内在意识。康德悬置的问题作为一个现代性的悖谬在其身后不断回荡，其间，也有黑格尔曾经试图通过绝对精神来统一这种两面性，但显然，这必然得牺牲自由最为内在的一面，而让我们等同于世界总体的"理性原则"[④]。黑格尔之后，试图真正从"内部"自由，而不是从"外部"自由来解决问题的是尼采。换句话说，将自由始终定位于一个内在问题，又批判了自由的形式内容的是尼采，也是尼采正式回应了康德自由二律背反的另一端，即自由是道德意识的倒转，是任意的生命冲动。

尼采对自由意志的倒转显现在其权力意志中。但需要注意的是，在这两个概念中，居于核心地位的"意志"并不一致。在卢梭、康德的"自由意志"中，意志是道德，但在尼采那里，它不是一个立法性的个体原则，

---

① 汉娜·阿伦特：《过去与未来之间》，第143页。
② 汉娜·阿伦特：《过去与未来之间》，第144页。
③ 康德：《判断力批判》，第77页。
④ 以赛亚·伯林：《自由及其背叛》，第86页。

而是叔本华式的"个性"与"性格"①,是"表现于我们身体的意欲活动"②。进一步来说,它是一种权力的意志(will to power),"即贪得无厌地要求显示权力,或者,作为创造性的本能来运用、行使权力,等等"③。从意志的这一层面来看,是主人而不是主体,是权威而不是道德,是积极而不是消极决定了一个个体的存在价值及其自由与否。

  由此可见,尼采对自由意志的批判其实就是对启蒙理性主义与宗教道德主义的批判。他指出,启蒙理性主义虽然以科学作为武器宣布了人的主体独立,但是科学中的"追求真理"却依旧是宗教道德主义中"追求真理的意志"④。换言之,人们只是换了一种形式来理解上帝的善意和智慧,并认为在科学中可以获得或者爱上某些无私的、使自己满足的事。⑤在这样的形式转化中,人的内在感性的生命冲动就等同于被囚禁在主体理性与道德主义之中。他在后期著作中更是谈道:"思想启蒙运动,是一种必要的手段,使人变得无主见、更无意志、更需要成帮结伙。民众在这一点上的自我蒙蔽,譬如在历次民主运动中……在'进步'的幌子下,会使人变得更卑贱,使人变得更顺从统治。"⑥启蒙理性所规划出的社会只是个体将其自身的利益普遍化后形成了一个公共的"政治自由",而这也是卢梭和康德形成的"道德"概念的基础。⑦为此,尼采批判卢梭:"唯有道德的自由才使人类真正成为自己的主人……唯有服从人们自己为自己所定的法律,才是自由。"⑧这种服从是"让人无条件的服从",⑨更是一种灭绝自由欲望的行为。他曾开过这样一个玩笑来讽刺卢梭与康德式的自由观——"为了使牙不再疼,他们干脆把牙拔掉"⑩,并认为这种做法是为了根除激情和欲望而采用的极端方式,其本质是限制自由,而不是给予自由。从这个角度出发,自由也就不能是先验的自由、消极的自由,而应该基于其实

---

  ① 叔本华:《作为意志和表象的世界》,刘大悲译,哈尔滨:哈尔滨出版社,2015年,第75页。
  ② 叔本华:《作为意志和表象的世界》,第60页。
  ③ 弗里德里希·尼采:《权力意志》,张念东、凌素心译,北京:中央编译出版社,2000年,第39页。
  ④ 详细内容见尼采:《快乐的科学》(第二版),黄明嘉译,桂林:漓江出版社,2007年,第216~217页。
  ⑤ 尼采:《快乐的科学》,第59~60页。
  ⑥ 弗里德里希·尼采:《权力意志》,第36页。
  ⑦ 凯斯·安塞尔-皮尔逊:《尼采反卢梭:尼采的道德-政治思想研究》,宗成河等译,北京:华夏出版社,2005年,第96页。
  ⑧ 卢梭:《社会契约论》,何兆武译,第26页。
  ⑨ 弗里德里希·尼采:《权力意志》,第8页。
  ⑩ 尼采:《偶像的黄昏》,李超杰译,北京:商务印书馆,2009年,第27页。

现的可能性,即进入积极状态之中。与将自由的本质一开始就视为实体或者权利(right)的政治自由主义(liberalism)不同,尼采的积极自由建立在个体的内在特质(意志)之上,不是将重点放在如何从制度与法则上保证自由,而是回答自由是什么这个形而上问题。但与传统形而上学不一样的是,尼采不是通过以道德与理性为前提的"自由意志"来阐释自由,而是"通过意志与权力的统一,以克服自治与他治、自由与必然的对立"①,即以不断超越自我的权力意志来彻底解决自由的二律背反问题,从而达到"绝对自由"。

值得注意的是,为避免自由沦丧为形而上学的慰藉,权力意志必须"内在地"规划其"外化"路径。这正如施特劳斯与杰拉德·德兰蒂所发现的那样,"权力意志学说只有以人这种现象以及所有政治现象作为出发点,才能得出"②。权力意志虽然是人的生命冲动,但却不限于这种内在本质,因为它更是一种"政治行动"③。尼采式的自由是以个体性主体为核心,以政治行动为表现的自由。其本质是从哲学性自由向政治性自由的过渡。也正如施特劳斯将尼采视为现代性浪潮的一次转向,尼采的自由观念也代表着自由观念史的一个转向,即彻底脱离了从中世纪到启蒙时期的宗教道德主义,不再在理性与道德的形而上学中寻求自由的意义,而是在超越性的行动中寻求自由的形而上价值。

另需注意的是,尽管尼采的自由观念引领了自由从内到外的转变,但却在20世纪的历史舞台上激起了革命、战争、政治运动等各种非理性浪潮,并导致了两种"极端自由主义":一方面,少数有权者以"去做……"的积极自由剥夺了多数无权者的自由;另一方面,自由变成一种"多数"的暴政,压制了权威。

无独有偶的是,跨越了近百年之后,自由的这两种后果都在阿特伍德的反乌托邦叙事形式中被揭示出来。这已经在前文给出了细致的阐释。需要补充说明的是,阿特伍德与尼采之间产生了一种跨世纪默契。尼采悲痛地认识到现代自由的"相互冲突、相互打扰、相互破坏"④,而阿特伍德的《使女的故事》通过展现社会从自由主义到极权主义的转变过程揭示现

---

① 凯斯·安塞尔-皮尔逊:《尼采反卢梭:尼采的道德-政治思想研究》,第109页。
② 施特劳斯:《尼采如何克服历史主义——尼采〈查拉图斯特拉如是说〉讲疏》,维克利整理,马勇译,上海:华东师范大学出版社,2019年,第170页。
③ 杰拉德·德兰蒂:《现代性与后现代性:知识,权力与自我》,李瑞华译,北京:商务印书馆,2012年,第117页。
④ 尼采:《偶像的黄昏》,第84页。

代自由的两种极端形式。当然，这并不意味着尼采与阿特伍德对自由意志中的道德持摒除态度。尼采只是摒除了奴隶道德。正如其从权力意志学说中生发的：奴隶的"权力意志"表现为"要自由的意识"，而强权者的"权力意志"就是强权，超人的"权力意志"则表现为"对人类的爱……自我牺牲；制胜、义务感、责任感……"[①]。后者是一种超人的道德，亦是尼采所要达到的目标，前两者则是自由的两个极端，亦是尼采反对的。就道德这点而论，阿特伍德的"反乌托三部曲"与"使女双重奏"所呈现的自由性质是与尼采一致的。

然而，阿特伍德却又与尼采有诸多不同，尼采的权力意志是超人的权力意志，其在政治上的本质不是民主，而是精英权威统治，而阿特伍德则认为权力不应该仅限于精英阶层，而是每一个人行使自由权力的能力，其本质在于一种权威与民主的相得益彰。在一次访谈中，她试图通过美国阶级的流动性来说明民主与权威对各个国家不同的影响。在她看来，美国比英国要更加趋向于一种"阶级流动"。这是因为英国的传统权威至今还在发挥着作用，一般需要两到三代人的努力才能完成阶级升迁。而美国则只需要一代人就能达到相同目的。不同于加拿大在文化上深受英国权威观的影响，美国由于深受卢梭、洛克等人的自由主义影响，阶级更加具有流动性。流动着的阶级都是中产阶级，即那些阅读过自由主义著作，接受了自由主义理论，同时又能与工人阶级紧密结合的大多数民众。这些人不仅仅推动了阶级的流动，更增大了自由在美国的政治属性。然而，阿特伍德并不像尼采那样将批判的矛头指向民主与大众，而是将此矛头指向了权威组织。她说道："美国的民众非常不错。这不是问题之所在……问题出在政府身上。"[②]这就可以看出阿特伍德与尼采一样认为权威一方应负更多的社会责任。这是现代民主制度予以忽略的，后者往往在自由主义上做文章，而甚少关注权威。换言之，如果说卢梭更加关注如何划分个体的自由程度，尼采视绝对权威为政治自由的行动表现，那么阿特伍德则身处这二者之间，她主张权威的内在特质，并将其视为一种体现在个人身上的道德责任。当然，对于民众，阿特伍德也另有说辞。这体现在《使女的故事》中奥芙弗雷德对自由主义时期民众的"视而不见"行为的一段描述，"我们生活着，一如既往，视而不见。只是不见不同于无知，你得劳神费力才能

---

① 弗里德里希·尼采：《权力意志》，第 112~113 页。
② Earl G. Ingersoll. *Waltzing Again: New and Selected Conversations with Margaret Atwood.* p. 128.

做到视而不见……一切都不是瞬间改变的：就像躺在逐渐加热的浴缸里，你就是被煮死了，自己也不会察觉。"（《使女的故事》第 59 页）如果说自由内含了积极行动，没有行动的民众显然并不自由。失去行动能力的民众，无疑是将行使自由的权力交付于自身制造出来的社会形式。阿特伍德反对自由主义的泛滥，也反对民众对这种情况的"视而不见"与"消极对抗"。前者将个人权力发挥至极端，直接导致了极权主义，而后者则是将公共权力让渡给权威，从而间接导致了极权主义。这也同时说明了阿特伍德的权威与尼采权威的相异之处，也正如当代自由观念者阿伦特对尼采的评论：尼采力图为权力恢复声誉，但是却将权力与武力混淆，"武力作为个人能够切实把握和控制的手段……权力只能产生于众人的协同行动"（《政治的应许》第 97 页）。前者的权力是超人与精英的权力，而后者的权力是民众的权力。阿特伍德的权威显然是在众人协同行动中产生的，其本质还是民众的权力。这一点让她与尼采拉开了一段历史上的距离，而与阿伦特产生了时代的共鸣。

事实上，阿特伍德对尼采的继承与批判也与阿伦特如出一辙。两人一致认为，自由作为人能够行使最大自由权的能力，不是超人的权力，不是武力，而是众人的个体存在样态的外化。换句话说，自由是内在的思考方式，但其在现代的外化形式是行动。前者是纯粹哲学问题，后者是政治哲学问题。两人的观点代表了当代自由命题的转向，即自由不再局限于"自由意志"的思维范畴，而是跨入一个被重构的政治领域之中。

三、自由行动框架下的阿特伍德自由观

让我们再次回到历史之中，如果说启蒙时期，自由与道德、理性具有一致性，那么可以说 19~20 世纪的自由与政治、权力更具有一致性。这是因为随着现代性与全球化的进程，一方面，政治在其概念上不再是希腊意义上的城邦生活，也不是霍布斯意义上的政治实体，而是一种本身就与自由同意的概念；[1]另一方面政治在其形式上不再是古典时期的惩罚，而是知识、权力与生命。[2]历史的变迁以及政治与哲学之间的紧张关系都不断催促人们在政治自由（liberty）与哲学自由（freedom）的关系中重新思考何为自由的本质问题。自第二次世界大战出现了极权主义这种政体以

---

[1] 杰罗姆·科恩：《政治的应许》，第 118 页。
[2] Michel Foucault. Language, Counter-memory, Practice: Selected Essays and Interviews. Donald F. Bouchard（eds）, Oxford: Basil Blackwell, 1977, p. 204.

后，自由被更进一步推向了世界性议题的中心。这其中不乏萨特这样将个体自由与其自身行动加以联系的自由选择论者，也不乏以赛亚·伯林这样强调自由的不可选择性的多元价值论者。前者相信政治性自由可以归并进哲学性自由，而后者则认为二者有着本质的区别。而明确对二者进行区分，又试图重新在自由的实践中将二者联系起来的是阿伦特。这是其他现代思想家所不具备的。①在这一层面上，可以说阿伦特的自由观是现代自由问题的第三次转向。

  阿伦特的这种思想起源于其对二战与极权主义的考察与分析。正如阿特伍德在《使女的故事》中将极权主义的成型归咎于民众的政治行动惰性与个人自由主义，阿伦特也认为20世纪的极权主义是缺乏"政治共同性（a common world）"与"政治行动"的结果，而这两者恰恰是解决政治自由与观念自由之间的矛盾、重新规定自由之意义的密钥。政治共同性是人的一种属性，也是人的一种标志性生活方式。阿伦特发现，早在希腊开始，人就走出了私人生活和家庭生活，走向了"政治共同体"。共同的政治生活对于他们来说是自由的生活方式呈现，体现着人的自由性（尽管这种自由是有限的）。但是，随着古代城市国家的消失发生了改变，从中世纪开始，这一情况发生了改变，即人们不再崇尚公共的政治生活，反而转向了沉思的生活，并认为唯独沉思是"真正自由的生活方式"②。自由本身就被局限于"自由意志"之中。正如阿伦特所说，当代政治哲学奠基于"自由意志"③之上，"其历史变迁背后体现的是从个体与他人交往的体验到意志与自我交往的体验的转变。"④很长一段时期，西方的自由都是局限在原子式的个人思想之中。直到尼采与马克思从不同维度对此进行批判之后，自由才从其"内感受"定义中外化为政治行动。这里，阿伦特与尼采产生了共鸣，即认为自由的先决条件是政治行动，而不是道德，亦不是理性。如她所言："政治的存在理由是自由，它的经验场所是行动。"⑤ "政治行动"能够给"自由选择"一个"实现的理由"⑥。值得注意的是，如

---

  ① 杰罗姆·科恩：《政治的应许》之"编者导言"，第3页。
  ② 汉娜·阿伦特：《人的境况》，第6页。
  ③ 所谓"自由意志"是人与自身冲突的结果之一。这个概念由看起来完全相反的两个概念组合在一起。意志的本质就是下命令与服从，就这一点上来说，意志是不能自由的。尼采认为，自由意志是传统基督教的糟粕。弗洛伊德认为，自由意志是人迈向现代、被文明规训的结果。二者的观点大同小异。
  ④ 汉娜·阿伦特：《过去与未来之间》，第155页。
  ⑤ 汉娜·阿伦特：《过去与未来之间》，第139页。
  ⑥ 汉娜·阿伦特：《过去与未来之间》，第143页。

果说尼采的政治行动是精英层面的政治行动,那么阿伦特的政治行动则更倾向于马克思,即共同的政治行动,也即"在世界上一起生活。"她指出:"这个世界,就像每一个'介于之间'(in-between)的东西一样,让人们既相互联系又彼此分开。"①换句话说,只有公共的人(复数人)在政治上采取行动的时候,自由才得以实现,也只有在这一批判与继承并举的层面,才可以说,自由是政治的自由,政治实际上就是自由的政治。②

在阿伦特那里,哲学的道德与理性被政治的行动与权力所取代,也正是在后者的层面,可以看出她与阿特伍德的看法颇为一致。从政治本体上来看,阿特伍德曾经在一次采访中指出:"政治并不是选举,更不是往自己身上贴标签,政治就是谁要对谁做什么。"③换言之,政治就是一种权力的使用。无独有偶的是,在阐释权力为何时,阿伦特也认为权力就是谁统治谁的问题。涉及现代权力结构的政治就其本质而言是权力的行使归属问题,但它也并非一个空洞的权力概念,其背后至少涉及两个潜在问题,一是权力与人的社会关系,二是权力与人的内在关系。也正如阿特伍德所说:"政治与人们如何对政府行使权力,权力归属于谁,谁被认为与权力相关……它还包括人与人之间的对话范围,你对他人能够行使的自由(free)程度,以及你不能行使的自由程度。"④当代政治的核心内容就是权力、行动与自由。同样,也如阿伦特所说,"政治在人与人之间产生,并且是作为关系被建立起来的"⑤,"无论是动身开启闻所未闻之新事物的自由,还是与人交谈互动的自由以及体验这个世界一直以来总体上的多样性的自由……这种自由是一切政治之物的实质和意义所在。"⑥换言之,政治与自由一样是在人与人的关系中产生的,而不仅仅是原子式个体的内在感受。就自由与政治之关系的复数性问题而言,阿伦特与阿特伍德是一致的。

值得注意的是,尽管阿伦特与阿特伍德都把自由行动视为自由的本意,并呼吁用一种"介于之间"(in-between)的理解方式去理解自由、政治与行动。但是二人之间又有所区别。在政治行动这个概念上,阿伦特关

---

① 汉娜·阿伦特:《人的境况》,第 34 页。
② 杰罗姆·科恩:《政治的应许》之"编者导言",第 10 页。
③ Earl G. Ingersoll. *Waltzing Again*: *New and Selected Conversations with Margaret Atwood*. p. 87.
④ Earl G. Ingersoll. *Waltzing Again*: *New and Selected Conversations with Margaret Atwood*. p. 87.
⑤ 阿伦特:《政治的应许》,第 93 页。
⑥ 阿伦特:《政治的应许》,第 118 页。

注的焦点在共同体的内部，而就权威与自由而言，阿伦特也倾向于将其划归到一个"共同体"领域，这就意味着人民的自由总是相对于政府权威而言，而不是更加广阔的范畴。在这一问题上，阿特伍德则看得更广。她扩充了政治行动场域的概念，将政治分为对内与对外两个方面。在访谈中，她曾指出政府对外政策的重要性，并将对外政策划归到政治行动场域的范畴内。事实上，政治行动场域的国际化是当代政治独有的一个概念。这与现代性的全球化息息相关。因为全球化即"世界范围内的社会关系的强化"[1]，在全球化的体系中，由于所有人都是"相互联系、相互依存和相互渗透的统一世界恢宏的形成史的见证人和参与者"[2]，因此政治的行动场域并不局限于政府与人民的内部，还应扩充至政府之间、国家之间、民族之间。但另需注意的是，阿特伍德对政治行动场域的扩充始终还是以国家疆域为基础的，而不是用地球村取代国家疆域，或者用人类取代个体。而这也就是自由与政治"边界"的内涵所在。对于试图用一个普世概念来取代个别概念的国家与个人，阿特伍德向来并不赞同。早在《浮现》中，阿特伍德就曾对美国对外推行的"消费主义"政策、以美国式生活同化其他国家的做法颇有看法。而在之后的《神谕女士》中，她更对美国所推行的普世价值观感到忧虑。90年代，阿特伍德撰写过《致美国的一封信》，批评了美国的对外扩张主义。在她看来，受某种对外政策影响的不只是国家与国家、国家与个人之间的单向关系，而是错综复杂的权力关系网。将现代人拉入其中的并不是一个消极的全球化、普遍化、单一化的政治场域，而是多元、异质、联系紧密的政治场域。

综上所述，在阿特伍德的种种政治言论与行为的佐证下，不难读出阿特伍德对当代政治性自由（liberty）与哲学性自由（freedom）关系的深刻理解：它们一方面在现代世界互不相容，另一方面又互为基础与前提。（哲学性的）自由只有被"外化"到政治之中才是真正的自由，政治也因为与自由的比邻而获得更为实在的意义。这是自由从主体、理性与道德转向主体、行动与权力的历史路径决定的。在此转型中，不变的是人的主体，这也决定了自由的起点应该锚定为人最内在的思想，但同时，这种内在性自由也必须于社会关系中实现，因而它也在当代被外化为一种政治实践。阿特伍德的自由观是她对现代自由议题从主体、道德、理性到主体、权力与

---

[1] 安东尼·吉登斯：《现代性的后果》，田禾译，南京：译林出版社，2011年，第56页。
[2] 维克托·库瓦尔金：《全球性：人类存在的新维度》，《全球化的边界：当代发展的难题》，载戈尔巴乔夫基金会编，赵国顺等译，北京：中央编译出版社，2008年，第6页。

行动的历史转型中的继承与批判，也只有在这种个体与群体、哲学与政治互涉的跨学科视野范围内才能更好揭示自由问题在整个现代性展开过程中的历史演进，勾勒自由的时代价值图谱，避免两种自由的极权主义式未来，修通历史极权主义创伤。

第五章　玛格丽特·阿特伍德的宗教创伤叙事与现代性批判

宗教问题一直以来就是西方世界的核心问题。基督教是西方社会的宗教根本。西方社会的诸多文化与理念都建立在此基础之上。在政教合一的漫长历史上既有平等、自由与博爱，又有杀戮、斗争与恐怖。17 世纪以来，在启蒙运动的浪潮中，宗教遇到了前所未有的挑战。这不仅仅是因为科学技术的发展让人们开始质疑自己曾经构建出来的信仰世界的真实度，更是因为一种主体意识的确立使得人们的思维模式及对客观世界的认识发生了改变。前者将宗教长久以来的犹太—基督救赎史观扭转为进步的世俗史观，后者则将超历史、超人类的本体论扭转为人的意识范畴内的认识论。正是在这一现代进程之中，宗教发生了本质意义上的转变。

如果说 17 世纪以前，宗教处于天启宗教的阶段，那么可以说，随着启蒙理性的扩展，天启宗教逐渐转变为理性宗教。前者主要倚靠上帝的启示展现对律法的绝对服从，对奇迹的信赖，而后者则主要倚靠人的自由意志来服从内在的善行与道德。对于前者来说，其核心不是人，而是神，因此思维范式的出发点亦是超出人主体的神，而对后者来说，其核心不是神，而是人，因此思维范式的出发点就变成了人的主体意识。从这一层意义上来说，现代宗教的问题就是天启与理性的割裂。也正是这种割裂使得现代宗教面临了其本质意义上的危机，即当理性的他者充当了信仰的核心内容时，宗教信仰在其存在论上发生了危机。

玛格丽特·阿特伍德一直以来十分关注西方社会内部问题。她在早期作品《浮现》中就曾借助女主人公对"印第安思想"与"萨满传统"[1]的追寻表现了对现代宗教的主体理性本质的质疑。尽管女主人公在回归土著生活后又受到代表理性世界的男友的召唤，但是她的精神世界却显示出原始生活与现代生活的根本性撕裂，而这也恰恰彰显出现代人在宗教思维与现代思维之间的本质性矛盾。1976 年的《神谕女士》同样描绘了一个走

---

[1] Marie-Francoise Guedon. "Surfacing: Amerindian Themes and Shamanism," Grace, Sherrill (eds). *Margaret Atwood: Language, Text and System*. Canada: UBC Press. 1983, p. 91.

向神秘主义和通灵会的女主人公。女主人公借助通灵与自我催眠寻找自己失落的身份，在创伤的回忆中找寻写作的灵感。这也展现了其在虚幻与真实之间的二元分裂。1985年的《使女的故事》将背景设置在一个原教旨国度之中，叙述了基列国如何颠覆现代自由主义国家，回归天启宗教，并施行宗教原教旨主义的极权统治。20世纪之后，阿特伍德再次在"反乌托邦三部曲"（《羚羊与秧鸡》《洪荒年代》与《疯癫亚当》）中将理性与宗教问题提升至一个制高点，通过勾勒作为理性宗教的"园丁会"、作为资本主义极端宗教组织的"石油浸礼会"与作为宗教极端形式主义的"以赛亚豺狼会""以赛亚狮子会"，清晰地描绘出现代西方社会内部的根本矛盾——理性与信仰。这些小说在不同程度上表现出21世纪后阿特伍德的现代创伤叙事主题的转向，同时也侧面说明了西方目前对宗教与现代性关系的关注。本章通过分析"三部曲"的叙事特征与文化表现，指出现代西方信仰危机是天启宗教与理性宗教的分裂，并将这种分裂追溯至启蒙现代性的发生与理性主体意识的确立，阐明阿特伍德对工具理性与抽象人文主义的批判，以及对伦理道德作为修通宗教创伤的诉求。

第一节　宗教信仰与理性主义

理性主义与宗教思想作为西方世界的两支文化源流是当今西方社会与个人存在的基础。有一种普遍的现代逻辑认为理性与宗教是水火不容的两个概念，它们分别代表了两种思维模式，一种是以人为主体的意识，另一种是以神为主体的意识。但事实上，理性与宗教在其源头上具有诸多共性，它们的分裂并不是因为任何一方的本体内容出现了让其远离另一方的偏差，而是一个与现代性展开相关的世俗历史转向问题。

理性在古希腊语言中被称为logos。海德格尔的研究显示：逻各斯（logos）是作为陈说（aussagen）的legein与作为被陈说者（das Ausgesagte）的legomenon。legein意味着德语的legen，拉丁文的legere，意为"放下来、采集"。[①]而这两个词又是religio，即religion（宗教）的部分词源（religion的词源为relegere或de legere）。正像逻各斯与信仰（religion）的词源学关系一样，二者在历史内涵上也难舍难分。理性这个概念的形成时间可以追溯至公元前八百年至公元前两百年的"轴心时代"。米利都派率

---

① 马丁·海德格尔：《演讲与论文集》，孙周兴译，北京：生活·读书·新知三联书店，2005年，第221页。

先探寻物质的本源及其构成方式,以此宣告了古希腊"众神时代"的结束,并将这种时代精神投入到新的学问——哲学之中。随后,赫拉克利特在对信仰进行反思的基础上将这种思考的方式命名为"逻各斯"。之后的柏拉图学派、斯多葛学派也都相继追随这一思想,一时间,围绕"逻各斯"展开的讨论呈现出神学意义上的哲学维度。无独有偶,同一时期的希伯来也经历了同样的转变,希伯来人在民族形成的过程中,从众神语境中选择了耶和华为民族的精神实质,将在此过程中所汲取的智慧投入到对耶和华的一神信仰中。其中,理性与信仰之间的关系尤为突出地表现在《创世记》中神的"言说行为"中,"神说要有光!就有了光。神说:'众水之间要有苍穹,把水和水分开!'事就这样成了。"可见,上帝通过创造世界的言辞与逻各斯的言说有着异曲同工之妙。

尽管从历史来看,希伯来信仰与希腊理性文明有着激烈的碰撞,但抛去导致这一碰撞的政治因素,二者在最广泛的理性问题上是一致的。将它们置于对立位置上的做法不过是从中世纪基督教神学开始的。[①]自中世纪以来,人类的(主体)理性作为一种独立的认知功能逐渐与信仰背道而驰,并在神学家托马斯·阿奎那身上被推至顶峰。阿奎那继承了从德尔图良起就普遍存在于中世纪的一种观念,即认为信仰先于理性,且高于理性。值得注意的是,这里的重点并不在于这种观点导致了理性与信仰分道扬镳,而是从阿奎那开始,上帝被卷入了理性的论证之中。换句话说,上帝需要从人的理性推论中才能获得其高于理性的证明,这一结论本身就存在问题。进一步论之,阿奎那可谓第一个试图证明上帝存在的人。在《神学大全》和《反异教大全》中,他曾多次提及关于上帝存在的理性证明。在他看来,上帝是不被推动的推动者。一切运动着的事物必须要有一个不因任何其他事物改变而改变的第一推动因。如果我们无法用日常经验做出解释,那么就必须转向它的神学层面。因此,第一因也就非上帝莫属。然而,如果说上帝是第一因,是一切的起点和终点,是一切其他事物存在的原因,[②]那么就等于说上帝是一个不依赖它物的"必然性存在",是"物自体"式的存在。尽管阿奎那最终认为信仰是理性不可企及的彼岸,但是却也预示了这样一个问题,即在证明上帝存在的方法论中,人的理性实际上已经掩盖了上帝作为本体的不证自明性。这不仅仅是神学与哲学、信仰与

---

① 杨慧林:《追问"上帝":信仰与理性的辩难》,北京:北京教育出版社,1999年,第10页。

② 托马斯·阿奎那:《论存在者与本质》,段德智译,北京:商务印书馆,2013年,第44页。

理性相互分离的开端，更是一个"现代"时代开启的标志。

现代的展开进一步推动了"上帝证明论"的发展。笛卡儿可谓是继阿奎那之后第二个试图将上帝纳入理性结构中的人。但是，与阿奎那不一样的是，笛卡儿并没有选择用外部世界规律或者从自然事物中证明上帝的存在，而是转向了自己的存在与意识。从笛卡儿的《第一哲学沉思集》中不难看出他对上帝的论证出现了微妙的矛盾。从认识论的顺序来看，由于"我思"的第一性，上帝无论多么完善也只能存在于"我思"这个前提条件下。用笛卡儿的话来说就是："如果我们不首先认识上帝的存在，我们就什么都不能确定地知道。"[1]然而，矛盾的是，在存在论顺序上，笛卡儿又认为上帝的存在是先于"我思"的。因为假如没有一个比我的存在体更完满的存在体，"不是由于同那个存在体做了比较我才会看出我的本性的缺陷的话"，我就不可能认识到我缺少什么。[2]同样，我也是因为上帝的存在而存在，因为无中不能生有，我的存在是不完满的，上帝是完满的，不完满的东西不可能生出完满的东西，因为在存在论上，上帝是第一性的。然而，笛卡儿又如此解释道："如果我们不想到那些东西，我们就不能怀疑它们；可是如果我们不相信它们是真的，我们就决不会想到它们，……所以如果不同时相信它们是真的，我们就不能怀疑它们。"[3]我们证明上帝存在的前提条件是能够"想到"上帝，即认识上帝。这实际上还是说，对上帝存在的证明需要首先从自我意识出发。但是这并不是说从"我思"就能推导出上帝的存在，因为我是思维者本身并不能证明我的存在，也不能证明上帝的存在。我们只能感觉到我们身体的移动和各种活动。这样的感觉并不在"我思"的范畴之中，而是从上帝那里扑面而来，如此一来，我们就必须承认物质客体的存在，且这种存在是上帝显露的必然性。上帝的存在显然是物质性、客观性的，是先于一切主观意识的。由此可见，上帝存在的第一性与认识上帝的第一性形成了拓扑学上的莫比乌斯环，矛盾双方相连，却没有边界。但是，无论从哪个角度出发，对笛卡儿来说，存在的意义并非彰显在上帝客观的存在中，而是依靠"我思"存在的上帝，因此，在笛卡儿这套论证体系中，更为凸显出来的仍旧是"认识上帝第一性"中的"人的认识"，而不是作为第一性"存在"的上帝。

笛卡儿对上帝的论证激发起整个 17 世纪关于上帝存在的理性证明大潮，昭示了现代性的正式展开以及理性与信仰的正式分离。从斯宾诺莎、

---

[1] 笛卡儿：《第一哲学沉思集》，庞景仁译，北京：商务印书馆，2009 年，第 149 页。
[2] 笛卡儿：《第一哲学沉思集》，第 49 页。
[3] 笛卡儿：《第一哲学沉思集》，第 154 页。

莱布尼兹再到康德，西方宗教在形成一种"哲学神学"的同时亦将原本内嵌于二者之中的统一性割裂了。这种分裂在康德身上尤为突出。康德拒斥了笛卡儿关于上帝的存在论、宇宙论证明，否定了对上帝的纯粹理性证明。从存在论角度来讲，"存在或者生存不是一个'实在'，因而不能组成任何谓词的内容或被包括在任何对象的概念之中"①。即是说，当人们提及存在时，不是因为存在本身，而是因为人们在设定这个存在的时候，同时设定了它的对象。因此笛卡儿那种"无中不能生有"的推断方式其实是一个概念判断，而不是基于事物本身的存在。如此一来，既然对上帝的存在论（本体论 ontology）证明是从上帝是一个完满存在的"人造概念"出发的，那么上帝的存在就不是真正必然的。进一步论之，如果说存在论有其自身的问题，那么宇宙论的证明同样有问题。宇宙论是一种在经验基础上推论有一个必然存在者存在的方法。它虽然奠基在经验之上，但是由此推导出的关于上帝的存在的结论却是与经验脱节的。也就是说，我们并没有办法从"我存在"这个"我思"的行为推断出作为绝对存在者的上帝的存在，因为思考着的人的理性是有限的，而上帝是超出经验，超越知识的，这二者之间有着不可跨越的鸿沟。随之而来的问题就是，如果没有关于上帝的知识，我们就既不能证明上帝存在，也不能证明上帝不存在。然而，对康德来说，信仰与理性的边界并非只有泾渭分明的不可通约性，重要的也不是纯粹理性无法论证上帝存在这个结论，他所关注的是如何在纯粹理性的范畴之外弥补理性与信仰的裂隙。因此，康德诉诸实践理性，即从道德层面加以论证。然而，值得注意的是，作为实践理性的道德只是在理性层面与信仰相互通约，而并非在信仰本体方面与其通约，即是说，康德所谓的道德神学是立足于理性自律基础上的、属于人的道德本性，因此上帝的存在只是作为"道德法则和义务的象征而存在"②。康德的确与笛

---

① 艾伦·伍德：《康德的理性神学》，邱文元译，北京：商务印书馆，2014年，第67页。康德在《论分析判断与综合判断的区别》一文中指出，所谓分析判断就是指谓词 B 属于主词 A，所谓综合判断就是 B 虽然与概念 A 有关联，但却完全在它之外。对于上帝的存在论解释是出于综合判断。"存在"是完全不同于"上帝"这个主词的。要认识这个不包含在上帝中，却属于上帝的谓词"存在"，就必须在"主词的概念之外拥有知性所依据的某种别的东西（X）"。（康德：《康德著作全集》第4卷，李秋零编，北京：中国人民大学出版社，2005年，第16～17页。）在经验性的判断那里，这个问题比较容易解决，因为 X 就是一个完整经验的一部分，通过这个一部分经验可以认识到一个完整的经验。然而，在先天综合判断之中，上帝与存在是自己的、相连的、超验的，因此我们对其认识就不再是靠经验的，而是靠先天设定的知识体系，即纯粹理性知识体系。一直以来，对上帝存在的理性证明都依靠这种纯粹理性批判。这也正是康德所要批判的。

② 赵广明：《康德的信仰》，南京：江苏人民出版社，2008年，第201页。

卡儿不一样，笛卡儿将信仰挤得无处藏身，而康德却将信仰架空起来。这貌似给了信仰一片自由的天地，实际上却割裂了信仰与理性的联系。正如康德自己在《纯粹理性批判》前言指明的那样，人类理性实际上陷入了一种困境，它从经验出发，却越升越高，发现其工作无休无止且无法完成，于是诉诸某些超越经验应用的原理。然而，这些原理既然超过了一切经验的界限，就变得与经验脱钩，因而造成了理性的困境。[1]可以说，康德所建立的理性认识模式带来一种"构成知性之结构的范畴的僵化不变的性质"[2]。这个范畴不与经验的有限性相关，而是脱离了经验的批判和修正，成了经验的条件和前提。这种思维范式侧面说明了人不仅仅是在理性与信仰层面相互割裂的，即便在其理性内部，这种分裂性也始终存在。它以创伤的形式不断回荡在其身后的时代之中。

第二节 "末日创伤"与神学隐喻

有学者曾经这样描述 20 世纪："二十世纪，战争、革命、民主化、科技发展、生存危机，使一个个的社会理想和意识形态信仰逐一破灭，商业社会更提供不了新的信仰。理性主义时代，人们坚信哲学指导的概念体系，可以牵引着人类生活和社会发展的方向。但是人们现在无所适从，不满现状，又不知道明天会是什么样子，焦虑的结果是不断涌现的危机感和大难要临头的世纪末情绪。"[3]这样的描述实际上暗示了一种新创伤的出现。如果说传统创伤是因为过去某一事件的反复出现所造成的综合征，那么可以说，新创伤的"创伤时刻"并不是过去，而是未来。事实上，几乎目前所有的创伤叙事研究者都只是试图从历史记忆中挖掘创伤症候的原因，而所有的创伤医学研究又只将创伤定位于一个幸存经验的非经验式显现。由此引起的见证、记忆、哀悼等一系列"次主题研究"也都聚焦于"过去"。然而，正如本研究所试图极力澄清的，创伤的病理学并不等于创伤的叙事学，前者遵循科学研究的路径，从已经发生的客观事件中发现规律，而后者则遵循人文研究的路径，从相关事件之中阐发意义。由于后者的重点在于意义，而不在于事件，因而并不必要围绕过去事实展开，却可

---

[1] 康德：《康德著作全集》第 4 卷，李秋零编译，北京：中国人民大学出版社，2005 年，前言，第 5 页。
[2] 托伦斯：《神学的科学》，阮炜译，香港：汉语基督教文化研究所，1997 年，第 122 页。
[3] 辛旗：《百年的沉思——回顾二十世纪主导人类发展的文化观念》，台北：台北生智文化事业有限公司，2002 年，第 198 页。

以显示出超历史、超时空的虚构特征。创伤叙事一方面继承了创伤病理学的特征,以过去作为症候的原点,另一方面又将这种症候对人的价值层面的影响延展至未来。与此同时,从学科互涉的层面来看,后者又反过来可以影响前者,从而引发创伤的病理学新观念。值得注意的是,这种双向作用发生效果的历史背景需要厘定为现代。正是现代性的诸多要素(如风险)才使得创伤可以横跨病理学与叙事学两个学科,并在过去与未来之间筹划自身、产生意义。

从历史上看,随着现代性的深入,理性与感性、科技与人文的撕裂带来的一种新创伤正是"末日焦虑"。从20世纪开始,尼采高呼上帝已死,福柯宣布人的死亡,福山则声称意识形态与民主制度已经终结。这些思想话语与世界大战、种族屠杀这样的"政治末日话语",抑或是切尔诺贝利事件、SARS、新冠肺炎疫情这样的"生态末日话语"相互照应,反衬出人的心理恐慌已经从思想的领域、政治的领域扩展到日常生活的领域,成为一个普遍的创伤意象。这也正如马尼卡姆(Samuel Manickam)所说:"现代的末日意味着人类无论信仰如何,都要面临极有可能降临的灭顶之灾。"[1] 换句话说,在西方现代性的语境下,所谓新的创伤就是这种面临灭顶之灾的焦虑情绪。在这里我们将其称为灾难性的"末日创伤"。

让我们先从"末日"的概念看起。西方"末日"的意义并不是简单的灾难,前者是一个宗教概念,而后者只是一个单纯的历史事件。犹太教中的末日即"Apocalyptic",代表"启示的""末日的""预示灾祸的"。它源自古希腊语,意为"揭示"(disclosure)与"默示"(revelation)。在犹太—基督教文献中,它通常指全新的天国将代替堕落的世俗世界,上帝将对全天下的人进行最终审判。对末日理解的不同引发了不同的末日论(eschatology,亦作"终末论")。按照宗教来分,有犹太教的末日论、基督教的末日论。按照形式区分,又可分为启示性的与预言性的[2]末日论。它们之间多少有着重叠。从形式上来看,启示性的末日论用神话性的语言来理解历史的事情,而预言性的末日论则是一种精神心态,即"坚信其神话性的叙事结构会在日后由具体的历史事件展现出来"[3]。从宗教上看,犹太教的末日论是"关于世界之国、完美社会、超人、革命性的哗变,或

---

[1] Samuel Manickam. "Apocalyptic visions in contemporary Mexican Science Fiction," *Chasqui 41*. Issue 2, Nov. 2012, p. 95.

[2] Job Y. Jindo. "On Myth and History in Prophetic and Apocalyptic Eschatology," *Vetus Testamentum* 55, Fasc. 3 Jul. 2005, pp. 412-415.

[3] Job Y. Jindo. "On Myth and History in Prophetic and Apocalyptic Eschatology," p. 412.

者连续世界危机的预言"①，而基督教的末日论则是在致死的终结中重新开始。犹太教的末日论核心在"预言"，而基督教末日论的核心则是终结中的开始。我国圣经研究者王立新认为："预言……就在于要说出尚未发生之事……倘若人们只能在预言的内容已然发生，其结果已经尘埃落定之后才能研判预言是否应验……那么……预言具有的时效性也荡然无存。"由于预言的本质并不在于"是否有终结？"，而在于"应该做出的改变和决定"②，因此可以说，犹太教虽然借着末日提出线性历史观，但是其精神实质却不是"始与终"，而是"延宕"。在这一点上，基督教却与之相反。它更加强调一种囊括了"始终"的目的论。同时，它不仅对"终结"怀有盼望，而且关注着"终结"这个时间点。换言之，犹太教的末日论是先知对已知世界的未来（审判）与过去的想象，是借理性认识不可企及事物（或含非理性）的过程，基督教的末日论则通过理性先验地预设了某个（或含非理性）不可企及的事物。虽然二者都是将理性认识作为手段，但是按照基督教的理路，任何具有非理性特质的延宕都被坚固地凝聚在理性范畴之内，末日也成了康德式的目的论。这也就是说，基督教的终末论被理解为人在历史之中的意义展现，因而也就被改写为"现世的进步论"③。

以此可见，西方的末日概念建立在其深厚的宗教文化传统之上，并融入历史的发展进程之中，成为现代性的一个内在世界观。用历史的眼光来看，当与启示相关的历史视野与终末论也被改写为"现世的进步论"④后，人们开始"忘掉终结、忘掉永恒"，认为"人类思想的整体发展是在进步"⑤，而这种世界观的核心不是当下的努力，而是科学技术的不断积累创造出的未来。这是启蒙乐观主义的一种表现，也是现代西方文明的"最高危机"⑥。

19世纪以来，不少有识之士开始反思启蒙乐观主义所引发的无限进步问题。这一反思是随着对现代性本身的思考出现的。黑格尔在其《精

---

① Amos N. Wilder. "The Nature of Jewish Eschatology," *Journal of Biblical Literature* 50, No. 3, 1931, p. 201.
② 王立新：《古犹太历史文化语境下的希伯来圣经文学研究》，北京：商务印书馆，2014年，第190页。
③ 卡尔·洛维特：《世界历史与救赎历史》，李秋零、田薇译，上海：上海人民出版社，2006年，中译本导言，第11页。
④ 卡尔·洛维特：《世界历史与救赎历史》，中译本导言，第11页。
⑤ 列奥·施特劳斯：《西方民主与文明危机》，刘小枫编，李永晶等译，北京：华夏出版社，2018年，第273页。
⑥ 列奥·施特劳斯：《西方民主与文明危机》，第273页。

神现象学》中首次提出了现代性的意识,指出现代是"新时期的降生和过渡的时代。人的精神已经跟他旧日的生活与观念世界决裂,使旧日的一切葬入于过去而着手进行他的自我改造"①。他察觉到,古代与现代之间存在着一种不可调和的矛盾,现代将对一切古代的东西进行审判。为调节这种矛盾,同时修正启蒙乐观主义的无限进步思想,黑格尔重新召回了一种以人类自身为主体的终结论,指出了历史的终结,即历史是由看不见的手所推动,并最终以人类从必然王国走向自由王国为终点。继黑格尔之后,尼采的终末论对黑格尔历史终结论进行了反驳。他发现在黑格尔的终结论中,"一切思想原则与行动原则都是历史性的",这必然"摧毁人的一切理想"②,但真正的终结论在终结之处包含着肇始,因而只有在上帝死亡的背后创造超人的复兴才能真正发挥启示的作用。在其身后,亦有福柯惊觉尼采的终末论恰恰借助上帝之死凸显了人之主体在历史褶皱中的浮现,并由此进一步推论,在以人之认识为主要知识的基本序列(主要是科学)中,"人是近期的发明。并且正接近其终点","人将被抹去,如同大海边沙地上的一张脸"③。福柯之后,更有福山站在黑格尔的基础之上,指出历史不是没有限度的进步,它终止于现代自由民主制度这一人类意识形态上。④无论这些哲学思想家从什么角度来呈现他们的最终结论,无论他们如何对前人的终结论展开修正,对进步论展开批判,都不难看出他们试图通过现代末日话语来揭示现代性危机的"潜意识"。然而,正如施特劳斯的一个发现:"在现代概念中,进步过程没有一个必然的终结,比如大地或乾坤的大灾难。"⑤这成为一种具有分水岭意义的象征性说法,即是说,在前现代的信仰背景下,灾难性的终结是历史发展到未来阶段的启示录式终结,灾难也不被视为是虚构的,而是历史本体的一个未来向度,因而是真实的。但在现代背景下,由于宗教信仰的式微与科学的发展,灾难性的终结不被视为一种历史真实,因而近代哲学试图召唤的终结论也不再是宗教文化中的终结,而不过是一种变形的或者批判的进步论。这不仅是由现代哲学的理性叙事形态决定的,更是由现代性思维范式决定的。

---

① 黑格尔:《精神现象学》,贺麟、王玖兴译,北京:商务印书馆,1997年,第7页。
② 列奥·施特劳斯:《西方民主与文明危机》,第52页。
③ 米歇尔·福柯:《词与物》,莫伟民译,上海:上海三联书店,2001年,第506页。
④ Francis Fukuyama. *The End of History and the Last Man*. New York: the Free Press, 1992, p. 218.
⑤ 列奥·施特劳斯:《西方民主与文明危机》,第270页。

第五章 玛格丽特·阿特伍德的宗教创伤叙事与现代性批判

在哲学无法完成叙事的"先天缺陷"下，文学就显得极为微妙了。仔细观察可见，当末日论那种超世俗的历史神学被扭转为只专注于人之当下的历史哲学后，末日不再在历史叙事中出现，而是在文学叙事中出现。究其原因，乃是整个现代理性社会文化结构已经不再把末日纳入历史之中，而是将其驱逐至虚构的领域。也正是这种区分限制了我们的历史视野，将真理束缚于人类学认识论之中，造成了潜在于历史观中的必然性与偶然性的分裂。然而，也正如海登·怀特所认为的那样：没有叙事性的历史只是个编年序列，有叙事性的历史则是"一种意义顺序"，文学是站在后者的立场上说明着"实在的世界"，生产着有意义的历史。[①]末日文学作为一种未来历史编纂工作，同历史编纂一样在其自身的"文学性"上生产意义，弥补哲学终结论在实在世界的表征缺失。从这一层面甚至可以说，文学的感性话语模式超越了哲学的理性话语模式，是对现代性展开的真正批判。

值得注意的是，就末日文学的发生学而论，它通常诞生于危难之时，折射出民族的灾难、社会的冲突以及个体的创伤。因而，从其叙事内容来看，末日文学本质上具有创伤叙事的特征。它通过创伤的讲述模式，以隐喻性的语言呈现出不可言说的时代"创伤之核"。这一点我们可以从古代末日文学——《圣经》之中看出。《旧约》成书于公元前四百年至两百年之间[②]，是犹太人对其历史背景、宗教信仰、文化律法等民族事务的全面呈现。其中的《但以理书》被称为末日（亦译作"启示"）文学，是但以理在巴比伦流亡时期用"异象"、象征、隐喻等文学手法所表现的民族、国家命运。《新约》是基督教的发端，其中的《启示录》则成书于罗马帝国与基督教冲突最为尖锐的时期，是约翰以"预言"与"异象"表现的现世失序状况与上帝秩序的来临。

当上帝的模样在历史之中隐去，取而代之的是世俗时代。世俗时代即现代性的展开，亦即"现代时代"。正如前文所述，现代的创伤内容是现代性本身。启蒙运动全面开启了现代性的历史进程。也正如前文所述，在启蒙理性与科学技术的助力之下，古代犹太—基督的直线式历史视野被篡改为无限的进步史观。如果说古代的问题在于民族信仰与世俗化的剧烈冲突，那么可以说现代的主要矛盾在其内部。换言之，在现代性展

[①] 详见海登·怀特：《形式的内容：叙事话语与历史再现》，北京：文津出版社，2005年，第7页，第227页。

[②] M. E. 史东：《古犹太教：新象、新观》，周建文译，香港：香港中文大学崇基学院神学院，2011年，第3页。

开后,"进步论"勾勒出的视野不再是安于天命的自然视野,也不是顺其自然的神圣视野,而是理性与知识构建出来的人类视野。从前两者的状态来看,历史偶然性或是天启的一部分,或是自然的一部分,人们无论从哪个方面都能理解和接受未来。但是,从后者的状态出发,历史偶然性连同其内在的一切非理性事物都需要被剔除,或需要被纳入理性智识的理解范式中,留下的只能是人通过其理性建构出来的过去与"推理"出来的未来。但是,由于现代性所带来的新风险不断挑战后者形成的既定逻辑,造成历史的偶然性与必然性发生了剧烈的碰撞,因而撕裂了本应持存的整体历史认识论,造成了现代性的本质性创伤。正如吉登斯所说,现代与古代之间的一个区别就是风险与危机层次上的不同。后者受到飓风、地震等自然灾害的威胁;前者受到的自然威胁则相对微弱,却引入了一种新的风险景象。这一威胁包含了军事暴力、精神危机、虚无主义等多方面、多层次内容,是"由工业主义对物质世界的影响而得以构筑起来的"①。科学技术的发展、经济的全球化、国际关系的加强让世界不再是不同文明的不同世界,而是"一个世界"。一个世界的形成并没有增强人类抵御各类灾害威胁的能力,反而增加了风险的数量。尽管消除风险与危机也在某种程度上依靠"一个世界"的共同努力,但不可否认的是,风险社会的形成是现代性的必然结果。换个逻辑来说,用"能够消除风险"的进步观来抵消"风险增加"的实际现象根本行不通。进步被固定在科学技术的现实制造和可见产品之中,一旦涉及这些产品和世界的变化,这种进步观就被瞬间击垮了。现代性在时间上的创伤也正是产生于这种过去、现在与未来的历史冲突之中。从创伤的心理学角度来说,人类现代末日创伤的心理成因在于我们对过去的认识(必然)与对未来的认识(偶然)无法统一。

从这一层面来看,如果说传统末日文学的发生指向前现代世界的民族灾难,那么可以说,现代末日文学的发生则指向现代性的内在创伤。也正是从末日所折射的紧张历史关系中,我们窥见由此带来的现代末日的焦虑:现代社会的个体性与历史共同性之间的矛盾愈发深刻,现代性在全球化背景下的危机也愈发凸显,历史必然性与偶然性的关系愈发紧张。这一系列危机构成了现代性的"创伤之核",是现代文学表现的主要对象。随着19世纪现代性的深化,这类表现现代性矛盾的文学作品也陆续出现。玛丽·雪莱的《弗兰肯斯坦》,虽然没有全球性事件,但却通过一个启蒙

---

① 安东尼·吉登斯:《现代性的后果》,田禾译,南京:译林出版社,2000年,第96页。

乐观主义者的视角暗示了社会性末日的来临。尼采的《查拉图斯特拉如是说》则以一种更具犹太—基督的末日文学特质预言了上帝之死与虚无主义的到来，呈现了现代性的悖谬。步入 20 世纪，随着信息技术与科学技术的迅猛发展，末日文学也犹如雨后春笋般多了起来。多丽丝·莱辛（Lessing）的《马拉和丹恩历险记》（*Mara and Dann：An Adventure*）、A. S·拜厄特（A. S. Byatt）的《毁灭日》（*Ragnarok*）、科马克·麦卡锡（Cormac McCarthy）的《路》（*the Road*）、莱恩·波地诺特（Ryan Boudinot）的《末世蓝图》（*Blueprints of the Afterlife*）、斯提芬·琼斯（Stephen Jones）的《僵尸启示录》（*Zombie Apocalypse*），甚至像《生化危机》《2012》等作品都属于此列。玛格丽特·阿特伍德的"末日三部曲"亦在其中。

值得注意的是，一般意义上的末日文学与具有叙事学意义的末日文学并不一样，前者通常只是将末日作为一个主题，其核心在于一个历史事件，本质是抽空基督教文化传统的灾难文学，而后者是以终结与肇始的拓扑结构为基础的历史文化沉淀。更进一步而论，当代末日文学也不同于古代末日文学与现代末日文学。古代末日文学严格上来说是一种启示文学，而现代末日文学多属于讽喻当下的反乌托邦小说，其历史视域与叙事视角相对具有局限性，叙事风格也偏向现代主义的宏大叙事。然而，当代末日文学的叙事特色在于以一种后现代自我消解的形式终结自身的时间，却又创造新的时间实践。它逆世俗时间顺序，将自身永远视为"终结之前"，而不是将自身视为"顺序之前"。

这种当代末日文学特质尤为突出地表现在阿特伍德的"末日三部曲"上。"末日三部曲"是她在完成历史编纂小说后转而投向的"未来历史编纂小说"。小说包括了《羚羊与秧鸡》（*Oryx and Crake*）、《洪荒年代》（*the Year of the Flood*）、《疯癫亚当》（*MaddAddam*）。三部小说通过描述一个灾难性末日——全球瘟疫，揭示了人之历史活动的种种问题，不仅呈现了西方社会、文化、国家、制度所面临的危机，亦呈现了现代性在全球化过程中不可避免的全球性危机与创伤。大多数学者将这类描述末日的小说粗略归类为反乌托邦小说，但阿特伍德则在其论著《另一个世界》中创造出"ustopia"（乌反托邦）来特指一类"反乌托邦小说"，即以推理（speculative）的叙事方式观照着过去的真实、当下的现实，并将这一推理延伸至未来。[1]她指出，她所谓的"乌反托邦小说"既不是乌托邦性质

---

[1] Earl G. Ingersoll. *Waltzing Again：New and Selected Conversation with Margaret Atwood*. Princeton：Ontario Review Press，2006，p. 259.

的，亦不是反乌托邦性质的，而是包含了这两方面任何一方可能性的小说。①但也正是这种双重性使这类作品也可被归为"当代末日叙事"，其特质在于将历史的过去扭转至未来，将必然性置于可能性之中，从而把当下解释为一种具有存在论意义的"预备"。

作为末日创伤文学，"三部曲"的独特叙事特质具体表现在多维度视角组成的"小叙事丛"与全球终结性灾难组成的"大叙事"相互连接的整体结构上。前者与创伤连接，凸显了现代个体的存在性境遇，而后者与末日接驳，凸显了现代社会的结构性境遇。

在《羚羊与秧鸡》中，一场夺走大部分人生命的全球性瘟疫构成了叙事的本体，从而设定了历史事件的"真实之核"。在此基础上，叙事的时间被分为前末日叙事（pre-apocalyptic narrative）与后末日叙事（post-apocalyptic narrative）。这种时间分野可被视为典型的犹太—基督教末日论分野，在此之中"末日事件"是接洽二者的核心。"三部曲"中的"末日事件"被设定为一场全球性的瘟疫。在前末日世界中，人类的线性历史已经走向了终结，道德的沦丧、权力的肆虐、生态的恶化使得"人类与环境、与自我都处于分裂状态"②。社会形态的停滞不前，科学技术的无限进步使得人类对未来不再抱有期望，而只是耽于享受眼前。这种"终结"状态唤起了"疯狂科学家"秧鸡的虚无主义情绪。他开发出一种新式药品"喜福多"，并在药中注入了一种会定时爆发的瘟疫病毒。值得注意的是，与经常出现在科幻小说中毁灭世界的反面角色不同，秧鸡选择毁灭世界是为了给自己研发的新人类打开肇始之门。这便体现出秧鸡身上的犹太—基督末日精神。在一切计划设置妥当之后，大瘟疫如期到来，秧鸡与其女伴羚羊双双殉情，吉米便将秧鸡人带离实验所，展开了后末日世界的生活。后末日世界是个全面开放的新世界。吉米成为新人类的"先知"，他模仿前末日世界的历史脉络，授予新人类"律法"与语言，并逐步将新人类引上启蒙理性的路径。从整体上看，崭新的生活似乎又带着终结之前的历史印记，这使得叙事结构呈现出终结的开始与开始的终结互为补足的环形特征。从个体上看，后末日叙事中的吉米时刻受到前末日回忆的不断侵入。正如弗洛伊德在《癔症研究》中指出的那样："创伤的记忆，犹如进入身体中的异物，在很长时间内继续被看作仍起作用

---

① Margret Atwood. *In other Worlds: SF and the Human Imagination*. London: Virago Press, 2011, p. 66.

② Coral Ann Howells. *Margaret Atwood Second Edition*. New York: Palgrave, 2005, p. 176.

的动因。"①吉米也因此患上了多重人格障碍。他的回忆会经常被突如其来的另外一个"人格"所打断,造成其后末日世界主体线性思维的瘫痪。从这一层面上来看,吉米用其自身的创伤叙事塑造了整体历史的微观面相。

继《羚羊与秧鸡》之后,2008 年的《洪荒年代》承袭了大瘟疫这个"末日事件",也正是因为末日的结构特征,小说的叙事时间再次被分割为前末日世界与后末日世界。在末日事件的圈范之下,叙事视角改为两位年龄不同、阶级不同的女性。她们以个体创伤叙事补充了宏观性的末日叙事。在前末日世界,桃碧生活得差强人意。大瘟疫来临时,她阴差阳错地幸免于难,而瑞恩也因为加入了"园丁会"也从而避过一劫。虽然二人都获得了拯救,但却因为末世导致的创伤迟迟不敢面对未来。如果说创伤阻碍了人对时间的感知,让人陷于"无尽的悲伤"②,那么治愈创伤的标志就是再次回到"始-终"的整体历史层面上。瑞恩与桃碧在反思之后走出庇护所,重新拨动了因创伤停滞的时间轴。

四年后(2013 年)的《疯癫亚当》"是基于前两部小说之上的,被遗漏的部分"③。相比前两部小说,这一部小说的叙事视角增加了更多相关人物,并以第一人称回忆性视角与第三人称全知型视角、英雄主义专断视角与小人物的解构型视角、口语叙事与文本叙事相互补足的"小叙事"方式重述了末日事件。小说中,阿特伍德一方面重构了以"末世"为基础的宏大历史,另一方面又重构了宏大历史中的个人历史。从宏观上看,末日是旧世界的终结,亦是新世界的开始,因而世界的时间虽然被一分为二,却是殊途同归的。就个体而论,个人无尽的创伤时间则被划归入历史的线性时间中,因而在表述多元、杂糅的创伤层次的同时为治愈提供契机。在前末日世界,男主人公亚当与弟弟泽伯组建了反理性主义的宗教派别"园丁会",网罗各界反现代理性的精英分子,试图与父亲掌控的财团抗衡。在后末日世界,泽伯因并不赞同亚当"唯信仰"的救世方式,脱离了园丁会,成立了新派别"疯癫亚当"。亚当也被几个逃犯掳走。在新物种"器官猪"和新人类的帮助下,泽伯与逃犯展开争夺亚当的战争。最终在信仰与理性之间,亚当从容赴死,完成了"向死而生"的自我救赎。

纵观这一结构,作为大叙事的末日奠定了小说不可更改的核心部分,

---

① 弗洛伊德:《癔症研究》,金星明译,长春:长春出版社,2004 年,第 19 页。
② Dominick LaCapra. *Writing History*,*Writing Trauma*. Baltimore and London:The Johns Hopkins University Press,2001,p. 68.
③ Caitlin Roper. "Margaret Atwood,Maddaddam," *Transnational Literature*(6:2)May 2014,p. 30.

充当历史的真实,而小叙事则揭示了历史进程中鲜活的个体,展现了被"大叙事"遮蔽掉的"人的真实"。正如阿特伍德所说:"先有了故事,再有了真相,其次有了故事被讲述的方式,最后有了被故事遗漏的,属于这个故事的一部分。"①三部小说以不同视角构成的"小叙事丛"围绕"全球瘟疫"这一灾难性事件展开了对终极真理的探寻,呈现出同一语言情境中的多元话语状态,反映了个体经验与世界存在之间的对立统一关系,揭示了历史中过去、现在与未来的逻辑关系及它们作为一个终结整体与肇始的关系。"三部曲"整体上的末日创伤叙事意义也由此产生。

第三节 工具理性主义批判与抽象人文主义批判

一、工具理性主义与唯科技主义批判

"三部曲"描述了这样一个世界:在体制上,彼时的社会已经完成了从上到下的经济化。上到政府下至民众,经济可谓无处不在。政府不再由选举产生,而是被"公司"所取代。公司本是一种经济组织形式,它的目的鲜明,即以经济效益为主。当政府被经济化之后,政府丧失了其本质职能,让渡于"公司"的既得利益。"公司"的统治与政府统治并不一样,正如德勒兹发现的那样,现代经济的本质就是生产欲望与满足欲望,因此"公司"为整个社会一边生产欲望,一边满足欲望。在生命上,疾病已经被消除。每个人已经不再受到疾病的威胁。当疾病被消除之后,人的机体也不再面临衰老和损伤的威胁。生化技术的发展使得生物的感受器官可以随时进行修改,从而抵抗了有害的蛋白质,提高了生物机体的免疫力。由于基因工程的进步,动物器官都可以被培养成人的器官,从而提高了人类的生存率。比如一个"器官猪"身上就能培育出六个人类的肾。任何情况下,人都能选择替换自己的身体,从而满足自己长生不老,永远不死的欲望。在日常生活中,由于材料合成技术,旱季与雨季可以根据人的需要来制定,自然四季可以随意更改。由于指纹身份认证在公共安全体系的应用与升级,生活在特定区域内的人不再受到犯罪的侵扰。由于发明了满足各种情感欲望的高科技产品,如"能根据你的情绪改变色彩"的"聪明墙纸"②以及具有同等性能的"浴巾",人类的感情需求也获得了满足。

---

① Margaret Atwood. *MaddAddam*. New York: Random House, 2013, p. 74.
② 玛格丽特·阿特伍德:《羚羊与秧鸡》,韦清琦译,南京:译林出版社,2004年,第208页。以后引用,在正文中随文标注页码。

第五章　玛格丽特·阿特伍德的宗教创伤叙事与现代性批判　　223

从表面上来看，人类的一切物质需求得到了最大的满足，自然已经完全被改造成了人类想要的样子。但另一方面，

> 一种新的嗜吃电线绝缘材料的家鼠正横行于克利夫兰。引发了数量空前的火灾。"乐一杯"咖啡豆受到了一种新出现的豆象虫的威胁，人们发现这种昆虫能抵抗所有杀虫剂。一种兼有豪猪和河狸遗传基因的微型啮齿类动物出现在西北区……一种吃沥青焦油的微生物已经将几条州际公路变成了沙地。(223)

这也诚如吉登斯在其《现代性的后果》一书中指出的那样，现代社会引入了一种新的风险景象（risk profile），即生态威胁。它们与前现代的自然灾害类似，是"工业主义对物质世界的影响而得以构筑起来的"[1]。小说中的生态威胁正说明了科学技术在为人类带来物质满足的同时，也同样为这个物质世界带来了其自身的存在性危机。

当代末日论提出者——尼采认为，科学"追求真理"的准则，即"我不骗人"与"我不骗自己"准则起源于传统道德谱系中"追求真理的意志"。[2]因此，借着"上帝已死"，尼采不仅宣布了人从传统道德体系中的解放，而且将批判的矛头转向了建立在此体系上的科学信仰。人们借助科学理解上帝的善意和智慧，相信知识可以与道德和幸福结合起来，更认为在科学中可以获得或者爱上某些无私的、使自己满足的事。[3]换言之，尼采犀利地指出，科学从其诞生的那一刻起就与以上三种谬误密切相连，是现代性危机的一种体现。百年之后，阿特伍德的"末日三部曲"亦表现出尼采末日论中对科学技术的批判。通过描绘科学技术在未来世界的两个不同面相，小说呈现出两种现实旨趣，其一是揭示科学技术所致的进步主义对人的异化，这具体表现在人之自然性与自由性关系的重构之上，其二是揭示科学技术作为生产力与生产资料对社会的异化，这主要表现在社会之经济与政治模式关系的重构之上。二者均是现代性历史进程的恶果。

先从前者来看，海勒（Agnes Heller）曾经指出："现代的一大特征就是自由问题的凸显"[4]。古代时期，由于科学技术的限制，人类无法摆脱

---

[1] 安东尼·吉登斯：《现代性的后果》，田禾译，南京：译林出版社，2000 年，第 96 页。
[2] 详细内容见尼采：《快乐的科学》（第二版），黄明嘉译，桂林：漓江出版社，2007 年，第 216~217 页。
[3] 尼采：《快乐的科学》，第 59~60 页。
[4] Agnes Heller. *Aesthetics and Modernity: Essays by Agnes Heller*. John Rundell (eds), UK: Lexington Books, 2011, p. 141.

自然施加在其身上的束缚，因而通常被认为是不自由的。随着现代性的展开，启蒙乐观主义者们认为科学技术一定会解决以上问题，因而人之主体的呈现也不仅仅是笛卡儿式大写的理性的呈现，更是一种大写的物质性存在。它是整个物质世界的主宰者。然而，也正如启蒙运动最早的批判者卢梭所发现的那样，自由不是如霍布斯、孟德斯鸠等人认为的那样，是人在自然状态下获得的权力，而是一种自由意志。也正如卢梭的追随者康德所言，"意志不是别的，而正是实践的理性……它只选择那种理性在不受偏好影响的情况下，认为在实践上是必然的东西，即善的东西"①。人之自由的本质不是它摆脱了自然的束缚，而是其能够做出善恶选择的道德性决定。阿特伍德笔下的"末日"世界预设的正是对"自由意志"被抹杀后的未来历史走向：随着科学技术的发展，启蒙进步主义曾经悬置的最高目的已经达成，即存在于人之中的自然与自由的矛盾得到了化解。这一化解是通过牺牲人类的道德，而将人类的自由定位于完全的自然状态中达到的。在人的"自然自由"层面，疾病的消除预示着作为自然有机体的人类不再受到任何来自自然界的威胁。在寿命获得最大限度提升后，人们对精神状态的追求也被简化为"物质幸福感"，几乎所有人都依赖于一个政治实体"公司"所制作的一种迷幻药——"喜福多"。这种药品不仅能让人保持青春与性能力，还能在人的脑海中制造出种种欲望，并同时让人产生欲望已经满足的幸福感。于是，人们争先恐后地购买这种永葆青春的药品，为公司创造了大量利润。然而，由于这种药品已经被完全人为化，因此，疾病也变得人为化。小说之中，"喜福多"被植入了病毒，成为操控者实施其灭绝计划的一个重要手段。当具有终结性的"喜福多"制造出来后，人就步入了一个尼采、福山所谓的"末人"状态："科学技术满足了人类不断膨胀的欲望"②，人类的生命、情感与需求都不再存在于与"他者"（包括他人与自然）的联系之中，而是在完全的主体性之中。换言之，"喜福多"作为人类科学技术的产物亦是人类自身赖以生存的对象。这也是为什么"喜福多"被小说中的"科学怪人"秧鸡植入病毒，成为其实施"终结计划"的重要工具。概言之，"喜福多"所造成的终结性灾难不仅预示了人类对科学技术的依赖将使自己彻底成为一种孤独的存在，更展现了启蒙乐

---

① 伊曼努尔·康德：《道德形而上学基础》，孙少伟译，北京：中国社会科学出版社，2009年，第33页。
② Francis Fukuyama. *The End of History and the Last Man*. New York: the Free Press, 1992, p.xiv.

观主义与进步论最终导致的人类中心主义与虚无主义深渊。这是现代性危机之所在，也是人对其自身进行异化的体现。

再从后者来看，福柯曾经发现，随着现代性的深入，社会治理的形式也发生了转换。古典时期的治理术是通过断头台的公开处罚场景，以"让你死"的"专制模式"来实行威权统治，但是，当代治理术则是将生命从死亡的场域置于生存的场域，通过"让你活"的"安全模式"来实行微观统治。[1]如果说福柯分析的是19世纪以来社会政治模式遭遇经济自由主义的一种历史变迁后果，那么可以说，阿特伍德则是在科学技术的观照下呈现出福柯"治理模式"的核心动力并由此推理了其所导致的未来社会形式，即民主政治主体向经济政治主体的转变。在最明显的层面，以经济为主体的社会就其政治的基本形态而言是阶级的二元对立，即一端是"最破落的杂市：闲置的仓库，烧焦的廉租房，空荡荡的停车场"（191），另一端则是"安全墙内，开阔的场地铺设得非常漂亮……道路光洁宽阔"（206）。安全墙这边是科学技术人才以及公司人员，而安全墙那边则是"鼠民"与没落的人文主义者。正如吉登斯所说："专门知识恰似某种不对外开放的商店，其内部人员所使用的专门术语仿佛是存心修筑起来以阻隔外人进入的厚重高墙。"[2]未来的阶级划分是按照科学技术生产资料的占有者与这些生产资料的使用者来划分的。在最为隐蔽的层面，就政治的治理模式而言，"公司"对"鼠民"的治理又无疑是一种生命政治："公司"通过向"鼠民"渗透科技产品与消费观，从而获得利润与控制权。"鼠民"则被科学技术的本体世界隔绝，沉沦于对科技产品的现象享受。正如阿伦特发现的那样，科学技术已经改变和重构了我们的社会，物理世界与感性世界的沟壑越来越深，"以至于那些仍然信任常识和用日常语言交流的外行和人文主义者，已经触及不到实在了"[3]。而至于那些科学理性的知识分子，正像爱因斯坦所说："最容易屈从于这些灾难性的集体暗示，因为知识分子一般与生活没有直接联系，而是以最容易的综合形式——即书面印刷形式——来对待它。"[4]小说中的安全墙正是起到了这样的作用。安全墙将物理世界与感性世界一分为二，科学技术人员与感性世界交流甚少，因而也

---

[1] 米歇尔·福柯：《生命政治的诞生》，莫伟民译，上海：上海人民出版社，2018年，第84页。
[2] 安东尼·吉登斯：《现代性的后果》，第78页。
[3] 汉娜·阿伦特：《过去与未来之间》，第250页。
[4] 爱因斯坦：《为什么有战争？》，《弗洛伊德全集》之卷八，车文博编，杨韶刚译，长春：长春出版社，2004年，第227页。

就失去了像爱因斯坦、薛定谔等这样的传统科学家对科学理论与人文主义之关系的关注，取而代之的是技术不假思索的自动化机制。通晓数学语言模式的人员毫不犹豫地生产科技，从未思索科技会带来的任何灾难，并不通晓科学语言的人则将"科技"奉若神明，完全听命于"公司"行政。而那些"公司"头脑发展科技的目的也是为了通过科技获得更多欲望上的满足。传统极权主义中的"领袖魅力（Charisma）"已经不能吸引科技时代的民众，这些民众为之折服的是他们自己所创造的"科技的承诺"。以此可见，阿特伍德设想的情况与马克思对资本主义国家的论述并无二致，即资产阶级能够对无产阶级实施统治不是因为资本家对工人的劳动力抽象地占有，而是他们是如何使"占有"成为可能。后者涉及的就是科学技术的行动能力。阿特伍德只不过是将历史的时钟拨至了未来，呈现出科学技术与政治经济之间较之 19 世纪更为牢固的关系，从而暴露了现代性对社会的异化。

在此基础之上可以发现，阿特伍德所设想的未来经济政治模式比福柯所研判的当下局势更具风险性，因为福柯的生命治理术背后预设了一个前提，即社会必须维持一种结构上的稳定，才不至于与其经济目的相冲突。但阿特伍德指出：一个国家总有由不同利益团体构成的阶级，"他们虽然在不同阵线上，却绑定在一起追求比另一个阶级要多的利益"①。"公司"与"鼠民"之间的确存在一种微观权力关系，但是这种微观政治治理模式一旦被置于利益冲突之中，就会暴露其强而有力的权威一面，其政治后果也必然是"谁对谁做出什么"这种纯粹政治行为。这一点与海德格尔的一个观点产生了默契，即科学技术的后果就是极权主义。②从小说可以看出，在科技的推动之下，社会完全可能进入一种新的"极权制度"之中。这种制度的权力并不集中于某个政党或者个人，而是科技之上。福山也曾在后期著作中预言，在科技发达的未来，社会将因为科技更加"等级制度化"③。"公司"与"鼠民"之间的二元对立正是社会稳定结构发生断裂继而制度化的表现。换言之，所谓安全社会也不过是个表象，在科学技术极权政治中，"鼠民"在其生活区域内暴乱不断，他们与"公司"之间存在着不可调和的阶级矛盾，可见，政治上的风险始终存在。值得注意的是，福柯也

---

① Earl G. Ingersoll. *Waltzing Again*: *New and Selected Conversation with Margaret Atwood*. p. 130.

② 马丁·海德格尔：《林中路》，孙周兴译，上海：上海译文出版社，2008 年，第 262 页。

③ Francis Fukuyama. *Our Posthuman Future*: *Consequence of Biotechnology Revolution*. New York: Farrar Straus Giroux, 2002, p. 218.

曾认为现代的风险是自由主义自身创造的,它"不同于《启示录》中的瘟疫、死亡、战争这样一些幻想和巨大危险",而是"日常危险"[①]。阿特伍德也认为自由、安全、幸福的自由主义社会框架时刻面临着垮塌的风险,并曾指出,"人们倾向于认为他们现在活得怎样未来就会怎样,但是,即便是发生在日本的一次股市大跌都会影响你的日常生活"[②]。然而,与福柯不同的是,她的"三部曲"更进一步预设了瘟疫这种被现代启蒙主义遗忘的危机。在科学技术的助力之下,现代瘟疫迅速在全球蔓延。这也是由现代性的全球化本质所决定的。从现实角度来看,全球新冠肺炎疫情就是一个用来证实阿特伍德观点的例子。作为现代性进程的负面后果,新冠肺炎疫情的全球流行暴露了现代性风险的一个本质所在,大瘟疫这种全球性灾难的风险事实上与日本发生股市震荡的风险对人类来说同样巨大,现代性的全球化使得任何一个事件都可能被全球化。回观小说中的大瘟疫,表面上它与全球新冠肺炎疫情有所区别,但在深层次上,二者却同样是人之历史活动的后果,亦是现代性的全球化结果。

  行文至此,不难看出阿特伍德的启示"三部曲"呈现出一种对科学技术的批判态度。但需要注意的是,科学与技术事实上是两个不同的概念。自然科学源自启蒙运动,且是先验理性的直接产物。它往往扎根在这样一种传统中,即要求科学理论满足某些完全是人文主义的要求。[③]因而,一种所谓的科学规律并非那个不可见的物自体的实在规律,而是物自体本身在展露其自我规律时被人类的理性所掌握的范畴。[④]科学技术则不一样,它是自然科学哲学的某种实践形式,是一种"虚无主义",一种"非思想(non-pensée, non-thought)"[⑤]。可见,科学在本质上是属人的,而技术在没有人文思想引导的情况下会成为现代性最危险的因素。这一澄清将我们推至另一个亟待考察却容易被人文学者忽略的问题之上,即对人自身的批判。事实上,对现代科学技术、启蒙乐观主义、现代社会制度的批判都是内含于对人的批判中的。否则我们就像站在一个置身事外的超历史视角那样,不再从人性之中寻找导致末日事件的现代性原因,而是把现代性单纯

---

① 米歇尔·福柯:《生命政治的诞生》,第85页。
② Earl G. Ingersoll. *Waltzing Again: New and Selected Conversation with Margaret Atwood*. p. 133.
③ 汉娜·阿伦特:《过去与未来之间》,第252页。
④ 详见托伦斯:《神学的科学》,阮炜译,北京:中国人民大学出版社,2003年,第117~120页。
⑤ Alain Badiou. *Manifesto for Philosophy*. Albany: State University of New York, 1999, p. 48.

看作客观历史的垃圾桶倾倒一切我们在历史活动中呈现出来的各种思想问题。正是在人的内在问题上，我们将批判的矛头转向了人文的现代性。

二、抽象人文主义与唯感性主义批判

"三部曲"对人的批判主要体现在两个与末日事件相关的核心人物——秧鸡与吉米身上。两人自幼相识，又一起长大，是一对亲密无间却又最终走向殊途的朋友。正如阿特伍德对人之问题的隐喻性揭示："人类的问题在于我们有两只手。"[1]吉米与秧鸡的对偶式差异实则是现代人之根本问题的呈现，即理性与感性的对立统一。事实上，阿特伍德并非只是站在批判理性主义的立场试图否决理性是人性之中必不可少的部分，也并非站在纯粹人文主义立场试图将感性、艺术、哲学、语言提升至救赎世界的地位。通过吉米与秧鸡之间的互动以及吉米对秧鸡的回忆性认识，她试图传达的是人在其认识的能动性上不断反思自身与全体，以未来警示当下的弥赛亚精神。

秧鸡出生于科学世家。他的父亲是一位生物学家，虽然曾经热衷于基因改造，却也对人文主义倍加关注。因此，在发现唯科学主义的弊端后，他开始反对"公司"的所作所为，最终，因为涉及"公司"机密问题而遭到"公司"的暗杀。秧鸡的母亲在丈夫失踪后认识了另一位"科学家"——彼得。彼得显然与其前夫相反。如果说秧鸡的父亲是科学理性主义者，那么彼得则是科学技术主义者。技术与科学以及理性并不一样。在海德格尔看来，技术可以把存在者设立为原材料，即可以在生产过程中生产的东西，因而使得人的性质被贬低为物的性质，并被现代市场市场化。[2]彼得虽然也是科学家，但他却并不善于科学思考，而是纯粹的生产。由于技术的自动化体系，彼得自己也成了这个体系中的一个齿轮。他自己制造自己的欲望，并沉溺于这些欲望之中。科学发明为他带来的并不是关于人与科学、主观世界与客观世界之间关系的思考，而是纯粹物化的骄奢淫逸。在这两位"父亲"的影响下，秧鸡生活在传统科学理性对人文主义的坚守与科学技术统治对人类精神的磨灭这二者的矛盾中。秧鸡的"末日计划"也正是建立在虚无主义终结与人文主义救赎这二者的张力之上。

在末日情绪的影响下，虚无主义的疯狂科学家将批判的矛头指向了人

---

[1] Coral Ann Howells. *Margaret Atwood*（*Second Edition*）. p. 177.
[2] 马丁·海德格尔：《林中路》，第 264 页。

文情感。对秧鸡来说，人类正是因为有了主观情感才在科学技术中感受到了创伤、绝望与虚无。科学技术并无过错，它们不过搭乘了人类感情的翅膀。康德曾经指出，人的认识能力分为两种，一种是知性，另一种是感性。前者是能动的、具有主观反思能力的（facultas），后者是被动的、具有感受性的（receptivitas）。他发现人们通常认为知性是一种高级认识能力，通过它，人类能从感性所获得的经验中得到某些规律（这些规律并不是自然施加于人身上的规律，而是人自己为自己定的规律），具有知性的人通常被认为是科学人、理性人、聪慧人。而感性却并不受重视，它的名声向来"恶劣"[①]，因为感官的表象总能为人带来错觉，所以那些具有感性的人通常被称为吹牛者、魔术师、催眠术士（有意思的是，这些都是学界用来称呼吉米的名称）。康德无疑发现了从笛卡儿以来社会上普遍存在的一种知识偏见。这种知识偏见不仅没有被现代性的进程消灭，反而变本加厉，对现代社会与个体造成了创伤。马尔库塞在《爱欲与文明》中承袭了康德的焦虑，指出："现代人的创伤"是"由人类生存的两极之间的对抗关系造成的"。对抗双方一方是感性、质料、自然，另一方是理性、形式与自由。"前者本质上是被动的、接受性的，而后者则基本上是主动性的，支配性的和压倒优势的。"[②]后者对前者的压制是现代的显著特征。秧鸡代表的便是康德与马尔库塞所批判的极端启蒙主义者：他们极具知性理性，却缺乏感性理性。在创伤研究者拉卡普拉看来，创伤来自缺乏（absence）而非"失去（lost）"。失去"会带来肇始、拯救或者救赎"，而缺乏意味着"没有希望、没有启示性的未来，没有完美的乌托邦。人只能诉诸一切其他诸如个人、社会、政治生活中毫无救赎的选择，这些选择不过是规避过去、茫然无措，也是没有救赎的未来"[③]。可以说，缺乏感性维度的"唯科学主义者"不同于失去感性能力的人，前者更多是时代表征，后者多为一种个体呈现。秧鸡从小的家庭影响说明了他不只是失去感性能力的个体，更是一个时代整体感性缺乏的代表。

秧鸡自幼便展现出一种超于常人的知性认识能力，但也正因为他对理性知性的过于执着，他对感性认识能力充满不信任。在与吉米的一次谈话

---

① 康德：《实用人类学》，邓晓芒译，上海：上海人民出版社，2005年，第24页。
② 赫伯特·马尔库塞：《爱欲与文明：对弗洛伊德思想的哲学探讨》，黄勇、薛民译，上海：上海译文出版社，2005年，第143页。
③ Dominic LaCapra. *Writing History*, *Writing Trauma*. Baltimore and London: The Johns Hopkins University Press, 2001, p. 57

中，他批判人具有一种"想象力"。这种感性力量在客观事实面前总能引起情感效果。在生死危机之前，动物"把能量集中在维持生存上……但人类寄希望于能够把灵魂附着在他人身上，一个自己的新版本，这样便万寿无疆"（123～124）。在他看来，人不是一种现世存在的生物，而是一种彼岸存在的生物。这也是其制造末日、用秧鸡人取代旧人类的末日思想基础。然而，值得注意的是，康德曾经指出，想象力是感性认识能力中的一大部分（另一大部分是感官），是"一种即使对象不在场也具有的直观能力"①。想象力并非与知性隔岸相望，相反，它是连接感性与知性的桥梁。当这种直观与其对象的概念相联合而成为感性知识时，就叫作经验。②经验是理性的基础。康德指出，单纯的知性只能判断某个可以进行客观测量的事物，比如大海之大是它被测量后得出的结论。但是在感性范畴内的想象力的关照下，汪洋大海在人的主观理念中获得了不可衡量性。

尽管启蒙思想家康德明确指出人在理性与感性上的双重维度，但也恰如上文中谈到的那样，在现代性的发展过程中，理性逐渐脱离经验而成为它的前提条件。秧鸡的观点正是建立在脱离了感性经验知识的理性之上。在他带有偏见的解读中，感性认识能力缺乏客观实在性，因而在面对客观生存时，只能通过自我欺骗来（希望）度日。对一个把人类历史视为达尔文式的进化史的科学家来说，希望并不是维持生物生存的源动力。因而，面对生存斗争，如果不靠科学技术征服自然，人类面对的将是岌岌可危的未来。于是秧鸡在进行"新人类计划"时坚决拒绝为新人类植入"主观情感"。他几次提醒吉米："要提防艺术……任何种类的符号思维都显示着堕落。……下一步他们就会发明出偶像、葬礼、陪葬品，以及来生，以及罪过，以及B类线形文字，以及国王，接着便有奴隶制和战争。"（373）可见，秧鸡采取了一种极端的理性主义态度。

阿特伍德之所以将秧鸡描绘为一个"疯狂科学家"，目的也正是批判启蒙运动之后的"唯独主义者"。这些"唯独主义者"往往将人的全部属性划归为生物学上的理性主义，而忽略了人在全部属性上的其他本质，比如想象力、尊严、感性。这种反启蒙的状况不仅没有让理性归于其最初目的，反而恰恰反映了理性独断论根深蒂固的影响。然而正如阿伦特对人的定义："人不仅是一种理性动物，他也是属于一个感性世界。"③从人的全

---

① 康德：《实用人类学》，第53页。
② 康德：《实用人类学》，第53页。
③ 汉娜·阿伦特：《反抗"平庸之恶"》，杰罗姆·科恩编，陈联营译，上海：上海人民出版社，2014年，第83页。

部属性来看,作为人的必要条件就是理性与感性的统一。秧鸡虽然是阿特伍德批判的对象,但阿特伍德对人的双重性认知又致使其在塑造秧鸡时并不是抽离了人的全部感性。因此,尽管秧鸡期盼末日并制造末日,但却始终在末日前后不断试图自救。这主要体现在其对"旧人类"整体性的救赎上。秧鸡所造瘟疫的传播方式并非人际传播,而是依靠药物"喜福多"。"喜福多"是"公司"研发的一种抗衰老、提高性能力的"保健药"。在研制过程中,秧鸡在其中植入了"延时因子"。据吉米解释,这样做是为了让病毒广泛传播,让"其爆发呈现出一系列快速叠交的波浪形式"。这是他"成功的关键"。(359)需要注意的是,"喜福多"类似于鸦片,食用之后会让人在感官上产生幻觉。但是正如康德对鸦片的批判一样,鸦片虽然可以提高生命感,激起想象力,却是反自然的和人为的。①依赖"喜福多"的人尽管在感官上获得了满足,但是却只是在纯粹直观的感官层面获得满足,是没有知性参与下的感官直觉,而非康德意义上的感性。因此,依赖"喜福多"的人越多,依靠感官享受的人就越多,瘟疫爆发的可能性就越大。可以说,瘟疫只是末日的前提条件,却并非必要条件。从这一方面来看,选择这种方式制造末日的秧鸡恰恰暴露出科技的局限(非必要条件的一面),也正是科技的局限展现出小说救赎性的一面。从这巧妙的设计中,我们可以看出,作为科技理性代表的秧鸡失去了"上帝"的光辉。这使得整个末日事件固着在人类的世俗历史内,为超历史的"救赎"留出了空间。而这也与末日文学中最基本的肇始精神发生了重叠。

恰如别尔嘉耶夫在《末世论形而上学》中所说:"启示录的弥赛亚期望不但与民族的胜利有关,而且与个性的拯救有关。"②作为末日文学的"三部曲"的肇始精神不仅仅体现在秧鸡对整体人类的救赎上,也体现在其对自身创伤的修通上。从小说来看,尽管秧鸡持有一种"唯科学主义"的态度,但是在与吉米的友情、与父亲的亲情以及与羚羊的爱情的潜移默化之中,他的唯科学主义态度正在悄悄改变。秧鸡曾经认为:"坠入爱河……属于一种荷尔蒙非白发性分泌的幻觉状态。"(200)然而却爱上了吉米的女友——羚羊。成年后的秧鸡邀请吉米参观他的办公室,吉米惊奇地发现成年的秧鸡收集了不少冰箱磁铁,"但是内容不同了。不再有科学妙语了"(312)。吉米知道秧鸡一心投身科学,与父亲感情不深,但当他问及秧鸡与父亲是否合得来时,却发现"秧鸡沉默了片刻,'他教我下棋,

---

① 康德:《实用人类学》,第56页。
② 别尔嘉耶夫:《末世论形而上学》,张百春译,北京:中国城市出版社,2003年,第212页。

在事发之前。'"（189）在得知父亲遇害之后，秧鸡表面上无动于衷，却在暗地里调查父亲的死因。在知道父亲被杀的真相后，他伺机潜入"公司"，假意服务"公司"，实际上将瘟疫注入公司研发的"喜福多"中，并试图通过毁灭旧世界这种报复行为完成自己对丧父创伤的修通。除此之外，秧鸡与吉米的友情也是秧鸡救赎自身的表现之一。秧鸡一直在向吉米发出无声的呼救信号。当他向吉米讲述自己与父亲生活的点滴时，实际上已经向吉米敞开了心扉，与吉米发生了情感交流。直到末日之后，吉米才在回忆之中猛然察觉："我怎么会错过这个？'雪人'想。他所告诉我的那些。我怎么会显得那么愚蠢？不，不是愚蠢，他有自己的伤疤，他阴郁的情感。无知，也许是，不成熟，不完善。"（190）由于吉米在感性、理性整体上的"不完善"导致秧鸡的求助并没有得到情感上的回应，这也使得秧鸡不得不走向毁灭世界的不归路。但是，值得注意的是，秧鸡始终没有放弃自我救赎。这是因为，他在制造末日瘟疫的同时制造了新人类。从这一层面来看，秧鸡尽管排斥感性，却仍心怀救赎的希望。他邀请吉米加入牧养（nurture）新人类的工程中，并秘密安排吉米扮演起"摩西"的角色，带领新人类走出实验室，走向末日后的未来。然而，感性与理性始终是人全部属性中既相互交融又相互矛盾的两个方面。最终，秧鸡通过射杀吉米所爱的羚羊引诱吉米向自己开了枪。在一句"都靠你了"（341）的遗言之后，秧鸡与羚羊双双殉情。秧鸡带着"旧人类"一起灭亡了，而他那种"受助式自杀"却为吉米与读者留下一个主观情感维度上的道德悬置：人的感性是否就是修通科技创伤的良方？人文主义是否是科技创伤世界的修通方式？

阿特伍德一直以来倾向于人文主义的救世方式，认为："人们一旦做出反人文的行为来，意识形态一定不会救赎他们。"[①]小说中的世界也是一个反人文的世界。未来的社会中，文艺院校（如书中吉米就读的玛莎-格雷厄姆）备受冷落，科学性院校（如书中秧鸡就读的沃特森-克里克）备受宠爱。像秧鸡这样的科技精英就可衣食无忧、前程似锦，而像吉米这样的人文主义者则只能生活在破落的集市上，与"鼠民"为伍。阿特伍德对科技统治的批判显而易见，但是，值得注意的是，对科技的批判与对人文地注重却并不代表一种"唯独主义"，因此，阿特伍德的人文救世方式并不是奠基在对人文主义的"唯独主义"立场上，而是奠基在对

---

① Earl G. Ingersoll. *Waltzing Again*: *New and Selected Conversations with Margaret Atwood*. Princeton: Ontario Review Press. 2006, p. 35.

人文主义中的"唯独主义"的批判与反思之上。于是,阿特伍德笔锋一转,又将矛头指向了人文学科内部的"衰落":玛莎-格雷厄姆学院的大部分学生显示出一种美国20世纪70年代嬉皮士式的"生活态度"。他们几乎日日歌舞升平,夜夜寻欢作乐,被解放爱欲的意识形态所吸引,生活糜烂。微妙的是,当我们将历史的时钟拨至20世纪,就会从尼采对非理性主义的赞颂到后现代主义对宏大叙事的消解中发现,整整一个世纪乃至今天,人文社科都萦绕在一股反理性主义思潮中。如此显露的问题是,一旦把这种批判性理论与呼吁等同于人类的"本质形态",其结果并不是修正了科学技术的偏离,反而是让人文主义自身走上了偏离的道路。借助小说主人公吉米之口,阿特伍德意图批判的正是这种偏离显示的"原有学术领域的萎缩"(194)。

  小说中,最能体现阿特伍德这一批判观点的是吉米。如果说秧鸡是一个"疯狂科学家""恐怖末日论者",那么,吉米就是"一个言语者(wordman),一个忧郁的广告编者,一个有责任心的讲述者"①。正如上文所述,在康德看来,这些都是用来称呼感性人的。但是从人类全部属性这个角度上来说,吉米并非一个纯粹的直观感性人,而是建立在知性基础上的感性人。吉米出身于科学世家。父亲是位坚守达尔文主义的基因工程学家。他相信科学及其创造出的经济效益是人类最伟大的财富,并非常重视对吉米的理性思维和生活技能的培养。吉米的母亲曾经是一位微生物学家,因为发现科技理性对自然环境的伤害,转而脱离公司,投身于环境保护运动之中。对吉米来说,最具有创伤性影响的并不是父亲对科学理性的执着,也不是父亲与母亲的意见不合,反而是母亲的直观感性。离开"公司"后,吉米的母亲在情感上发生了些许变化。他发现,当他试图让母亲开心起来时,"……所有的这些行为在大部分时候只会激怒他妈妈……她甚至会扇他一耳光,然后哭着搂住他。"(33)无论吉米怎样做,他所能获得的回应都是些"任意组合"。让母亲爱他这件事"成败总是很难说"(33)。经过一段时期的反复无常,吉米的母亲最终选择了离家出走,并且带走了吉米心爱的宠物浣鼬②,声称已经将它放归森林。为了此事"吉米伤心了好几个星期。不,好几个月。他最为谁伤心呢?他妈妈,还是一只

---

  ① Coral Ann Howells. *Margaret Atwood* (*Second Edition*). New York: Palgrave, 2005, p. 177.
  ② 浣鼬在小说中是一种浣熊与臭鼬杂交的新型品种,是吉米父亲试验成功后送给吉米的生日礼物。

改头换面的臭鼬?"(63)一方面,"他被激怒了",因为在吉米看来,驯化的动物"一旦独自生活就会陷入无助的境地"。简单的人道主义行动不仅不能解决科学技术带来的生态问题,还进一步摧毁了已经建立起来的生态链条。另一方面,他又因为知性介入感性,开始自我反思,认为:"妈妈和她的同觉应该是对的……要不然怎么解释在森林里这段狭长地带竟充斥着这么多浣鼬呢。"(63)知性与感性的悖谬在吉米内心深处形成了一种撕裂性张力,并对他日后的成长造成了创伤。

从吉米的家庭生活中可以看出,阿特伍德对人进行的批判并不是站在"唯独主义"立场上的"对立式批判",而是从一个有原则高度的整体立场出发对自身进行的反思性批判。因此,要想解决现代性带来的危机,避免未来的终结性灾难,必须回到人文主义精神的初心。事实上,就文艺复兴时期的人文精神来看,人性的本质恰恰在于感性思想的解放与理性思想的独立,二者并驾齐驱,犹如驾着战车的阿波罗。这表现在吉米身上就是共通感与反思精神的互相协作。因此,如果说吉米心理创伤的原因之一就是感性与知性的悖谬,那么也可以说正是感性与知性的通融最终成为修通吉米创伤的关键因素。年少时的吉米曾与秧鸡玩过各种有关文明对抗野蛮、文艺对抗科技的电脑游戏。从那个时候起,吉米就敏锐地洞见了文学艺术的救世作用。这是因为,游戏的结局如果是科技胜利,那么所有的文学艺术作品就会消失殆尽,而科技的战利品却是一块荒芜的土地。秧鸡觉得此游戏非常有意思,但是吉米认为这样的结局"毫无意义"(82)。相比之下,他更喜欢观看鹦鹉阿莱克斯①的节目。每次看到训练师奖励做对习题的阿莱克斯一块"它所喜爱的饼干"之时,吉米都会"热泪盈眶"。阿莱克斯是鸟类学习实验的对象之一。这个实验小组由艾琳·派波伯格博士主持,旨在证明鸟类可以通过逻辑思维训练进行推理。阿莱克斯是这个实验中的明星,它能够识别不同物体和形状,并能分辨不同颜色和材质,号称动物界的"爱因斯坦"。人们认为阿莱克斯喜欢饼干,但是在吉米看来,阿莱克斯只是与饼干产生了条件反射,是一种机械反映。"这并非他(阿莱克斯——笔者注)想要的,他想要一枚杏仁"(271)。心理学上,吉米与阿莱克斯的感同身受可被称为移情,实际上也是一种想象力的运用。正如上文所述,感性并非理性与知性的对立面,相反,它与理性共源,是经过知性加工的感性。因此也可以说它是一种"理性的感觉",象征着人类

---

①这里,阿特伍德用阿莱克斯来讽刺机械理性。

对理性的善用。在观看鹦鹉阿莱克斯的节目时,吉米借助想象力穿透了逻辑语言的障碍,找到了被逻辑理性所遮掩的感性真相,产生了共通感。而正是在那个时刻,吉米陷入了情感的沉默。乔治·斯坦纳认为:"宇宙间的真相不再能够从言词进入……真实现在开始外在于语词语言。"①言词自古以来就是"逻各斯"的代名词。而援引德国虔信派的一种说法,共通感是一种共同感受,是掩盖在逻辑语言之下的真理。因此,可以说,吉米对阿莱克斯的体认并非来自逻辑理性,而是思辨理性以及感性范畴。这也恰如阿伦特所说:"通过想象力,共通感能够在自身中使所有实际不在场的东西出现。"②尽管不能说吉米就此与鹦鹉产生了情感交流,但是他确实是在深层次的生命伦理上与无法用逻辑语言沟通的动物产生了共情(这一点与其母亲的极端感性主义有着本质上的区别)。这同时也说明了阿特伍德对普遍人性中感性存在的肯定,即它不是像逻辑理性那样是用来进行秩序区分的,而是用来建构伦理共同体的。

但是,值得注意的是,尽管吉米一直倾向于用感性经验修通逻辑理性带来的创伤,但是这种修通方法却具有历史上的滞后性。在小说的叙事时间中可以发现,吉米是在很长一段时间之后才意识到自己在很久之前就是秧鸡的希望,秧鸡在幼年时期就已经开始向其传递呼救的信号,只是吉米并没有意识到。反观秧鸡之死,秧鸡知道吉米一直倾心于羚羊,并为自己抢走羚羊的事耿耿于怀,他更预计到若拿羚羊作要挟,吉米一定会开枪射杀自己。于是,他通过幼年时期就极为感兴趣的"受助式自杀"方式结束了自己的生命,并借这种理性策略为吉米设下道德的悬置,挑战了吉米一直注重的感性。可见,借助秧鸡与吉米两位主人公的生命历程,阿特伍德悬置了启蒙乐观主义对理性的执着,亦悬置了人文主义对感性的信念,并把二者还于终结与肇始相互连接的整体历史关系中。从创伤角度来看,恰如朱迪斯·赫曼所说:"幸存者与过去创伤和解的方式之一就是开启一个新的未来……,发展新的自我……,展开新的关系。"③吉米在秧鸡死后,虽然陷入创伤之中,但最终还是准备展开一段新的历史,于是带领"秧鸡人"离开了实验基地,与他们建立了新的关系。可见,他走出创伤的标志就是其自身历史的再度展开。一方面,吉米坦然运用了父亲教给他的达尔

---

① 乔治·斯坦纳:《语言与沉默:论语言、文学与非人道》,李小均译,上海:上海人民出版社,2013年,第25页。
② 汉娜·阿伦特:《反抗"平庸之恶"》,杰罗姆·科恩编,陈联营译,上海:上海人民出版社,2014年,第147页。
③ Judith Herman. *Trauma and Recovery*. New York: Basic Books, 1992, p. 196.

文式生存方法，在后末日世界谋生。另一方面，他又开始回顾前末日世界的生活，反思自我。换言之，吉米在其个体上确立了知性与感性的双重维度，并将过去、当下与未来重新连接起来。借用阿伦特的一句话来稍加阐释："对于真正的人文主义者来说，无论科学家的确定性、哲学家的真理，抑或艺术家的美都不是绝对的。"① 阿特伍德对人文主义的修正也恰恰体现在这种"相对性"上。可以肯定的是，这种相对性并非一种怀疑主义，而是对任何一件曾经获得确定的事物在其历史性上的反思。而这也引出了阿特伍德对人的现代本质的规定，即人是处于理性与感性对立统一过程中的历史个体。

然而我们需要进一步追问的是：知性与感性、理性与人文的融合如何成为可能？别尔嘉耶夫曾经认为宗教信仰是理性与感性的"相遇之所，只有宗教才能完成这种组合：哲学、科学、顿悟、艺术、文学都无法做到这点"②。小说中的吉米也在与新人类的接触中发现："他只能依靠宗教话语与隐喻才能描述清楚自己的处境并与秧鸡人进行交流。"正如阿特伍德所言："我们似乎被装上了信仰的硬件系统……艺术与宗教，特别是叙事也被装载在其中。"③ 在阿特伍德看来，要想找到修通创伤与救赎人类的全部方式，宗教信仰是一条必经之路。

第四节　理性宗教与"仿佛"哲学

鉴于西方历史文化的沉淀，理性与宗教始终是阿特伍德小说不变的主题，而这二者的通融又是她修通现代性创伤的方案。在《浮现》中，女主人公为了寻找失踪的父亲而踏上归乡之路。在途中，女主人公的心理发生了巨大变化。最初，她采用了规避创伤的方式进行自我暗示，但是经过几次潜水寻父，女主人公的创伤根源逐渐浮出水面。面对象征理性的男性以及象征神秘生命起源的母亲，她将修通创伤的期望寄托于这二者的通融之上。然而，对于女主人公来说，现代文明与萨满式的自然崇拜一方面有着相互通融的一面，另一方面也有着截然对立的一面。小说末尾，女主人公在原始状态下听见文明的呼唤，又回到了现代文明与萨满信仰的对立之

---

① 汉娜·阿伦特：《过去与未来之间》，第 208 页。
② Marks J. Bosco. "The Apocalyptic Imagination in Oryx and Craker," Karen F. Stein. "Problematic Paradice in Oryx and Crake," *Margaret Atwood*: *the Rober Bride*, *the Blind Assasin*, *Oryx and Crake*. J. Brooks Bouson (ed). New York: Continuum, 2010, p. 163.
③ Coral Ann Howells. *Margaret Atwood Second Edition*. p. 163.

中。这样的悬而未决在《神谕女士》中得到了延续。女主人公琼是社会、家庭创伤的双重受害者。而琼的父亲则是战争的受害者,回归家庭后缺乏与妻子心灵上的沟通。反过来,这种缺乏沟通又造成了对妻子的伤害。在父母不融洽的关系之中,琼也自然成了母亲病态心理发泄的对象。成年后的琼忍无可忍,选择离家出走。在他乡,她获得了成功,成了一位撰写哥特小说的作家。但是琼这种成功与神秘的通灵会有着颇深的渊源。这是因为琼的写作灵感均来自无意识状态下与"神"的沟通。这种"进入潜意识"的书写方式可谓与《浮现》中女主人公所采取的"潜入水中"如出一辙。与《浮现》的主人公一样,琼在"潜入神秘"之后遭遇的也并不是自己浪漫主义式的臆想火花,而是尘封已久的创伤记忆。面对创伤,琼选择书写创伤,然而琼的创伤却并没有因书写而得到修通。琼的书写成为其自我现实生活的模仿对象。她将自己的生活按照小说情节来安排。神秘的书写似乎并未为琼提供一条修通创伤之路,而她对神秘主义的执念又让自己踏上另外一条不归路,最终,琼唯有通过假死才能获得解脱。继《神谕女士》之后,1985年的《使女的故事》再次涉及信仰的问题,只不过这次的对象换成了美国基督教中的基要主义。《使女的故事》将背景设置为未来的美国,讲述了美国是如何从自由国度摇身变为宗教极权主义王国的故事。在原教旨主义分子发动政变之前,美国的当权政府已经处在风雨飘摇之中。彼时,社会动荡不安,各种各样的政治团体都打着"自由"的旗帜横行霸道。也就是在这样的两极分化中,"一夜之间,乾坤倒转"。那些原教旨主义分子"枪杀了总统,用机枪扫平了整个国会,军队宣布进入紧急状态……宪法被冻结了……"紧接着,"街头上甚至见不到丝毫暴乱迹象。"[1]一个极权社会随之诞生了。这个新诞生的极权社会名叫基列,出自《圣经》中以色列英雄基甸与米甸人交战之地——基列。新社会的组织者是一批信奉原教旨主义的"宗教新右派",他们打着"圣战"的旗号颠覆了美国政府,用《圣经》取代了"宪法",以宗教极权主义代替了自由主义。通过对宗教极权主义的刻画,阿特伍德不仅回应了极权主义的逻辑悖谬问题,而且也重新审视了传统信仰与理性之间的悖谬关系。至此,她对宗教与理性之间关系的态度也逐步明朗化:现代宗教信仰一旦与理性脱离,其结果就是走向极权主义。同样的主题在《猫眼》中进一步加深。女主人公伊莱恩出身于无神论家庭,却在友人之间受到排挤,被朋友的家人视为"异端"。当伊莱恩在他们的影响下试图接近上帝的时候,却再次受

---

[1] 玛格丽特·阿特伍德:《使女的故事》,陈小慰译,南京:译林出版社,2008年,第181页。

到歧视，甚至几次被友人施计，险些送命。在背叛和死亡的威胁下，伊莱恩无法理解为何信奉善行的基督徒会在精神层次上歧视异教徒，更无法从基督文化角度理解基督徒所信仰的上帝为何对这些恶行放任不管。当伤害者们打着上帝的旗号，对伊莱恩的"异教徒身份"展开攻击时，伊莱恩"对上帝失去了信心……决定不再向上帝祈祷……开始向圣母玛利亚祈祷"①。然而，让她更觉悖谬的是，自己向圣母的祷告是"无言的、叛逆的、无泪的、绝望的、没有任何希望"②。在这样的境况下，宗教的善与公义的善互相矛盾，成为撕裂伊莱恩统一身份的原因，并造成了她的心理创伤。

纵观阿特伍德作品中信仰与理性的关系网可见：《浮现》中，女主人公以一种非此即彼的方式理解理性与情感世界的通融。这种未将通融与其包含的对立面统一起来的做法的结果就是文明与原始再次进入到不可调和的矛盾中。《神谕女士》中，琼以一种浪漫主义的方式把现实问题诉诸神秘主义，并以此作为规避创伤的出路，其结果就是只能被迫屈从于自己创造的"神谕"，从而失去了主体真正的身份。《使女的故事》中，政府把自由和信仰当作达到其他目的的手段，而民众以非理性的角度去贯彻实行，其结果是不仅丧失了最基本的自由，就连信仰本身也将陷入非理性的崇拜之中。《猫眼》中，伊莱恩将宗教信仰和现代理性统一在理性的维度之下，虽然实现了对前三者的超越，却因为现代性的时代性原因深受身份撕裂之苦。

2003 年的《羚羊与秧鸡》后，阿特伍德对宗教与理性之关系的探讨渐入佳境，并在《洪荒年代》（2009）和《疯癫亚当》（2013）中获得了极大的表现。小说在末日的观照下描绘了宗教世俗化后的两种宗教形式，一是以"石油浸礼会"为代表的资本化宗教，一是以"园丁会"为代表的理性宗教。虽然二者同为实践理性（既宗教道德）实现自律的后果，但是却在宗教转型的过程中发展出不同的价值取向。借助"三部曲"，阿特伍德试图揭示理性、资本主义制度与宗教极端主观道德的结合如何催生了崇拜资本的极端宗教组织，理性的缺失又如何催生了发动恐怖活动的极端形式主义宗教。理性宗教虽然借助理性与客观道德的结合避免了极端化的厄运，但却由于脱离了宗教感性经验，而与宗教信仰的原始内涵相去甚远。前两者是西方宗教内部的表面危机，后者是西方宗教内部的本源性危机。

---

① 玛格丽特·阿特伍德：《猫眼》，杨昊成译，南京：译林出版社，2004 年，第 184～186 页。

② 玛格丽特·阿特伍德：《猫眼》，第 187 页。

为解决这一问题,阿特伍德效仿帕斯卡尔与康德,让"善的生活方式"先行于信仰,然而,小说的细节又披露出这种解决方式是属于哲学思辨理性范畴内的一种"仿佛哲学(philosophy of as if)",实际上与宗教信仰仍有矛盾。小说因此在批判现代性的同时又回到了《浮现》等其他作品的起点,即对现代宗教问题的悬置。通过这一悬置,阿特伍德自身的宗教观也显示出与康德、维特根斯坦等人的共鸣,即在现代理性的认识范畴内为宗教留置不可言说的空间。

一、作为资本化宗教的"石油浸礼会"

小说中,阿特伍德描绘了一个科技、政权与经济相互联结,理性与信仰分崩离析的"末世"。社会阶级之间的鸿沟和矛盾越来越大,"大院"与"杂市"对比鲜明。"大院"是占据统治地位的资本主义财团与能为他们带来经济效益的社会精英所处之地,而"杂市"则是阶级低下的穷人以及衰落的人文主义者所处之地。值得注意的是,对于具有基督宗教文化底蕴的西方世界来说,单枪匹马的政治经济一体化机构并不能发动理性资本主义这架巨大的国家机器。宗教作为政治的另一方面是这架机器的发动机。而鉴于宗教结构需要道德伦理作为支撑,因此奠基在某种宗教形式上的道德也就极易只以其宗教结构内部的主观道德为基础。与之相应的是:资本主义的高度发展反过来又影响了宗教结构本身,并使得宗教被困在自己的主观道德领域,偏离了客观价值体系,最终发展成一种以资本崇拜为形式进行资本交易的极端宗教组织——"石油浸礼会"。

阿特伍德对"石油浸礼会"这个宗教组织的设计另有用意。她曾在《在其他的世界:科幻小说与人类想象》中表示:自己的小说"从未超出现实。"[1]"石油浸礼会"同样有着深刻的现实基础。从历史角度来看,浸礼会是17世纪从英国清教中分离出来的一个宗教派别。马克思·韦伯曾在《新教伦理与资本主义精神》一书中指出过,彼时的清教徒存在一种以勤俭、禁欲、有条不紊地理性作为天职(calling)的精神。据他研究,18世纪的卫斯理教会之所以受到迫害并不是因为他们宗教上的偏执,而是因为"自愿劳动(willingness to work)"[2]的精神。所谓"自愿"可以用一个奥古斯丁惯用的例子来说明:一个石头由于重力从高处落到地上,这是一

---

[1] Margaret Atwood. *In Other Worlds—SF and the Human Imagination*. p. 86.
[2] Max Webber. *The Protestant Ethic and the Spirit of Capitalism*. Trans. Talcott Parsons. London and NewYork: Routledge, 2005, p. 27.

个自然规律；而一个人可以选择行善或行恶，这则是一种"自由意志"。可以说，自愿劳动就是人的主观自由意志的发挥。事实上，奥古斯丁的自由意志就是对人之理性时代的预示。宗教改革之后，随着理性的逐渐深化，康德接替了奥古斯丁，将这种自由意志概念化为"实践理性"，借此打通了宗教与主体理性的边界。进一步来说，那个时候的道德从宗教制度中获得了解放，成为自由存在于个体内心之中的"责任"。这种结合了自由与道德的价值观成为彼时的主流价值观，为推动当时社会发展做出了极大贡献。正如 R. H. 托尼（R. H. Tawney）所说，在新的宗教之中"既有保守的、传统的因素，同样也有革命的因素；既有接受铁一般纪律的集体主义，又有公然藐视人类日常惯例的个人主义；既有收获人间果实的精打细算，又有能使万物翻新的宗教狂热"①。对于信奉这套体系的早期清教徒来说，重要的并不是安守现状的自然生活，而是如何借助"自由意志"，在由生活所创造的物质利益与信仰之间做出道德选择。那么这里涉及的一个问题就是：想要发挥"自由意志"的力量，做出内在道德上的选择，就得先去创造更多必然的选项。只有这些具有必然性的物质才能凸显出具有自由性的内在道德。于是，资本财富的积累就成为一种必然结果。从语境上来看，资本主义的确是彼时社会发展的一大标志。但是，随之而来的问题是：在新的宗教（预定论体系）结构之中，一个人必须独自面对那个早已被决定了的命运；一个人的道德责任也并不与其他人发生任何关系，而是始终处于自我内部。这样一来，财富在获得了其合理积累的地位之后成为道德体系中一枝独秀的奇葩，而在财富积累过程之中所带来的科学道德、生态道德等"他者道德"问题则被忽视了。恰如 R. H. 托尼发现的那样，这样的逻辑使得基督徒努力的要点从日常生活逐渐转向了无限的增长和扩张。② 他们的内在道德开始与社会整体道德格格不入。

对于这一点，阿特伍德早在其论著《在其他的世界：科幻小说与人类想象》中就有所洞见："对于来到新大陆的清教徒们来说，重心并不是宗教结构，而是物质发展。"③她发现，来到美洲新大陆的清教徒在后来的发展中越来越倾向于物质，而忽视了宗教的核心内容。正如韦伯在《新教伦理与资本主义精神》末尾处的感叹："在它获得高度发展的地方——美国，

---

① R. H 托尼：《宗教与资本主义的兴起》，赵月瑟、夏镇平译，上海：上海译文出版社，2006 年，第 127 页。
② R. H 托尼：《宗教与资本主义的兴起》，第 275 页。
③ Margaret Atwood. *In Other Worlds—SF and the Human Imagination*. p. 83.

对财富的追求已失去了其原初的宗教伦理内涵,愈发与世俗情感息息相关。"这将最终导致宗教信仰"在纯粹的功利主义之中腐朽"[1]。阿特伍德在"三部曲"中承接了韦伯的忧患意识,将小说背景设置为越来越功利化的"美国"[2],借助文学创作,揭示了在资本主义高度发展的美国宗教形式会走向什么样的极端。

"石油浸礼会"与早期清教徒的宗教资本模式并不一样,与其说它是一个资本化的宗教,不如说它是一个宗教化的资本主义组织。这是因为,它虽然保持了某种宗教性,却脱离了早期清教徒的客观道德内容,发展成为一种具有拜物性质的资本主义极端宗教组织。有学者曾经发现,这种宗教"由于通过一种由享受奢侈物品的自我陶醉者的崇拜以达到自我表达,类似于一种'消费者宗教(consumer religion)',宗教迫不得已也要以商品化的方式来竞争,以企业化的方式来经营"[3]。"石油浸礼会"正是符应了这种转型的新型宗教。一方面,"石油浸礼会""配备了高科技,如高端的在线社会媒体"[4],宣传石油信仰,采取现代资本主义的经营模式,将宗教作为"对象"来经营。另一方面,它又用"捐赠箱来揩信徒的油"[5],攫取私人利益。可以说,"石油浸礼会"虽然具有宗教形式,具有一定的信仰内容,但是却由于资本主义的利益驱动而弃绝了宗教内涵中对欲望的克制,更不惜通过宗教谋取利益,远离了客观道德。

除了形式上的极端,信徒的极端利己主义也是这个组织的极端性之一。"石油浸礼会"的"赞助者"兼信徒都是"财团"中的石油大亨。从这一巧妙的设计可以看出,这些石油大亨的原型正是在美国历史上为资本主义发展做出巨大贡献的石油大亨洛克菲勒。洛克菲勒出身于浸礼会家庭,并恪守清教教义,将资本主义精神与清教伦理道德的精妙结合发挥到了极致。如果说作为小说中石油大亨们原型的洛克菲勒"尽力地赚钱,尽力地存钱,尽力地捐钱",堪称宗教精神与资本主义完美结合的典范,那么"石油浸礼会"的石油大亨们则"在可采石油稀有、油价飞涨、能源补充陷入绝望时风光了一把"[6],可谓一群投机主义者。他们赚取的钱财并

---

[1] Max Webber. *The Protestant Ethic and the Spirit of Capitalism*. pp. 124-125.
[2] Theodore F. Sheckels. *The Political in Margaret Atwood's Fiction—the Writing on the Tent*. England:Ashgate,2012,p. 144.
[3] 曾庆豹:《上帝、关系与言说——批判神学与神学的批判》,上海:华东师范大学出版社,2008 年,第 435 页。
[4] Margaret Atwood. *MaddAddam*. New York:Random House,2013,p. 62.
[5] Margaret Atwood. *MaddAddam*. p. 62.
[6] Margaret Atwood. *MaddAddam*. p. 154.

没有像洛克菲勒那样被用于慈善与捐赠。因为在他们的"预定论"看来，财富就是选民的标记。阿特伍德曾引用《每日电讯报》2005 年刊行的一篇文章概述了她对资本主义模式"预定论"的批判："卡尔文教派主张……神已经做好规划，选民将会得到救赎。假如通往天国的必然之途是因信称义，而非因行成义，根据此逻辑，极端分子会完全不在乎行为……另一方面，假如你是选民，狂欢吧，耶稣要你快乐，无论多少劣行恶状，都无法阻挡他判辨你的正义。"①在阿特伍德看来，资本主义式的得救预定论要么驶向宗教极端主义的一端，如"以赛亚狮子会""以赛亚豺狼会"这样的宗教，"双方人马一遇上就吵架，他们对于当'和平国度'降临时，与羔羊同卧的是狮子还是豺狼这一点有不同看法"②，要么就是宗教资本化，如同"石油浸礼会"一样，视"大众低贱无用，命定在地狱下油锅"③。这种被拜物欲占据了身心的极端性通过教会的资助者之一，男主人公亚当的父亲——来福（Rev）表现出来。来福是一个石油大亨，亦是"石油浸礼会"中的一个信徒。他在杀害了前妻之后，与情人再婚，并另育有一子，取名为泽伯。他认为一切幸福生活的源泉都应该归结为石油，并为此建立了石油大教堂，将这种精神态度上升为一种"伪宗教信仰"，将一种物质欲望包装为一种宗教追求。在他的眼中，"血淡于钱"④。只要有资本利益，就可以牺牲任何跟自己有血缘关系的亲人。因为聪明的大儿子亚当能给自己带来更大的经济效益，他便为其铺好前程似锦的道路，而二儿子泽伯叛逆不羁，所以他就随便将其打发到偏远地区，任其自生自灭。在来福看来，"石油浸礼会"的建立秉承神意。他引用《马太福音》第十六章第八节中上帝告诉彼得的话——"我要告诉你，你是彼得，我要在这磐石上建立我的教会"，并对此进行了错误的解读："彼得（Peter）是'磐石'的拉丁名，因此，彼得的真正意义指的就是石油，或者说来自磐石的原油……这就是一个预言，喻示了原油时代的来临……不信就瞧瞧今天，还有什么比石油更值钱的？……贯穿《圣经》的内容就是神圣的石油！"⑤除了对宗教教义本身的曲解，对于石油的崇拜更是来福家庭生活中的全部。根据泽伯回忆，传统基督教家庭在餐饮前需要感谢上帝赐予的食物，

---

① 玛格丽特·阿特伍德：《债与偿》，吕玉婵译，南京：南京大学出版社，2011 年，第 61 页。
② 玛格丽特·阿特伍德：《洪荒年代》，吕玉婵译，台北：天培文化有限公司，2010 年，第 54 页。
③ 玛格丽特·阿特伍德：《洪荒年代》，第 61 页。
④ Margaret Atwood. *MaddAddam*. p. 175.
⑤ Margaret Atwood. *MaddAddam*. p. 155.

而他们全家则要感谢上帝赐予的石油。大量与来福一样属于资本宗教组织的财团主们每到礼拜日就会聚集崇拜："感谢主赐予世界硝烟与毒品。他们将虔诚的目光投向上苍，仿佛石油是从天堂来的一样。"①

本雅明曾在《作为宗教的资本主义》一书中指出资本主义的宗教是"一种纯粹偶像崇拜的宗教，或许是既存的最为极端的狂热崇拜"②。崇拜（worship）就其词源意义上来说，"其含义相当于讨好，也就是以迎合的方式博取恩宠"③。最初的崇拜发生在初民时期。他们的崇拜对象往往是自然界的"物体"，比如树木、木棍或者石头。随着宗教历史的发展，到了基督教时期，崇拜被赋予了神性的内涵。在传统基督教中，崇拜的对象是上帝以及上帝所带有的神的属性。资本化宗教的崇拜与前两者截然不同，可以说，他们崇拜的对象从神性的内涵退回到物体本身。比如，在"石油浸礼会"中，与其说信徒们崇拜的是上帝，不如说是"石油"。"石油"本身并不存在神秘性，只有在符号化过程中，才被赋予超出"货币"的神秘意义。就像来福对家人的教导一样：石油可以被符号化为幸福，也可被符号化为政治权力。但是事实绝不如此简单，资本主义的宗教并不只有被崇拜的功能，它还具有"救赎"的功能。阿特伍德在写《疯癫亚当》之前曾经在《债与偿》这本评论集中指出：对新教徒（尤其是美国的新教徒）来说，"发达致富象征了上帝的恩典与恩惠"④。"拜物"在资本化基督教的语境中可谓一种救赎方式。财富积累的数量不仅是个体内在道德（实践理性）的展现，而且还与上帝的救恩有关。有财富的人就是被上帝拣选、获得救赎的人。那么，同样道理，如果有人在赚取资本的过程中犯下些许有悖于道德的事，只要通过捐献一部分资产就可以得到救赎。财富不仅与此世的"拜物"和享乐发生了联系，更与彼世发生了联系。这反过来推动的正是资本主义不顾一切"他者道德"的财富积累行为。用鲍德里亚的一句话来解释这种赎罪的方式："这是一种要求通过物而获得拯救的等级逻辑，是一种要通过自身努力来实现的拯救方法。"⑤

---

① Margaret Atwood. *MaddAddam*. p. 154.
② 迈克尔·罗威：《作为宗教的资本主义：本雅明与韦伯》，孙海洋译，《国外理论动态》，2013年第2期，第17~24页。
③ 霍布斯：《利维坦》，黎思复、黎延弼译，北京：商务印书馆，2009年，第281页。
④ 玛格丽特·阿特伍德：《债与偿》，第86页。
⑤ 让·鲍德里亚：《消费社会》，刘成富、全志钢译，南京：南京大学出版社，2014年，第40页。

二、作为理性宗教的"园丁会"

随着宗教世俗化进程的加速,不少学者对信仰的走向做出了不同预测。在以韦伯为代表的学者们眼中,宗教信仰走向了资本化的没落之路。而以弗洛伊德、涂尔干为代表的学者们则认为宗教并没有没落,只是分化出不同的功能。前者侧重的是传统宗教中信仰与理性的水乳交融,而后者看重的是宗教信仰的社会功能。但是,无论如何,这两种说法都足以证明宗教正在启蒙理性语境之下发生着变化。那么,是否资本化的宗教便是未来宗教世俗化发展的整体趋势?在阿特伍德看来,其实不然。在《疯癫亚当》中,除了"石油浸礼会",还有另外一种宗教派别——"园丁会"。"园丁会"是一支结合了理性与信仰的现代启蒙理性教会,建立者为来福财团的大公子——亚当。亚当目击了父亲杀死母亲的过程,由此埋下了仇父的种子。在看透来福的丑陋嘴脸之后,亚当与弟弟泽伯开始秘密计划转移来福的财产,并集合了一批已经厌倦为财团卖命的科学界精英,建立了一个民间宗派,命名为"园丁会"。可以说,"园丁会"一方面是亚当的复仇工具,另一方面,也是救赎世界的宗教载体。如前所述,宗教具有社会功能与精神信仰两方面"职能",因此面临着世俗化与信仰本质的冲突。也正是因为这种冲突的合二为一才使得"园丁会"具有了理性宗教的特征。

理性宗教并非阿特伍德的自我发明。这种宗教实际上早在启蒙初期就已经露出了端倪。康德在《纯然理性界限内的宗教》一书中就曾指出,一种纯然崇拜诫命的宗教寿终正寝,一种建立在心灵和诚实之中的宗教要被引入来取代它。前者以"奇迹"为信仰的基础,而后者虽然在历史上由奇迹伴随,目的却在于"宣布前一种没有奇迹就根本不会有权威的宗教的结束"[1]。如果说康德所指的新兴宗教就是新教,未免过于狭窄。因而,从广义上来理解,其所指的宗教是超出新教"概念意义"的"理性宗教"。对于这一问题的诠释,康德采取了分而视之的老办法,即将宗教的教会形式与其内在本质剥离开来:"只有一种真正的宗教;但却可能有多种多样的信仰。"[2]值得注意的是,对康德来说,具有形式概念的并非宗教,而是信仰,因而信仰具有不同的形式,且能在不同的教会中得以体现。一种真正的宗教指的是纯粹道德上的共同体,即纯粹理性上的信仰。具有纯粹理

---

[1] 康德:《康德著作全集》第 6 卷,李秋零编,北京:中国人民大学出版社,2005 年,第 85 页。

[2] 康德:《康德著作全集》第 6 卷,第 108 页。

性信仰的人不受政治和律法的约束,他们凭借道德自由地聚集在一起,为他们立法的是自由与道德合二为一的上帝。这种真正的宗教不一定就是基督信仰这种信仰形式,也可以是印度教的、伊斯兰教的、晚期犹太教的形式。这是因为,当印度人在解释《吠陀》,或者伊斯兰教徒在解释天堂的时候,"道德宗教的禀赋就已经蕴藏在人的理性之中了"[1]。与之相反的是"历史(启示)教会的信仰"[2]。这种教会信仰要比纯粹理性信仰更接近形式宗教的概念。即是说,它们虽然都可以称为宗教信仰,但是在"上帝愿意如何被服从?"这个问题上却各持己见。历史教会信仰并非把纯粹道德理性置于首位,取而代之的是规章性的法则。而纯粹理性信仰则相反。它更加强调某个伦理共同体内部属于信仰本身的道德性,而不仅仅在于其"合法性"[3],因而,前者靠着律法服从上帝,即以"启示出来的概念来赞颂上帝"[4],而后者靠着更加自由的"信心"服从上帝,即"通过善的生活方式"[5]。

根据上文所述,阿特伍德的宗教信仰并非来自"历史教会的信仰",相反,出身于科学家家庭的她在宗教问题上始终受到启蒙理性的囿范,因而在选择救赎性宗教上,阿特伍德更加倾向于"理性宗教",然而,值得注意的是,在阿特伍德看来,理性宗教的信仰并非与历史宗教的信仰不可通约。人并非只是纯粹理性宗教的人,他还是一个尘世的、神性国家的公民。因而,"上帝愿意如何被服从"这个问题一方面需要通过纯粹理性来回答,另一方面还需要求助于历史教会信仰的规章性法则。如此一来,"石油浸礼会"的问题就并不是将资本主义转化为宗教,或者说资本化宗教的问题并不是单纯的宗教世俗化,而是不能在世俗进程之中与纯粹理性形成相互囿范。在这一点上,"园丁会"则与之不同。从结构来看,"园丁会"具有一种世俗形式结构,即在政治结构上呈现出福柯所谓的"全景敞视式":"在环形边缘,人彻底被观看,但不能观看;在中心瞭望塔,人能观看一切,但不会被看到。"[6]亚当与夏娃们处于教会的中心,他们组织秘密会议,讨论的话题"神学与事务方面皆有"[7]。信徒们则处于教会的边缘,

---

[1] 康德:《康德著作全集》第6卷,第112页。
[2] 康德:《康德著作全集》第6卷,第105页。
[3] 康德:《康德著作全集》第6卷,第100页。
[4] 康德:《康德著作全集》第6卷,第105页。
[5] 康德:《康德著作全集》第6卷,第105页。
[6] 米歇尔·福柯:《规训与惩罚》,刘北成、杨远婴译,北京:生活·读书·新知三联书店,2007年,第226页。
[7] 玛格丽特·阿特伍德:《洪荒年代》,第209页。以后引用,在正文中随文标注页码。

"亚当一在暗处推动他们"(118)。在经济方面,"园丁会"同样采取了"世俗化"手段。他们的经济来源并非出自纯粹的社会公益事物或者赞助,而是夹杂着一些资本主义市场活动,甚至有人私种大麻,出售给资本市场。另一方面,"园丁会"又具有"历史教会信仰"的特性,保持了一种"善的生活方式"。大多数信徒反对科技的过度发展,并采取了环保主义的立场,强调返璞归真。而他们对幼童的教育也是多以制度性教育为基础,借此培养他们的道德习惯。可以看出,传统与世俗化这两股力量同时在"园丁会"中发挥着作用。

但是,康德想象中的理性宗教并不是没有问题。"园丁会"也并非阿特伍德的最终诉求。尽管理性宗教并没有像资本主义极端宗教组织那样遁入孤独的个体道德中不可自拔,但是它却在其他方面显示出理性带来的重重悖谬。且听"园丁会"年轻教徒对这些"清规戒律"的抱怨:"不能每日洗澡","穿已经刷过数不清次数的衣服"(81);"好单调,好朴素","想念自己真正的家、有自己的房间,床上挂着粉红色床单"(47);"祈祷冗长乏味,宗教理论是胡乱凑出来的,如果你相信每个人即将在这星球上被消灭,为什么斤斤计较生活方式的细节?"(48)这些疑惑和不满反映了个体理性思想与客观道德、宗教规章制度不相通融的一面,亦是康德理想性的理性宗教不得不面对的现实问题。

然而,问题还不止如此,由理性带来的并不只是些许信徒的抱怨,其根本性的问题在于理性无论与宗教在形式上有多贴切,它总是与宗教的某些内涵格格不入,比如说"感性体验"。事实上,康德在提出理性宗教概念的时候就曾说明,历史宗教与理性宗教的区别就在于前者以"奇迹""感觉"为基础,而后者虽然在历史上也曾有奇迹相伴,但却"宣布了前一种没有奇迹就根本不会有权威的宗教的结束"[1]。康德已经暗示理性带来的问题就是人们意识到自己在认识感性事物方面的无能为力。[2]尽管鉴于彼时的语境,大多数新教徒只是沉浸在宗教革命的胜利之中,并未察觉理性的介入会为信仰带来何种危机,但是这个问题却逐渐在历史之中显露出来。恰如斯通普夫的研究所示,在古典时期,宗教主要依赖于一种启示性(或者神迹)。到了中世纪,这种启示性逐渐与新兴的启蒙理性发生了冲突:"选择信仰,就需要抱一种建立在天启基础上的信任态度;选择理性

---

[1] 康德:《康德著作全集》第6卷,第85页。
[2] 康德:《康德著作全集》第6卷,第103页。

则相反，它所需要的信念要以有条不紊地演证为基础。"①而到了十七八世纪，启示与理性中间产生了断裂。正像施特劳斯所说，大多数人都承认："所有的奇迹都发生在前科学时代，没有奇迹曾经于一流的物理学家在场时出现。"②当宗教信仰的感性经验被理性代替之后，笛卡儿式的推理论证实际上不但没有办法证明上帝的存在，反而为后几百年的西方笼罩上一层怀疑的薄雾。

这一危机被阿特伍德把握，并由小说中的"园丁会"体现出来。"园丁会"的信徒大多数是穷苦大众，他们中的大多数之所以投靠"园丁会"是因为在"石油浸礼会""以赛亚狮子会"这样的极端宗教的氛围之中无路可走。宗教组织成为他们将自己从社会矛盾和贫困中解救出来的唯一方法。然而，他们一方面试图用信仰挽回世界的虚无感，另一方面又发现在理性的介入下，缺乏宗教感性体验的他们始终与宗教信仰格格不入。"园丁会"的创始者亚当也对这股世俗化的浪潮有所体认。他自己就是一个具有极强推理理性的科学天才，并且承认自己创立这个教会的动机之一就是为了复仇。按照他的说法，人类的堕落就始于理性："被知识之井吸引了，你只能笔直落下，学习、学习、再学习。"(《疯癫亚当》第208页)然而，社会所造成的悲剧又使得他漂泊的精神不断寻求信仰的支撑，"园丁会"因而也是亚当的一个"救世计划"。阿特伍德似乎通过亚当传达了这样一种对康德理性宗教理想的修正：西方宗教面临的问题根本不是如何协调信仰与理性，如何保持客观道德、理性与信仰，而是根本无法复归到宗教感觉经验的内涵之上。这是西方宗教的创伤之核，也是现代性的一个根本性危机。

三、"仿佛哲学"的救赎可行性

康德在《纯然理性界限内的宗教》中处心积虑地通过理性宗教构架起理性与信仰的桥梁，但是他却从未戳破那张隔在理性与信仰之间的纸。康德之后的诗人海涅认为康德之所以构想出一个理性宗教的原因在于他的仆人老兰培一定要有一个上帝，否则这个可怜的人就不会幸福。理性宗教只是一个解决西方宗教危机的办法，是人对自己精神的挽救，其中心内容并

---

① S. E. 斯通普夫，J. 菲泽：《西方哲学史——从苏格拉底到萨特及其后》，邓晓芒等译，北京：世界图书出版公司，2013年，第114页。

② 施特劳斯：《信仰与政治哲学——施特劳斯与沃格林通信集》，恩伯莱、寇普编，谢华育、张新樟译，上海：华东师范大学出版社，2007年，第321页。

非指向上帝，而是指向人。然而，在一个纯然宗教逻辑中，能够拯救人的只有上帝，却并非人自身。这就是矛盾之所在。

无论康德是否明示了这一矛盾，这一问题到了阿特伍德这里，都被剥去了一切伪装。然而，和每一个负责任的哲学家一样，阿特伍德并非对这一问题放任不管。她借亚当之口，揭示出这一源自人的救赎之道："有些宗教里，先有信仰才有行动，而我们是先有行动才有信仰……'仿佛'（as if）这两个字对我们非常重要，继续照着这样的方式生活，信仰最后会随之而来。"①"仿佛"这两个字中蕴含着的不只是阿特伍德一个人的解决方式，而是所有洞见到西方宗教困境的智者的解决方式。事实上，自启蒙理性时期以来，从帕斯卡尔到康德，再到阿特伍德，都将"仿佛"视为解决神学与理性冲突的关键。作为一个曾经与笛卡儿一样试图以理性证明上帝存在的人，帕斯卡尔洞见到理性化的世界对信仰的冲击，他通过著名的"打赌论"告知世界，如果赌上帝不存在，我们一定可以获得世俗的快乐，而如果赌上帝存在，则获得的是永恒快乐的可能性。如果你够理智，就应该拒不参加这个赌博。关键问题是，帕斯卡尔敏锐地洞见到理性化的世界使得人们"不得不赌"。那么在必须进行选择的前提条件下，任何一个老谋深算的赌徒通常都会"以确定性为赌注以求赢得不确定性"。②也正是在有限的赌注和无限的可能性互相博弈之中，我们才说这个命题有着无限的力量。在帕斯卡尔看来，这个赌约的本质就是赌一个不确定的东西。也正是从这场赌博之中，可以看出，17世纪启蒙理性下的上帝实际上已经被"不确定"这一理性的概率问题遮蔽了。帕斯卡尔凭借其理智获知了这个"真相"，而他开出的药方就是通过牺牲现世的享乐，以"习惯的信心"③获得信仰。信仰是不确定的，上帝是无限的，作为有限的人并没有什么无限的赌注去赌上帝的存在，只有用有限的赌注，即生活习惯、习俗去争取赢得这场博弈。显然，这似乎与康德的"生活方式"有着异曲同工之妙。在康德看来，神学本身就是一个"仿佛"学说。其重要性在于"可能"，而不在于理性要求的那种"无条件的必然性。"④唯一必然的是以善的"生活方式"实践着的理性。对于康德意义上的理性人来说，他们既不像自然神论者那样否定任何感性上的启示与奇迹，也不像纯粹理性主义者那样虽

---

① 玛格丽特·阿特伍德：《洪荒年代》，第186页。
② 布莱士·帕斯卡尔：《思想录》，何兆武译，天津：天津人民出版社，2014年，第122~124页。
③ 布莱士·帕斯卡尔：《思想录》，第134页。
④ 劳德斯：《康德与约伯的安慰》，载张宪译，刘小枫、陈少明主编《康德与启蒙》，北京：华夏出版社，2004年，第75页。

然不否定启示和奇迹，却主张用知性来把握它们，而是在不否定启示的内在可能性的基础上，去行使一种德性上的"生活方式"。这是因为理性人无法凭借其理性去判断作为"物自体"的上帝，因而从其理性出发，只能推导出可能性，而不能推导出必然性。如果只能在可能性的限制内去认识信仰，那么还有什么比践行善的"生活方式"更接近信仰的真理的呢？这一点无疑是"园丁会"更倾向于"牧养"理性人的原因之一，也是康德与阿特伍德为历史概念下的理性人开出的"处方"。

阿特伍德借亚当之口发出这样的感叹："阻挡不了浪潮，那就航行吧。"①亚当洞见到：理性的浪潮之下，信仰实际上几近灭绝。但是如果任由理性发展，虚无主义必将席卷全世界，但如果退回传统宗教或者弃绝客观道德又都只会走向"石油浸礼会""以赛亚狮子会"这样的虚假信仰。亚当认为，既然理性人因其理性的限制而无法让启示信仰先行一步，那么就只有让道德上的"生活方式"先行一步。只有如此，才能使上帝存在的可能性变得可以想象。②但是，值得注意的是，亚当的救赎方式并非传统历史教会他律的规章制度，而是一种自由选择下的"生活方式"。他律的道德常见于"因行称义"的说法之中，即将一种感性的启示与奇迹加诸善的"生活方式"之上；唯有凭借"启示的上帝的立法"，这种生活方式才能被视为对上帝的崇敬。如此一来，善的"生活方式"就像"为了上帝而作出的。"③但其中的问题是，就算是一个恶人，只要能够做出些许行动，就能获得上帝的喜悦。自由的"生活方式"则不一样。它独立于"欲求的客体"④，并且为自己颁布命令。可以说，他律的道德生活方式就是"受劝告而行事"。而自由的道德生活方式则是"有义务去行事"。⑤

然而，自由的生活方式是否就真的能够修通创伤、解决问题呢？在阿特伍德看来，这个方案在实践中困难重重。亚当虽然教导信徒们践行一种道德上的"生活方式"，信徒们也大多遵守了戒律，不吃肉，不打扮，尽量节俭朴素。但是"园丁会"为儿童信徒开设的课程却并不是中世纪古老的教义，更多的是有关现代科学的课程。课程设有"真菌学""草药全方位疗愈法"以及"肉食性动物与猎物关系"等"达尔文主义式的课程"。亚当个人的思辨理性最终在教会与历史语境的作用下不得不"遭遇"最为

---

① 玛格丽特·阿特伍德：《疯癫亚当》，第296页。
② 艾伦·伍德：《康德的理性神学》，第150页。
③ 康德：《康德著作全集》第6卷，第47~48页。
④ 康德：《实践理性批判》，韩水法译，北京：商务印书馆，2009年，第34页。
⑤ 康德：《实践理性批判》，第39页。

关乎个人利益的"幸存"问题。正像心理学家弗洛伊德在《一个幻觉的未来》中发现的那样,"仿佛哲学(as if)"在科学理性独领风骚的时代虽然可谓解决信仰与理性问题的"一个尝试",但是将信仰本身推向"可能性"领域,是"一种只有哲学家才能提出的问题",而"一个人的思维若没有受到这些哲学技巧的影响,他就绝不可能接受它;在他看来,承认某种思想是荒谬的,或者与理性相违背……绝不能指望他在对待那些最重要的利益时,会放弃他所获得的对一切日常活动的保证"。[①]人的主体多样性使得我们必须承认并不是所有人都受过哲学的思辨训练,不是所有人在践行"生活方式"时都是自由的,而当我们诉诸不自由的"生活方式",即反过来诉诸宗教组织这样的紧箍咒时,我们又违背了启蒙的初衷。对这一问题,阿特伍德回答得暧昧不清,她也无法回答清楚。这是因为理性与信仰的二律背反始终如同幽灵一般萦绕在西方宗教社会的内部,它不断催生各种协调方式,又不断产生极端宗教组织这样的负面产物。或许真正的秘钥并不在西方社会内部,而在对其他文明开放的曲径通幽之处。

---

① 弗洛伊德:"一个幻觉的未来",载《弗洛伊德文集》卷 12《文明及其缺憾》,车文博编,杨韶刚译,北京:九州出版社,2014 年,第 31 页。

第六章　玛格丽特·阿特伍德的后创伤叙事与现代性之后

20世纪后半叶以来，随着全球化与现代性的深入，以及后现代、后人类、后理论等"后学"知识话语的兴起，西方学者率先提出一个问题：是否我们已经进入了"后"世界？事实上，对"后"的质问是西方世界针对现代性历史进程展开的当下研判，它可以从两个方面理解：一方面是现代性已经被消解与超越，人类已经迎来一个现代性之后的世界，另一方面则是指现代性作为一个总体发展到了"后时期"。前一种观点可谓是一种政治激进话语，表现在对现代宏大视野的消除上，如福柯在《词与物：人类科学的考古学》（1973）中对启蒙理性主义以及主体认识论发动了攻击。德勒兹与加塔利则在《反俄狄浦斯》（1972）中从精神、文化、经济角度对资本主义的现代欲望进行了质疑。利奥塔在《后现代状态》（1984）中宣布了宏大叙事以及现代性的终结。福山在《历史的终结与最后的人》（1992）中认为马克思主义正在终结。德里达继而在《马克思的幽灵》（1993）中将矛头指向了福山，指出马克思主义的终结是形式上的终结。另一种观点则继承了现代性的理性思想，主张在解构的同时进行反思与重构。如詹姆逊虽然同意大多数"后学"学者的看法，但是却更倡导在对资本主义、殖民主义进行批判的同时，恢复一种连续的、稳定的历史总体化意识。哈贝马斯在《现代性：一项未完成的方案》（1981）中指出现代性是一项未能详尽的事业。瓦提莫在《现代性的终结》（1991）中评估了现代性的后现代化走向。美国思想家大卫·格里芬在《怀特海的另类后现代哲学》（2007）中对目前"后学"的意识形态性做出了评价。

然而，无论从哪一方的观点来看，这些"后"观点事实上都暗示了西方对现代性问题的讨论迎来了一个转折期。这一转折不仅仅是20世纪70年代后世界格局的变化，信息时代的深化，技术实证主义与经验唯名论的意识形态化以及垄断资本主义与后工业时代发展的结果，更是整个启蒙理性主义，甚至现代性反思话语本身危机的暴露。正如詹姆逊所说，"现代性二律背反发展到无以复加的时候便是后现代性的根本问题所在"①。这里的后现代性并不意指消解真理的怀疑主义有多么深入人心，而是意指奠基在"古代与现代"张力基础上的现代性矛盾以及作为现代性主体的人的撕裂都发展至一个全新的高度。在这一阶段，现代性的整个文化逻辑获得了反思，而与此相伴的则是一种内在的超越性冲动，正通过多元、异质、混杂的方式被人为地创造出来。换言之，这里的问题并不是我们是否在历史上自然地进入到一个现代之后的时代，而是我们是否在自身的主动性范畴内策反了自我。这也是后现代主义者们通常提到的后现代性标志——自反性。值得注意的是，后现代性与后现代主义是分享共同意义的两个不同概念。如果说后现代性是从时代精神的角度来思考总体问题，那么后现代主义则只是发生在文化领域的一种思潮或者文学艺术界的一种风格。二者虽然都反映了现代性后期被拉大的矛盾与张力，但后者尤其是文艺界的后现代主义又在其自反性上与总体格格不入，可以说，它不只是反映了"后现代"的总体时代特质，更是超越性地去看待如何弥合分裂性沟壑、修通现代性创伤等问题。这也正如基斯·特斯特（keith Tester）所言："后现代性并不意味着一劳永逸地就此调和矛盾。它只是蕴含了对这种矛盾的辩证超越。"②后现代性并不是在现代性的一个整体话语范畴内（包括启蒙现代性的与审美现代性的）诞生的，其目的也并不是调和自身内部的矛盾，而是在独立思想家组成的思潮与文学艺术家的个性创作中诞生，其目的在于超越困境。正如本书的开篇所述，阿特伍德作为一个具有后现代艺术风格的作家不仅仅通过创伤叙事呈现时代的问题，更专注于筹划修通与解决创伤。从后者的层次来说，阿特伍德的后现代主义作品不只是对现代性的批判以及对宏大叙事的消解，更是对这种批判与消解的重建与超越。事实上，在阿特伍德近十年的创作中，其创伤叙事尽管与广泛意义上的"后现代"创伤叙事有诸多共性，但却显示出超越现代性的"潜在话语"特质，并因此成就了其创伤叙事的"动态发展"风貌。

　　本章将重点集中于阿特伍德 2015 年之后的长篇小说《最后死亡的是心脏》与《女巫的子孙》，通过追踪阿特伍德近年来的创作动态，指出阿特伍德近期的创伤叙事已经全面进入后创伤阶段。如果说第一阶段的创伤叙事具有加拿大广泛创伤叙事的特质，即与西方的殖民现代性尚属于一个

---

① 弗雷德里克·詹姆逊：《现代性、后现代性和全球化》，王逢振、王丽亚等译，北京：中国人民大学出版社，2018 年，第 290 页。

② 基斯·特斯特：《后现代性下的生命与多重时间》，李康译，上海：上海文艺出版社，2020 年，第 77 页。

共同文化结构，在风格上多属于"加拿大特色后现代主义"之列，那么其第二阶段的创伤叙事则是对前一阶段的超越，不仅呈现出对加拿大民族文化创伤的认识与反思，亦表现出其对整个西方现代性展开过程的反思与认识。在经历了前两个过程之后，阿特伍德第三阶段的创伤叙事则有了质的飞跃，即在风格上转向了"超越的后现代主义"，以爱与宽恕的伦理学为基础在经历批判与消解之后的"后-现代"废墟上重审道德的标准与价值观的本质，并以此作为修通现代性创伤的最终路径。正是这种爱与宽恕的伦理内涵使其"后创伤叙事"在一般后现代叙事语境下脱颖而出，并由此确立了其自身的叙事特质。

第一节　后现代性、后现代主义及其超越

正如本研究开篇所论，现代性具有两个维度：启蒙现代性与审美现代性。如果说启蒙现代性是理性哲学、科学技术的主场，那么审美现代性则是文学艺术的领域。前者是历史同一性、理性总体化以及进步的话语，后者则是对前者的一种"话语抵抗"。从与后者对应的文学流派嬗变（从唯美主义到先锋派，从现代文学到后现代文学）中可以窥见一个现代性进程之中的有关现代性与后现代性之间具有争议性的问题，即在人之主体不发生变化的情况下，是否存在超越现代性的事物的问题。如果存在，它与现代性的关系如何？这一问题又直接与创伤叙事相关，因为正如前文所述，现代性的撕裂性本质就是人之创伤的展开，反思现代性与后现代性就是探讨创伤叙事能否在理论与文学艺术的表现上进行超越，其目的不只是呈现世纪转折期社会物质生产加速后的人之精神文化状况，更在于弥合被现代性撕裂的人之主体，修通时代创伤。

事实上，如需回答这个问题，必须首先将后现代性的总体场域与后现代主义的场域做出区分。前者是从历史角度做出的时代性的定义，其中包括了文化、制度、思想、知识、精神的总体图景，后者是从独立于前者的自由、自律的文学艺术角度对前者进行批判与消解。值得注意的是，也正如前文所述，现代文学艺术本身包含了现代主义与后现代主义两个层面，这两者作为审美现代性同时包含了对启蒙理性主义以及对自身形式与内容的批判。这是二者的同质性部分。但后现代主义文学对自身的批判又不是停滞的、二元对立式的，因为在它其中蕴含着一种超越自身的内在动力。正是这股超越性潜能构成了其与现代主义文学的异质性部分，使其作为一个独特场域与现代主义分而视之。

事实上，正如现代性的确切概念诞生于现代主义文学艺术之中，后现代性的确切概念也是诞生于文学艺术场域之中。因此，从后现代主义文学艺术的浪潮中可以洞见后现代性与现代性之间的类似关系。

进一步而论，作为现代主义的一个"分裂"，后现代主义因其自身的自反性与同属审美现代性的部分可被追溯到 19 世纪末，即整个现代文学艺术的展开。正如格林伯格所见，19 世纪以来的现代文学艺术（他称之为前卫艺术）本质上具有一种悖谬气质，"一旦前卫艺术成功地从社会中'脱离'，它就立刻转过身来，拒绝革命，也拒绝资产阶级统治"[1]。对于现代文学艺术来说，这种反思与反抗的对象有二，一是古典主义审美中的形而上性，二是启蒙现代性中的理性工具化与市侩化。先从前者来看，随着美学学科的确立，审美与文学艺术的实践领域里产生了一种认识论上的知识化倾向。这正如前文解释的那样是由启蒙理性的总体化决定的。无独有偶，浪漫主义[2]与哲学-美学的学科确立发生在同一个时代。从美学之父鲍姆加登到这一学科真正的集大成者康德与黑格尔，无一不是在阅读浪漫主义诗人的作品中发展出一套用来鉴赏此类文学艺术作品的知识论。也正是在那个时候，文学艺术就被认为是一种哲学思想的表现。换言之，那个时代认为"浪漫文学就是文学理念自身"[3]，不需要从更加内在的、感性的、生命的角度去欣赏和创作一幅画，一部小说，而需要从一个现在的理念，一个知识理性的角度对文本进行秩序上的安排与阐释。不少作家洞见艺术知识化的后果就是艺术越来越缺乏其内在的感受自由。决定文艺作家创作出优秀作品的并不是他对美的感受，而是对美的认识，以及审美知识界的一种形而上学的评判（尽管在某种程度上，哲学美学作为一种新兴的方法论也是对彼时历史哲学与理性主义总体精神的反抗与间离）。福楼拜就曾感叹："一个艺术家与其说是艺术家，不如说是艺术的理论家。"[4]因而，如何感受美，而不是认识美就成为现代派发轫的一个基点，亦是现代派为艺术确定自身价值的一条必经之路。

文学艺术的这种"被总体化"现象与启蒙理性主义如出一辙，这不仅导致了文学艺术作为一个自在场域与哲学美学、理性主义的彻底决裂，更

---

[1] 克莱门特·格林伯格：《艺术与文化》，沈语冰译，广西：广西师范大学出版社，2015 年，第 6 页。
[2] 本研究对现代派的定义较广，是以现代性的深入作为时代界限，以文艺的自我意识与自我意志作为内在界限，因而它既包含大部分的浪漫主义，更包括了大部分的后现代主义。
[3] 本雅明：《经验与贫乏》，王炳均、杨劲译，北京：百花文艺出版社，1999 年，第 103 页。
[4] Benjamin Rutter. *Hegel on the Modern Arts*. New York：Cambridge University, 2010, p. 21.

导致其发展出对自身的反抗实践。进一步论之,浪漫派之后兴起了一股与社会生活关系复杂的"反抗"实践。从"为艺术而艺术"到先锋派,以及一部分的后现代主义都可以被划入这种实践之中。而这不仅仅是现代主义的开端,也是后现代主义的鼻祖。让我们先从二者的发端——唯美主义开始。唯美主义的"为艺术而艺术"本身就是一种行为诗学。他们选择绕开认识论或本体论的知识征战方式,进入一种与道德、理性并无多大关系的"优美"之中,试图使文艺达到一种乌托邦式的自律。他们从康德的"审美无功利"之中汲取养分,将美的消极自由发挥至极限,既在实在层面反对将文学艺术完全生活化的市侩现代性,又在理论层面反对丑学对美学本体的扩张。然而,这二者之中却产生了矛盾。先从实在层面来看,因为现代文学艺术必须面对现代性本身的问题,即其与资本主义、现代社会生活、组织模式之间的关系。[1]这就正如本雅明认识到的那样,如果说唯美主义是"反对将艺术投向市场怀抱"[2]的一种政治美学实践,那它就必然面向现代生活。如果没有意识到这一点,那么唯美主义所做的并不是把艺术生活化(像王尔德倡导的那样),而是把生活艺术化了。再从理论层面来说,也正如朗西埃所说,唯美主义并非一种纯粹意义上的"艺术为艺术",因此,在唯美主义中,"如果风格仅仅是指句子优美的艺术,以清除对平庸情境和低俗人物的描写,那么就没有任何东西能区分艺术家的方式和人物的方式"[3]。从这一点来说,唯美主义其实并没有塑造起别具一格的艺术象牙塔,反而是抹平了文学艺术自身中的独特性与反抗性。

事实上,唯美主义这种矛盾揭示出了现代文艺乃至现代性本身普遍存在的悖谬。如从后者的路径出发来看:一方面由于"现代性"将所有的事物联系在了一起(即一种总体现代性[4]),形成了一种关系网,因而文学艺术与社会文化也是联系在一起的。另一方面,由于现代性是反对其自身的[5](即启蒙现代性与审美现代性的关系),因而处于其中的文学艺术也是在不断超越自身的。然而,这并不是说现代文学艺术是总体历史或总体现代性的一个环节,而是说文学艺术是作为一个自在自为的主体去认识现代性这个总体以及其自身的主体性的。而当我们从现代艺术自身出发时,其

---

[1] 安东尼·吉登斯:《现代性的后果》,田禾译,南京:译林出版社,2011年,第1页。
[2] 本雅明:《机械复制时代的艺术》,李伟、郭东译,重庆:重庆出版社,2006年,172页。
[3] 雅克·朗西埃:《文学的政治》,张新木译,南京:南京大学出版社,2014年,第82页。
[4] 阿里夫·德里克:《全球化的现代性、文化及普世主义的问题》,载《厦门大学学报(哲学社会科学版)》2006年第1期,第10页。
[5] 周宪:《审美现代性批判》,北京:商务印书馆,2005年,第137页。

中的二律背反则显现为:由于现代文学艺术的自我意识是将其自身设为一个对象,并引入了社会、生活、历史(或总称为启蒙现代性)等"他者"作为相对于自我意识的那个先在基础,因而它必然既反对那个外在的"他者",又反对其自身。这种矛盾或许在前期现代派身上体现得并不明显,却在后期的现代派,尤其是先锋派和后现代派之中多有体现。

先锋派是现代社会中的激进派,在19世纪初崭露头角的时候就是以社会运动的先锋性为定位的。"社会乌托邦分子、各类改革者以及激进的记者都以先锋来作为其自身的隐喻。"[1]而现代艺术审美场域之中的先锋派指的是20世纪左右兴起的一股试图通过对艺术与社会进行改革的新文艺流派。如果说唯美主义选择的是艺术的象牙塔,那么先锋派选择的是生活实在,因为他们坚信"艺术革命和生活革命可以等量齐观"[2]。

先锋派在20世纪发生了一次分裂,即老先锋派与新先锋派的分裂。而这次分裂不仅象征着审美现代性对于启蒙现代性的一次超越,更意味着文学对自身的一种超越(即后现代主义的发轫)。对于老先锋派来说,他们与社会实在的关系表现在"抵抗艺术制度与将作为整体的生活革命化"[3]。而对于新先锋派来说,他们与社会实在的关系表现在与世俗生活的同盟上。前者在艺术表现上倾向于非大众化的个体艺术,而后者在艺术表现上倾向于大众艺术。因此,对于新先锋派来说,他们的任务显得复杂得多。一方面,他们继承了(宽泛意义上的)现代主义艺术对启蒙现代性以及文化社会生活的审思与批判,另一方面他们又要反思与修正老先锋派在试图达到上述目的时所犯的错误。正如老先锋派对唯美主义者的反拨一样,新先锋派对老先锋派的反拨首先就是针对老先锋派与社会生活的距离展开的。因而,新先锋派转向老先锋派排斥的市侩现代性,与大众传媒、现代消费文明、文化工业以及时尚潮流融合在一起。然而,"现代生活是一种手段,而不是艺术的目的"[4],当艺术的自在自为特征与世俗生活的界线消磨不见的时候,就正如詹明信(Jameson)所说,"后现代式的美学的传统理论,有效证明与理性化都在这一特征中消失了"[5]。艺术上的生活化

---

[1] Matei Calinescu. *Five Faces of Modernity*. p. 108.
[2] Matei Calinescu. *Five Faces of Modernity*. p. 112.
[3] Peter Bürger. "Avant-Garde and Neo-Avant-Garde: An Attempt to Answer Certain Critics of Theory of the Avant-Garde," *New Literary History* 41 (2010), p. 696.
[4] 安托瓦纳·贡巴尼翁:《现代性的五个悖论》,许钧译,北京:商务印书馆,2005年,第34页。
[5] 詹明信:《关于后现代主义》,周宪编译,载《激进的美学锋芒》,北京:中国人民大学出版社,2003年,第97页。

第六章 玛格丽特·阿特伍德的后创伤叙事与现代性之后

使得先锋艺术在很大程度上失去了其从老先锋派那里继承而来的政治内涵及反抗冲动。它的产品无论对审美知识制度,还是对资产阶级来说都不存在多大超越性,因为它"自身就是这个社会运作的一部分"①。

诚然,就20世纪以来的境况来说,无论是现代主义还是后现代主义,其内涵要远比我们所涉及的丰富很多,但是这种包含在现代文学内部的创伤性撕裂却是始终存在的。如果说现代主义的创伤在于一种理性主体意识的内在分裂,那么后现代主义的创伤则在于这种现代性更深层的分裂。换言之,现代文学越发展到"后"阶段,越是接近创伤之核,就越不只是在风格与策略上体现出创伤性表述的特质,而是体现出现代性最为根本的矛盾,即不断更新进步的知性(intellectual)意识与人类幸福、情感、道德等自然本质的冲突。这种矛盾又反过来体现在后现代主义所宣扬的某些价值观上,即没有好与坏、善与恶、美与丑、真与假的区分。万事万物没有特定的价值,一切坚固的东西都烟消云散。这虽然在某种程度上是对启蒙理性主义的一次批判、反讽与消解,然而这也不可避免地将人心原有的深度、广度和厚度磨平,导致了人类生活的平面化、空洞化与单一化。这不仅是西方文明的危机,更是现代性最根本的危机。正是从这一点来看,真正的后现代主义文学不能是"无意识地"与社会总体意识进行同化或简单地对后者进行无原则高度的批判,而应该是在"意识"层面消解现代性,并对后现代性(虚无主义思想意识)进行超越。进一步论之,它在形式上诡谲多变,并在内容上呈现出后现代创伤性叙事的一面,然而就其意义与旨趣来说却始终是对现代性关键问题的揭露,并将这些问题抛回当下,试图通过对当下意识与行为的启示来修通创伤,这一点正如利奥塔所言,"所谓的后现代主义,并不是步现代主义的后尘或现代主义的废弃品,而是领先于现代主义并为其鸣锣开道",是"带着旧有力量、生命力鲜活如昔的某种新的经典现代主义回归,翻新或胜利再现的前兆","这是个寓言式的立场"。②

正是沿着这一层面的价值逻辑,我们将后现代主义文学厘定为具有超越后现代性的文学艺术,是现代性创伤在一个时代高度的反思与重估。也正是从后现代的价值论上进行评估,我们发现阿特伍德的创伤叙事不仅仅是对现代性创伤的揭示与文化批判,更是对现代性问题的解决与修

---

① Paul Mattick. *Art in Its Time: Theories and Practices of Modern Aesthetics*. p. 171.
② 转引自弗雷德里克·詹姆逊:《现代性、后现代性和全球化》,王逢振、王丽亚等译,北京:中国人民大学出版社,2018年,第252页。

通。正如阿特伍德借《猫眼》中女主人公之口对目前"后概念"乱象的一个批判:"什么后这个后那个的。如今一切都成了后什么,好像我们全部都是早些时候某样东西的一个注脚,而那时的东西实实在在值得有个自己的名儿似的。"(《猫眼》第83页)后现代(尤其指意识形态宣传下的后现代主义)不是一个时髦的概念或人人效仿的生活态度与行为艺术,而是在戏拟、反讽之中对自我的反思与体认。这些反思与体认也不应该是主张消解与离散的无中心主义或者主张片面重构的中心主义变形,而是寻找有意义且有价值的现代性支点。只有在重新树立这些价值观后,现代性才能作为人之主体的根本属性及历史进程的时代特征被继承。同样,所谓后创伤叙事也不仅仅是对后现代性中加深的分裂特质进行呈现与反映,而是对在现代性总体化过程中被排除的"他者"与"边缘"给予包容、关怀与协调。换言之,如果说创伤叙事意在呈现现代主义与后现代主义的叙事模式,那么可以说后创伤叙事的特质就是探求如何走出创伤本身"无法言说"的叙事困境。这才是后现代主义文学的意义,也是后创伤叙事的目的。

第二节 阿特伍德"后创伤叙事"中"超越的后现代性"

如果说在前四个章节中,我们主要从创伤的叙事学与主题学入手考察了阿特伍德对民族、个体、社会、宗教等关键西方现代文明问题的创伤呈现,挖掘了其创伤叙事所指的现代性危机,陈述了其对现代性进程中启蒙理性主义的尖锐批判,那么,本章的核心部分则注重探讨阿特伍德如何对上述创伤进行修通。事实上,从其近十年的作品可以看出,随着阿特伍德人生阅历的积累,她的作品从犀利的批判转向了对批判本身的超越。这就正如她在一次采访中所说的:"到了一定的年纪,跟你差不多大的人,不管他们是不是敌人,他们或许不是你的朋友,却是你的盟友,因为没有别的人记得你和他们记得的事了。所以除非他们死了,否则你可能会比起你在三十二岁时更能宽恕他们。"[①]在一次对其新作《女巫的子孙》进行的采访中,她坦然承认自己已经76岁,"认识的死人要比活人多",并半开玩笑地说自己已经一只脚跨进了坟墓,"只要我能,希望死的时候能不再使

---

① Stephanie Bunbury. "Margaret Atwood: Why She Decided to Re-write Shakespeare's The Tempest," 转引自袁霞:《由〈女巫的子孙〉观玛格丽特·阿特伍德的人文思想》,《外国文学动态研究》2017年第5期,第64~71页。

用推特"①。在古稀之年的阿特伍德看来，社会、文化、民族等世俗问题在人类的"有朽性"面前都不再重要。这倒不是说她已经完全投入涉及彼岸世界的宗教信仰中，而是说这些受到质疑与批判的问题最终会随着个体生命的增长迎刃而解。就其在两部监狱系列作品《最后死亡的是心脏》与《女巫的子孙》中所表现的内容来说，正义、法律、政治等社会性规约与劝诫并不能解决所有现代性带来的问题，现代性真正的问题在于其悖谬性的一面。这种悖谬不是自然历史的特征，而是人类的特征。值得注意的是，现代人并不是一个普遍抽象的概念，现代性的特征之一就是"个体性主体（subjectivity of selfhood）"②。因此，如果说阿特伍德在青年与中年时期聚焦于现代人类的身份、身体、社会、宗教等普遍性问题，那么可以说步入晚年的她更关注现代性的个体性主体问题。具体的个体性主体所面对的不是笛卡儿式的主体，也不是二元对立式的"他者"，而是其自身作为人的本性。换言之，真实的人生所涉及的状况远比理论假说更加丰富多元。在社会规则无法行使的地方，在制度无法企及的人性之中，最终解决问题的是良善、宽恕、包容的伦理维度。后者正是其后创伤叙事的超越之处。

阿特伍德在完成了"三部曲"之后，紧接着创作了《最后死亡的是心脏》（2015）与《女巫的子孙》（2016）。虽然在第一部作品之中还残留着反乌托邦性，但与前几部作品以反讽的策略指涉现代性物质生产与极权主义政治制度的"全球事务"相比，这一部作品显然更加深入人性的深处。与此比肩的另一部作品《女巫的子孙》则更是在改写莎翁经典剧目《暴风雨》的基础上回归了文艺复兴时期对人性本身的关注。这部作品沿用了阿特伍德一贯主张的后现代特色，由小说与剧本两种不同的文体组成，形成了棱镜式的多维度视野，与此同时，剧中剧的特质亦将作品要表现的人性问题用复仇、痛苦、闹剧、失去等主题层层包裹，更加凸显了阿特伍德本人对人之"本真存在"与"伦理道德"的多层透视。

一、作为超越后现代性的爱

先从《最后死亡的是心脏》看起。这部小说是在阿特伍德结束"三部曲"之后的另一部反乌托邦小说。如果说"三部曲"对现代社会的批判集

---

① Mother Jones. "O Brave New Penitentiary Margaret Atwood on futuristic fast food, intelligent pigs, and locking up Shakespeare," *Mother Jones*. SEP / OCT 2016.

② 卡尔·雅斯贝斯：《时代的精神状况》，王德峰译，上海：上海译文出版社，2016年，第18页。

中于 20 世纪的科学技术代表——生物工程，那么《最后死亡的是心脏》（下文简称《最后》）的批判矛头则是指向了 21 世纪发展势头迅猛的电子信息。小说中，阿特伍德集中描绘了当下电子世界的"反乌托邦性"。在电子信息技术作为世界发展主要动力的当下，世界各个国家的制度开始展现出薄弱的一面，社会状况也由此每况愈下。金融危机再次席卷全球，主人公所处的国家"金融商界山崩地裂、半个国家变成废铜烂铁"[1]。与此同时，"银行业已经从这片地区撤离，制造业也是。智能数码公司追寻更好的前程，去了更有前景的地区和国家。服务业曾经被视为救赎的一线希望，但这些工作也很稀少。"（11）据此可见，现代社会的产业结构进行了调整，从以农林牧渔等为主的第一产业逐渐过渡到以石油矿产为主的第二产业，并进一步发展至以金融、电子信息、房地产为主的第三产业。而这一切也说明了电子信息时代的全面到来。众所周知，电子信息时代起源于 20 世纪 40 年代，是以原子能技术、航天技术和电子计算机为代表的第三次科技革命。进入电子信息时代后，资本主义的经济格局发生了变化，美国作为"经济霸主"的地位虽然依旧不可动摇，但是随着经济全球化进程的深入，经济也呈现出多元化、一体化、区域集团化的趋势。换言之，现代性的危机发展到电子信息时代呈现出全球化态势，这不仅与电子信息本身的产业特性相关，也是一种全球资本主义经济发展的结果。

这一时代的脉搏被阿特伍德反映在《最后》之中。只不过，作为一部反乌托邦小说，《最后》更进一步预设了"后电子信息时代"的种种状况。也正如小说中的反乌托邦世界所呈现的那样，在电子信息作为主要社会生产动力的时代，社会的经济、政治都是围绕第三产业展开，并由此影响了阶级的划分与世界格局的变化。正如小说所述，彼时的世界工业已经崩塌，电子产业取代了工业，"工厂关闭，总部迁走了"（19）。由此带来的社会问题是："贷款方取消了房屋抵押人的赎取权，后来更是因为没人想买，许多房子都空荡荡地晾着。"（69）然而，即便房屋空置率极高，无家可归者却与日俱增，他们其中的暴徒"一个接一个扫荡所有城镇，挨家挨户砸破窗户和玻璃瓶，酗酒嗑药，在地板上睡觉，把浴缸当作茅房。"（69）为了解决工业崩溃后的种种社会问题（如安置无家可归者、复苏经济与降低犯罪率），"通融小镇"试行了一个"正电子项目"。这一项目将整座城市笼罩于制度的钟形罩之下，里面的居民同时作为普通人与囚犯获得居住

---

[1] 玛格丽特·阿特伍德：《最后死亡的是心脏》，邹殳葳译，郑州：河南大学出版社，2019 年，第 4 页。后文出自同一著作的引文将随文标出页码，不再另注。

权。简言之，他们每个人都轮流进行着看守监狱与蹲监狱的双重生活。据项目负责人介绍，这种轮替生活解决了电子时代科技发展所带来的失业现象，因为这份工作不要求很高的科学技术能力，简单且容易操作，是一种对原始劳动力的消耗。在作为"看守者"的一个月中，公民会通过履行职责获得电子币，并可以在"通融小镇"的商店或者网上购买所需用品。在作为"囚犯"的一个月中，他们进入监狱"服刑"，而他们的住处也会由其他轮替者来居住，从而减少了工业能源开支。然而，在"正电子项目"所宣传的救赎性背后却潜藏着电子信息时代最大的弊端，那就是信息在成为共享资源的同时亦给分享者带去了隐蔽的奴役。"通融小镇"的居民共享一切城市设施、生活劳作产品，由此导致所有个人信息数据的"数据库化"。进一步论之，大数据在带来信息共享的方便同时亦掩盖了极权主义的危机。这也正如女主人公查梅因所发现的，在小镇里"你永远不知道中央信息技术中心的人会追踪什么内容……内部可以相互交流，但若非通过批准的路径，任何只言片语都无法进出……所有信息都被严格监控……"（66）这就正如小镇中囚犯与公民的轮替生活所隐喻的那样，人们表面上生产与消费电子信息技术，实际上受到电子信息技术的奴役。值得注意的是，"通融小镇"对内实行隐性的极权制度，对外也进行信息闭锁。其中，电子信息的承载工具"媒介"发挥了巨大的作用。通过"媒介"，"正电子项目"的时代益处被无限放大，但其弊端却巧妙地被权力掩盖。"正电子项目"的负责人艾德禁止外部媒体私自进入小镇曝光小镇的极权性真相，并以"保护人权"的老派自由主义借口通过网络媒介封锁一切负面报道，从而将整个电子世界裹挟于私人的权力利益之中。而这一行为恰恰与当今电子信息时代所倡导的多元化、平等化背道而驰。换言之，电子信息曾经被视为无根化、相对化、流动化的后现代表现，并被一大部分支持者视为当代主要产业与历史发展的动力。而这不过是表面现象，其背后蕴含的其实是制度化的、阶级化的、秩序化的现代性本质。值得注意的是，也正如马克思、奇美尔等人对现代性与资本主义之间关系的揭示那样，现代性的社会本质是资本主义，即一种商品拜物教。在这其中，商品与货币是不断积累并创造欲望的。自进入电子信息时代之后，资本主义所呈现出的也不再是马克思时代的资本主义模式，而是更加注重虚拟资本、跨国公司、消费文化、经济垄断等晚期资本主义特质。因此，对商品的需求、对欲望的生产也符合这一资本主义类型。在小说中，"正电子项目"并不是真正解决电子信息时代悖论的出路，恰恰相反，它是艾德等高层管理者谋利的手段。"正电子项目"中的"监狱"成为"私人生意，变成了监狱食品套餐提供商，雇佣警卫等商家的谋利之处"（170）。他们处决"犯人"，倒卖"犯人"的器官、骨头与DNA，并与养老院合作，售卖婴儿血，满足有权有钱人士长生不老的欲望。他们还生产性爱机器人，满足那些不愿意与血肉之躯产生感情的人的纯粹性欲。据此可见，在"正电子项目"的背后隐藏着晚期资本主义深刻的矛盾，即一种无法弥合的社会与人的分裂。人已经在其道德、爱欲与情感上成为一张沙滩上的脸，被浪潮逐渐抹去。

尽管阿特伍德一如既往地在小说中涉及了以上社会性问题，但却并没有局限于对这些问题的平面化描述，事实上，这部作品超越了"三部曲"的纯粹现代性批判，并试图通过"爱的真正意义"[①]重构电子信息时代的价值观。小说的两个主人公查梅因与斯坦是一对夫妻，在动荡中流离失所，蜗居在一辆家用车里，绝境求存。两人虽然生活困窘，却并没有失去爱的活力，他们在狭窄的车内做爱，在艰苦的生活中彼此扶持。物质生活的匮乏并没有拆散这对夫妻。然而，他们之间的情感关系却在进驻物质条件充裕的"通融小镇"后遭受了考验。两人为了求存投向了"正电子项目"，并获得了居住权。夫妻俩只有在一个月的"囚犯"生活结束后才能享受另一个月的团聚生活。但是斯坦发现，尽管"他们做爱的次数显然比在车里要多。但查梅因只是在例行公事，就像做瑜伽，小心地控制呼吸"，而斯坦自己也不再满足于这种千篇一律的性爱，他开始渴求"情不自禁的性爱。他想要的是无法把持"（57）。与此同时，查梅因也开始觉得斯坦"并不太关注她，最近对他来说，她就是白噪音，就像他们的催眠仪器里播放的流水声"（65）。在两人互生厌倦的时候，他们的轮替人麦克斯与乔瑟琳闯入了他们的生活。查梅因开始与麦克斯偷情，但一次意外使得她留在纸条上的情话被斯坦看到。但由于查梅因采用了化名，斯坦误以为纸条上的名字是他们的女轮替人的姓名，并因此产生了妄想，甚至不惜追踪这一虚构女子。这样的情节设计似乎让《最后》看起来比"三部曲"更为通俗，但微妙的是，阿特伍德将两人之间长久的情感嵌入他们各自的不忠行为中，以此作为一种潜在动因推动整个故事的发展。这就将小说中通俗的爱引向了爱的深层意义。在与轮替人麦克斯在一起的日子，查梅因意识到自己爱着的是斯坦，而不是眼下这个满足她错位性欲的男人："是的，她当然爱他……想想她和斯坦共同经历的一切，他们曾经拥有的东西，他们失去的东西，以及他们依然拥有的东西。"（100）在斯坦知道事情真相后，

[①] 袁霞：《〈最后死亡的是心脏〉中的两性伦理困境》，《外国文学动态研究》2016年第3期，第63页。

他报复性地与乔瑟琳发生关系,并也因此发现麦克斯与乔瑟琳是在利用他与查梅因的感情对"正电子项目"进行破坏。斯坦在后悔之中渴望与查梅因"两人,手牵着手,走向旭日,忘记所有的背叛,准备迎接新的生活,在某个地方,用某种方式"(202)。

事实上,查梅因与斯坦的感情恰恰和麦克斯与乔瑟琳的感情形成了一组对偶。前者是二元互补式的,后者是二元对立式的。两者都是现代人主体显现的后果,即成为一个个体性主体(subjectivity of self-hood)[1],但前者显然透射着个体与他者之间的关系性本质,后者展现了现代人满足于纯粹主体欲望之中的孤独性本质。正如前文所示,现代性的一个弊端就是,在凸显现代人的主体地位的同时将其推至了孤独的深渊。人成为其自身的主人,却亦希望自身是他者的主人。这就造成了人在塑造其自身身份认同的时候,无意识地将他者也纳入这一认同过程。换言之,现代性的历程就是人所经历的绝对同质化的过程。这其中不仅包含了理性的总体化,亦包含了感性的总体化。无怪乎麦克斯与乔瑟琳最终在完成计划后分道扬镳。但这也正如列维纳斯所说的,这种同一化过程是"束缚本身":"具体来说,同一的关系是自身施加于自我的一种束缚。"[2]当对他者进行无差别同化的时候,人自身亦被异化。乔瑟琳与麦克斯的主体都不是需要与他者发生联系的"差异性主体",而是希望将他者纳入其自身的"同一化主体",因而他们的结合是基于现代生活需求和社会政治目的的机械组合,而不是双方深层次的爱情。这也必然导致他们的"爱情悲剧"。

通过这两对夫妻的比较可以看出,阿特伍德显然将救赎的希望寄托于非同质化的爱。换言之,阿特伍德对爱的认识并不是无差别的博爱,而是将爱视为一种具有自身同一性的主体接纳他者的过程。也正如列维纳斯对他者概念的重述:"他人恰是我所不是者。他人之所以是他人,并非由于其性格,或相貌,或心理,而是由于其他异性本身。"[3]即绝对的他异性。查梅因与斯坦虽然都对对方造成了伤害,但是却又能够不将自身视为唯一的受害者,同时也没有通过公正原则维持婚姻(即他们都对对方不忠),他们重新接纳对方并接受了对方的过错。正是这种接纳他者作为一个与其自身平等的个体的感情才是阿特伍德委以重任的真爱。相形之下,无论是

---

[1] 卡尔·雅斯贝斯:《时代的精神状况》,王德峰译,上海:上海译文出版社,2016年,第18页。
[2] 伊曼努尔·列维纳斯:《时间与他者》,王嘉军译,武汉:长江文艺出版社,2020年,第49页。
[3] 伊曼努尔·列维纳斯:《时间与他者》,第77页。

乔瑟琳、麦克斯，还是"正电子项目"的高层管理者艾德，甚至电子信息时代的多数民众都以同化对方为出发点，从而将自身与他人都束缚于绝对的同一性中。一个生动且具体的例子就是艾德对查梅因型的性爱机器人的爱慕。艾德爱上了查梅因，但是却害怕被拒绝，在多次求爱未果后，他开发了以查梅因为原型的性爱机器人。也正如小说对性爱机器人受到广泛应用的解释："人们都会孤独，他们想得到他人的爱。"然而爱情却会带来创伤，比如拒绝，或不忠，"现在是可以安排的，为什么还要让人忍受那种情感创伤呢？"（346）性爱机器人的效用就是免除人复杂的感性选择。而这背后所体现的深层反讽则是现代主体对绝对他者的拒绝。换言之，正因为艾德等人没有办法从爱的伦理层面接受他者才使得他们自身走向绝对的孤独，并由此将科学技术引向了一种偏离正轨的有害境地。在发明了性爱机器人之后，当孤独的人不再满足于机器的冰冷，而他又不断欲求着其无法获得的感情与人性，一个可怕的技术诞生了，即用一种无痛的干预手段，让主体认定你（356）。这种技术"不仅可以精准定位到大脑中的各种恐惧和消极联想，并进行删除，还可以清空你先前的爱欲对象，印刻上一个完全不同的新对象"（357）。这便进一步将人从其道德性中剔除，而将其自身束缚于欲望的牢笼之内，其结果不仅是人之个体的毁灭，也是其与他人发生关系的社会环境的崩溃。

小说结尾，查梅因被实施了这种手术，但幸运的是，她醒来后看见的是斯坦。在乔瑟琳的帮助下，查梅因逃脱了艾德，而艾德自己则被实施了手术，随后，"正电子项目"背后的非法盈利行为也被曝光。但是，这种戏剧性收场并不是小说的最终目的。查梅因醒来后，发现自己比过去还要爱斯坦，但却将这种爱的感情归咎为做过的手术："她婚姻生活的幸福不是因为她自身的努力，而是通过某个甚至没有经过她同意的手术来实现，这样做对吗？不，这样做看起来不对。但这种感觉是对的。"（400）查梅因显然陷入一个科学技术与人性本真的时代悖论之中：人对自身感情的信念远比不上其对自身创造出来的科学技术的信念。此后，查梅因也曾思考过，或许他们如今的情感深度也可能是因为他们彼此对对方不忠，这样，"一切都平衡了，就像银行里既没有存款，也没有债务。"（401）可见，查梅因内心不断涌动着怀疑论思想。这些思想不仅是工具理性主义的时代性影响，更是人自身异化的一种表现。然而，正如阿特伍德一如既往对人的道德本质的认可那样，当查梅因与斯坦幸福生活了多年后，乔瑟琳告知查梅因，她并没有被动过手术，查梅因才恍然大悟。更为微妙的是，乔瑟琳以理想主义来解释查梅因如今的深度情感："人类的心智非常容易受暗示。"

（412）而查梅因则以一种"感性主义"态度回击了乔瑟琳："爱不是这么回事。因为爱，你无法停止。"（413）至此，理性与感性构成了爱之定义的两个根本，而这其中二者的纠缠又成为爱的本质。

值得注意的是，如果说"三部曲"中，阿特伍德已经将这两个层面的问题以隐晦的形式提了出来，那么，《最后》对"三部曲"的超越性则体现在小说末尾处乔瑟琳对查梅因所说的内容中："你自由了，全世界都在你面前，该选择去哪里呢？"（413）借此，阿特伍德表达出其对爱之本质的真知灼见：在以个体性为主体的现代性展开后，爱的存在并不是上帝的恩赐，也不是科学技术的推波助澜，爱是这一主体进行自由选择的行为表现。它始终需要在人自身的二元对立意识中，经过每一次反思与抉择呈现出来。

二、作为超越后现代性的宽恕

如果说《最后》将超越后现代性、修通现代性创伤的方式锚定为爱，那么可以说《女巫的子孙》则诉诸宽恕。《女巫的子孙》（以下简称《女巫》）改写自莎士比亚的《暴风雨》。小说不仅是阿特伍德为了纪念莎士比亚诞生四百周年的致敬之作，更是将时间拨至现代性开端审视整个古典社会与现代社会异同的跨历史作品。众所周知，莎士比亚的《暴风雨》本身就是对社会公正体制与自然人性冲突的绝妙再现，《女巫的子孙》呈现的虽然是四百年后的世界，但是其主题与内涵并没有改变。这一用意恰恰体现了阿特伍德对文艺复兴把人性问题视为高于社会规则、技术发展与机械理性主义问题的赞许。与此同时，她也借此表达了自己对现代性创伤进行修通的方式。

小说的主人公菲利普斯是个才华横溢的戏剧导演，在他投身于戏剧的过程中，妻女相继离世，给他带来了巨大的心理创伤。祸不单行的是，就在他精心准备戏剧作品《暴风雨》的时候，他的导演职位却被副手托尼篡夺。他就像《暴风雨》中的普洛斯彼罗一样，丢了工作，被迫隐居在乡下。如果说《暴风雨》的演出背景是封建君主专制时期，其背后呈现的是世袭制与等级制下公义的缺失，那么可以说《女巫的子孙》则将时钟拨至当代，其背后呈现的是当下民主制社会公正的缺失。公正是社会正义的体现，一般指合理的经济制度（如分配）、政治制度（如选举）以及在此基础之上的良性社会秩序。一个良性的社会制度通常是平等的，即便无法保证绝对的平等，也至少给公民提供平等的机会与资源。这也是民主制度的一大核心内容，然而正如前文所讨论过的西方民主危机所示，在所谓民主制度得到体现的国家，民主不仅没有实现，反而有失公允。这表现在小说中是托尼的谋权篡位。

菲利普斯天生具有戏剧导演的天赋，后天又勤奋努力。他对戏剧的过度投入甚至让他疏忽了家庭，间接导致了自己女儿的死亡。然而他在事业上非常成功，人人佩服他的才华与能力。菲利普斯也借此获得了导演的工作。这初看起来是一个良性社会制度的典范。然而，在社会竞争体制之下，公正的表面下却隐藏着腐败与邪恶。他的副手托尼两面三刀，善于钻营权术、趋炎附势。在菲利普斯当权之时，托尼对他溜须拍马："区区小事，小的代劳；让我替您办吧；派我去就行啦。"①在菲利普斯失去唯一的孩子而痛苦时，托尼却乘人之危。在托尼替菲利普斯向理事会拉赞助的时候，托尼借机"和理事会成员把酒言欢，推动各级政府给予照顾"（5），并以此拉拢人脉，奠定了自己的事业基础。最终，当菲利普斯决心通过演出《暴风雨》来复活自己的女儿，并将此剧视为个人创伤修通的艺术途径时，托尼却告诉他赞助人将撤资，他将被辞退，理由是菲利普斯并未走出创伤。这次篡位不仅仅在个体道德层面说明了托尼的狡猾奸诈，更是指涉了资本主义民主体制内经济、政治制度公正的虚假性。

先从经济方面来看，正义的本质内在于社会经济行为之中。在以公平竞争作为原则的市场经济中，理念公正并不代表现实公正。这是由整个西方民主制度的经济核心——自由主义决定的。正如前文所述，西方自由主义的背后是根深蒂固的资本主义，在牢固的资本主义框架内，资本的积累是一切围绕其展开的各种制度的核心动力。历史上，资本主义社会制度的发展建立在理性主义与功利主义两种伦理学基础上，这早在霍布斯、洛克等政治思想家那里就有论及。社会的公义也就因此锚定为在人的理性指导下对个体利益的追求。而围绕这一内容展开的政府管理、社会运作、法律制度有其根本的缺陷，因为其目的在于保护个人"经济自由"，因而奠基在这一传统之上的自由主义民主制度存在的问题是：尽管在西方资本主义发展的过程中，亦有康德提出与功利主义相悖的理性主义，即以道德与义务的合理性代替人之欲望的合理性，但在资本主义的基本原则——资本积累的基础上，社会资源的相对固定与个人经济自由是有内在冲突的。这种冲突的结果就是自由主义的民主制度因其经济特征是有梯度性或者阶级性的。这也正如阿特伍德在一次访谈中指出的那样：再民主的国家也有由不

---

① 玛格丽特·阿特伍德：《女巫的子孙》，沈希译，北京：北京联合出版公司，2017年，第4页。以后引用，在正文中随文标注页码。

同利益团体构成的阶级,"他们虽然在不同阵线上,却绑定在一起追求比另一个阶级要多的利益"①。对于利益的追求是资本主义的本质,这种经济本质也正是破坏社会公义并造成相应制度漏洞的根本原因。

更进一步来看,围绕经济展开的政治模式同样存在问题。这主要表现在小说中的竞选机制上。萨尔与塞伯特是两位有潜力的党首候选人,也是托尼上位的两个政治根基,而萨尔与塞伯特之所以支持托尼而不是菲利普斯则是因为托尼答应他们如果自己上位便可利用媒体为他们做宣传。众所周知,在两党制国家,党首的选举通常采用公开竞争的方式,即由各政党推出自己的候选人,而各候选人通过组织竞选机构、策划竞选纲领、筹措竞选经费、开展竞选宣传等方式争夺选票。但也正如阿特伍德在一次访谈中提及的一个美国两党制的例子,美国的民主党和共和党除了在代表哪个利益集团的形式上有所差别,就执政这个本质来看,二者是没有差别的。而这样的弊端就是可能有一大批人的利益根本没人代表。"他们也只能在民主党和共和党之间选择,在这样的情况下,他们不是选择自由,而是没有其他选择。"②换言之,人民的利益并没有在这样的竞选制度中获得表达,选举公正也不过是欺骗民众的宣传而已。这就是西方民主社会政治公义的最大问题所在。

结合政治与经济反观民主制度及其与人的关系,西方最初的民主构想来源于启蒙时期的思想政治。伏尔泰与孟德斯鸠等人纷纷将构建社会的基础从神权转向人权,从而奠定了人在民主制度中至高无上的地位。卢梭更是将国家权力的来源扭转为人民自我权力的让渡,从而确立了现代西方民主制度的基本内容。正是在这一逻辑基础之上,"人们选择什么样的正义原则表达了他们自己的本性"③。换言之,政治与经济的公正在本质上是一个伦理问题。它关乎人性。这亦表明,政治与经济的不公正反向影响了人对公义原则的理解与认识,也因此影响了对人之本质(欲望或善)的厘定。因此,小说中的托尼并不是一个单独的个体,而是代表了一类被不公正制度"塑造"而成的人以及对人之欲望予以片面肯定的人性论。文化部部长普莱斯、司法部部长奥纳利、退伍军人事务部部长斯坦利以及戈登战略公司的隆尼等人均在此列。他们的成功暗示了社会公正原则的缺失,亦

---

① Earl G. Ingersoll. *Waltzing Again*: *New and Selected Conversation with Margaret Atwood*. p. 130.

② Earl G. Ingersoll. *Waltzing Again*: *New and Selected Conversations with Margaret Atwood*. p. 132.

③ 姚大志:《罗尔斯正义理论的基本理念》,《社会科学研究》2008年第4期,第60页。

揭示了社会对人之本性的逆向作用。与此相对的是，当菲利普斯在监狱找到一份导演工作后遇到了一群犯人。在这群犯人中，有非法侵入者、马仔、诈骗犯、贪污犯。他们虽然在社会上触犯法律，却并非重刑犯。他们对莎翁戏剧中各式人物的理解以及他们在菲利普斯复仇大戏中的鼎力帮助都侧面说明他们并非十恶不赦的犯罪分子，只不过是社会底层的逾越者。从他们各自的族裔身份来看，可以得知，他们的犯罪更可能是迫于生存。因而，从某种程度上来说，他们在人性上较之托尼要更高。微妙的是，也恰恰是因为身份的不同，托尼在钻了法律漏洞后不但没有被惩戒，反而与处于社会高层的权钱势力相互勾结，青云直上。从这一点可以看出，一个不公正的社会制度所制定的法律以及所谓正义认识论所规定的人之本质本身就存在着巨大的问题。而所谓社会逾越者则是一种权力制度中的底层人，他们的罪行侧面反映了这个社会制度对族裔底层人的不公。

正如前文所述，社会与人是相互影响的，不公正的社会制度扭曲人对自身本质的定义，也同样对自身造成了创伤。菲利普斯的创伤亦是如此。事实上，他的创伤有两个层次，一是内在的，一是外在的。内在的创伤之源是其妻女之死，而外在的创伤之源则是托尼的背叛。前者主要表现在其创伤性行为上，而后者则表现在其复仇的过程中。先从前者看起。菲利普斯热爱戏剧，在妻子离世后，他更是一心投入戏剧并希冀借此疗愈伤痛，却不想因为自己对女儿缺乏关心照料而使得三岁的米兰达患病离世。米兰达过世后，菲利普斯只剩下戏剧事业，他更一心扑向戏剧，并选中莎士比亚的《暴风雨》，希望借助剧中的米兰达复活自己的女儿。但此时，他对戏剧的态度发生了变化，他认为"戏剧当然涉及精神创伤的情景！它招来恶魔是为了驱散它们！"（61）他甚至有意识地认为"戏剧是一种Catharsis（情感宣泄）"（61）。然而，菲利普斯准备在监狱上演的《暴风雨》并不是表演艺术，而是一场现实的复仇。他在费莱彻监狱工作的四年时间无时无刻不想着复仇。微妙的是，也正是在他被仇恨冲昏头脑的时候，女儿的幻影却一直如影随形："米兰达如今已经十五岁了，一个可爱的姑娘……他忙了一天回到家，他们一起喝茶、下棋，然后一起吃意面、芝士和沙拉。"（47）从创伤角度来说，这是一种"解离"的精神症状。但与普通创伤后遗症时间秩序的混乱并不一致，菲利普斯幻觉中的米兰达与现实世界处于同一个时间轨道上。换言之，他在自己的精神世界中将米兰达抚养长大，米兰达不是作为过去的创伤被无意识虚构出来的幻想，而是其创伤修通过程中自我创造的拟象。菲利普斯能够清楚地意识到这个米兰达是他自己精神的产物，并在与现实形成对比的阈限空间中想象："如果她还活着,现在应该到了问题多发的青春期:不屑一顾,朝他翻白眼,染发,在胳膊上文身,在酒吧里闲逛或者更糟——他听过许多这样的事。"(47)"如果米兰达活到那么大,他也应该坐在那里面了吧。"(47)但与此同时,米兰达也作为其潜意识中的一个真实存在与他共同经验现实生活。这表现在菲利普斯具有精神病性症状的叙事上:"他把它放在什么地方了?在哪儿呢?在卧室那个旧的实木大衣柜里,米兰达轻声提醒道。"(48)可见,创伤的"无意识"与"有意识"在菲利普斯的个体中是合二为一的。这便进一步说明菲利普斯的创伤对主体来说具有两种不同的功效:一方面,创伤是阻碍其主体迈向新生活的绊脚石,另一方面,创伤又是其主体修通自身,打开认识视界的必经之路。换言之,在阿特伍德看来,创伤并不是精神病理学上一种应该被医学谱系排斥在人体之外的疾病,而是一种生命本身不可否认的存在过程。创伤的存在不是以其精神病特质将主体导向纯粹的内在,而是将主体引入共同的世界中,与其他个体感同身受,并由此遗忘自己的创伤,宽恕和谅解主体自身与他者。这一点表现在小说中就是菲利普斯从复仇到宽恕的心理转变。

事实上,自从进入费莱彻监狱后,菲利普斯一直在等待复仇的机会,在得知托尼和文化部部长将莅临监狱后,他便启动了《暴风雨》,希望借助这场戏剧来实施自己的复仇计划。他与扮演剧中角色的囚犯们在排练中形成了牢固的共同体关系,作为一个导演,他也尽职尽责地将他们作为真正的演员来严格要求,并没有用有色眼镜审视他们囚犯的身份。在与这些犯人投入演出的时候,菲利普斯得知了他们的过去、犯罪动机以及家庭生活。也正是在和他们交流的过程中,菲利普斯自身的创伤与他们产生了共鸣:为了激起演员情绪,一个囚犯提出在投屏上播出囚犯们的孩子的照片,并告知菲利普斯,正是这些孩子的照片"像天使守护着他们一样,帮他们熬过艰难的日子"(131)。他们还邀请菲利普斯将自己珍贵的照片一同放在投屏上。这不禁引起了菲利普斯对女儿的思念以及与犯人情感生活的共鸣。此后,他发现,女儿米兰达的幻影开始与自己的意识起了冲突。在他的幻想世界中,女儿米兰达希望饰演《暴风雨》中的米兰达一角,但菲利普斯拒绝了自己的女儿:"这是他第一次直接拒绝她。怎么才能让她明白,除了菲利普斯,别人是看不见她的呢?她永远都不会相信。"(139)正是这种意识与潜意识的交锋证明了菲利普斯开始逐渐认识到幻象与真实的区别,也正是在与囚犯们真实的患难与共中,他的创伤逐渐获得修通,并进一步产生了回到真实世界之中的愿望:"白痴,他对自己说道,你还要依赖多久这种'静脉点滴'般的幻觉?……拔掉针头吧,为什么不呢?

撕掉你的伪饰、你的剪纸，丢掉你的彩色蜡笔，直面现实生活那原原本本的、未被粉饰的肮脏。"（150）

如果说女儿幻觉的消失代表了其对自己的原谅，那么可以说，他对托尼等人的宽恕是其创伤真正修通的表现。在菲利普斯得知托尼一行人将来监狱实地考察时，他觉得自己复仇的机会来了。他特地安排了《暴风雨》，并计划在这场戏剧中揭发一行人的恶行。当托尼等人来到监狱时，一切顺利地按照计划进行。托尼被关进了一间装有录音器的房间。在犯人们制造出来的暴动假象面前，他逐步暴露了自己邪恶的一面。他坦白自己设计搞掉了菲利普斯，又同时计划借机搞掉萨尔，重新投靠另一个党首，以便让自己在权力的梯子上越爬越高。然而，正当他将计划全盘托出，并发誓要重新整顿监狱，剥夺囚犯接受文化艺术教育的权利时，菲利普斯安排饰演卡列班的囚犯为其唱了一段台词：

> 你们一直叫我魔鬼，
> 可谁比你们更像魔鬼？
> 你们坑蒙拐骗，偷偷掠夺，
> 你们铲除异己，不分你我。
> 你们叫我渣滓、秽物，
> 叫我恶棍、歹徒，
> 可你们才是道貌岸然的伪君子，
> 成天伪造账上的数字，
> 搜刮纳税人的钱财，
> 我们知道你们卷走了什么，这样说来，谁比谁更像魔鬼？（198）

通过这段唱词，所谓作奸犯科的囚犯与所谓认真负责的权威发生了价值伦理上的颠倒。而这也是阿特伍德予以揭露的真相。但也诚如阿伦特所说，"法律问题和道德问题绝非同一个问题。但它们在这一点上是相同的：它们都关乎具体的人，而不是各种制度和组织。"[1]同样，对于菲利普斯来说，当他与这些犯人相处时，其计划的目的也发生了改变，即并不是要通过法律制裁这些伪君子，从而夺回自己的职位，而是通过戏剧救赎这些迫害人，让他们在其个体的良知层面悔过自新。前者是经济学的，而后者是

---

[1] 汉娜·阿伦特：《反抗"平庸之恶"》，杰罗姆·科恩编，陈联营译，上海：上海人民出版社，2014年，第79页。

伦理学的。戏剧在这里发挥了唤回迫害者良知的职能，托尼等人在催眠药制造的幻觉与戏剧呈现的幻象之中承认了自己曾经的罪行，并被菲利普斯录制下来。菲利普斯并没有将其公布摧毁托尼等人的前程，也未诉诸法律对他们进行制裁，而是进行了一场私人的"复仇"。他威胁托尼与萨尔让他恢复导演的身份，并保证费莱彻监狱未来五年的文化资金支持，同时保释囚犯中的一员。在托尼答应了一切之后，菲利普斯认为自己的复仇目的已经达到，并对之释然，对托尼等人进行了情感上的宽恕。此后，米兰达的幻觉再次在其脑海中出现，并告诉他："难能可贵的举动是善行而非复仇。"在一场看似闹剧的真实设计中，菲利普斯原谅了他者，也同时原谅了自我。同样，在对他人、对自己的宽恕行为中，菲利普斯的创伤也获得了修通，女儿米兰达的幻影"已然在渐渐消失，化为乌有"（241）。当他从复仇中解放了自我后，他也解放了米兰达。小说在最后以米兰达的自由隐喻了菲利普斯灵魂的自由。至此，情感的暴风雨平息下来，人性的本真得到回归。

　　综上所述，从阿特伍德近年来的作品中可以看出，她的"后创伤叙事"较其"前创伤叙事"发生了明显的主题与内涵转向，即从揭露创伤与批判现代性的角度转向了修通创伤与解决现代性问题的角度。前者是一般后现代主义的风格，而后者是阿特伍德自身的超越性风格。换言之，一般后现代主义的叙事风格主要采取批判视角或消解态度，前者过于积极，后者又过于消极。然而，也诚如施特劳斯所言，从尼采开始的"现代主义"与"后现代主义"都从未真正超越现代性的范畴，反而导向了一种彻底的虚无主义，正是那种彻底的虚无主义反过来证实了现代性最彻底的展开。在此基础之上，可以推出批判本身既是虚无主义的表现，又是没有跳出现代性怪圈的表现。正是因为对这一问题有着深刻的理解，阿特伍德才在批判现代性的基础之上选择了从爱与宽恕的伦理学角度试图超越后现代主义，重构世界的价值体系，修通被现代性撕裂的个体。

结　语

　　现代性问题是一个将古代与现代区别开来的关键时代问题。其中蕴含着本体论、认识论以及价值观的重大分歧与博弈，以及理性与感性、主体与客体、历史与自由之间的二律背反。自现代性在西方展开之后，个体成为一个主要观念，推动了制度与经济的私有化，同时亦催生了原子式个人主义。尽管按照早期的启蒙理性观点，人摆脱恐惧，树立自我是时代进步的标志。在社会政治方面，也有卢梭、康德这样的启蒙学者试图通过契约、理性、法律、国家、体制的相互结合将这些个体化的主体集结为一个共同体，以保证个人自由与社会关系的最佳平衡状态，解决现代性中个体化带来的孤独。但也正如马克思、阿多诺等人所见，启蒙精神与启蒙现实相背离，自我异化、虚无主义、工具理性在现代性展开过程中捣毁了那种最初的设想以及历史初期的进步性。这些问题到了 20 世纪，通过世界大战、大屠杀等世界性事件被暴露出来。而随着这些事件对启蒙的摧毁，现代性也被推进至后现代问题领域。后现代以解构、破碎、离散、不确定、偶然的话语击碎了现代性宏大叙事。这一点虽然有一定的批判性，但当其将自身建构为一个话语体系时，它依旧退回到个体性主体（subjectivity of selfhood）。时至今日，现代性已经发展为一个全球性的事件，并通过诸如新冠肺炎疫情这样的全球灾难显现出来。在这些危机中，起到负面作用的也正是建立在个体性主体之上的思想范式。在越来越狭隘的个体主义之中，具有历史承接作用的自反性关系塑造了现代人的主体精神创伤，并进一步加深了现代社会在国家制度、意识形态、政府决策、文化传统、生活状态等各个层面上的危机。当下社会也由此再次陷入创伤，并为现代性的未来创伤埋下了伏笔。

　　当代加拿大女作家玛格丽特·阿特伍德犀利地把握住现代性的创伤性本质，并将这一问题置于文学叙事之中，其写作风格具有加拿大自身的后现代主义性质，而其书写对象也集中在女性、族裔、残障者、受害者等创伤群体的底层人物，其创作主题更是对这些处于现代社会制度金字塔结构底部的人的创伤性描绘。在叙述人物个体经验的同时，阿特伍德进一步揭示了造成这种制度的现代性语境，并将批判的矛头指向了欧洲殖民主义、资本主义、工具理性主义、抽象人文主义、西方中心主义等伴随现代性展开的时代糟粕。

值得注意的是，阿特伍德的批判性作品与一般批判现代性的作品并不一致，一般性批判文学更多表达的是一种时代怀疑精神，即在书写时代之前已经将叙事主体置于历史之外，预设了一种否定时代之音，因而不免有独断论的特质。但是，对于阿特伍德来说，最关键的问题不是如何以文学作为武器对创伤时代进行批判，而是如何在承认历史结构及影响焦虑的前提下对自身及其文学批判性有深刻的认识。这种质疑介于依赖和差异之间，而并不是简单的反对。[1]这也同时使得阿特伍德的创伤叙事既包含了时代、民族、个体的语境特色，从而呈现文学最为本质的生命体验，又超越了这些历史性特质，从而显示出文学不因外在社会而改变的审美特质以及作家自身的主体能动性。换言之，尽管阿特伍德的创伤叙事因自身所处的文化结构而具有普遍的后现代特色，但她却在民族历史沉淀下的集体无意识中寻找创伤的本源，揭露创伤的症候，探求修通现代创伤的途径，从而显示出其创伤叙事有意识的一面。

另外，与一般创伤叙事不一致的是，通常的创伤叙事研究只是将创伤作为一种主题，而阿特伍德的创伤叙事却是一种与叙事学连接紧密的文学表现方式。这具体表现在其对记忆、时间与历史、存在、空间与主体的叙事策略的使用上，亦表现在视角、文类、修辞、审美等叙事形式的构形中。以创伤叙事学视角观之，叙事不再是宏大、理性、秩序的叙事，而是充满记忆混乱、前后颠倒、意识流变的创伤历史的叙事，而创伤的空间亦不是固定、感知、全景的物质空间，而是充斥着形态变幻、创伤时刻、回环反复的心理空间。前者可见于《肉体伤害》中雷妮的创伤体验过程中，亦可见于《羚羊与秧鸡》中吉米对末日事件的追忆过程中。后者则可见于《使女的故事》中奥弗弗雷德对极权主义社会空间生产的叙事中。在叙事视角上，阿特伍德擅长使用视域融合与视角叠加的方式再现创伤（如《使女的故事》《人类以前的生活》《强盗新娘》）。前者在历史的时间与读者、作者之间构造人物、情节、事件，在价值判断上呈现出主观性与客观性双重维度，后者则在有限视角与全知视角的交叉使用中呈现出创伤的病理范畴与诊断依据。在文类上，阿特伍德则采用戏剧、小说、诗歌、评论、书信在同一文本中的跨用来呈现创伤叙事的多媒介传递（如《洪荒年代》《别

---

[1] 旦汉松：《走向"后批判"：西方文学研究的未来之辩》，《文艺理论研究》2021年第3期，第79页。

名格蕾丝》)。在语言上,阿特伍德更是通过创伤叙事的语言表现来看社会文化的创伤实质(如《肉体伤害》)。

与此同时,阿特伍德在借助后现代叙事策略表述创伤、体现创伤的时代性并对现代性展开批判的过程中表现出对创伤修通的关注,并分别在民族、个体、社会、宗教的创伤场域均探索出修通创伤的途径。在民族层面,阿特伍德一方面揭示了加拿大"民族创伤"的文化结构,另一方面将修通的希望寄托于历史意识与殖民主义反思。在个体层面,阿特伍德一方面呈现了身体创伤的疾病症候与发生机制,另一方面希望通过少数群体运动、见证与艺术来修通个体创伤。在社会层面,阿特伍德一方面揭露了近代极权主义社会制度的历史根源与未来发展,另一方面又试图通过弥合政治自由与哲学自由的沟壑来修通社会创伤。在宗教方面,阿特伍德一方面追溯了理性主义与宗教信仰脱轨的现代性因素,另一方面又通过诉诸"仿佛"哲学来修通现代理性宗教的信仰缺失。在这四种生存样式的基础上,阿特伍德2010年后的创作全面转向了后创伤叙事,即从对创伤的表述与对现代性的批判转向了对修通现代性创伤的终极方案的追寻。在这一层面上,已过耄耋之年的阿特伍德通过其丰富的人生阅历以及对人性的反思,最终诉诸以宽恕与爱所构筑的伦理精神。这种伦理精神超越了道德的构成机制与义利关系,是人性最为深刻的体现。随着现代性创伤在其历史展开层面的愈发广泛,在政治、文化、制度等人类社会行为方式纷纷遇阻的时候,爱与宽恕的人性伦理犹如潘多拉盒子里的微弱之光,为人类点亮希望的灯。

参考资料

一、外文部分

Primary Texts:

[1] Atwood, Margaret. *The Edible Woman*. Toronto: McClelland & Stewart, 1969.

[2] Atwood, Margaret. *Surfacing*. Toronto: McClelland & Stewart, 1972.

[3] Atwood, Margaret. *Lady Oracle*. Toronto: McClelland & Stewart, 1976.

[4] Atwood, Margaret. *Life Before Man*. Toronto: McClelland & Stewart, 1979.

[5] Atwood, Margaret. *Bodily Harm*. Toronto: McClelland & Stewart, 1981.

[6] Atwood, Margaret. *Cat's Eye*. Toronto: McClelland & Stewart, 1988.

[7] Atwood, Margaret. *The Robber Bride*. Toronto: McClelland & Stewart, 1993.

[8] Atwood, Margaret. *Alias Grace*. Toronto: McClelland & Stewart, 1996.

[9] Atwood, Margaret. *The Handmaid's Tale*. New York: Anchor, 1998.

[10] Atwood, Margaret. *The Blind Assassin*. New York: Anchor, 2001.

[11] Atwood, Margaret. *Survival: A Thematic Guide to Canadian Literature*. Toronto: McClelland & Stewart, 2004.

[12] Atwood, Margaret. *Strange Things, the Malevolent North in Canadian Literature*. London: Virago Press, 2012.

[13] Atwood, Margaret. *MaddAddam*. New York: Random House, 2013.

Secondary Texts:

[14] Adams, Mary. "Reading Atwood After Taliban." *World Literature Today*, Summer Autumn, 2002, Vol. 76, No. 3/4

[15] American Psychiatric Association. *Diagnostic and Statistical Manual*

of *Mental Disorders*, *Fifth Edition* (*DSM-5*™). Arlington: American Psychiatric Association, 2013.

[16] Aziz, Nurjehan. *Floating the Borders: New Contexts in Canadian Criticism*. Toronto: Tsar, 1999.

[17] Balabus, D. Isaac. *Mourning and Modernity*. New York: Other Press, 2005.

[18] Beauchamp, Gorman. "The Politics of Handmaid's Tale." *The Midwest Quarterly*, 51Autumn (2009): 11-26.

[19] Bell, Duncan. *Memory, Trauma and World Politics*. Hampshire: Palgrave, 2006.

[20] Bouson, Brooks J. "A Commemoration of Wounds Endured and Resented: Margaret Atwood's The Blind Assassin as a Feminist Memoir." *Critique: Studies in Contemporary Fiction* 44.3 (2003): 251-69.

[21] Bouson, Brooks J. *Margaret Atwood: The Robber Bride, The Blind Assassin, Oryx and Crake*. New York: Continuum, 2010.

[22] Bouson, Brooks J. *Brutal Choreographies: Oppositional Strategies and Narrative Design in the Novels of Margaret Atwood*. Amherst: University of Massachusetts Press, 1993.

[23] Brumberg, Joan Jacobs. "Fasting Girls: Reflections on Writing the History of Anorexia Nervosa." *Monographs of the Society for Research in Child Development* 50, No. 4/5 (1985): 93-104.

[24] Bordo, Susan. *Unbearable Weight: Feminism, Western Culture, and the Body*. Berkeley: University of California Press, 1993.

[25] Cassirer, Ernst. *Rousseau, Kant, Goethe*. Princeton: Princeton University, 1970.

[26] Caruth, Cathy (ed.). *Trauma: Explorations in Memory*. Baltimore: Johns Hopkins University Press, 1995.

[27] Caruth, Cathy. *Unclaimed Experience: Trauma, Narrative and History*. Baltimore: Johns Hopkins University Press, 1996.

[28] Caruth, Cathy. "Parting Words: Trauma, Silence and Survival." *Cultural Values* 5, Number 1, January (2001): 7-26.

[29] Cooke, Nathalie. *Margaret Atwood: A Critical Companion*. Westport: Greenwood, October, 2004.

[30] Craps, Stef. "Beyond Eurocentrism: Trauma theory in the global

age." in *The Future of Trauma Theory: Contemporary Literary and Cultural criticism*. Gert Buelens, Sam Durrant and Robert Eaglestone (eds.). New York: Routledge, 2014.

[31] Chauvel, Janet. "Freud, Trauma and Loss: a Presentation to the Victorian Branch of the Australian Association of Social Workers." Psychoanalytic Psycho-dynamic Interest Group on 13th September, 2004.

[32] Dayringer, Richard. "Anorexia Nervosa: A Pastoral Update." *Journal of Religion and Health* 20, No. 3 (Fall 1981): 218-223.

[33] Davidson A. E. & Cathy N. Davidson (eds.). The Art of Margaret *Atwood: Essays in Criticism*. Toronto: Anansi, 1981.

[34] Darroch, Heidi. "Hysteria and Traumatic Testimony: Margaret Atwood's Alias Grace." *Essays on Canadian Writing* 81 Winter 2004: 103-21.

[35] Derrida, Jacques. *The Work of Mourning*. Pascale Anne Brault and Michael Nass (eds.). Chicago: The University of Chicago Press, 2001.

[36] Erikson, Kai. "Notes on Trauma and Community." in *Trauma: Explorations in Memory*. Cathy Caruth (ed.). Baltimore: John Hopkins University Press, 1995: 183-199.

[37] Forkey, S. Neil. *Shaping the Upper Canadian: Frontier*. Calgary: University of Calgary Press, 2003.

[38] Frye, Northrop. *The Eternal Act of Creation Essays, 1979-1990*. Robert D. Denham (ed.). Indiana: Indiana University Press, 1992.

[39] Frye, Northrop. "Haunted by Lack of Ghosts." in *The Canadian Imagination*. David Staines (ed.). Massachusetts: Harvard University Press, 1977.

[40] Frye, Northrop. *Northrop Frye on Canada*. Jean O'Grady (ed.). Toronto: University of Toronto Press, 2003.

[41] Fukuyama, Francis. *Our Posthuman Future: Consequences of Biotechnology Revolution*. New York: Farrar Straus Giroux, 2002.

[42] Genz, Stephanie & Benjamin A. Brabon. *Postfeminism: Cultural Texts and Theories*. Edinburgh: Edinburgh University Press, 2009.

[43] Goldman, Marlene. *No Man's Land: Recharting the Territory of Female Identity Selected Fictions by Contemporary Canadian Women Writers*. Toronto: University of Toronto Press, 1993.

[44] Gilbert, Sandra M.and Susan Gubar. *Madwomen in the Attic*: *The Woman Writer and the Nineteenth-Century Literary Imagination*. New Haven: Yale University Press, 1979.

[45] Grace, Sherrill. *Violent Duality*: *A Study of Margaret Atwood*. Montreal: Véhicule Press, 1980.

[46] Goodman, R. Nancy. *Reflections, Reverberations, and Traces of the Holocaust*. New York: Routledge, 2012.

[47] Hengen, Shannon. *Margaret Atwood's Power*: *Mirrors, Reflections and Images in Select Fiction and Poetry*. Toronto: Sumach Press, 1993.

[48] Hebebrand, Johannes and Cynthia M. Bulik. "Critical Appraisal of the Provisional DSM-5 Criteria for Anorexia Nervosa and an Alternative Proposal." *International Journal of Eating Disorders* 44: 8 (2011): 665-678.

[49] Horvitz, M. Deboran. *Literary Trauma*: *Sadism, Memory and Sexual Violence in American Women's Fiction*. New York: State University of New York Press, 2000.

[50] Howells, Coral Ann. *The Cambridge Companion to Margaret Atwood*. UK: Cambridge University Press, 2006.

[51] Huthceon, Linda. *Splitting Images—Contemporary Canadian Ironies*. New York: Oxford University Press, 1991.

[52] Huthceon, Linda. "Postcolonial Witnessing and Beyond: Rethinking Literary History Today." *Neohelicon* 30 (2003): 13-30.

[53] Ingersoll, G. Earl. *Waltzing Again*: *New and Selected Conversation with Margaret Atwood*. Princeton: Ontario Review Press, 2006.

[54] Jindo, Y. Job. On Myth and History in Prophetic and Apocalyptic Eschatology. *Vetus Testamentum* 55 (2005): 412-415.

[55] Kant, Immanuel. *Lectures on Philosophical Theology*. Allen W. Wood & Gertrude M. Clark (trans.). New York: Cornell University Press, 1978.

[56] Katherine, M. Flegal, Margaret D. Carroll, Cynthia L. Ogden and Clifford L.Johnson. "Prevalence and Trends in Obesity among US Adults, 1999-2000." *Journal of the American Medical Association* 9 (2002): 1723-27.

[57] Kroetsch, Robert. *The Lovely Treachery of Words*: *Essays Selected and New*. Toronto: Oxford University Press, 1989.

[58] Kuiken, Don and Ruby Sharma. "Effects of Loss and Trauma on

Sublime Disquietude during Literary Reading." *Scientific Study of Literature* 3 (2013): 240-265.

[59] LaCapra, Dominick. *Representing the Holocaust: History, Theory, Trauma*. Ithaca: Cornell University Press, 1994.

[60] LaCapra, Dominick. *Writing History, Writing Trauma*. Baltimore: Johns Hopkins University Press, 2001.

[61] Leys, Ruth. *Trauma: A Genealogy*. Chicago: University of Chicago Press, 2000.

[62] Leader, Darian. *The New Black: Mourning, Melancholia and Depression*. Minnesota: Graywolf Press, 2008.

[63] Liburn, M. Jeffery. *Margaret Atwood's The Edible Woman*. New Jersey: Research & Education Association, 2000.

[64] Malison, Helen and Marree Burns. *Critical Feminist Approaches to Eating Dis/Orders*. New York: Routledge, 2009.

[65] McCombs, Judith. *Critical essays on Margaret Atwood*. Boston: G. K. Hall, 1988.

[66] MacLulich, T. D. "Canadian Exploration as Literature." *Canadian Literature* 81 (1979): 72-85.

[67] Machosky, Brenda. "Fasting at the Feast of Literature." *Comparative Literature Studies* 42 (2005): 288-305.

[68] Miller, Perry. *The New England Mind: from Colony to Province*. Boston: Beacon Press, 1968.

[69] Motz, Anna. *The Psychology of Female Violence*. New York: Routledge, 2010.

[70] Malson, Helen. "Womæn under Erasure: Anorexic Bodies in Postmodern Context." *Journal of Community & Applied Social Psychology* 9 (1999): 52-52.

[71] Manickam, Samuel. Apocalyptic visions in contemporary Mexican Science Fiction. *Chasqui* 41 (2012): 95-106.

[72] Moličnik, Simona & Michelle Gadpaille. *Childhood trauma as theme and structure in Margaret Atwood's Lady Oracle: diplomska naloga*. Maribor: S. Moličnik, 2001.

[73] New, W. H. *Land Sliding: Imaging Space, Presence and Power In Canadian Writing*. Toronto: University of Tronto Press, 1997.

［74］Nelson, David E. *Women's Issues in Margaret Atwood's The Handmaid's Tale*. California: Greenhaven Press, 2011.

［75］Nischik, Reingard M. *Engendering Genre: The Works of Margaret Atwood*. Ottawa: University of Ottawa Press, 2010.

［76］Nischik, Reingard M. *Margaret Atwood: Works and Impact*. New York: Camden House, 2000.

［77］Olatunji, Bunmi & Rebecca Cox. "Self Disgust Mediates the Associations between Shame and Symptoms of Bulimia and Obsessive-compulsive Disorder." *Journal of Social and Clinical Psychology* 34, No. 3 (2015): 239-258.

［78］Prentice, Alison, et al. *Canadian Women: A History*. Toronto: Harcout Brace Jovanovich, 1988.

［79］Perrakis, Phyllis Sternberg. *Adventures of the Spirit: The Older Woman in the Works of Doris Lessing, Margaret Atwood, and Other Contemporary Women Writers*. Ohio: The Ohio University Press, 2009.

［80］Pauly, Susanne. *Madness in English-Canadian Fiction*. Trier: Universität Trier.

［81］R. Douglas Francis. *Readings in Canadian History Pre-confederation, Fifth Edition*. Canada: Harcourt Brace Company, 1998.

［82］Rank, Otto. *The Trauma of Birth*. London: Routledge, Reprinted in 1999.

［83］Rigney, Barbara Hill. *Madness and Sexual Politics in the Feminist Novel: Studies on Bronte, Woolf, Lessing and Atwood*. Winconsin: University of Wisconsin Press, 1978.

［84］Reese, Kelly S. *Surviving Women: A Study of Margaret Atwood's Protagonists*. Mathesis: CCSU, 2003.

［85］Robinson, Alan. "Alias Laura: Representations of the Past in Margaret Atwood's The Blind Assassin." *Modern Language Review* 101 (2006): 347-359.

［86］Roth, Amanda. "The Role of Diasporas in Conflict." *Journal of International Affairs* 68, No. 2. Spring/Summer (2015): 289-302.

［87］Roper, Caitlin. "Margaret Atwood, Maddaddam." *Transnational Literature* 6 (2014): 1-3.

［88］Sceats, Sarah. *Food, Consumption and the Body in Contemporary*

Women's Fiction. London: Cambridge University Press, 2000.

[89] Sheckels, F. Theodore. *The Political in Margaret Atwood's Fiction: The Writing on the Wall of the Tent*. London: Routledge, 2012.

[90] Squire, Sarah. "Anorexia and Bulimia: Purity and Danger." *Australian Feminist Studies* 18, No. 40 (2003): 17-26.

[91] Smyth, Jacqui. "'Divided down the middle': A cure for The Journals of Susanna Moodie." *Essays on Canadian Writing* 92 (1992): 149-153.

[92] Sontag, Susan. *Illness as Metaphor*. New York: Farrar Straus and Giroux, 1978.

[93] Spanckeren, Kathryn Van & Jan Garden Castro (eds.). *Margaret Atwood: Vision and Forms*. Illinois : Southern Illinois University Press, 1988.

[94] Staels, Hilde. "Atwood's Specular Narrative: The Blind Assassin." *English Studies* 85.2 (April 2004): 147-60.

[95] Stein, Karen F. "A Left-Handed Story: The Blind Assassin." in *Margaret Atwood's Textual Assassinations: Recent Poetry and Fiction*. Sharon Rose Wilson (ed.). Columbus: Ohio State University Press, 2003.

[96] Smith, Angele. "Fitting into a New Place: Irish Immigrant Experiences in Shaping a Canadian Landscape." *International Journal of Historical Archaeology* 8, No3 (Sep. 2004): 217-230.

[97] Snyder, V. Katherine. "Time to Go: the Post-apocalyptic and the Post-traumatic in Margaret Atwood's Oryx and Crake." *Studies in the Novel* 43 (2011): 470-489.

[98] Taylor, L. Allyn, Emily Whelan Parento and Laura A. Schmidt. "The Increasing Weight of Regulation: Countries Combat the Global Obesity Epidemic." *Indiana Law Journal* 90 (2015): 257-292.

[99] Tal, Kali: *Worlds of Hurts: Reading the Literature of Trauma*. London: Cambridge University Press, 1996.

[100] Traer, Robert. *Faith Belief and Religion*. Colorado The Davies Group Publishers, 2003.

[101] Versluis, Arthur. *New Inquisitions: Heretic-Hunting and the Intellectual Origins of Modern Totalitarianism*. Oxford: Oxford University Press, 2006.

[102] Weber, Max. *Economy and Society: An Outline of Interpretive Sociology*. Guenther Roth and Claus Wittich (eds.). Berkeley: University

of California Press, 1978.

[103] Wilson, Sharon R. "Margaret Atwood and Pop Culture: The Blind Assassin and Other Novels." *Journal of American & Comparative Cultures*. (September 2002): 270-275

[104] Wilson, Sharon R. *Margaret Atwood's Fairy-tale Sexual Politics*. Mississippi: University of Mississippi Press, 1993.

[105] Woodcock, George. *Introducing Margaret Atwood's Surfacing: A Reader's Guide*. Toronto: ECWP, 1990.

[106] Wolf, Naomi. *The Beauty Myth: How Images of Beauty Are Used Against Women*. New York: Anchor Books, 1991.

[107] Wilder, Amos N. "The Nature of Jewish Eschatology." *Journal of Biblical Literature* 50 (1931): 201-206.

[108] York, Lorraine. *Various Atwoods: Essays on Later Poems, Short Fiction, and Novels*. Toronto: House of Anansi, 1995.

二、中文部分

[1] A. 彼珀：《动物与超人之间的绳索〈查拉图斯特拉如是说〉》第一卷义疏，李洁译，北京：华夏出版社，2006年。

[2] 阿巴·埃班：《犹太史》，阎瑞松译，北京：中国社会科学出版社，1986年。

[3] 阿利斯科·E. 麦克格拉思：《科学与宗教引论》，王毅译，上海：上海人民出版社，2008年。

[4] 阿里斯特·麦格拉斯：《福音派与基督教的未来》，董江阳译，北京：中央编译出版社，2004年。

[5] 阿尔都塞：《读〈资本论〉》，李其庆译，北京：中央编译出版社，2001年。

[6] 埃伦·M. 伍德：《资本的帝国》，王恒杰、宋兴无译，上海：上海译文出版社，2006年。

[7] 艾伦·伍德：《康德的理性神学》，邱文元译，北京：商务印书馆，2014年。

[8] 艾伦·特威格：《加拿大文学起源：汤普森开辟的贸易之路》，宋红英等译，北京：北京大学出版社，2014年。

[9] 艾里希·弗洛姆：《健全的社会》，孙恺祥译，上海：上海译文出版社，2011年。

［10］爱丽丝·门罗：《逃离》，李文俊译，北京：北京十月文艺出版社，2009年。

［11］安东尼·吉登斯：《现代性的后果》，田禾译，南京：译林出版社，2000年。

［12］奥古斯丁：《论自由意志：奥古斯丁对话录二篇》，成官泯译，上海：上海人民出版社，2010年。

［13］巴赫金：《巴赫金全集第二卷》，钱中文等译，石家庄：河北教育出版社，1998年。

［14］巴特·穆尔-吉尔伯特：《后殖民理论：语境、实践、政治》，陈仲丹译，南京：南京大学出版社，2007年。

［15］保罗·利科：《哲学主要趋向》，李幼蒸、徐奕春译，北京：商务印书馆，1998年。

［16］保罗·利科：《虚构叙事中时间的塑型》，王文融译，北京：生活·读书·新知三联书店，2003年。

［17］保罗·利科：《论公正》，程春明译，北京：法律出版社，2007年。

［18］保罗·纽曼：《恐怖：起源、发展和演变》，赵康等译，上海：上海人民出版社，2005年。

［19］贝蒂·弗里丹：《女性的奥秘》，巫漪云等译，南京：江苏人民出版社，1988年。

［20］彼得·奥斯本：《时间的政治——现代性与先锋》，王志宏译，北京：商务印书馆，2004年。

［21］别尔嘉耶夫：《末世论形而上学》，张百春译，北京：中国城市出版社，2003年。

［22］别尔嘉耶夫：《人在现代世界中的命运》，台湾：先知出版社，1975年。

［23］柏拉图：《理想国》，张竹明译，南京：译林出版社，2009年。

［24］布莱士·帕斯卡尔：《思想录》，何兆武译，天津：天津人民出版社，2014年。

［25］陈小慰：《一部反映现实的未来小说——玛格丽特·阿特伍德〈使女的故事〉评析》，《当代外国文学》2003年第1期。

［26］陈香玉：《玛格丽特·阿特伍德对女性哥特的继承与超越》，兰州：兰州大学，2007年。

［27］德勒兹·吉尔，加塔利·菲利克斯：《资本主义与精神分裂（卷2）：千高原》，姜宇辉译，上海：上海书店出版社，2010年。

［28］雅克·德里达：《马克思的幽灵》，何一译，北京：中国人民大学出版社，1999 年。

［29］邓晓芒：《思辨的张力——黑格尔辩证法新探》，北京：商务印书馆，2008 年。

［30］大卫·勒布雷东：《人类身体史和现代性》，王园园译，上海：上海文艺出版社，2010 年。

［31］戴维·斯托克：《加拿大文学的特色》，陶洁译，《当代外国文学》1992 年第 3 期。

［32］德罗伊森：《历史知识理论》，胡昌智译，北京：北京大学出版社，2006 年。

［33］笛卡儿：《第一哲学沉思集》，庞景仁译，北京：商务印书馆，2009 年。

［34］笛卡儿：《哲学原理》，关文运译，北京：商务印书馆，1959 年。

［35］恩斯特·卡西尔：《人论》，李琛译，北京：光明日报出版社，2009 年。

［36］恩斯特·卡西勒：《卢梭问题》，彼得·盖伊编，王春华译，南京：译林出版社，2009 年。

［37］凡·戈斯：《反思新左派——一部阐释性的历史》，侯艳、李燕译，北京：首都师范大学出版社，2015 年。

［38］弗洛伊德：《精神分析引论》，车文博编，高觉敷译，北京：商务印书馆，1984 年。

［39］弗洛伊德：《精神分析引论新编》，车文博编，高觉敷译，北京：商务印书馆，1987 年。

［40］弗洛伊德：《弗洛伊德后期著作选》，车文博编，林尘、张唤民、陈伟奇译，上海：上海译文出版社，1987 年。

［41］弗洛伊德：《释梦》，车文博编，孙名之译，北京：商务印书馆，2002 年。

［42］弗洛伊德：《摩西与一神教》，车文博编，李展开译，北京：生活·读书·新知三联书店，1989 年。

［43］弗洛伊德：《癔症研究》，车文博编，长春：长春出版社，2004 年。

［44］弗洛伊德：《少女杜拉的故事》，车文博编，文荣光译，哈尔滨：北方文艺出版社，1986 年。

［45］弗洛伊德：车文博编，杨韶刚译，长春：长春出版社，2004 年。

［46］弗雷德思克·杰姆逊：《后现代主义与文化理论》，唐小兵译，西安：陕西师范大学出版社，1987年。

［47］弗朗西斯·福山：《历史的终结及最后之人》，黄盛强、许铭原译，北京：中国社会科学出版社，2003年。

［48］傅俊：《玛格丽特·阿特伍德研究》，上海：译林出版社，2004年。

［49］傅俊等：《加拿大文学简史》，上海：上海外语教育出版社，2010年。

［50］福原泰平：《拉康——镜像阶段》，王小峰、李濯凡译，石家庄：河北教育出版社，2002年。

［51］弗朗兹·法农：《全世界受苦的人》，万冰译，南京：译林出版社，2005年。

［52］弗朗兹·法农：《黑皮肤，白面具》，万冰译，南京：译林出版社，2004年。

［53］弗里德里希·奥古斯特·冯·哈耶克：《通往奴役之路》，王明毅、冯兴元等译，北京：中国社会科学出版社，1997年。

［54］弗里德里希·奥古斯特·冯·哈耶克：《致命的自负》，冯克利译，北京：中国社会科学出版社，2000年。

［55］费修珊、劳德瑞：《见证的危机：文学、历史与心理分析》，刘裘蒂译，台北：麦田出版公司，1997年。

［56］冯春风：《美国宗教与政治关系现状》，《世界宗教研究》2000年第3期。

［57］郭国良，赵婕：《论〈盲刺客〉中的存在主义介入观》，《外国文学研究》2006年第5期。

［58］格奥尔格·西美尔：《宗教社会学》，曹卫东译，上海：上海人民出版社，2003年。

［59］戈尔巴乔夫基金会：《全球化的边界：当代发展的难题》，赵国顺等译，北京：中央编译出版社，2008年。

［60］汉娜·阿伦特：《人的境况》，王寅丽译，上海：上海人民出版社，2009年。

［61］汉娜·阿伦特：《极权主义的起源》，林骧华译，北京：生活·读书·新知三联书店，2008年。

［62］汉娜·阿伦特等：《暴力与文明：喧嚣时代的独特声音》，王晓娜译，北京：新世界出版社，2013年。

［63］汉娜·阿伦特：《反抗"平庸之恶"》，杰罗姆·科恩编，陈联营

译，上海：上海人民出版社，2014年。

［64］汉娜·阿伦特：《耶路撒冷的艾希曼：伦理的现代困境》，孙传钊译，长春：吉林人民出版社，2003年。

［65］汉娜·阿伦特：《过去与未来之间》，王寅丽、张立立译，南京：译林出版社，2011年。

［66］汉斯·摩根索：《国家间政治：权力斗争与和平》，徐昕等译，北京：北京大学出版社，2012年。

［67］哈贝马斯：《全球化与政治》，王学东译，北京：中央编译出版社，2000年。

［68］黑格尔：《精神现象学》，贺麟、王玖兴译，北京：商务印书馆，1979年。

［69］赫伯特·马尔库塞：《爱欲与文明——对弗洛伊德思想的哲学探讨》，黄勇、薛民译，上海：上海译文出版社，2005年。

［70］霍布斯：《利维坦》，黎思复、黎延弼译，北京：商务印书馆，2009年。

［71］汉斯·加达默尔：《哲学解释学》，夏镇平、宋建平译，上海：上海译文出版社，2004年。

［72］J.F.塔尔蒙：《极权主义民主的起源》，孙传钊译，长春：吉林人民出版社，2004年。

［73］杰弗里·C.亚历山大：《迈向文化创伤理论》，王志宏译，世新大学曹演义讲座，2013年12月。

［74］佳亚特里·斯皮瓦克：《从解构到全球化批判斯皮瓦克读本》，陈永国等主编，北京：北京大学出版社，2007年。

［75］卡尔·雅斯贝斯：《时代的精神状况》，王德峰译，上海：上海译文出版社，1997年。

［76］卡尔·巴特：《罗马书释义》，魏育青译，上海：华东师范大学出版社，2005年。

［77］凯斯·安塞尔-皮尔逊：《尼采反卢梭——尼采的道德-政治思想研究》，宗成河等译，北京：华夏出版社，2005年。

［78］康德：《康德著作全集》，李秋零，编译，北京：中国人民大学出版社，2013年。

［79］康德：《实用人类学》，邓晓芒译，上海：上海人民出版社，2005年。

［80］康德：《历史理性批判文集》，何兆武译，北京：商务印书馆，

1996年。

[81] 康德:《实践理性批判》,韩水法译,北京:商务印书馆,2009年。

[82] 康德:《道德形而上学基础》,孙少伟译,北京:中国社会科学出版社,2009年。

[83] 克洛德·列维-施特劳斯:《神话学:生食和熟食》,周昌忠译,北京:中国人民大学出版社,2007年。

[84] 露西·伊利格瑞:《他者女人的窥镜》,屈雅君等译,郑州:河南大学出版社,2013年。

[85] 拉塞尔·雅各比:《杀戮欲——西方文化中的暴力根源》,姚建彬译,北京:商务印书馆,2011年。

[86] 拉塞尔·雅各比:《乌托邦之死》,姚建彬译,北京:新星出版社,2007年。

[87] 路易斯·哈茨:《美国的自由主义传统》,张敏谦译,北京:中国社会科学出版社,2003年。

[88] 罗洛·梅:《权力与无知》,郭本禹,方红译,北京:中国人民大学出版社,2013年。

[89] 伯特兰·罗素:《权力论:新社会分析》,吴友三译,北京:商务印书馆,1991年。

[90] 罗素:《西方哲学史(下卷)》,马元德译,北京:商务印书馆,2009年。

[91] 卢梭:《论人与人之间不平等的起因和基础》,李平沤译,北京:商务印书馆,2009年。

[92] 卢梭:《社会契约论》,何兆武译,北京:商务印书馆,2009年。

[93] 刘小枫,陈少明编:《康德与启蒙——纪念康德逝世二百周年》,北京:华夏出版社,2004年。

[94] 刘晓静:《重塑女神——玛格丽特·阿特伍德诗中的神话解析》,《当代外国文学》2002年第2期。

[95] 琳达·哈切恩:《加拿大后现代主义》,赵伐等译,重庆:重庆出版社,1994年。

[96] 罗伯特·博斯韦尔:《加拿大史》,裴乃循等译,北京:中国大百科全书出版社,2012年。

[97] 马克斯·霍克海默,西奥多·阿道尔诺:《启蒙辩证法:哲学断片》,曹卫东、渠敬东译,上海:上海人民出版社,2006年。

[98] 马斯特:《卢梭的政治哲学》,胡兴建等译,上海:华东师范大

学，2013年。

［99］玛格丽特·艾特伍德：《生存——加拿大文学主题指南》，秦明利译，北京：中国文联出版公司，1991年。

［100］玛格丽特·阿特伍德：《猫眼》，杨昊成译，南京：译林出版社，2002年。

［101］玛格丽特·艾特伍德：《与死者协商》，严音员译，上海：上海三联书店，2007年。

［102］玛格丽特·阿特伍德：《可以吃的女人》，刘凯芳译，南京：南京大学出版社，2008年。

［103］玛格丽特·阿特伍德：《使女的故事》，陈小慰译，南京：译林出版社，2008年。

［104］玛格丽特·阿特伍德：《羚羊与秧鸡》，韦清琦、袁霞译，南京：译林出版社，2004年。

［105］玛格丽特·阿特伍德：《盲刺客》，韩忠华译，上海：上海译文出版社，2006年。

［106］玛格丽特·阿特伍德：《洪荒年代》，吕玉婵译，台北：天培文化有限公司，2010年。

［107］玛格丽特·阿特伍德：《债与偿》，吕玉婵译，南京：南京大学出版社，2011年。

［108］玛格丽特·阿特伍德：《好奇的追寻》，牟芳芳、夏燕译，南京：江苏人民出版社，2012年。

［109］马丁·海德格尔：《存在与时间》，陈嘉映、王庆节译，北京：生活·读书·新知三联书店，2006年。

［110］马丁·海德格尔：《演讲与论文集》，孙周兴译，北京：生活·读书·新知三联书店，2005年。

［111］马丁·海德格尔：《林中路》，孙周兴译，上海：上海译文出版社，2008年。

［112］马克思·韦伯：《新教伦理与资本主义精神》，沈海霞等译，北京：电子工业出版社，2013年。

［113］迈克尔·罗威：《作为宗教的资本主义：本雅明与韦伯》，孙海洋译，《国外理论动态》2013年第2期。

［114］梅兰妮·克莱恩：《儿童精神分析》，林玉华译，台北：心灵工坊文化事业股份有限公司，2005年。

［115］梅兰妮·克莱因：《嫉羡和感恩——梅兰妮·克莱因后期著作

选》，姚峰、李新雨译，北京：中国轻工业出版社，2014年。

［116］米歇尔·福柯：《规训与惩罚》，刘北成、杨远婴译，北京：生活·读书·新知三联书店，2007年。

［117］米歇尔·福柯：《不正常的人：法兰西学院课程系列 1974—1975》，钱翰译，上海：上海人民出版社，2010年。

［118］米歇尔·福柯：《疯癫与文明：理性时代的疯癫史》，刘北成、杨远婴译，北京：生活·读书·新知三联书店，2003年。

［119］诺思洛普·弗莱：《诺思洛普·弗莱文论选集》，吴持哲译，北京：中国社会科学出版社，1997年。

［120］诺思洛普·弗莱：《批评的解剖》，陈慧等译，天津：百花文艺出版社，2006年。

［121］尼采：《扎拉图斯特拉如是说》，黄明嘉、娄林译，上海：华东师范大学出版社，2009年。

［122］尼采：《快乐的科学》，黄明嘉译，桂林：漓江出版社，2007年。

［123］尼采：《偶像的黄昏》，李超杰译，北京：商务印书馆，2009年。

［124］尼采：《权力意志》，张念东、凌素心译，北京：中央编译出版社，2000年。

［125］潘守文：《民族身份的建构与解构——阿特伍德后殖民文化思想研究》，吉林：吉林大学出版社，2007年。

［126］皮埃尔·莫内：《自由主义思想文化史》，曹海军译，长春：吉林人民出版社，2004年。

［127］佩特森：《面向终末的美德——罗马书讲疏》，谷裕译，上海：华东师范大学出版社，2010年。

［128］齐格蒙·鲍曼：《现代性与大屠杀》，杨瀚东等译，南京：译林出版社，2011年。

［129］泽格蒙特·鲍曼：《自由》，杨光、蒋焕新译，长春：吉林人民出版社，2005年。

［130］乔治·桑塔亚纳：《宗教中的理性》，张旭春译，北京：北京大学出版社，2008年。

［131］乔治·斯坦纳：《语言与沉默：论语言、文学与非人道》，李小均译，上海：上海人民出版社，2013年。

［132］乔治·里泽：《麦当劳梦魇：社会的麦当劳化》，容冰译，北京：中信出版社，2006年。

［133］钱满素：《美国自由主义的历史变迁》，北京：生活·读书·

新知三联书店，2006 年。

［134］R. H. 托尼：《宗教与资本主义的兴起》，赵月瑟、夏镇平译，上海：上海译文出版社，2006 年。

［135］让·鲍德里亚：《消费社会》，刘成富、全志钢译，南京：南京大学出版社，2014 年。

［136］让·雅克·卢梭：《论人类不平等的起源》，吕卓译，北京：中国社会科学出版社，2009 年。

［137］S. E. 斯通普夫，J. 菲泽著：《西方哲学史》，匡宏、邓晓芒译，北京：世界图书出版公司，2009 年。

［138］斯拉沃热·齐泽克：《欢迎来到实在界这个大荒漠》，季广茂译，南京：译林出版社，2012 年。

［139］斯拉沃热·齐泽克：《因为他们并不知道他们所做的——政治因素的享乐》，郭英剑译，南京：江苏人民出版社，2007 年。

［140］斯拉沃热·齐泽克：《有人说过集权主义吗？》，宋文伟、侯萍译，南京：江苏人民出版社，2005 年。

［141］斯拉沃热·齐泽克：《幻想的瘟疫》，胡雨谭、叶肖译，南京：江苏人民出版社，2006 年。

［142］列奥·施特劳斯，埃里克·沃格林：《信仰与政治哲学——施特劳斯与沃格林通信集》，恩伯莱、寇普主编，谢华育、张新樟等译，上海：华东师范大学出版社，2007 年。

［143］陶家俊：《思想认同的焦虑：旅行后殖民理论的对话与超越精神》，北京：中国社会科学出版社，2008 年。

［144］特奥托尼奥·多斯桑托斯：《帝国主义与依附》，杨衍永等译，北京：社会科学文献出版社，1999 年。

［145］托马斯·阿奎那：《论存在者与本质》，段德智译，北京：商务印书馆，2013 年。

［146］托克维尔：《论美国民主》，董果良译，北京：商务印书馆，1991 年。

［147］托伦斯：《神学的科学》，阮炜译，香港：道风书社，1997 年。

［148］袁宪军：《当代加拿大英语文学批评综述》，《国外文学》1992 年第 2 期。

［149］于尔根·莫尔特曼：《来临中的上帝：基督教的终末论》，曾念粤译，上海：上海三联书店，2006 年。

［150］王立新：《古犹太历史文化语境下的希伯来圣经文学研究》，北

京：商务印书馆，2014年。

［151］王丽莉：《文本的浮现——论〈浮现〉中戏仿技巧的运用》，《外国文学》2005年第3期。

［152］王洪岳：《现代主义小说学》，南昌：百花洲文艺出版社，2004年。

［153］王志耕：《圣愚之维：俄罗斯文学经典的一种文化阐释》，北京：北京大学出版社，2013年。

［154］王旭峰：《论〈河湾〉对后殖民政治的反思》，《当代外国文学》2012年第2期。

［155］王素英：《"恐惑"理论的发展及当代意义》，《当代外国文学》2014年第1期。

［156］威廉·詹姆斯：《宗教经验之种种》，唐钺译，北京：商务印刷馆，2009年。

［157］维雷娜·卡斯特：《童话的心理分析》，林敏雅译，北京：生活·读书·新知三联书店，2010年。

［158］维塞尔：《启蒙运动的内在问题——莱辛思想再释》，贺志刚译，北京：华夏出版社，2007年。

［159］威·约·基思：《加拿大英语文学史》，耿力平等译，北京：北京大学出版社，2009年。

［160］吴景荣，刘意青：《英国十八世纪文学史》，北京：外语教学与研究出版社，2000年。

［161］休谟：《人类理智研究》，吕大吉译，北京：商务印书馆，2009年。

［162］辛旗：《百年的沉思——回顾二十世纪主导人类发展的文化观念》，台湾：台北生智文化事业有限公司，2002年。

［163］亚里士多德：《政治学》，吴寿彭译，北京：商务印书馆，1983年。

［164］伊丽莎白·杨-布鲁尔：《阿伦特为什么重要？》，刘北成、刘小鸥译，南京：译林出版社，2008年。

［165］约翰·卡洛尔：《西方文化的衰落——人文主义复探》，叶安宁译，北京：新星出版社，2007年。

［166］约翰·格雷：《黑弥撒：末世信仰与乌托邦的终结》，付强译，中国社会科学出版社，2013年。

［167］约翰·马仁邦：《中世纪哲学》，孙毅等译，北京：中国人民大

学出版社，2009年。

［168］约翰·格雷：《自由主义的两张面孔》，顾爱彬、李瑞华译，南京：江苏人民出版社，2008年。

［169］约翰·加尔文：《基督教要义》，钱曜诚等译，北京：三联书店，2010年。

［170］尤尔根·哈贝马斯：《交往行为理论（第一卷）：行为合理性和社会合理性》，曹卫东译，上海：上海人民出版社，2004年。

［171］杨莉馨：《女性主义烛照下的经典重述——评玛格丽特·阿特伍德的小说〈珀涅罗珀记〉》，《当代外国文学》2006年第4期：134-139。

［172］杨慧林：《追问"上帝"：信仰与理性的辩难》，北京：北京教育出版社，1999年。

［173］以赛亚·伯林：《自由论》，胡传胜译，南京：译林出版社，2011年。

［174］以赛亚·伯林：《自由及其背叛》，赵国新译，南京：译林出版社，2011年。

［175］袁霞：《生态批评视野中的玛格丽特·阿特伍德》，上海：学林出版社，2010年。

［176］雅克·拉康：《拉康选集》，褚孝泉译，上海：上海三联书店，2001年。

［177］张德明：《从岛国到帝国：近现代英国旅行文学研究》，北京：北京大学出版社，2014年。

［178］张冬梅：《一部生态预警小说——论玛格丽特·阿特伍德的〈使女的故事〉》，《电影文学》2009年第7期。

［179］张茗：《从美国民主到法国革命——托克维尔及其著作》，上海：上海社会科学院出版社，2006年。

［180］张一兵.《拉康镜像理论的哲学本相》，《福建论坛（人文社会科学版）》2004年第10期。

［181］张一兵：《不可能的存在之真——拉康哲学映像》，北京：商务印书馆，2006年。

［182］詹姆斯·费伦，彼得·J.拉比诺维茨：《当代叙事理论指南》，申丹、马海良等译，北京：北京大学出版社，2007年。

［183］赵广明：《康德的信仰》，南京：江苏人民出版社，2008年。

［184］曾庆豹：《上帝、关系与言说——批判神学与神学的批判》，上海：华东师范大学出版社，2008年。

附录一

玛格丽特·阿特伍德主要作品目录

《圆圈游戏》（1964） *The Circle Game*
《可以吃的女人》（1969） *The Edible Woman*
《苏珊娜·穆迪的日志》（1970） *The Journals of Susanna Moodie*
《强权政治》（1971） *Power Politics*
《生存：加拿大文学主题指南》（1972） *Survival: A Thematic Guide to Canadian Literature*
《浮出水面》（又译《浮现》，1972） *Surfacing*
《神谕女士》（1976） *Lady Oracle*
《双头诗集》（1978） *Two-Headed Poems*
《人类以前的生活》（1979） *Life Before Man*
《肉体伤害》（1981） *Bodily Harm*
《蓝胡子的蛋》（1983） *Bluebeard's Egg*
《使女的故事》（又译《女仆的故事》，1985） *The Handmaid's Tale*
《猫眼》（1989） *Cat's Eye*
《荒野指南》（1991） *Wilderness Tips*
《强盗新娘》（1993） *The Robber Bride*
《烧毁房子里的清晨》（1995） *Morning in the Burned House*
《奇妙物语：加拿大文学中的恐怖北方》（1995） *Strange Things: The Malevolent North in Canadian Literature*
《别名格雷斯》（1996） *Alias Grace*
《吃火：1965—1995 诗选》（1998） *Eating Fire: Selected Poems*
《盲刺客》2000 *The Blind Assassin*
《与死者协商》（2002） *Negotiating with the Dead: A Writer on Writing*
《羚羊与秧鸡》（2003） *Oryx and Crake*
《珀涅罗珀记》（2005） *The Penelopiad*
《帐篷》（2006） *The Tent*
《道德困境》（2006） *Moral Disorder*
《洪荒年代》（2009） *The Year of the Flood*

《好骨头》（2010） Good Bones

《黑暗中的谋杀》（2010） Murder in the Dark

《异世界：科幻小说与人类想象》（2011） In Other Worlds: SF and the Human Imagination

《疯癫亚当》（又译《疯癫亚当》，2013） MaddAddam

《石床垫》（2014） Stone Mattress

《最后死亡的是心脏》（2015） The Heart Goes Last

《女巫的子孙》（2016） Hag-Seed

《证言》（2019） The Testaments

《深深地》（2020） Dearly

《林中老童》（2023） Old Babes in the Wood

附录二

项目前期成果与阶段性成果

1. 王韵秋：玛格丽特式的女性观略论，载《山西师范大学学报》（社会科学版），2012年第2期。

2. 王韵秋：创伤的叙事与叙事的创伤——玛格丽特·阿特伍德创伤主题初探，载《山西师范大学学报》（社会科学版）（北大核心），2014年第6期。

3. 王韵秋，石梅芳：从现实叙事到启示叙事——文体变迁视域下玛格丽特·阿特伍德长篇小说的共时性风貌解读，载《科学·经济·社会》（CSSCI扩展版），2015年第1期。

4. 王韵秋：隐喻的幻象——析《可以吃的女人》与《神谕女士》中作为抵抗话语的饮食障碍，载《国外文学》（CSSCI来源期刊），2015年第4期。

5. 王韵秋：中心错觉与荒野错位——益格鲁-加拿大民族身份建构的内在悖谬溯源，载《中央民族大学学报》（哲学社会科学版）（CSSCI来源期刊），2016年第1期（中国人民大学复印报刊资料《民族问题研究》2016年第5期全文转载）。

6. 王韵秋：从俄狄浦斯情结到俄瑞斯忒斯情结——西方精神分析的"母亲"转向，载《成都理工大学学报》，2016年第4期。

7. 王韵秋：创伤"无意识"与创作"有意识"——《猫眼》中的民族创伤自传与修通，载《现代传记研究》（CSSCI来源集刊），2017年春季刊。

8. 王韵秋：极端宗教组织与理性宗教——玛格丽特·阿特伍德"反乌托邦三部曲"的西方宗教危机二重奏，载《国外文学》（CSSCI来源期刊），2017年第3期。

9. 王韵秋：非左即右——《使女的故事》中美国极权主义未来的政治意识形态溯源，载《外国文学动态研究》（CSSCI来源期刊），2018年第1期。

10. 王韵秋：阿特伍德疾病叙事中的医学话语批判，载《当代外国文学》（CSSCI来源期刊），2020年第3期（中国人民大学复印报刊资料《外国文学研究》2021 年第 1 期全文转载）。

11．王韵秋：嘴的社会功能失调——论阿特伍德创伤叙事中的啃食神经症，载《当代外国文学》（CSSCI 来源期刊），2022 年第 2 期。

12．王韵秋：论西方文艺知识场域与实践场域的分裂，载《温州大学学报》（社会科学版），2022 年第 3 期。

13．王韵秋，宋晓苏：癌症的医学话语与性别政治，载《医学与哲学》（北大核心，科技核心），2022 年第 3 期。

14．王韵秋：阿特伍德"后启示录叙事"中的全球瘟疫与现代性批判——以《羚羊与秧鸡》为例，载《外国文学动态研究》（CSSCI 来源期刊），2022 年第 5 期。

15．王韵秋：重建两种自由的关系——文学跨学科视域下阿特伍德的政治哲学，载《外语研究》（CSSCI 扩展版，北大核心），2022 年第 6 期。

16．王韵秋，刘丹：心理疾病、文化批评与文学叙事——现代性背景下创伤研究的三个跨学科维度，载《西安电子科技大学学报》（社会科学版），2023 年第 3 期。

17．王韵秋：事件、叙事与主体——《使女的故事》与《证言》中的历史观，载《外国语文研究》，2023 年第 6 期。

后 记

本书是国家社会科学基金后期资助一般项目"玛格丽特·阿特伍德的创伤叙事与现代性批判"的最终成果。其中的一些文章作为阶段性成果发表于《国外文学》《当代外国文学》《中央民族大学学报社科版》《外国文学动态研究》等刊物。在此，请让我首先对给予本项目立项支持并给出修改意见的各位评审专家以及上述学术期刊的编辑老师致以诚挚的敬意。

其次，本书是我在博士论文《创伤与修通——玛格丽特·阿特伍德创伤叙事的症候阅读》基础上修改后的成果。在南开大学读博期间以及后期的专著修改阶段，我受到我的导师王立新教授不止一次的悉心指导。这些谆谆教诲伴随着我学术成长的每个阶段，步步精进，日日向前。犹记得研究初期，立新老师提道：一个好的学者不仅要善于读书，还要善于思考。此后，这句话汇入到我迄今十余年的学术生活中，成为我不断积累与创新学术知识的座右铭。这本书从粗枝大叶的纲领，到初具模型的论文，再到精心雕琢的成书，历经三个阶段，也涵盖了我人生不长不短的十年。在这十年中，我已经获得了巨大的成长与一定的学术佳绩，但我的成就与那些曾经帮助过我的人关系密切。我在南开大学的另一位恩师王志耕教授与我的导师风格迥异，他对我的严格让我不断向着更高、更深的认识前进。我的硕士生导师刘建梅则是我学术生涯的启明灯，没有她，我便不会接近、理解，最后一心扑向这个领域。另外还有北京大学的刘意青教授与已经过世的南开大学徐清老师，感谢他们对本成果的建议和对我的鼓励与支持，我将始终缅怀徐老师。还要感谢陕西人民出版社的相关工作人员，感谢他们的细致工作与一丝不苟的态度。

最后要感谢的是我的父母，感谢他们始终作为我坚实的后盾，让我在广袤无际的学海中自在畅游。

王韵秋
2024 年 1 月 2 日于钱塘江畔